冬茅，

俗称天草，学名芭茅。

叶如锯齿，秆直皮韧，根茎如筋，生命力极强。

叶和茎均可入药，

有清热败火、消炎镇痛之功效。

匡建二 ———

著

DOGNMAO
DE
XINGBAN

深圳出版社

图书在版编目（CIP）数据

冬茅的行板 / 匡建二著 . -- 深圳：深圳出版社，
2023.3

ISBN 978-7-5507-3686-3

Ⅰ.①冬… Ⅱ.①匡… Ⅲ.①长篇小说－中国－当代
Ⅳ.①I247.5

中国版本图书馆 CIP 数据核字 (2022) 第 211119 号

冬茅的行板
DONGMAO DE XINGBAN

出 品 人　聂雄前
责任编辑　朱丽伟
责任校对　万妮霞
责任技编　郑　欢
封面题字　李贵阳
装帧设计　知行格致

出版发行　深圳出版社
地　　址　深圳市彩田南路海天综合大厦　（518033）
网　　址　www.htph.com.cn
订购电话　0755-83460239（邮购、团购）
设计制作　深圳市知行格致文化传播有限公司
印　　刷　深圳市华信图文印务有限公司
开　　本　787mm×1092mm　1/16
印　　张　23.25
字　　数　295 千字
版　　次　2023 年 3 月第 1 版
印　　次　2023 年 3 月第 1 次
定　　价　58.00 元

"冬茅"的自白

茅子是个人物。

他出身农村，家境贫寒，没有正规学历，没有任何背景，却凭着才华和勤奋走上新闻采写和报道之路，并成长为省报首席记者。在风霜雨雪、世态炎凉的人生舞台上演绎着一个个悲喜剧。于是，才有了《冬茅的行板》这部反映当代记者生活的长篇小说。

当然，这个人物是虚构的。

我不否认，茅子身上有自己的影子。爱好文学的挚友读了这部小说的初稿后，认为这是生活的印记，有血有肉；这是创作的原型，真实如栩。听毕，我淡然一笑，默不作答。其实，这些都不重要。重要的是我把故事讲完了，读者觉得有味就行。

我这辈子就干了两件事。

当记者，写天下。

做作家，绘人生。

两者的共性是：都是吃文字饭，都得有独到敏锐的眼光和扎实的文字功底。当然，还得有一定的人生阅历和持之以恒的精神。可区别呢？我苦恼了一辈子都没想透。于是，我两者混合着干。新闻通讯里有文学的影子，散文作品中有新闻的真实，还堂而皇之冠之"两栖作家"的美誉。其实这是一件吃力不讨好的事。搞新闻的嘴角一歪，新闻咋这么个写法？搞文学的眼珠一白，小说写得太真了！其后面的潜台词我都读得懂，就是说艺术细胞少了点。但就是无法改变。再说，我也不想改变。

因而，这辈子我注定当不了好记者，更成不了名作家。

当记者是个极具挑战性又充满着新鲜感的职业。它接触面广，结识人多。无论是三教九流还是达官贵人，甚至是身无分文的流浪汉，你都得去交往，去做朋友。记者还得有双好奇而又敏锐的眼睛和异于常人的刨根思维。在人们认为寻常事的后面捕捉新闻的蛛丝马迹，探索其鲜为人知的秘密，用事实和真相说话。于是，人们便将记者这个职业神秘化了，誉之"无冕之王""见官大三级"。其实，记者也有苦衷。在物欲横流、诱惑遍地的当代，你每步都得小心翼翼，洁身慎独，否则等待你的是形形色色的陷阱。是的，记者手中是掌握着发语权，你写的是抬轿子的表扬稿，自然是你好我好大家好，还能收到丰硕的土特产等小心意。倘若写的是批评稿呢？那对不起，被批评者会调动所有的社会资源对你围追堵截，不仅说客盈门，软硬兼施，如果你不就范，还会使出"下三烂"的手段，威胁到你的家人及亲友。

是的，做一名"铁肩担道义，妙手著文章"的好记者不容易，但见多识广的记者满肚子都是故事。这是可遇不可求的文学创作素材。

我的故乡修水县是赣西北的一个偏僻边城，它的存在感不是很强，但它在中国革命博物馆里却有着显著的位置。修水位于当年毛泽东同志领导秋收起义的重要活动区域，是第一面军旗诞生的地方。

修水地处湘、鄂、赣三省九县交界之处，高耸入云的幕阜山脉像一位慈祥的母亲，伸出双臂将修水紧紧地拥在怀中，唯恐它顽皮离去。千百年来，修水唯一与外界联系的只有那条由无数的山涧汇成的修河，静静流淌了八百里，朝着赣鄱平原奔去。河上的白帆、放排的号子，是铭刻在修水人脑海里深深的儿时印记，永恒难忘。宽敞的河滩是孩子们的乐园，那儿不仅有金色的沙滩，还有密实的冬茅草丛。冬茅是生命力极强的植物，每年冬天，在河滩上种菜的菜农会放火点燃茅丛，因草木灰是极好的肥料。一开春，河滩上又是绿油油的一片。

"野火烧不尽，春风吹又生"便是冬茅的真实写照。或许我将闻光一的乳名定为"茅子"，有这样的寓意。

修水虽穷又边，却盛产美女。

其地形如条春蚕。东西长 200 多公里，南北宽只有四十公里。以县城为中心，分为东西两区。东边山林翁绿，田畴肥沃，是有名的粮仓，老表的碗里荒年都能盛着白米饭。而西边呢？山荒露皮，田少人多，即使是丰年，也只能薯丝苞谷混个半饱。是修水民谚中"好女莫嫁西边郎"的穷地方。可事情往往出乎意料，美女都出在西边。这里的姑娌不仅身材高挑、肤白貌美，而且端庄达理。有人不解了，难道穷山恶水还更养人？其实不然，我曾对此进行过实地调查，得出的结论是：东边富裕，是土著先民的立身之地，不容外人驻足。历史上几次北方战乱，大量难民逃往江南，经历诸多磨难来到人烟稀少的湘、鄂、赣边界的修水地域，东边的土著严阵以待，不容他人越入半步。他们只得在贫瘠的西边安顿下来，繁衍生息。东边的土著大家族虽然占了大便宜，但随着岁月的流逝，劣根也就显现出来了，一个乡镇几万人，就只三五个大姓，天长日久，近亲繁殖便不可逆转地出现了。而西边的乡民大多来自北方诸地，一个乡都有几十个姓。这不就体现出现代的物种杂交优势理论？

我妹妹在 20 世纪 90 年代曾经担任过修水县妇联主任。她们除了日常的行政工作外，还担负着重要的推荐任务，每年要为各级单位选送一批优秀的女服务员。当然，大多是选自西边。因而，修水出美女的名声大多出自此处。改革开放以来，封闭了千百年的山门终于打开了。修水的年轻人像潮水般涌向山外，涌向广东、浙江等开放的前沿。但修水姑娌出去的多，回来的少。因纯朴、漂亮，成为诸多海内外成功人士的追求对象，于是深圳、东莞有了"修水姑娌顶呱呱，九江姑娘也不差，南昌姑娘平平过，某某姑娘落脚货"的民间俗语。

我不知道修水美女与小说写作有何关系？不可否认，这也是种文化。不是说，文化是个筐，什么都可往里装吗？潜移默化里，小说中的许晶晶或许就有修水姑娌的影子，而故事里的雄山绿水、风土人情和山村田畴都有着浓郁的修水元素，我真想把故乡的河流、山峦、树木、人物、牲畜都写进小说里。

一位著名作家这样说过：作家写作时会调动自身的全部感官，他的视觉、听觉、嗅觉、视觉全部调动起来了，是全方位、立体化的。即便是虚构的故事，也色、香、味俱全。

我亦然。

该聊聊本人了。

我是修水人，但不是土著。祖籍是河南长垣一个叫匡邑的小地方。始祖名句须，是孔子的得意弟子。西周时，始祖受封于匡邑，后以封地为姓。北宋年间，先祖因逃战乱来到修水。毫无疑问，只能谪居西边，与穷山恶水做伴。

我成长于一个生不逢时的年代。小学毕业，就遇上那场史无前例的"文化大革命"。在家逍遥了3年，中学的书一天也没读，就莫名地成为"知青"下放到农村。其间种过田、放过牛、伐过木、炸过石、当过民办老师。尽管表现突出，但招工、参军都没我的份。原因挺简单，家庭出身不好。地主成分，属于黑五类。

于是，我只得认命。

最终，我能走出山围，凭的是手中的笔。有人说，我能写点豆腐块文章，是受当过地区采茶戏剧团编剧的父亲的影响，有文学创作的基因。这实在是冤枉。"文革"初始，爱好文学的父亲便被造反派们当成三家村黑店九江分店的老板给揪了出来。批斗挂牌、戴帽游街、劳动改造，一直到"文革"结束才从"牛棚"里给放出来。父亲的磨难一直是压在我心间抹不去的阴影。怎会受他的影响去进行文学创作？

我最终拿起笔写作，是为了生存。在当时招工、参军无门的情况下，只得当好面朝黄土背朝天的农民。那年"双抢"，一位借调在公社广播站的下放干部找到我说，为了掀起农业学大寨的新高潮，激发广大贫下中农与知识青年的干劲，公社革委会决定加强广播站的宣传力度，调我去报道组临时帮帮忙。或许是写稿比下田一身泥要轻松些，而且生产队每天还给记10个工分。于是我去了，而且干得还不错。不仅公社广播站几乎每天都有我写的报道，还有两篇被县广播站选播了，乐得嘴阔的公社书记拍着我的肩膀直喊兄弟！然后，大笔一挥，将我调入公社完小当民办老师。两年后，又推荐到地区师范学校当工农兵学员了。为了求得更大的进步，尝到了甜头的我，正式开启了舞文弄墨的生涯。

我走上文学创作的道路，与父亲没有半毛钱关系，却与修水浓郁的文化氛围脱不了干系。修水虽穷又边，但耸立着两座文化高峰：黄庭坚家族与陈寅恪家族。

黄庭坚又名山谷道人，是北宋时期著名的文学家、书法家，系江西诗派的始祖，书法有"苏黄齐名"之赞誉。黄家世代生活在一个叫"双井"的山村，从有科举制度以来，这个家族竟诞生了48位进士。陈氏家族系客家，其先祖从福建迁来修水有近300年历史。在桃里乡一个偏僻的山坳里，陈家除了种粮养家，还兴办义学，勒紧裤腰带鼓励陈氏子孙读书明理。于是，这里走出陈宝箴、陈三立、陈衡恪、陈寅恪、陈封怀"一门五杰"，光耀中华文化。

有朋友好奇地问，修水地处重山叠水的幕阜山腹地，为什么会诞生中国历史上令人敬仰的两大文化家族？我欣然作答：偏僻与贫穷。

众愕然。

不是吗？自古以来，修水人要走出山围，除了学而优则仕，没有别的出路。因而，修水人再穷，勒紧裤腰带也要送子女读书。再则，黄庭坚满腹诗书中进士，成就一番伟业；陈宝箴知书达理，授巡抚威震一方。这两座高峰的榜样力量是无穷的，穷则思变的修水人，有黄、陈两个乡贤作坐标，谁人不见贤思齐呢？

代代相传，文风怎能不盛？

《冬茅的行板》这部小说我写了近六年。固然，除了才陋学浅外，戒烟也是因素之一。用笔谋生活几十年，也吸了几十年的烟。甚至到了不抽烟脑子便一片空白，一个字也写不出来的地步。三年前，因肺部有小结节，医生用眼角的余光睨着我，责令将烟戒掉。否则，后果自负。

其潜台词我懂。因怕死，只得戒。

烟是戒了，可坐在电脑前手习惯地往口袋里摸。哈欠像流星一般连连不断。实在忍不住，好几次都没骨气地溜到楼下小卖店里，眼睛盯着货架上的香烟像长了钩。但为了活命，只得狠狠吞下口水，悻悻返回。于是，近两年的时间，都不敢摸电脑，写作只得暂停。

我天资愚钝，加之又是第一次写长篇小说，因而写得很谨慎，也很慢。长篇小说最忌讳的便是松散。有位著名的小说家说过：谁学会了结构，谁就学会了小说。此话尽管有些偏颇，但也是至理名言，至少点明了长篇小说创作的奥妙。为了驾驭它，我采取了长藤结葫芦的结构方式，以闻光一任省报首席记者后发生在其身上的故事为主线，将诸多的人物与事件都如葫芦般挂在主藤上。尽管这法子不新鲜，但好读，结构也紧凑，故事性也强了。

如果说，结构是小说的骨骼，那么细节便是血肉了。这葫芦上有许多的情节和细节是我的亲身经历，因而写来轻车熟路，信手拈来，而且有着浓郁的生活气息。譬如，闻光一与许木根的初次相识，在小县城采访时与为非作歹的"蓝二县"的较量，在围棋盘上和王陵子教授的手谈，与肖天虎在危难时刻的相识与友谊，等等。至少，读者读后，不会觉得小说情节胡编乱造。其实，这些不是我的功劳，也不是妙笔生花，而是源自生活的馈赠与积累。

是的，在当记者近三十年的岁月里，江西全省100个县市（区），我到了98个，不仅写出了数以千计的新闻稿件，还结识了一大批来自各行各业的朋友。他们中有农民、工人、小商贩、企业家、各级领导甚至还有刑满释放人员。我和他们在一起交谈、喝酒、下棋、吵闹，彼此熟悉得能见肺腑。他们是我的朋友，也是我的财富。俗话说，记者写天下。谁是天下？人民。民便是天，天便是民。我有着如此丰厚的资源，有如此厚积的素材，不写些什么，记录些什么，会留下遗憾的。

或许，这就是我创作《冬茅的行板》这部长篇小说的原始动机。

一部文学作品的诞生，绝不是作者一人的功劳。它从出版到成书，要经过无数幕后英雄的再创作。修改、校对、设计、印刷到销售，他们无不付出了艰辛的努力与劳作。

我很庆幸，此书的出版，得到了深圳出版社青睐。特别是责任编辑朱丽伟女士，阅读完初稿后，不仅提出了中恳的修改意见，而且不厌其烦地进行了文字润色，并对整书的装帧设计提出了许多建设性的建议。让我真正领略了特区人快捷、踏实、认真、负责的办事风格。在此一并致谢了。

《冬茅的行板》终于面世了，作为作者，自然很欣喜。欣喜毕竟是短暂的，随后又陷入了苦恼。此书面市后，读者的反响如何？同行的评价怎样？

天要下雨，娘要嫁人。管它呢！

且为序。

一

时值仲春，晚风仍带有几分寒意。许晶晶只穿一件薄薄的暗格衬衫，一条牛仔裙，其保养得很好的身材显得格外丰腴，很有曲线。特别是挂在雪白的脖子上的那颗红珊瑚心形吊坠，在车外时隐时现的路灯的闪耀下，发出一种暧昧又诱惑的光亮。

闻光一看似专心致志地开着车，眼角的余光却不时在身旁丰满的躯体上扫荡。心猿意马，占了左道行车，一辆亮着大灯的货车急驰而来，惊得闻光一冷汗直冒，猛打方向盘，然后一脚踩死刹车。许晶晶发出惊异的呼叫，身子不由自主地往前一栽，又往后一仰，重重地倒在闻光一的身上。

"对不起，晶晶，没事吧？"闻光一惊魂未定地问。

"没事，闻老师，你怎样？"

"我没事。嘿，这车开的！"闻光一言不由衷地说。这时，他发现双手还紧紧抱着晶晶柔软、富有弹性的身体，便像触电般将手缩回。许晶晶脸有些绯红，直起身，用手拂拂凌乱的头发，善解人意地说："那就找个僻静的地方休息一会儿吧，反正不赶时间。"

溶溶的月色中，许晶晶的眼眸显得格外明亮，闻光一产生了一种上前拥吻的冲动，但克制了，手扶着方向盘说："现在，可以讲讲那个故事了吧！"

"还记得一个叫许木根的人吗？"许晶晶停顿片刻，突然问。

"许木根？"闻光一凝思着，摇摇头。

"那还记得 10 年前，在盘龙路立交桥，你为一位农民工仗义执言的事吗？"

闻光一终于记起来了。那是一个夏天的中午，下班骑车回家的他路过盘龙路立交桥时，看见一位交警正揪着一位农民工模样的人往桥下走，两人还在不停地说着什么。一会儿都停了下来，农民工从口袋里掏出几张纸币塞在交警手里，交警也摸出一张纸条，往农民工的口袋里一塞，便松手了。待交警走远了，强烈的好奇心促使他上前询问："刚才发生了什么事？"

"什么事？哼，酒瓶盖子欺负乡下人。我开农用车拉点泔水，交警说违章了，要罚款 500 元，私了的话，200 元。他给了我这么张单子。"说着，晃晃手中一张粉红色的条子。

闻光一接过一看，是一张摩托车修理费收据，既没名目，也没公章。

"这样，我帮你把钱要回来如何？"闻光一愤愤地说。

"你？要得回来？"农民工惊诧地问。

"试试吧！"

"拿去吧，反正这纸条留着没用。擦屁股都嫌小。"说着，农民工便扭头回走。

"哎，等等，你叫什么名字啊？住在哪儿？"

"问这干什么？"农民工回头警惕地问。

"啊，请别多心，我的意思是要回了钱，好还给你！"

"别别别，我还经常要从这里过的，得罪了酒瓶盖子，我还要不要活呀！"

"放心。保证他以后不敢随意找你的麻烦。"闻光一斩钉截铁地说。

"你有这本事？你是干什么的？"

为了让他放心，闻光一掏出记者证给他看。

"啊，是记者？我碰到好人了。"农民工不停地点着头。然后靠着栏杆，在收据的背后写下歪歪斜斜的姓名和地址。

随即，闻光一骑车来到交警的身边，掏出采访本记下他胸前工牌上的姓名、单位。

"你想干什么？别没事找事啊！"交警恶狠狠地说。

"说对了，我今天倒真的想找点事！"闻光一收起采访本，认真地说。

"刚才发生了什么事？"

"执法呀！"

"这也是执法吗？"闻光一扬扬手中的纸条。交警一看，脸色顿时红一阵，白一阵，语气变软了，拉着闻光一的手就往路边靠，可闻光一偏偏站在原地不动。交警知道来者不善，便堆着笑脸说："兄弟，对不起，我做错了，我们当交警的也不容易，成天日晒雨淋，公家发辆摩托车，油费、修理费都得靠自己解决，嘿嘿，只得靠山吃山了！"

"这就是你们'靠山吃山'的方式？知道老百姓叫你们什么吗？酒瓶盖子！正因为交警队伍里有你这样的败类，才一粒老鼠屎坏了一锅汤！"闻光一有些上火了。

"是的，是的，我错了！"

见他不停地点头认错，闻光一的心软了，便将语气放得温和些，说："人非圣贤，孰能无过。错了要改。我是省报记者，给你一个改错的机会，这是地址和姓名，你把钱退给当事人，并赔礼道歉！"说着，闻光一掏出记者证在他眼前晃晃。

"一定，一定！"

闻光一临走前，又特地叮嘱一句："那老许是我的亲戚，以后如何做，你应该明白！"

"放心！放心！谢谢记者同志的教诲！"说这话时，交警的额头已沁出豆大的汗珠。

回忆完往事，闻光一突然问正出神望着自己的许晶晶："你是怎么知道这事的？许木根是你什么人？"

"咯咯！无巧不成书。老许就是我爹！"许晶晶调皮地笑着说。

"真的？"

"你愿编个假爹？那年我还在读大四，爹把这件事说给我听，感动了我半天呢，还有过到报社去见见你的念头呢！"

"为什么不来呢？否则我们也不会 10 年后才相识。怎样？不缺胳膊少腿的，还对得起读者吧！"

"讨厌！"许晶晶撒娇地用拳头轻擂了一下闻光一，眼里闪出一种异样的火花。闻光一当然读懂了，用手握住那只尚未完全缩回去的纤手，趁势将她揽在怀中……

突然，车外有轻微的响动，闻光一警觉地从许晶晶的身上爬起，就在此刻，一道耀眼的光亮一闪，俩人被拍了照。

"是谁？"闻光一惊恐地问。

"哥们儿，我们是谁不重要，对不起，坏了你们的好事，没关系，继续，继续，等你们尽兴了再好好谈谈。"窗外响起一个压低嗓门的男低音。

失魂落魄的闻光一与许晶晶手忙脚乱地整理好衣物，打开车门，只见两位叼着香烟的光头男子正坏笑地看着他们。

"风流呀，哥们儿！还快活吧！哈哈！"

"你们是什么人？不要乱来，我们会报警的。"闻光一有些心虚地说。

"报呀，报呀，我们可没干什么，但它会给警察一个说法的。"其中一位扬扬手中的手机，威胁说。

"你们到底想干什么？"

"兄弟没饭吃了，只是想请二位赞助一下，怎样，2000块？当面将照片删掉。否则，传到网上，可不太美观啊！"

"你们这是敲诈！"闻光一大声地吼着。

"这位兄弟说话可得客气些，我们只是做笔交易，并没有强迫呀！"

说话间，两个光头渐渐靠近了，手中还握着明晃晃的弹簧刀，吓得许晶晶浑身发抖，直往闻光一的身边靠，闻光一伸手将她抱在怀里。

"别怕，晶晶，没事的，有我呢！"

就在这时，几道强光从四边扫来，几位警察与联防队员从四周的林子里钻出来。两个光头拔脚想跑，被警察干净利索地按住，戴上了手铐。

一位年纪较大的警察朝闻光一走来。

"我们是好人！在这里谈恋爱的，警察同志！"闻光一申辩着说。

"是不是好人，跟我们走一趟，不就清楚了。"说着，警察上了闻光一的车，用生硬的口吻说，"按我指引的路线开车，郊区派出所。"

闻光一的脑袋嗡地一响。这回可闹大了！

二

闻光一不是第一次迈进派出所的大门。

以往，他是以省报记者的身份到基层派出所采访，受到的是贵宾般的待遇。从进门的那刻起，所有警察都要立正敬礼，递来的目光是崇敬与羡慕。可这次却是作为嫌疑人被带进来，受到的是呵斥和冷眼。

向来神通广大的闻光一，第一次感到无助，他转头看看身旁泪眼婆娑的许晶晶，用手轻抚着她的肩膀，以示安慰。

这是一间 10 平方米左右的小屋子，里面摆着一张长条桌和几把椅子，墙上方挂着一幅白底黑字的横幅：坦白从宽，抗拒从严。桌前坐着一老一少两位警察。老的年纪与闻光一相仿，约四十出头，闻光一觉得眼熟，却记不起在哪见过。年轻的大概二十岁，大约是刚从警校毕业的。老的问，少的记。

"她叫什么名字？"老警察用威严的口吻问闻光一。

"许晶晶。"闻光一迅速地回答。他曾做过扫黄打非采访，知道这是警察抓到偷情男女时惯用的手法。如彼此之间答不出真实的姓名，就有嫖娼的嫌疑。

"他呢？"这回问的是许晶晶。

"闻光一。"许晶晶的声音里带着哭腔。

"职业与年龄。"又是一声威吼。

"43 岁，自由撰稿人。"闻光一眉头微微一跳。

"32 岁，广告公司职员。"许晶晶低头喃喃地答。

"把今晚事情的经过详细地说一遍，不许说假话！"

"可以吸支烟吗？"闻光一问。

老警察点点头。

闻光一点燃一支烟，狠狠地吸了几口。猛然记起什么，掏出烟盒，递上前，老警察微笑着摆摆手。于是闻光一将晚上的经过详细地复述了一遍，只不过将一些细节省略了，警察也没有追问。

"完啦？"

"完了。"

"小邓，将笔录给他们念一遍，看有什么遗漏的！"

年轻警察用没有色彩的声调，将笔录念了一遍。闻光一与许晶晶都表示没有遗漏。老警察便努努嘴，让他俩在笔录上签字、按指印。按指印时，闻光一的心轻松了许多，没想到这么容易就过关了，真是人算不如天算。

"小邓，你先出去一下。"老警查看完笔录，对年轻警察说。年轻警察收拾完桌上的东西，便出去了。

此时，老警察脸上显出一种猫捉老鼠般的微笑，无语地盯着闻光一看，竟盯得见多识广的闻光一浑身不自在。

"闻天元，真的不认识我啦！"老警察突然发声，惊得闻光一出了一身冷汗。闻光一嗜好下围棋，自视高手，与一般人下，只要执黑，第一手肯定下在天元，因而得了这么个绰号。应该说只有极熟悉的人才知道呀！闻光一用手扶扶眼镜，再仔细打量了对方，实在记不起他是哪位"神仙"。

"您是？"

"嘿嘿，大记者就是健忘，我提醒一下，18年前，北刚铁路南段，奇岭隧道？"

"哦，你是洪兵？洪三三？"闻光一终于记起来了，激动地起身，狠狠地擂了洪兵一拳。"18年了，你的变化实在太大了，你怎么从宣传干事变成了警察叔叔？"

"嘿，这话说起来就长了！以后有时间再慢慢聊吧！"洪兵也兴奋地回报了闻光一一拳。

当年建设北刚铁路的采访，应该说是闻光一从事新闻工作以来的第一个辉煌时期。那时，他刚进入省报，不久就接到赴北刚铁路南段采访的任务。这条铁路是横贯南北的运输动脉，有重大的战略意义。闻光一深知此次采访的重要意义，整整一个月都钉在工地上，每座隧道、每座特大桥都留下他采访的足迹。几乎每天的省报头版上都有闻光一发自第一线的报道。铁路工程指挥部为了更好地配合宣传工作，特地将宣传科刚从师专中文系毕业的洪兵调给闻光一当助手，俩人白天一起深入工地采访，晚上写稿、发稿，还会在棋盘上绞杀几盘，洪兵没少受闻光一"天元"战法的欺负。

那年的5月，正值南方的梅雨季节，南段的咽喉工程全长1800多米的奇岭隧道严重受阻。隧道掘进两个月了，已打进184米，这时遇到了罕见的极度风化花岗岩地质层，这种地质结构最大的特点是，平常是坚硬的，一遇到地下水，就软化了，变成烂泥一团。而后引发大面积塌方，隧道缩成了156米。当时还没有先进的盾构设备，完全靠爆破掘进，而越爆破就越塌方，一时毫无进展。

心急如焚的有关领导为了破解这一难题，将全国200多位地质、掘进专家请到现场，讨论解决的办法。专家们通过反复试验论证，采取了双管齐下的措施。即由整体爆破法改为半层掘进法，先爆破上半层，然后进行顶棚加固，最后再在下层掘进。另外，为了将耽误的工期抢回来，再打一条小型的斜坑道，绕过这段特殊的地质层，在前方进行整体掘进。

对于这么一个举世瞩目的新闻点，极具新闻敏感性的闻光一自然不会放过，用独到的视角、简练的文笔，将每一个新闻节点都准确地报道出去。5月中旬的一个夜晚，电闪雷鸣，下着瓢泼大雨，正与洪兵手谈的闻光一眼盯着窗外，手中一粒黑子久久不能落在棋盘上。

"喂，三三，你说这雨大不大？"

洪兵为了对付闻光一凶蛮的"天元"下法，常以占据实地的点"三三"来应对，故落得这么个外号。

洪兵扭头看了看窗外，喃喃地说："大，真大，天河都快塌了。"

"这么大的雨，采用新工艺挖掘的奇岭隧道能否经得起考验？"

"应该可以吧！"

"如这么大的雨都安然无恙，说明了什么？"

颇具灵性的洪兵猛一拍脑袋："我这猪脑子，怎么就没想到呢！"

于是两人快速起身，叫醒已入梦乡的司机小程，冒着风雨赶往几十公里外的奇岭隧道。他们一直深入到掌子面，尽管雨水渗透得很厉害，但采用半层掘进法的隧道平安无事。返回后，他俩加班写了篇稿子，《特大暴雨突袭北刚，奇岭隧道安然无恙》，并用电话将稿子传给报社的夜班编辑。第二天，省报头版刊发了这则消息。因文章选择独特的新闻角度报道了客观事实，既有现场感，又有时效性，引起巨大的反响，后获得年度新闻大奖。

在关键的时刻遇到故人，真是瞌困碰到了枕头。闻光一心中暗喜，禁不住抓着洪兵的手说："三三，危难之中见真情，今晚的事可得多包涵啊！"

"你也真是，作为公众人物，还做出这等不自重之事。算你们命大，那两个家伙是惯犯，我们盯了好多天，就是要抓现场，否则，你们今晚就悬了，搞不好会人财两空。"说着，洪兵的眼角朝许晶晶瞟了一眼，羞得她赶紧低下了头。

"这事还得替我保密啊，传出去我无法做人！"

"瞧你说的，我们是什么关系，兄弟呀！从一开始我就认出了你，不然哪这么容易过关？放心吧，我的大记者，明天我就将笔录锁进保险箱里，让它发霉。"

时间太晚了，容不得两人再叙旧，彼此留下电话号码后，洪兵便将他俩送出门。

一路上，许晶晶的情绪非常低落，没讲一句话，闻光一也没有谈兴，只顾埋头开车。到了家楼下，许晶晶眼凝愁云地说："光一，万一这事传出去，后果不堪设想！"

闻光一伸手将她拥在怀里，亲吻着她的额头，轻轻地说："没事的，晶晶，洪兵是我信得过的哥们儿，再说，还有我呢！"

"光一，我好孤独，今晚能不走吗？"

"可能不行，我还有点急事要处理，另外，我没跟家里打招呼。"

许晶晶哀怨地望了他一眼，无语地打开车门，下车了。闻光一的心像被什么揪着，也无语地目送着她迈进门，才开车离去。

进家门前，闻光一抬腕看看表，已是凌晨1点多了。他轻手轻脚地开了锁，推开门，只见杜灵仍没睡，倚靠在沙发上看电视。见他进来，杜灵眉宇间现出一丝疑惑与不满。

"你的手机怎么关机呢？"

"哦，手机没电了！"闻光一这才记起，与许晶晶相会时，怕有干扰，他悄悄关机了。

"我说呢，打了十多个电话都不通，以为在干什么坏事呢！"

"有事吗？"

"我能有什么事？是袁主任找你，看样子挺急的，打不通你的手机，电话打到家里来了！”

　　说毕，杜灵起身朝自己的卧室走去，突然返回头说："军儿进重点高中的事，落实得怎样？家里的其他事你可以不闻不问，但儿子的事你可得上心！”

　　闻光一木木地站在那里，望着杜灵的背影，心里涌起一种难以言喻的情感。他与杜灵已分居 3 年，之所以没有办离婚手续，完全是为了儿子闻军。他们约定，等儿子读高中寄宿了再说。在分居的时段里，要合作将"戏"演好，给孩子一个有温度的"家"。由此，闻光一没有搬出去住，只是在书房里搭了个铺。借口是常常要加班写稿，怕影响家人的休息。

　　这理由倒也站得住脚。

三

早上八点三十五分，神情疲惫的闻光一踏进了办公室。

此刻来上班的人稀稀拉拉。闻光一的办公室在 18 楼会议室的一间小茶水间。约莫 6 平方米。桌上、沙发上堆满了旧报纸、旧书本，一台老式的电脑上布满了灰尘。别看房间小，他享受的是正处级待遇。报社的办公格局挺有意思，每层的中间是敞开的格子间，是普通记者、编辑的办公场所，然后在东西两头用玻璃隔成一个个 10 平方米的小间。正处是一人一间，副处是两人一间。设立首席记者制是报社新闻体制改革的举措之一，目的是树立新闻品牌，鼓励大家刻苦钻研业务，培养出一支叫得响的名编辑、名记者队伍。首席记者待遇也颇为诱人，享受正处的待遇，每年有 3 万元的津贴，外出采访用车随时调派，发稿保障优先安排。当然，首席记者的责任也很重大，除了要承担省委宣传部及报社策划的重大采访任务外，还得担负冲击新闻大奖的重任。首席记者是每年一聘，严格考核。

这对每位记者来说，都是可遇不可求的机会。

闻光一对此事不太上心，他是最后一个报名的，还是部主任袁信昌做了半天的工作，逼着他去人事处报名。眼看过两天就要进行竞聘答辩了，竞争对手都请假在家忙着作准备，闻光一却一头钻到偏远的山区采访留守儿童的生存状况，急得袁信昌一天几个电话催他回来。

"你脑袋是不是进水啦？ 3 天后就要竞聘了，还在外面转悠！"

"没事，不就是竞聘吗？我在山里转悠几天，会给你扛根竹子回来的！"

"我不管你扛的是竹子还是金子，给我赶紧回来！"袁信昌发火了。闻光一只得答应。

并非闻光一不想当首席，他想当，还想当处长。凭实力，凭能力，凭德才，他在报社应该是出类拔萃的，可这样的好事他从来都挨不着边。从进报社的那天起，一种无形的压力缓缓向他扑来。闻光一尽管平时做人做事都很低调，与同事相处也是客客气气，却很难融入"圈子"。报社是个藏龙卧虎之地，记者、编辑除了毕业于名牌大学新闻系，几乎都来自本省省会大学新闻系，而毕业于民办大学的闻光一无疑是个另类。每当人事调整有个风吹草动，各类"圈子"便显得格外活跃，今天你请我，明天我请你，不亦乐乎！待到民主推荐投票时，平时被公认为业务骨干、获奖专业户的闻光一，每每都是当"副班长"。时间一长，闻光一变得心灰意冷，对提拔之事也不敢有非分之想。

闻光一是在竞聘的前一天回来的。连家门都没进，就先到报社写好稿子，发完稿。回到家已是晚上，别说写竞聘演讲稿，就连明天是哪些人当评委都懒得打听，吃完饭，洗了澡便睡觉了。

为了显得公正，此次竞聘的评委都是外聘的，首席评委是省委宣传部主管新闻的副部长丁宁。程序是先由竞聘人演讲，限时10分钟，然后回答评委提出的3个问题。闻光一是第3个出场。别人演讲是揣着演讲稿上台，闻光一却是拎着一个旅行袋；别人演讲是唯恐时间不够，洋洋洒洒地叙述自己的优势、特长、思路，而闻光一的演讲就一句话："首席记者不是官，是一种责任与荣誉，真实是新闻的生命，而实力是生命永葆青春的最好展现，这便是我实力的最好证明。"

说完，闻光一将手中的袋子打开，里面是满满一袋子获奖证书。其中有5本国家级新闻奖获奖证书，20余本省级新闻奖获奖证书。

然后，进入答辩阶段。

"你认为首席记者的最大职责是什么？"

"铁肩担道义，妙手著文章。回答完毕。"

"具体应该怎样做呢？"

"当好恪守新闻职业道德的模范，用汗水和心血写好每篇稿件。回答完毕。"

"如果你当上首席记者，有何抱负？"

"明年上台竞聘时，争取拎个更大的袋子。回答完毕。"

闻光一最后的回答，引爆全场的笑声，接着响起雷鸣般的掌声。

世上的事情就是这么怪异，你朝思暮想得到的东西，它却和你捉起了"迷藏"，而有时你不指望的梦想，却悄悄来到你的身旁。最后的结果，闻光一竞聘成功。事后他才得知，在定人选时，评委们发生了争议，有人认为闻光一的答辩过于简单，有点玩世不恭的味道。但丁宁副部长却认为，竞聘只是一个过程，不能仅凭一场的表现定乾坤，还得看平时的表现。闻光一平时表现不错，写了不少有影响力的好文章，也获了不少的奖，业务能力在报社应该是拔尖的。再说，尽管他在答辩时表达简单，但句句都答在点子上。最终大家还是统一了意见，定了闻光一。

首席记者是产生了，这可给物管部门带来了难题。正处是一人一间办公室，可眼前位置都是满满的，去哪儿找单间呀。后来还是物管办主任大姚想了个点子，将会议室旁的茶水间修整一下，小是小了点，但毕竟是单间，最少能体现一种待遇。好在闻光一是个马虎的人，不在乎房间大小，只要安静，好写作就行。

稍稍收拾了一下办公室，又泡好了一杯茶，闻光一看看表，已到九点，估计袁信昌到了办公室，便拿起电话拨了个号码。听筒里传来一个尖细的声音。

"是小闻吗？到我办公室来一下，好吗？"

"好的，我马上来。"

袁信昌五十出头，身材高大，留着络腮胡子，戴着黑边眼镜，外表给人的印象颇具男人味。但一开口就不行了，声音尖细得像女人。他说是小时候得了"百日咳"，久治不愈，着急的父母便听信了村里一个"神婆"的话，说他在村头的土地庙中了邪，要用敬神的香灰拌烧酒喝才能好。不知是药灵还是神灰灵，病倒是好了，但声带也烧坏了。

见闻光一推门进来，袁信昌立即起身热情地招呼着："小闻呀，来，快坐，快坐！"说着，从抽屉里拿出一个纸杯，要给他倒茶，被闻光一上前夺下了。

"袁老师，使不得，我自己来。"

尽管袁信昌是闻光一的直接领导，但闻光一不呼其官职，而是按一贯的称呼喊"老师"。

袁信昌的确是闻光一货真价实的恩师。

从部队复员后，闻光一没敢回到家乡，怕脾气倔犟的父亲还在生气。另外，他也觉得没脸回去，不混出个人样，怎见江东父老？他滞留在省城一位同退伍的战友家里，报考了几家新闻单位。见了他在部队发表的新闻作品剪报，用人单位都表示出极高的兴趣，可一问到只是高中的学历，都遗憾地摇摇头，连报名的资格都没给他。因招聘公告上已注明：报考者必须具有本科以上学历。向来不服输的闻光一气恼了，婉拒了战友帮其找的在一家大公司当保安的好意，决定进大学读书。闻光一清楚自己的底细，仅凭几乎零蛋的数理化成绩，要考入公办大学是没有可能的，只能进门槛较低的民办高校。好在国家也承认民办大学的学历。于是，他成了省城都市学院新闻系的一名学生。

毕业于名牌大学新闻系的袁信昌不仅是省报资深记者，还是省内新闻理论界的权威，被都市学院新闻系聘为兼职教授。他授课的风格很独特，不喜欢照本宣科地念教材。他认为大学生有很好的理解能力，提出要点，让学生自己看，理解后能应付考试就行。上课时，他先让学生提出疑问，让学生讨论，然后他将教材要点与自己的新闻实践相结合，向学生进行释疑。这种教学不仅生动活泼，而且充分调动了学生的主观能动性，很受欢迎。按照惯例，他给新生上的第一堂课便是"新闻答疑"。他知道对于刚进大学门的学子来说，新闻充满着神秘感，他是想通过这种方式，了解同学们的思维动态，然后再通过答疑的方式，引导大家树立正确的新闻观。

"老师，我叫闻光一，是名复员军人。新闻有很强的服务社会和舆论监督功能。作为一个文明、民主的国家，除了要有一个科学的、民主的管理机制外，新闻监督与法制监督是使其机体更加健康的保障。为什么我们国家立了许多的法，而没有立新闻法呢？"

袁信昌习惯性地推推架在鼻梁上的眼镜，仔细端详着眼前这个身材不算高大，皮肤黝黑，眼睛格外有神的学生。在他的教学生涯里，是第一次，也是唯一一次被难倒，他有些语无伦次地回答道："这是个复杂而又敏感的问题，这么说吧，这与一个国家的实际状况有很大的关系。"

袁信昌知道自己的这种释疑是苍白的，但又能作怎样的发挥呢？他不是那种小肚鸡肠的人，不会因为学生的提问搞得自己下不了台而记恨在心。于是，他记住了这个叫闻光一的学生，对他高看一眼，厚爱一分，不仅课余时间经常找闻光一聊天交流，遇到节假日，还常常把他带到家里打打"牙祭"。到了实习阶段，从不带实习生的袁信昌亲自带闻光一，在采访实践中手把手地教。闻光一受益匪浅，写出了许多读者喜闻乐见的好稿子。有一年，正逢江南地区涨大水，数百个村庄被淹，袁信昌带着闻光一在灾区采访。他们来到受灾最严重的董渡镇，与镇子只有一条小河之隔的董渡村在一片汪洋中变成了一座孤岛，为了采访到第一手的素材，在没有任何交通工具的情况下，闻光一仗着有一身好水性，穿着救生衣，用塑料袋子装着采访器材，仅凭着一块木板泅渡过去，出色地完成了采访任务。事后，从不开口表扬人的袁信昌忍不住伸出大拇指，说："行，是块当记者的料！"

毕业后，正巧省报要招聘记者，袁信昌鼓励闻光一报名。尽管闻光一考了第一名，但报社领导看不上他是民办高校毕业的。还是袁信昌拿着闻光一发表的作品，一个个地找领导谈，做了大量工作后，报社才录用闻光一。随后，袁信昌又将闻光一调到自己任主任的政治生活部当记者，给了闻光一一个腾飞的平台。

"小闻呀，今天找你来有两件事，一是向你表示祝贺，你采写的《一湖清水问源头》在党报好新闻大赛中获得一等奖，为报社争得了荣誉啊！"袁信昌端起茶杯喝了一口水，喜形于色。

"我能有今天的成就，跟老师的帮助是分不开的。"闻光一说的是真心话。

袁信昌听了也很高兴，他轻轻地将茶杯盖上后，语重心长地说："你还年轻，要走的路还很长，可不能骄傲啊！"

闻光一感激地点点头。

"另外，还有件事。我有位亲戚在溪水县任副县长，对了，你好像是溪水人吧？"

"是的，我是溪水人。"

"那就更好了。他叫蓝建，是主管重点工程的副县长，最近抓了一个很好的民生工程，建了30多栋安居房，解决山区贫困群众的住房问题。这在全省是首创，很有新闻价值。本来我随便派个人去就行了，但没人能写出出彩的稿子来。再说，人家点了你的名！首席记者嘛，影响就是不一般。尽管你现在已离开了政治生活部，但凭我的老面子，你不会推辞吧！"

"瞧老师说的，你安排，我照办就是了。"闻光一笑着说。

"好，像我的学生。喏，这是联系电话，你尽快去一趟，他们会接待的。"

闻光一接过袁信昌递过的纸条，又聊了些报社的传闻，便告辞了。

回到办公室，闻光一泡了杯茶，随手翻阅着当天的报纸，总觉得心神不定，好像有什么事没办妥。猛然想起昨晚杜灵再三叮嘱的事。这事耽误不得，眼下已是4月，离中考不到2个月，得赶紧办。他在脑海里将比较铁的关系过了一遍，好像在教育系统没有熟人。一筹莫展时，依稀记起大学同学聚会时，听说顾小曼在市教育局干部科工作，当时顾小曼出差了，没能参加同学聚会。于是，闻光一火速拿出电话本，找到市教育局干部科的电话号码，试着拨了过去。

"您好，请问找谁？"一个温柔的声音。

"找顾小曼。"

"我就是，请问您是哪位？"

"闻光一！"

"哟，首席大记者，今天刮的是什么风？怎么想到给我打电话啦？"

"想倒是天天想，只是不敢打，怕骚扰了大美女呀！"

"欢迎骚扰！"随即，电话里传来一阵银铃般的笑声。

"老同学，我是有急事求你！"寒暄几句后，闻光一认真地说。

"既然还认我这个老同学，就用不着这么假惺惺地客气了，生分！这样吧，我手头上还有点事，下班后在榕门路的迪娜咖啡厅见，好吗？"顾小曼快人快语。

"好的，我订好位子等你。"

下午六点一刻左右，闻光一刚坐下来不久，顾小曼就到了。尽管是40岁的人了，却仍漂亮得撩人心魄，得体的服饰紧裹着凝玉般的肌肤，透着一种成熟女人特有的韵味，稍稍有些发福的瓜子脸上，有着一双风情万种、流盼灵动的眼睛。

"你还是那么漂亮！"闻光一起身伸出手。

"你还是那么阳光！"顾小曼也伸出了手。

"想吃点什么？"闻光一双手递过菜谱。

"随便！"

"那就来份牛排和果蔬沙拉吧！"

"听你的！"顾小曼莞尔一笑。

在学生时代，风华正茂的顾小曼是公认的校花。新闻系的男生都把她当成女神般呵护着。当然，也都想入非非。

有天晚上，闻光一寝室的几位荷尔蒙爆发的室友打了个赌，谁能在三天之内得到顾小曼头上那只蝴蝶形发卡，就公认是他的"女友"，大家凑饭菜票，连请他吃三天的红烧肉。这把仅靠一点复员费及课余时间打零工来维持生活，从不敢买荤菜的闻光一，诱惑得眼睛发光。随后几天，室友们都各显神通，采用借、哄、偷的手段，都纷纷败下阵来。而闻光一却按兵不动。第三天的晚上，闻光一背着书包来到图书馆，在聚精会神看书的顾小曼对面的位置上坐了下来。顾小曼对这名平日极少言语，却才华横溢的同学颇具好感，抬头给了一个微笑，闻光一也微笑着点点头。然后坐下来掏出信纸写信，写着，写着，竟抽泣起来，惊得顾小曼异样地看着他。

"闻光一，你怎么啦？"

"哦，没什么，我想起可怜的妹妹了，她比我小5岁，从小就双目失明，现在16岁了，没上过一天学！"

"真可怜。"顾小曼同情地说。

"哦，对了！顾小曼，请问你头上的蝴蝶发卡是在哪儿买的？"

"这是我姑姑从外地给我带来的，怎么问这个？"

"我妹妹一直想要一个这样的发卡，可不知道哪儿有卖？"

"这里好像没有。这样吧，下次姑姑回来，我让她帮着买一个。嗯？要不这样，这个先给你妹妹吧！"说着，顾小曼爽快地从头上取下发卡。

"那怎么行呢，不合适吧！"闻光一嘴上客气着，手却飞快地将发卡接在手中。

此时，牛排已上来了，闻光一仍出神地盯着顾小曼的头看。弄得她脸有些微红，轻声地说："我的头有什么好看的？"

"不，我是想起了那个蝴蝶发卡。"

"蝴蝶发卡？"顾小曼一愣，终于想起来了，不解地说："不是给你妹妹了吗？怎么，她现在还好吧！"

闻光一禁不住笑出声来，将这个恶作剧讲给顾小曼听，恼得她嗔笑着用拳头轻擂闻光一的胳膊："你们这些男同学真是坏透了，坏透了！"

或许觉得有些失态，顾小曼收回了手。

"哎，光一，你不是有事要找我吗？"

"啊，是这么回事，我儿子今年初中毕业，想上市重点高中，我没这方面熟人，只得找老同学帮忙了！"

"嘿，大记者也有求人的时候？看样子，不是这事，你是不会和我联系的！"顾小曼嘴不饶人。

"可别这么说，这么多年没联系。我还是同学聚会时才知道你新的工作单位，在电话簿上才找到电话的。"闻光一戚戚地答。

"说吧，儿子叫什么名字？在哪所学校就读？你家的户口在哪个地段？"

闻光一掏出采访本，写上所需的资料，递给顾小曼。她用手机拨了个号码，几分钟就将事情敲定。

闻光一如释重负地吐了口气。

因明天还要出差，回家还有些事情要处理，闻光一起身，伸手告辞。

"我说老同学，不要太功利了，有事才打电话，平时要多联系，在一起叙叙旧，对我们这个年纪的人来说，是种奢侈！"

"好的，好的。我是怕骚扰多了，你家那位有意见呢！"闻光一调皮地做了个鬼脸。

顾小曼也吐吐舌头，然后大方地伸出手说："欢迎骚扰！"

闻光一感觉到顾小曼手心的温度。

四

溪水县地处云间山腹地。

青山间沁出的泉水，从南北汇成两条溪流，清澈见底，石磊草青，溪流叮咚地淌过田畴、村庄，滋润着两岸肥沃的土地，哺育着旺盛葱郁的山林。然后在县城西郊交汇成一条河流，日夜不停地向东奔去。

县城由溪得名。

马头岭是溪水的东大门。它的山势如一匹奔腾的骏马，蜿蜒几十里。昂首嘶鸣着冲破云霄，踏碎的云絮只得无可奈何地缠绕在其腰间。

当闻光一的车子到达岭下的县界时，一辆黑色小汽车已在界牌边等候多时了。县委常委、县宣传部部长常林宽带着一男一女两位部下站在路边，眼睛死盯着每辆路过的小车。看到闻光一的车牌时，他脸上露出了灿烂的笑容，一边挥手示意停车，一边上前殷勤地打开车门。闻光一的脚还没落地，常林宽的双手已紧紧地将他的左手握定。

"欢迎，欢迎，欢迎闻首席回到家乡指导工作！"

"嘿，常部长，我又不是官员，只是一个小记者，还用得着这么客气吗？"

"闻老师，你可不是一般的记者，是首席！省报就此一位，你是我们溪水的骄傲。得知你要来，我们常部长连县委常委会都没参加，特地前来迎候呢！"身材矮小的报道组组长张志强一脸媚笑地说。

"应该，应该的！"常林宽在一旁不停地点着头。

闻光一心里没半点高兴，还涌起些许反感。

闲聊几句后，常林宽特地留下长相清秀，大学毕业不久刚考进县委宣传部报道组的小田坐闻光一的车，理由是带路。

"你叫什么名字？"

"田赛男。"

"看得出，你父母想要个男孩，没能如愿，只得把理想寄托在你身上。"

小田有些矜持地点点头。

"是溪水人吗？"闻光一问。

"不是，是隔壁独林县人。"田赛男答。

"怎么不考本县的公务员？"

"不是说，外来的和尚好念经吗？"

"这话可有概念上的错误，你是尼姑，不是和尚。"

闻光一故作严肃的话语，逗得田赛男发出银铃般的笑声，车厢里的气氛活跃起来，她退去了脸上的拘谨，话多起来。

"闻老师，您可是大名人呢！读大学时，我就读过您的作品，您写的东西大气、深刻，文笔精美，重点作品我还做了剪报呢，今天能见到您，真是太幸福了！"

"是吗？见了我这老头子，不会感到失望吧！"

"哪里，您比我想象的还要年轻，有股成熟男人特有的味道。"小田转过身子，用一双清澈的眼睛盯着闻光一，竟盯得他浑身有些不自在。好在到宾馆了，先一步到达的常林宽等人在门口迎接。

尽管溪水是一个国家贫困县，但宾馆建得很气派，也很豪华。它地处县城的闹市，门前绿树成荫的花园将其与喧嚣的市井分隔开来，起到了闹中取静的效果。主体建筑虽然只有三层，却飞檐翘角、玉柱青墙。地上铺的是红色花岗岩，空中吊的是水晶灯，古香中透着现代，平实里显出霸气。在陈旧脏乱的县城里，犹如一只静卧的凤凰。

县里给闻光一安排的是一个套间，房间设施堪比省城的五星级酒店，卫生间的抽水马桶是进口的。客厅沙发的茶几上摆着时鲜水果，还有一包高级香烟。

"闻首席，这里比不得省城，条件简陋，还请多包涵。不过，还算好，这个新建的县委接待宾馆，三天前才开张，你可是我们接待的第一位贵宾呢！"常林宽拆开香烟，给闻光一递上一支，然后掏出打火机，双手替其点燃。

"简陋？我好像住进了天堂呢！"闻光一一语双关。

精干的常林宽听懂了闻光一的话意，给自己点燃一支烟，深深地吸一口，然后漫不经心地说："我们这个穷乡僻壤，过去交通不便，来的领导少，得到的关注也少，因而发展滞后。自从前几年修通了二级公路，来的领导多了，没有像样点的接待地方，不是给溪水 60 万人民脸上抹黑吗？再说，接待工作也是生产力，这可是熊县长的原话啊。"最后一句话，常林宽特地加重了语气。

闻光一自然心知肚明，县委书记王仁水几个月前已升任副市长，由县长熊守心全面主持工作，熊县长正在努力，争取坐上县委书记的位子。

这时，传来轻轻的敲门声，闻光一准备起身去开门，常林宽却快他一步，飞快上前打开门，进来的是闻光一的弟弟闻光达。

"哥，我刚下课，来晚了一步，到了很久吗？"

"我也是刚到一会儿，来，快坐！"闻光一热情地说。

闻光一就兄弟俩。弟弟比他小两岁，感情很好。闻光一偷偷参军时，光达正在读高一。本来光达的学习成绩是中上，父亲在村小教书，顾不上家。母亲患有严重的风湿病，常年躺在床上。家里的几亩水田和照顾母亲的重任都压在光达身上，成绩明显下降，他高考时名落孙山。

光达就安心在家务农，后来顶替父亲成为村小的老师。前些年，心有愧疚的闻光一找到时任分管教育的副县长熊守心，将弟弟调到县城当小学老师。

见兄弟俩聊得亲热，常林宽看看表知趣地说："快六点了，常委会该散会了，我去门口迎迎县长。光达，就留在这里吃饭，兄弟俩难得一聚。"说完，他便告辞出门了。

"光达，爸妈的身体还好吧！"闻光一关切地问。

"好着呢，爸爸每天练练书法，有时到村头的小河里钓钓鱼，精神比以前好多了。妈吃了你从省城带回的药，好多了，能起床外出晒晒太阳。放心吧，哥！每星期我都会去看看他们。你只管安心工作！"

闻光一欣慰地点点头，拍拍弟弟的肩膀。

"对了，哥，爸妈很快也要进城了！"

"进城？住哪儿？"闻光一吃惊地问。他知道，弟弟买不起昂贵的商品房，至今一家3口住在只有12平方米的出租屋里。

"你不知道？熊县长特批了两套安居房给我们。在一个单元，门对门，我领爸妈来看过房，听说这个月就要交钥匙了，爹妈高兴得嘴都合不拢呢！"光达兴奋地说。

"有这事？我怎么没听说呀？"闻光一狐疑地皱起了眉头。还想问些什么，小田边敲门边微笑着进来，说县领导已到了饭厅，请他们去赴宴。

晚饭安排在二楼的贵宾厅。约有50平方米的厅堂里摆着一张红木圆桌，地上铺着高级地毯，桌子旁边围着一圈真皮沙发，桌上的餐具都是纯银镏金的，在柔和的灯光下，发出豪华的光芒。

见闻光一进来，坐在沙发上的熊守心立即起身伸出双手。

"哎呀，光一老弟，盼你回来一趟，比盼星星还难呢！我可得批评你，当首席是很忙，但别忘了，你的根在溪水，要多回来看看啊！"

接着，熊县长一一介绍站在身后的一群人，有县委副书记黄白、常务副县长甘小冬、组织部部长郑涛等，除了纪委书记钟红军外，几乎整个县委班子到齐了。介绍完后便入席。熊守心坐了首席座，闻光一在主宾座，黄白坐在主陪座，其他人按照职务高低，熟练地找准自己的位置并依次坐下。

"来，首先让我代表县委县政府欢迎溪水的骄傲、大才子、大记者回到家乡指导工作，先干为敬！"说着，熊守心仰脖将手中满满一杯酒干尽，其他人纷纷效仿，平日很少沾酒的闻光一在这种浓烈的气场下，一激动，也干了一杯。

"好，是条响当当的溪水汉子！"在熊守心的喝彩中，大家鼓起了掌，一种衣锦还乡的优越感在闻光一的心底油然而生。

其实，闻光一与熊守心早年有一段交集。闻光一在板桥镇中学读初中，师专体育系毕业的熊守心在镇中学当体育老师。那年，板桥镇组织了一支代表队参加县里举行的民兵大比武，可这支由农民组成的队伍，基本功实在太差。特别是射击科目，别说取得好成绩，就连能打中靶子的都没几位。急得时任镇长王仁水直骂娘。王仁水听说熊守心在师专读书时是学校射击队的队员，便火急地让人找他来，试着让他打了几枪。没想到，5枪打了48环，乐得王仁水嘴巴都合不拢，当即就批准熊守心加入镇代表队。熊守心也够争气，比赛后硬是扛了个冠军回来。这在板桥是史无前例的。这样的人才放在学校当老师太可惜了，于是王仁水下了道任命，调能打枪的熊守心到镇武装部当干事。熊守心也不是个等闲之辈，凭着自己的精明，紧跟着王仁水的步伐。随着王仁水的上升，他也就青云直上了。那时候要当兵，竞争是很激烈的。关键时刻，是熊守心帮着说了话，闻光一才能当上兵。

想到这，闻光一让服务员斟满一杯酒，起身对熊守心说："熊县长，您不仅是父母官，还是我的恩师，没有您当年的相助，也就没有我的今天，这杯酒我敬您！"

"等等，光一，我知道你的酒量，心意我领了，但酒就别干了，意思一下就行！"熊守心赶紧起身阻拦。

"不行，我得表述诚意！"说着，闻光一举杯要喝，被熊守心用手夺下。

"这样吧，你既然客气，就找个人代了。常部长，光一是县宣传部请来的贵客，这杯酒你就代了吧！"

"那是，那是，我代了！"说着，常林宽夺过杯子，一口干了。席间又响起一阵热烈的掌声。

"光一呀，别光顾着喝酒，来，多吃点菜，省城到溪水也就100多公里，但你回来得少，也算稀客呢！"说着，熊守心用公筷夹了几块葱爆海参，轻轻地放在闻光一的菜碟里。

"怎么，还没来得及回家看看吧？这次回来，多住几天，抽空回家陪陪老人，家里有什么困难，尽管跟我说，在溪水的一亩二分地里，可不能客气啊！"

闻光一是个知恩图报的性情中人，熊守心关切的话语已让他如沐春风，加之饭前弟弟带给他的喜讯，有了几分激动，拉起身边的弟弟说："来，光达，我们一起敬父母官，感激的话就不多说了，全在酒中。"

这杯酒下肚，本来就不胜酒力的闻光一有些微醺了，神情也有些恍惚。他一只手搭在了熊守心的肩上，轻轻摇晃了几下。

"大哥，叫你大哥不见外吧，如认我这个兄弟，有什么事就明说，这篇稿子从哪个角度写？定个调吧！"

闻光一的举止，令在场的人面面相觑。熊守心尽管是县长，却主持全面工作，是"一把手"，是绝对的权威，全县 60 万人没一个敢在他面前大声说话，更不用说和他勾肩搭背了。

闻光一不是官场中人，但记者掌握着话语权。一篇"抬轿"的报道，或许能使你青云直上；一篇"抖轿"的批评小稿，也许能让你摔入万丈深渊。何况闻光一是省报的首席记者，每篇稿子的影响力是不可估量的。这就是闻光一的分量。因而，熊守心不仅没恼，也用手搂住闻光一的肩膀，轻拍了几下。

"光一兄弟，你是首席记者，谁敢给你命题？唉，我们在基层工作的干部也真不容易呀，成天忙得团团转。经济发展、项目推进、城镇建设，哪项工作不是重点？但千重万重，民生最重。老百姓是什么？老百姓是天，我们是人民的公仆，是为百姓服务、为群众办实事的。老弟你是溪水人，应该了解县里的情况，这里是国家贫困县，工业基础薄弱，现在不能砍山林了，老百姓只能在田里刨两个钱，要不就外出打工。深山里的农民要移居出来，怎么安顿他们？安居乐业嘛，居无定所，怎能稳定民心？这或许就是我们抓安居工程的初衷。光一，明天让林宽陪着你到处看看，有了感觉，再选角度也不迟！"

闻光一尽管有些醉意，但还是听明白了熊守心的意思。政途还真是锻炼人呢，别看熊守心只是体育老师出身，现已磨练得颇为老道，几句话已将意义、目的、角度都不动声色地表述出来，而且语气恰到好处，让人听了舒服。

觥筹交错之间，天色已晚了。熊守心抬腕看看表，用不容推辞的语气说："天已不早了，反正光一在溪水还有几天，我还要处理几个要件，到此为止吧。林宽呀，晚上光一就交给你了，可要招待好啊！"

"县长放心，我会安排好的！"常林宽起身点头说。熊守心夸张地与闻光一做了一个拥抱的动作，闻光一已经醉了，在众目睽睽之下，在熊守心的脸上亲了一下，一个晃脚，差点跌倒，众人赶紧上前，将其扶到椅子上坐下。

"怎样，晚上去放松一下！"山上无老虎，猴子充霸王。常林宽坐在主位上，亲热地拍着闻光一的肩膀。闻光一正犹豫着，光达开口说："哥，我晚上还要备课，就不去了。"

"去嘛，去嘛，一起去放松一下嘛！正好醒醒酒！"小张赶紧讨好地说。但光达说真的有事，并起身告辞。小田也说家中有事，拎包回去了。

于是，处于酒醉状态的闻光一，在众人的扶助下，上了常林宽的车。

五

第二天吃早饭时，闻光一的心是忐忑的。他就像一只偷了腥的猫，怕被同类嗅出腥味。早点非常丰富，但他吃不出半点滋味。

这天的采访安排得非常紧凑，上午在县委的小会议室里座谈，副县长蓝建本来要参加的，因家里有急事，给闻光一打了个电话，用万分抱歉的语气解释，并说晚上专门来拜访。参加座谈的有县发改委、县扶贫办、县重点项目办、县住建局等职能部门的主要负责人。重点是介绍"一号工程"①的意义、筹备过程、资金投入、工程进展、群众反响等情况。

溪水是个山区县，全县 60 万人口，80% 的人都生活在茫茫群山中。县西边的 15 个乡镇，由于山高水冷，自然环境恶劣，大多数农民只得靠一块块巴掌大的"望天丘"讨生活。如遇到旱年，几乎颗粒无收。即使是丰年，成群的野猪也会在某一个夜晚蹿出来，将眼看到嘴的庄稼糟蹋得差不多。因而他们主要的粮食是红苕干。有的家庭穷得只有一床被子，床上铺的是稻草，全家老小都挤在一床被子里睡觉。近些年，县里兴起了外出打工潮，年轻力壮的全流向发达地区务工了，留下的全是老弱病残，成了"空壳村"。

6 年前，闻光一只身来到最偏远的大岭乡雷家村采访。村庄海拔达 1100 多米，不通公路，只有一条在悬崖上蜿蜒的小道与外界相连。全

---

① 即安居工程，根据熊县长的讲话精神，在传达文件中冠以这样的定位。

村30多户人家，散落在方圆50多平方公里的山岭上，村干部开会都得带着手电和饭筒，两头见黑才能赶一个来回。村民的房屋全是泥土筑成的，上面盖的是杉树皮。时间一长，土墙头斑驳得千疮百孔，犹如一位风烛残年的老人。只有每户门楣上挂着的一块红色"光荣烈属"的牌匾，才显出些许生气。村后的山岭上，长着16棵箩口粗的大松树，每棵树干上都钉着一块写有姓名的小木牌，树下还有香烛的残物。80年前，16位雷姓青年在族长的建议下，参加红军前，每人栽下一棵树，算是给故乡留下一个纪念。80年过去了，他们没有一人回来。尽管他们将血肉之躯献给了国家，连块墓碑都没留下，但英魂却回到故里，植入万古长青的松树里，守望着熟悉而又贫穷的故乡。

闻光一采访的对象叫雷牛崽。牛崽那年13岁，没读完三年级就辍学了。父母都在圳南打工，家里只有一个90多岁的老奶奶。牛崽每天都要下山，守候在镇上的小饭馆门口，讨些饭菜，有时也做些小偷小摸的勾当，被派出所抓到过好几回。因牛崽年纪太小，派出所只得教育一番后，放其回家。闻光一踏进牛崽的家，心"轰"地沉了下来。这是一间只有8平方米左右的小土屋，屋里只有一张饭桌和一张床，唯一称得上电器的东西，就是悬在梁上的那只电灯泡。一位头发苍白的老人盖着被子，倚在床头，不停地咳嗽。牛崽正蹲在地上梳理棕皮，见来了客人，起身赶紧泡了一碗茶，双手将茶碗递给闻光一。其实，床上躺的不是牛崽的亲奶奶，她叫李大莲，今年94岁了。尽管年迈，因常年不辍劳作，身体很康健，走起路来仍带着风。她的丈夫是当年参加红军的青年之一，叫雷金焕。李大莲嫁过来第6天，雷金焕就随红军部队北上了。从此，她就每天倚在门口盼望着丈夫回来，一倚就是40年，门槛都踏低了几寸。村里人劝她，金焕可能牺牲了，还是改嫁吧。但李大莲不相信，仍这样守候着。直到1972年，县民政局经过细致的调查，确认雷金焕在 1935 年牺牲了。至此，李大莲也没有再嫁，只是过继了丈夫的一个远房侄子做后代，她要传承雷金焕的香火。

得知闻光一是省城来的记者，李大莲没有吐苦水，没有发半句牢骚，而是让牛崽将自己搀扶起来，紧握着闻光一的手，用跑调的声调，哼起了《送郎当红军》。

李大莲哭了，哭的是思念。

闻光一也哭了，哭的是感动。

随后，闻光一掏出身上所有的钱，塞在李大莲的手中，并叮嘱牛崽，要争气，走正路，要对得起门楣上那块红牌匾。

县重点工程办公室主任黄本贵的口才很好，说话时还不断用手势比画，很有感染力。"我县的'一号工程'，是全省扶贫工作的重头戏，省委、省政府的高度关注并做出全面规划。准备用 10 年的时间，分三期完成安居工程的建设任务，到时，会安排 3000 户、总计 1.67 万名居住在深山的特困人口下山，从根本上治穷。首期工程建设 32 栋，计 1200 套。县委、县政府对'一号工程'格外重视，熊守心县长亲自带队选址，考虑到下山群众的生计问题，特选在县城的郊区，这样，失地农民就能靠进城务工、做小生意来生活，即使是垦荒种菜卖，都不愁生计问题。"

"那么，二、三期工程也是选址在县城附近吗？"闻光一问。

"这个，这个县里有整体规划，全部选在县城是不行的，闻记者，你是本地人，应该了解情况，县城的规模太小，没有这个承载能力，但大部分都选在条件较好的圩镇，让这些下山的农民生活有保障。"

"那么资金的来源呢？"

"采取'三个一'方式，即省里支拨一部分，首期给了两亿元；县里出一部分；个人出一部分。"

"个人出多少？"闻光一对此很感兴趣。

"约 500 元一平方米吧！"

闻光一点点头，在采访本上认真地记录着。猛然想起什么，停笔关切地问。"首期只有 1200 套房子，粥少僧多，如何公平分配呢？"

黄本贵愣了片刻，微微一笑，说："绝对的公平是不可能的。县里已布置各乡镇在摸底，到时采取摇号公示的方式，增加透明度。这毕竟是牵涉面广、敏感度高的事情啊！来不得半点马虎。"

午饭后，闻光一回到宾馆休息了一个小时。下午到建设现场采访，作陪的仍是常林宽。常不是本县人，农校毕业后，分到溪水的一个乡镇任农技员。他听话又肯干，得到乡党委书记的赏识，成为副乡长，在基层待了近 20 年。去年换届时，在乡镇当党委书记的他被提拔为县委常委、县宣传部部长。应该说，他是跳起来摘到桃子的幸运儿。每次换届时，县里都会给乡镇的党委书记留一两个位置，用时新的话讲，这是激励机制。这是个妙招，它就像成熟的桃子，发出诱人的香味，高高地挂在树梢，下面有一群人在渴望着它，因有一定的高度，不跳起来是绝对摘不着的。如何跳？什么时候跳？这就看各人的造化。因而在平日的工作中，他们竭尽全力，寸土必争，为在关键时候的起跳增加一点筹码。没这个桃子，谁还有起跳的激情呢！

"闻首席，我当宣传部部长的时间不长，经常在省报的重要版面上读到您的大作，真为溪水出了您这样的大手笔感到骄傲呢！"车子开动后，常林宽找着话头说。

闻光一转头看了他一眼，心里明白，这后面还有话。

"见笑，见笑，都是官样文章！"

"可不能这样说，往往一篇文章能改变一个人的命运呢！"常林宽认真地说。

"没这么玄乎吧？"

"嘿，隔壁的独林县是全国山林改革的试点县，工作推动了半年，取得了宝贵的经验，可就是棉花入水，毫无声响。前年，有位记者来了几天，回去发了半个版面稿子后，去那里取经的人络绎不绝，县里还专门成立了接待领导小组。省政府在那里召开了现场会。不到两个月，县委书记就被提拔到省林业厅当副厅长。"

"那也仅仅是个例。再说，人家也的确是干出成绩了呀！"闻光一淡淡地回答。

"闻首席，您是家乡人，我不把您当外人，就直说了。"常林宽停顿片刻，接着说，"熊县长到了关键时刻，他能不能接上书记，您的这篇大作会起到至关重要的作用，还得麻烦您妙笔生花呀！"

"采访完了再说，我会尽力的。"闻光一瞟了一眼常林宽。作为一名资深记者，他对现时官场上的游戏规则了如指掌。"一把手"的位置空缺，大家都希望能在班子里提拔一位，哪怕其人官德极差，或平时结下了较大的"梁子"。在关键时刻大家都会伸手推一把。因提升了一位，大家都能朝前挪一挪。官场就是靠"挪"产生动力的。此刻，帮人就是帮己呀。

说话间，到了安居工程工地。工地地处南溪北岸，与县城隔河相望，河上架起了一座木制浮桥，像一根扁担将两岸的城区挑起。用简易围墙围起的工地占地面积约120亩，围墙上贴着醒目的标语：民思我想、民困我帮、民忧我解、民谐我安。举全县之力，打好"一号工程"攻坚战，为下山农民兄弟献上厚礼！

32栋安居房，已有2栋完工，其他的也已封顶，但都用绿色的安全网幕围着。完工的样板房前，一群人脸上挂着笑容在等待着。常林宽上前一步，一一介绍。有工程副总指挥、县房管局局长丰收，质监组组长、县住建局副局长王洪波，还有特地从西边乡镇请来的下山农民代表。当介绍到施工承包方经理许木根时，闻光一惊讶得张开嘴。许木根？许晶晶的父亲？天下竟有这么巧的事？是不是同名同姓的人？闻光一仔细端详着眼前的许木根，十多年过去了，许木根发福了些，但他那颗龅牙却明白无误地告诉闻光一，他就是许晶晶的父亲。于是，一种说不清道不明的情绪笼上了闻光一心头。他在想，晶晶此刻在干什么呢？得知在这样的场合与她的父亲相遇，她会是怎样的一种惊叹？在众人的簇拥下，闻光一来不及和许木根说些什么，点点头走进了样板房。房子做得很漂亮，每套约110平方米，地面铺着白色的瓷砖，铝合金窗户上还装有纱窗，水电气设施一应俱全，每家还在一楼安排了20多平方米的小院子，用混凝土垒好了鸡舍。那些请来接受采访的农民，显然经过培训，在接受采访时，都说农民也享城里人的福了。作为新闻宣传的需要，有些套话是必要的，少了它，还出不了彩。至于如何把握"度"，那是闻光一的拿手好戏。

趁采访的间隙，闻光一与许木根聊了几句。

"还认识我吗，老许？"

"认识，闻记者，你是我家的恩人，怎忘得了呢？其实，你一下车，我就认出了！怕你贵人多忘事，记不得我呢！"

闻光一心里一热。要不是与许晶晶交往，他可能记不起许木根这个人了。

"怎么搞起建筑工程了？"闻光一好奇地问。

"长期在城里打工也不是个办法。我原来干过泥工，邀了几位同乡出来搞包工，慢慢就做起来了。闻记者，谢谢你当年的拔刀相助。今后还得多关照啊！"许木根紧抓着闻光一的手说。

"会的，会的。"

闻光一含蓄地笑笑。

晚饭后，常林宽还要安排"放松"，闻光一说什么也不同意了。他借口要到弟弟家看看，聊聊家常。常林宽要陪同，闻光一婉言谢绝了，说与弟弟有私事要商量。常林宽不好再坚持。

闻光一回到房间，用手机给许晶晶挂了个电话，听到那银铃般的笑声，他有些心猿意马，恨不能马上飞到晶晶的身边。接着，他诉说了今天偶见许木根的经过。

许晶晶也感到意外。"这也是缘分。不知道你是到溪水采访。否则，我会给老爸打个电话，让他好好款待你！"

这句话又撩得闻光一心动，抱着电话"叭叭"吻得大响。

打完电话，闻光一慢慢步出房间，想到弟弟那儿坐坐。刚出宾馆的大门，遇见让他目瞪口呆的一幕。一辆飞驰而来的桑塔纳，与一辆三轮车相撞，尽管桑塔纳采取了制动措施，但惯性将三轮车撞翻并压住了三轮车车轮。好在三轮车车夫机灵，跳下车，在地上打了几个滚，然后跃起，拦在车头与桑塔纳司机论理。桑塔纳司机连车都没下，凶狠地骂了几句，突然发动车子，朝三轮车车夫撞去。情急中的三轮车车夫只得伸手抓住桑塔纳雨刮，整个身子都悬在引擎盖上。此刻，桑塔纳猛一加速，以飞快的速度朝山岭的道路驰去。

不好，要出事！闻光一来不及多想，拔腿朝桑塔纳追去。大约追了300米，只见桑塔纳停在山坡的一块绿地旁。两位大汉正对躺在地上的三轮车车夫拳打脚踢。

"住手，快住手！"闻光一气喘吁吁地大声喝道。

"咦，哪来的屌头，敢管老子的闲事？快滚！"

两大汉停住手，一身酒气，恶狠狠地朝闻光一扑来。

"你们知道刚才干了什么吗？是在光天化日之下杀人！"闻光一没有后退，厉声质问。

"你是哪座山的猴子？活得不耐烦，找死呀！"其中一个脸上长着黑痦子的人走上前，不由分说地揪着闻光一的衣领。另一人则拿出手机，好像是叫人来帮忙。充满血性的闻光一最见不得这种事，更不惧被人欺负，双手一用力，便将黑痦子的手拧开，涨红着脸，大声吼着："我是从花果山下来的齐天大圣，路见不平就出手，咋的？"

或许是被闻光一无所畏惧的气势所镇住，或许是见闻光一穿戴不俗，又戴着眼镜，他们不敢再造次，往后退了一步，恶狠狠地说："好，你小子等着，会让你知道马王爷几只眼的！"

几十米远就是一个居民小区，争吵声引来不少的人看热闹。其中有位好心人悄悄将闻光一拖到一边，压低嗓门说："看你眼生，是从外地来的吧，这人可惹不得，他哥是蓝副县长，他在公安局治安大队工作，平时凶蛮惯了，绰号'蓝二县'。好汉不吃眼前亏，算了吧！"

蓝二县？他哥就是蓝建？闻光一走上前，将被打得躺在地上的三轮车车夫扶起。此时，传来警笛声，一辆亮着警灯的车停在现场，走下来两位穿制服的警察。见来了帮手，黑痦子更来劲了，拍拍闻光一的肩膀，厉声喝道："喂，请出示你的证件！"

闻光一起身，毫不示弱地反问："你是哪路神仙？你的证件呢？"

骄横惯了的黑痦子在县里还没见过这般硬头，要发作，但忍住了，从口袋里掏出警官证，神气地说："公安局治安大队的！"

闻光一接过警官证，瞟了一眼，蓝强。之后便轻蔑地丢还给他。黑痦子有些气急败坏地说："你的证件呢？"

"没带。"闻光一冷冷地回答。

"没带？哼，对不起，请跟我们走一趟！"

"我哪儿都不去，有话就在这里说！"闻光一镇定地说。

黑瘩子一努嘴，两位警察立即上前，不由分说地用手铐将闻光一和车夫铐了，然后推搡着塞进了警车。闻光一的肺都要气炸了，这是他从事新闻工作近20年来第一次遇到这样霸道的事情。

到了公安局，闻光一被带进审讯室。黑瘩子换了一身警服后，神气活现地坐在椅子上，然后威严地用手指指桌前的椅子，示意闻光一坐下。闻光一纹丝不动，嘴角挂着一丝冷笑说："送你一句话，善有善报，恶有恶报，不是不报，时间未到。你要好自为之！"

"大胆，你知道这是什么地方，到了这里还敢嘴硬？说，叫什么名字？干什么的？"黑瘩子一拍桌子，吼叫着。

闻光一冷冷一笑，说："看样子，你是不见棺材不掉泪。我能打个电话吗？"

"打什么电话？老实交代！"

"你不是要看证件吗？放在宾馆里，我让人送来！"

黑瘩子盯着他看了半天。心想，反正也跑不掉，等看了证件再审也不迟。就点头了。

闻光一掏出手机，拨了个电话，接通后，没好声气地说："是熊守心县长吗？我是闻光一，我现在在县公安局的审讯室里，请你来一趟！"

说完，便将手机关了。

听完这话，黑瘩子持烟的手在不停地颤抖，眼睛直直地看着闻光一。作为溪水人，没见过闻光一，却没有不知道其大名的。因在这穷乡僻壤，出一个名人不容易，何况是省报大记者。

"你，你是闻光一记者？真是大水冲了龙王庙，自家人不认识自家人了！"说着，黑瘩子将烟头一丢，跑上前要替闻光一解手铐。闻光一身子一侧，不准他挨着身子。急得蓝强头上冒出豆大的汗珠，他几乎用哭腔说："闻记者，闻祖宗，我是有眼不识泰山，冒犯了您，您大人不计小人过，原谅我这一次吧！"

闻光一都不朝他看一眼，扭转头沉默着。

这时，熊守心在县公安局局长潘志公的引领下，心急火燎地闯了进来，见闻光一仍戴着手铐，顾不得身份和场合，几乎咆哮起来："谁吃了豹子胆？反了天不成？还不赶快把手铐打开！"

黑痦子浑身直抖，吓得手忙脚乱地上前，仍被闻光一拒绝。

"光一，怎么回事？说出来，我给你做主！"熊守心知道事情闹大了，想亲自给闻光一打开手铐。

闻光一闭紧双眼，一言不发地摇摇头。

"说，到底是怎么回事？"熊守心将火全发在了蓝强的身上。蓝强紧张得语无伦次，说不出个头绪。一旁的车夫将整个经过叙述了一遍。熊守心脑袋一嗡，知道事情闹大了，多年的从政经历告诉他，这样的丑闻传出去，引起民愤以及巨大的社会反响不说，仅非法拘扣新闻记者一事也无法交代呀，明天大小新闻一见报，网上再转载，不就全完了。熊守心毕竟是个老江湖，多年的历练下来，事情越复杂，他显得越冷静。

"潘局长！"熊守心猛然一声喝道。

"县长，我在！"正在数落蓝强的潘志公应声朝前迈了一步。

"立即将胆大包天、违法乱纪的蓝强关禁闭！听候处理！"

"是！"潘志公一使眼色，两位警察立即上前，给蓝强戴上手铐，推了出去。这时，闻讯赶来的县委副书记黄白、纪委书记钟红军、宣传部部长常林宽陆续进来，与熊守心一起，赔着笑脸，向闻光一道歉、赔礼。闻光一毕竟是见过大世面的，也懂得顾全大局，再说，眼前都是父母官，不能一点面子也不给。于是，他将手伸了出来，潘志公亲自替他打开手铐。

"我领略了什么叫触目惊心啊！"闻光一丢下这句话，头也不回地走了出去。

众人将闻光一送到宾馆，想进去坐坐，再做做工作。闻光一以休息为由，拒绝了。

当时，气氛沉闷得要爆炸。

六

　　这天晚上，县委"五重天"灯火亮了个通宵。"五重天"是百姓们对县委常委会议室的别称。到县委常委会议室，人们要经过五道铁门，即县委大院门、办公大楼门、县委办公室楼层门、书记办公区门、会议室门。每道门都有专人把守，用老百姓的话说，战争年代的总指挥部也不过如此。

　　熊守心提议召开了紧急县委常委扩大会。扩大的只有一人，那就是副县长蓝建。会前，先后到来的常委们互相打招呼，说些笑话，气氛是活跃而轻松的。只有人到齐了，连接县委书记办公室的门才会打开。书记秘书先出来，将茶杯、材料摆放好，披着外衣的书记才会出来，走到椅子旁，秘书替他将外衣取下，他才会端正地坐下。这些不是做作，而是体现一种权威。熊守心目前还没享受着这种待遇，尽管书记办公室是空的，但他没敢搬过去。他深谙为官之道，正式任命没下来，说明还有变数，决不能给人猴急的印象。因而，他都是和大家一起到会议室。

　　蓝建还没到，会议无法开。他的手机一直处于关机状态，县委秘书科的几位干部花了九牛二虎之力才联系上他。因议题就是研究今晚"突发事件"的解决方案，蓝建是当事者的哥哥，有些事必须他出面才能解决。会议室里寂静无声。大家心里明白，今晚虽没有处理群体事件那么棘手与复杂，但处理不妥，也会牵涉到在座各位的前程。若闹大了，闹出影响了，熊守心的接任很可能泡汤。如从市里或外县调一位书记来，大家都挪动不了，一耽误可能就是几年，从政者图的就是一个进步，每一步都是关键，谁也耽搁不起。

熊守心不时抬腕看看表，眉宇间凝聚着一种焦急。其时，蓝建正在赶往县委大院的路上。他心里也打着小九九，七上八下。他并不知道今晚发生的事，他是刚从独林县城回来，在家门口被等候的秘书截住，通知列席常委会。蓝建身高体瘦，像根竹竿，有着一颗硕大的脑袋，平日又爱低头想事，给人一种头重脚轻的感觉。"这么晚了，还通知开会，我又不是常委，难道今天到独林办的那件上不得台面的事泄露了？不可能呀！再说，就是见了光，也不会上常委会讨论，即使讨论，也不会叫我参加呀！"蓝建心里越没底就越急，便不停地催司机加速。

当他气喘吁吁地赶到"五重天"时，熊守心的眼角微微一跳，朝下方的一个空位子努努嘴，示意其坐下，然后轻轻地移移桌上的茶杯。这是一个信号，即正式开会了。

"同志们，作为县里的主要负责人，对于今晚发生的事件，感到十分痛心。虽然事情只是公安局个别同志的行为，却说明我们平常的工作作风、为民服务的宗旨、干部队伍的建设，存在极大的漏洞，是我这个代理班长的严重失职啊！当然，现在不是追究责任的时候，而是如何来应对处理。我要提醒各位的是，此事处理得不好，不仅会产生恶劣的后果，带来连锁反应，更重要的是有损溪水的整体形象，会给我们今后的工作带来极大的被动！大家就如何处理，谈谈高见吧！"

熊守心的话虽不多，却语重心长，将利害关系都委婉地点明了，这就是领导讲话的高明之处，点到为止，留有余地。而不明就里的蓝建悄悄从常务副县长甘小冬的嘴里知道了事情的大致经过。他虽然对弟弟蓝强的鲁莽行为感到万分恼火，恨不能打他几个耳光，但心里也有几分踏实，好在今天去独林的事没暴露。

蓝建兄弟俩在溪水土生土长，他们的爷爷是南下工作团的干部，在溪水担任过区委书记、县委组织部部长，后在县委副书记位置上离休。

这哥俩从小就被爷爷溺爱，在县委大院里是出了名的一对天不怕、地不怕的"顽主"。哥俩各有特点，蓝建鬼点子多，蓝强出手狠。当时与蓝家同住一个院子的是原副县长厉辛，与蓝老爷子是一个部队南下的。这厉老头离休后，爱养鸽子，但鸽子的粪便拉得满院子不说，一到晚上还"咕咕"叫个不停。蓝老爷子本来就有失眠的毛病，被鸽子吵得更睡不着了，发了几次牢骚。可厉家婆子也不是个好惹的主，指桑骂槐地回敬了几句，气得蓝老爷子浑身发抖。突然有一天，厉家的鸽子得了一种怪病，不吃不喝，在鸽笼里打转，然后一只只离奇死去，又找不到任何病症与伤口。一气之下，厉老爷子报了警。事情虽然不大，但是离休老领导家出的事，公安局格外重视，派了刑侦大队的高手来破案。结果令人大吃一惊，每只鸽子的喉管里都插着一枚大头针。很快，案子破了，是蓝家孙子干的。蓝建出的主意，蓝强爬的鸽笼。

至于蓝建是如何走上仕途的，一直都是个谜。他和妻子都是省城医专毕业的，被分配在县防疫站工作。不到一年，蓝建就被调到县委组织部工作，两年后又被提为干部科副科长，由此青云直上。有人说，蓝老爷子与省委组织部的领导相识，领导儿子暗中帮忙；也有人说，喜好收藏的蓝建结交了市里一位有相同收藏爱好的领导，由此发迹。但谁也没有一个实底。

与会的各位常委都知晓今晚这件"突发事件"的利害关系，发言的语气既沉重又激愤。从全县的大局出发，入木三分地找出了导致这件事情发生的根源及自己应承担的责任。一致同意要严肃处理，决不姑息。本来，列席的蓝建是没有发言资格的，但熊守心让他以当事者亲属的身份做个表态。蓝建竟挤出了几滴眼泪，万分痛心地表达了自己平日放松了对弟弟的教育，才导致这起知法犯法的恶劣事件，请求组织处分。他还表示，对蓝强的任何处理都不过分，还要从严从快，最大限度地挽回影响。

大家纷纷进行表态后，会议做出了决议：

立即对蓝强实施拘留，由纪委与公安局组成专案组，待调查清楚违法事实后，将蓝强移送司法机关，并向全县通报。

对负有领导责任的副县长兼公安局局长潘志公给予行政警告处分，并向县委提交深刻检讨报告。

以此事为契机，在全县公检法干部队伍中开展为期三个月的"文明执法、公正为民"的自查自纠学习活动，全面端正工作作风。

熊守心、潘志公、蓝建作为代表，向闻光一记者赔礼道歉，求得谅解。

常林宽代表县委、县政府赶往省城，如实向省委宣传部及省报领导汇报，并致歉意，征求处理意见。

会议结束时，天已大亮。熊守心等人顾不上休息和吃饭，匆匆赶到宾馆，可闻光一的房间已空空如也。询问服务台，得知闻光一已于早上六点退了房，开车走了。

"闻光一回到省城，将此事写成稿子或内参，那就麻烦了！"潘志公忧心忡忡地说。

"是呀，是呀，我们赶紧往省城追吧！"蓝建附和着。

只有熊守心颇具临危不乱的风度，他来回踱着步，猛然说："光一不是有个弟弟在县城当老师吗？打个电话去问问。"

谁也没有闻光达的电话。于是，潘志公给县教育局局长打电话，通过他查到了闻光达的电话。可闻光达却说不知道哥哥去了哪儿。熊守心立即接过电话，语气亲热地说："光达吗？我是熊守心，找光一有急事，你连我都保密，说不过去吧！"

"哦，是熊县长呀，我哥他，他不让我说……"闻光达有些犹豫。

"说吧，没关系，我和光一可不是一般的关系！"

"那你可不能说是我说的！我哥回南溪去看爸妈了！"

熊守心将电话递给潘志公，用命令的口吻说："走，去南溪！"

其时，闻光一已坐在老屋的厅堂里。一清早，闻理才拎着钓鱼竿要出门，见一辆黑色帕萨特停在门口，下来的是几年没见的大儿子光一，惊喜之心，溢于言表。

"老婆子，老婆子，你看谁回来了！"

正在厨房里忙活的母亲闻声而出，见是大儿子回来了，高兴得声音都有些颤抖。"茅子，我的茅子回来啦！我说昨天左眼皮怎跳呢，左眼跳喜，右眼跳福，怎么也不先打个电话！"

"给二老一个惊喜不是更好吗？"闻光一眼睛有些潮润地说。茅子是闻光一的乳名，除了至亲外，很少有人知道。其实闻光一上面还有一哥一姐，可都因病夭折了。光一出生时，正值春天，漫山的冬茅吐芽苗壮。接生的叔婆说，贱名好养，乳名就叫茅子吧！

"还没吃早饭吧，我煮饭去！"母亲依依不舍地松开光一的手，多看了几眼才小跑着进了厨房。

闻理才在堂前的椅子上坐下，掏出一支烟，在低头点烟的瞬间，用充满父爱的目光，盯了儿子一眼。闻理才是个寡言的人，一辈子都过得坎坷艰辛，话语更少了。他是村里最有文墨的人，大家都叫他"闻秀才"。他刚从娘肚子里落地，发出第一声啼哭时，正值半夜，在外守候的父亲惊喜地一抬头，看见东南方向有一颗拖着长尾巴的流星一划而过，略懂天象的三叔公喃喃道："这小娃会发迹，是文曲星下凡呢！"果真，闻理才从小就聪慧过人，记忆力非凡。最初，他在由私塾刚改成的村小读书。才读了两年，晚清的秀才、私塾的坐师、现村小的老师赵无墨便找到闻理才家里，说："理才有过目不忘、读毕能诵的天赋，在无墨跟前恐误了其前程，建议送到南溪镇就读。"此事却让闻家为难了，刚搞完土改，值钱点的东西都给分了，拿什么送孩子去读书呢？

"送，砸锅卖铁也得送！"得知消息的三叔公一跺脚，回家从谷仓里挖出一担谷子，牵着小理才就上了路。闻理才也的确争气，成绩年年都是第一名，并被保送到县城读高中。高中三年，他更是出类拔萃，考个重点大学是没问题的。可就在临毕业的那年，"文革"开始了，闻理才因客观因素，高考时名落孙山。无奈，他只得回乡务农。那时，已当上村贫协主席的三叔公仗义执言，把闻理才安排在村小当老师，这一干就是几十年。一身才华的闻理才能够回报的，除了尽职尽责地当好村小教师，还把逢年过节时全村的对联包了，那极具文采的联文，透着魏碑风骨的墨迹，在十里八乡都是一景。

"怎么有空回家？"

"正好有到溪水的采访任务，抽空来看看二老！"闻光一弱弱地说。他从小就惧怕父亲。尽管父亲从未动过他两兄弟一个指头，连重话都很少说。但从父亲精短、平实的话语里，闻光一读到的是一个农村落魄知识分子的自尊、正直与做父亲的威严。

"好，多住几天！"

"不行，有任务，吃完饭就得走！"闻光一答。

"听说茅子弟回来啦？稀客啊！"随着响如洪钟般的话音，村支书闻跃进从门外飞快进来。他身板结实，五十开外，是三叔公的小儿子。

"跃进哥来了，快请坐！"闻光一赶紧起身让座，从口袋里掏出香烟，热情地递上一支。

"哟，这么好的烟，我们乡下人见都难得见着呢。哎，茅子，听说你当首席记者了，首席是多大的官？"

此话令闻光一哭笑不得，他思索片刻，认真地回答："首席不是什么官，是一种荣誉和责任，享受正处的待遇。"

"真牛！正处就是正县，与熊县长一般大，真是祖坟冒烟啦！"闻跃进用力拍着闻光一的肩说。

"谁家的祖坟冒烟？带我去看看！"随着话音，熊守心带一群人已迈了进来。

"我的天，是熊县长，是什么风将您刮来了？"闻跃进睁大着眼睛，惊讶地说。

"什么风？东风呀！"熊守心一边说，一边走到闻理才身边，热情地握着闻理才的手说，"闻老师，近来身体可好？对不起，因瞎忙，没能抽出时间来看您老，请包涵呢！"说完一努嘴，秘书立即将一个礼品袋放在堂桌上，里面是两条香烟，两瓶好酒，还有一盒冬虫夏草。

"这可使不得，使不得！"闻理才满脸涨红着说。

"有什么使不得，当年我在镇中，你在村小，都是同事呢！再说你培养了光一这样的栋梁之才，是全县的骄傲呀！"

"见笑，见笑！"闻光一只是淡淡地笑笑，也不让座，自己则坐了下来。

"我说跃进呀，你这个村支书是咋当的？进村的那条路烂到那种程度，也不修修？我们也是老熟人了，有什么困难到县里找我呀！"熊守心为了打破沉闷，挑着话题说。

"您那么大的官，要管的事多，这点小事我怎敢去麻烦您呢？不过，我们给镇里和县交通局已打了好几回报告，想趁新农村建设的东风，把这3公里路修成水泥路，可一直得不到回音呀！"

"哎，我们有些干部就是习惯了高高在上，嘴巴唱着要为民解困、为民排难，可终究不知道重点应放在哪儿。官僚呀，官僚！这样吧，跃进，下星期一到我办公室来一趟，我从县长专项基金里给你解决，15

万够不够？"

"够了，够了，足够了，我代表全村 2000 多名村民谢谢县长了！"闻跃进的脸笑成了花。他不明白，天上的馅饼是如何掉下来的。

他不明白，闻光一的心里却明白。这是熊守心为缓和关系下的一步妙棋，也是送的一个大礼。其实，闻光一尽管为昨晚的事生气，但他并没有以此事大做文章的动机。不管怎样，他是本县人，何况对自己有恩的熊守心到了关键时刻，如发一个批评稿子，这样产生的影响是不可估量的，很可能使熊接任书记的好梦变成泡影。再说，离开家乡几十年了，从没为村里做点什么，如能借此机会将这条烂泥路修好，也算是游子对故乡的一种回报吧！想到此，闻光一的脸色好了许多，掏出烟，给熊守心递上一支。熊守心为官多年，低头哈腰给其递烟者无数，大多数都被他用右手轻轻一拂拒绝了。即使接下了，他也是漫不经心地往桌上一搁，算是给了天大的面子，这就是久经官场者的"派"。可今天，他是双手接过闻光一递过的烟，并掏出火机，替闻光一点燃，心里的那块石头落了地。

"光一呀，昨天的偶发事件，尽管是个误会，但令人痛心疾首。说明我县的干部作风及队伍建设到了该下猛药治症的节点。你放心，对当事者我们决不手软，该处分就处分，该法办就法办！只是让你受委屈了。县委责成我们特地来赔礼道歉，请看在家乡的情分上，多多包涵啊！"说这话时，熊守心是一脸的正气。

"是呀，是呀，闻首席，昨晚县委常委们一个闹心没睡觉，反省思过，研究处理方案，这是做出的几点决议，请您过目，看看妥否？"潘志公掏出会议纪要，双手递给闻光一。

"那车夫的损失如何处理？他可是直接受害者！"阅毕，闻光一眉头一皱。

"哦，已经处理了，昨晚就派人找到了他。不仅当面赔礼，还赔付了 1000 元的车辆修理费和慰问费！"潘志公稍一愣，脱口编出一套假话，熊守心如释重负地朝他点点头。闻光一的脸色也好了许多。

"嘿，怎么都站着说话，你们都是贵客，快请坐呀！"闻理才虽不知晓事情的原委，但他明白，县里的领导追着儿子来，一定是有重要的事情。见大家谈得差不多了，便热情地招呼着。此时，一直站在边上没说话的蓝建轻步走到闻光一的身边，细声地说："闻首席，能借一步说话吗？"

闻光一扭头瞟了他一眼，便起身带他走进父母的房间。

"闻首席，真是对不起呀！"蓝建那硕大脑袋上的一双小眼睛盈满着泪水。"姨父来电话说，好不容易请动你的大驾，来宣传我主抓的项目，要我好好接待。昨天碰巧家有急事，一断黑，就赶到宾馆去见你，没想到会发生这样的事情。蓝强是有眼不识泰山，冒犯了你，真是该死！"

"不是冒犯我的事，对谁也不能这样，这是明目张胆地杀人呀，如车夫有个三长两短，会是个什么后果？"闻光一有些生气。

"对，对，对！闻首席批评得对，这是违法乱纪、罔顾人命的问题。不管怎样，我都要向你赔礼的！"说着，蓝建就要躬身行礼，被闻光一伸手拦住了。

"不必这样，只要你弟弟深刻认识到自己的错误，真心诚意地接受组织的处理就行！"

"闻首席真是大人大量！"

说着，蓝建从口袋里掏出一个鼓鼓的信封，迅速地塞进闻光一的上衣口袋。

"这是干什么？快拿走！"闻光一涨红着脸说。

"只是点压惊费，小意思，小意思！"

闻光一说什么也不肯收，两人推搡着。闻跃进却一头撞了进来。

"我说光一，怎么还在这里扯淡，将熊县长冷落在厅堂里呢！"

两人不敢推搡了。闻跃进一手一只胳膊地将他俩拖出了屋。在熊守心的提议下，中饭就在家里吃，他想吃闻妈妈亲手做的"肉臊子"。这可是溪水独具特色的小吃。用山芋、薯粉及山茶油揉在一起做皮子，里面包着土猪肉、冬笋丁、油豆腐、香菇丝等做成的臊子，吃起来软糯上口，鲜香沁腑，是当地逢年过节，或来了贵客桌上必备的菜点。闻理才喜颠颠地挎着菜篮子上集市买肉去了，在厅堂里喝茶的熊守心眼睛不停地扫视着厅堂的四周。见闻跃进拖着闻光一俩人进来，他用漫不经心的口吻说："光一，这房子有些年头了吧？"

"我出生的第二年盖的，唔，有四十来年了！"

"瞧瞧，房子都到处漏水了，闻老先生这辈子过得够坎坷的了，也为山村的教育做出了突出贡献，晚年再不享享福，怎么也说不过去呀！蓝副县长，上次在县政府办公会议上，我不是提了个意见吗？此次安居房分配，除了要对深山特困户倾斜外，对农村建设事业有突出贡献者，要给予优先，我看闻老先生就应在优先之列。"

"县长请放心，已按照你的指示，做了安排。"蓝建赶紧说。

"这可不行，国家对深山移民安居有一定的政策，不能搞特殊！"

"光一呀，你是首席记者，担负着省委赋予的宣传重任，可不能干涉地方内政啊！不管怎样，我是一县之长，有担子我挑了！这事就这么定了！"熊守心又拿出了县长的霸气与魄力，一锤定音。

闻光一的心里暖融融的。

七

闻光一到报社发稿，刚进电梯，遇见了正拎着包上班的袁信昌。
"哟，光一，你回来了！"

"昨晚回来的，上午在家把稿子写完了。"

"嘿，这稿子没有时效性，何必这么上紧呢，工作固然重要，但也
要注意休息呀，文武之道，一张一弛，可不能透支啊！"

闻光一心里一热，用一个微笑表达了感谢。

"这次到溪水，你可是受委屈了，唉，这个蓝强也是个二百五，怎
么能这样张狂呢，太不像话了！"

闻光一心里一惊，发生在溪水的事，袁老师这么快就知道了？是谁
的嘴这么快？袁信昌看透了闻光一的心事，淡淡一笑。

"常林宽部长昨天就赶到了报社，代表县委、县政府来向报社领导
解释，好像今天还没走呢。这样，光一，先到我办公室坐坐，我还有事
跟你说呢。"

说话间，电梯到了18楼，闻光一只得跟着袁信昌来到办公室。袁
信昌给闻光一泡好一杯茶后，在他的身边坐了下来，有意无意地问道：
"稿子写好啦？还顺手吧！"

"袁老师，请您指正！"闻光一赶紧从口袋里掏出一份已打印好的
稿件，双手递给袁信昌。按照报社的发稿程序，首席记者的稿件是由总
编辑签审的，因而除了给出版部发电子版外，还得打印一份送审。袁
信昌读得很认真，眉宇舒展得很自然，看得出，他对这篇稿子是极满
意的。

"好！老百姓是天，这个标题响亮，内容也好，文笔流畅，是篇有分量的新闻佳作。光一呀，你没让老师失望，是好样的。尽管在溪水受到不公正的待遇，但能做到以大局为重，不把个人恩怨带到稿子中，说明你成熟了，有胸怀，有气度！"

袁信昌的表扬并没有让闻光一高兴，反而反感。怎么成了不公正的待遇呢？待遇是有先决条件的，是对等的。蓝强的恶行纯粹是个人行为，是目无法纪、仗势欺人。难道说我路见不平、仗义执言、受到非法拘禁仅仅是一种不公平的待遇？

袁信昌早已看出闻光一的不悦，轻轻地叹了一口气，说："这事也怨我，蓝氏两兄弟是我老婆家的远房亲戚。蓝建目前在仕途，本想给他造造势，铺铺路。谁知节外生枝，出现这种事，光一，老师对不起你！"

见袁信昌一脸的沮丧，闻光一动了恻隐之心，坦诚地说："老师，这事不能怪你。出现不愉快的事，纯粹是偶然，再说，此事已解决了，也过去了，老师就不要自责了。没其他事，我到封总那儿送稿去！"

"等等，光一，正事还没谈呢！"袁信昌伸手将他拦住。

"这次你申报了正高职称吧，昨天社委会已通过了你的资格审定。"

"真的？！"闻光一眼里冒出惊喜的目光，但很快就暗淡了。

凭闻光一的资历、业绩、工作能力，早就应该评上正高。他连续3年申报，可都在资格审定这一关被刷。原因挺简单，因他是民办高校的本科学历，在全省都没有被评上正高的先例。每个单位的正高职数都是按比例分配的，竞争异常激烈。为了做到稳扎稳打，肥水不流外人田，因而在资格审定上非常严格。连续3次落榜，闻光一已心灰意冷。但看到身边许多业绩平平、能力一般、成天混日子的人都评上了正高，心里不服气，固执地年年申报。他要用这种方式，对仅凭学历与资历评聘的方式表示抗议。可真正获得了评定资格，闻光一倒心里发虚了。评聘的几条硬指标他都没问题，甚至是出类拔萃。但外语这一关却是拦路虎，凭他在都市学院以瞒天过海的方式获得的英语四级证书，要真刀实枪地考，恐怕不吃鸭蛋就是万幸。

"老师，还是算了吧，弃权！"

"怎么啦，好容易取得评定资格，就这样放弃？要知道，评上了正高，每月加1000多元工资不说，还享受厅级干部的医疗待遇，可是受益终身的大事呀！"

"不是我不想，而是我的外语太臭！"闻光一弱弱着说。

"那你副高是怎么考上的？"

"请人代考的。"

"那这回再请人代一次不就完啦？"袁信昌说。

"老师，现在不行了，进考场不仅要有准考证，还得有身份证，两者的信息与照片相符才行。另外，被抓住了舞弊，不仅要取消3年报考资格，还得给单位通报。"闻光一用丧气的口吻答。

"也真是的，搞文字工作的考什么外语，形式主义，完全是形式主义。这样吧，光一，不要灰心。我有位同学在人事厅考试中心当主任。到时我邀他一起吃顿饭，看他有什么妙招。"

闻光一激动得起身，深深地鞠了一个躬，便出门了。

从袁信昌的办公室出来，闻光一的手机响了。是常林宽打来的，本不想接，想想不妥，还是接了。

"喂，您好！"

"哦，是闻首席吗？我是常林宽，在你办公室门口呢！"

"有什么事吗，常部长？"

"嘿嘿，没什么大事，就是见面聊聊！"

于是，闻光一加快了步伐，来到办公室，只见常林宽与田赛男正候在门口。他打开门，微笑着将他们迎进去。还没坐稳，小田便将一个纸包放在办公桌上。

"这是什么？"闻光一紧张问。

"没什么，两条烟。你们搞文字工作的都好这口。"常林宽笑着解释说。闻光一不放心地将纸包打开，果真是两条烟，便放心了。泡好茶后，闻光一坐在桌子旁，等候着常林宽谈正题，可出乎意料的是，常林宽根本没提发生在溪水的事，而是聊起了家常。从杜灵的工作情况到儿子的学习成绩，越聊闻光一的心里越发毛，难道他在这里候着自己两天，为的就是聊家常？坐了不到 10 分钟，常林宽就起身告辞了。闻光一更是摸不着头脑，想留他们吃晚饭，可常林宽说要赶回溪水。将他们送到电梯口，闻光一忍不住告诉常林宽，溪水的稿子已写好，刚刚发了稿。

"谢谢，我就知道闻首席会以大局为重。"闻光一能明显感觉到在握手道别时，常林宽用了暗劲。站在一旁的田赛男只是轻轻点头一笑，算是告别了，但她眼神里飘忽着一种让人难以捉摸的光泽，尽管是一瞬，闻光一却敏锐地捕捉到了。他发觉从头至尾，她都没说一句话。"我是否哪儿得罪她啦？"闻光一没想明白。

回到办公室，闻光一仍坐着发呆，该如何闯过职称评定外语考试这一关呢？干新闻这一行，有没有职务不是很重要，记者是靠作品说话，但职称却是太重要了，直接与工资挂钩，换句话说，是衡量业务水平的刚性指标，比如竞聘首席记者的一个必达条件便是具有副高以上职称，总不能当一辈子副高吧！他设想了许多种方案，都被自己否决了，他感到一种无助的烦恼。此时，电脑屏幕上一颗 QQ 头像在不停地闪动，便随手点开，原来是许晶晶。他立刻来了精神。

下班后，闻光一赶到约会地点时，许晶晶早已到了。她今天穿着一身淡绿的旗袍，外穿一件白色的线衫，显得格外雅致。见闻光一在身边坐定，她递过手中的菜单，甜笑着说："馋鸟，想吃什么，自己点吧！"

闻光一随手点了一份西点和一杯咖啡，便将菜单递还给许晶晶。

"怎么？没胃口？是不是病啦？"从闻光一一进来，许晶晶便感到他的气色不对，关切地用手摸摸他的额头。闻光一心虚地朝四周瞭了一眼，将许晶晶的手轻轻握在手中。

"没事，只是心情不太好。"

"怎么？遇到了烦心事？"

"也没什么，只是，嗯，还是不谈了，别坏了我们的好心情。"闻光一摆摆手。

"光一，有什么事别闷在心里，如果还把我当知心朋友，就说出来，是好事，共同分享，是难事，我也能帮你承担一半呀！"

许晶晶也觉得奇怪，自己与闻光一的关系会发展得如此之快。她觉得这个外表寻常的男人身上有种特殊的魔力，它能突破重重防线，让她自动缴械。无论吃饭、睡觉还是看书，他的身影都会顽固地展现在她眼前。这种魔力究竟是什么呢？才气、善良、气质、个性？好像是，也不全是。在他们的交往中，许晶晶最乐意的就是听他讲自己的故事。有一次，他们在自驾郊游时，许晶晶突然好奇地问："你的乳名为啥叫茅子？有什么特别的含义吗？"

"乡下的孩子都有乳名，比如猫崽、狗伢、牛牯，等等，接地气，越土越好！"闻光一回道。

"为什么呢？"

"农村的男丁金贵，怕被天神收走，名字越贱越好养，神仙也嫌贫爱富呢。"

闻光一的话，逗得许晶晶开怀大笑。

"我出生在冬天，正是冬茅花烂漫的季节。冬茅的生命力极强，在凛冽的北风里，它铁红的茎秆、雪白的芒花显得格外精神。喏，那就是冬茅。"说着，闻光一指着河边一丛丛人般高的植物说。

许晶晶看得入神了，牵着闻光一的手朝河边奔去。她想采枝芒花，刚采折了一枝，脚下一滑，她下意识地用左手抓住茅叶，手被锯子般锋利的茅草叶割开了一个口子，顿刻鲜血直涌。闻光一急得立即脱去外衣，将衬衣撕成布条，给晶晶包扎着。顿时，许晶晶看着寒风中的闻光一，感动得热泪盈眶。

在许晶晶的追问下，闻光一只得将心中的烦恼说了出来。

"嘿，我当什么了不起的事！这事，求我呀！"许晶晶咯咯地笑着说。

"求你？"

"不知道吧，本小姐在大三时就已拿到英语六级资格证书。这样的职称外语考试，小儿科！"

"晶晶，事情不像你想的那么简单，现在是双证齐全才能进考场，代考的路子是绝对行不通的！"闻光一仍是忧心忡忡。

许晶晶不言语，只是不停地用手中的小勺子搅动着杯子里的咖啡。猛然，她抬起头，用晶亮的眸子盯着闻光一。"在考试中心能否找到可靠的熟人？"

闻光一愣了片刻，摇摇头。"不过，袁老师说他有位同学在那里当主任，但没接触过。"

"真的？那妥了！"

"怎么个妥法？"闻光一瞪大了眼睛。

"我们同时报名，只要那位主任帮忙将我们分在一个考场，其他的事，我来解决！"

"你有啥好主意？"

"暂时保密，到时你就知道本小姐的手段了。"

闻光一高兴得几乎要跳起来，产生了要紧紧拥抱晶晶的冲动，但理智告诉他，在这样的公共场合，要稳重，再稳重。于是，他双手将许晶晶温柔的小手抓住，捂在心口。

回到家时，已是晚上 11 点多了。杜灵见丈夫进来，从沙发上一跃而起。

"你今天到二中给儿子交了择校费？"

"没有呀！"闻光一惊讶地回答。

"那就出现怪事了，今天二中的招生处来电话，说儿子的 2 万元择校费已缴了，让我去填表呢！你没去，那会是谁呢？"杜灵一脸惘然地说。

闻光一脑子在飞快地转动，猛一激灵，想起了一个人——常林宽。他今天到办公室，就是一种暗示，可是他是怎么知道儿子要进二中的事呢？

八

听涛斋是坐落在省城北郊系马山腹地的一座农家小院。尽管是土木结构，却雕梁画栋，古香古色。它背倚险峻的系马山主峰，前眺繁闹的省城，在虬松成荫的簇拥里，不时传来山鸟欢快的歌鸣。

小院的门楣上挂着一块手书的横匾：听涛斋。墨迹力沉劲稳、外刚内圆，颇具魏碑风骨，看得出斋主并非等闲之辈。

当闻光一还在品赏精美的书法时，顾小曼已像只欢快的小鸟跳进院子。

"姨父，来客啦！"

闻光一心里一惊。昨天下班时，他接到顾小曼的电话，说周末邀他到郊区走走，散散心，并认识一位高人。本来闻光一想推辞的，他已约好许晶晶去钓鱼。但当顾小曼说这位高人是位围棋高手时，他动心了。闻光一没别的嗜好，就爱下棋。在这黑白之间，他享受到的是纵横捭阖、变化莫测的快感，领悟的是淡静的处世之道、取舍的人生哲理。只要有空闲，他能一坐不动地在棋盘上摆谱几小时，常常饭都要杜灵端到手上，入神时，筷子竟会伸进棋盒里。可顾小曼并没说高人就是她姨父呀！

随即，从屋里迈出一位步履苍健的老人，脸色红润，肌紧手灵，特别是那雪白的挂腮胡子，飘飘冉冉，很有几分仙风道骨。

"哟，我说今天母鸡怎么打鸣了，原来是小曼来了。哈哈！"

老者的嗓音洪亮，笑眉舒展，轻轻地将小曼拥在胸前。小曼则像只文静的小鸟依在他怀里，看得出，小曼很亲姨父。

"来，介绍一下，这位是我的老同学，省报的首席记者闻光一。"

"欢迎，欢迎，小曼多次谈起你。"老者热情地伸出了手。

"这位是我姨父，王陵子！"

"王陵子？您就是省社科院文史所的王陵子教授？"闻光一惊喜地握着老人的手说。

"老朽正是。"

"幸会，幸会！"

闻光一虽不认识王陵子，却知晓他的大名。这是位学识渊博、治学严谨、为人正直、刚直不阿的学者。在学术界颇有建树，桃李满天下，脾气倔得出了名。省委宣传部的赵副部长曾是王陵子的在职研究生。毕业答辩时，赵副部长因平日工作忙，准备不充分，回答得漏洞百出，王陵子就是不让其过关。省里许多有脸面的人物来说情。老爷子头一昂，不留余地地说："他从政或许是块好料，为什么要往学术堆里钻？我让他过了，是害了他，也坏了学术风气，这股邪气不可长。"

王陵子退休后，就销声匿迹了，没想到是隐居在这世外桃源。

闲聊几句后，王陵子将他们带到院南一间木柱草顶的亭子。石砌的桌子上已摆好了棋具。这里居高临下，视野极好，旁边种着一桃二李，早已绿意葱葱。

"小曼，你姨今天进城办事去了，中饭就看你的手艺了。我不吃荤，鸡窝里有刚下的蛋，园子里有新鲜的菜，你看着办！"

两人在石桌旁坐定，推让着执黑。相持不下，便猜先，结果是闻光一执黑。他深深地吸了口气，让心神定下来，然后从棋盒里摸出一枚黑子，稳稳地钉在左下角的星位上。在高人面前，闻光一不敢造次，决不会下在"天元"。手谈中，闻光一明显感到对方的每步棋都绵亘劲透、暗藏杀机。进行到116手时，盘面上泾渭分明，黑棋占据着实地，白棋取得外势。从盘面上看，黑棋的目数领先，但白棋势如卷席，如不赶紧打入，待白棋形成合围，那就麻烦了。于是，思考良久的闻光一深深地吐了一口气，毫不犹豫地在"天元"打入一子，犹如一颗钢钉插入白阵中。王陵子眉头微微一挑，凝思片刻，摸起一枚白子，在黑棋已成实地的右边角一"点"，顿时盘面起了戏剧性的变化，黑棋如补断做眼，边上的一大块棋便要被吃掉，如不补，眼位又不全，急得闻光一额头上沁出了汗珠。思考良久，闻光一觉得已无回天之力，便下了一手随意棋，准备投子认输。可王陵子却不动声色地笑笑，在黑棋右角的"双劫"处下了一子，形成了罕见的"三连环劫"，出现了围棋中万盘难见的和棋。闻光一明白，王陵子这是给自己台阶下。这就是高手的境界，也是胸怀。闻光一红着脸抓起一枚棋子倒扣在盘上，表示认输。

"王教授，我输了！"

"胜负只是一瞬间的转换，围棋的最高境界是无我，如心存私念，一子便会断送大好前程，招致满盘皆输啊！"

闻光一心悦诚服地点点头。棋品见人品，王老宽阔的胸怀、大家的风范、谦逊的品行，如面镜子，照得闻光一自觉惭愧。他尽管已过了不惑之年，可仍是这般浮躁、冲动，缺乏定力，今天这盘棋是王老给自己上的人生一课，他应反省铭记。最后，闻光一默默地将盘上的棋子捡进棋盒里。

"来，给你看样东西。"王陵子从旁边的石凳上拿过一沓厚厚的书稿和一本书，递给闻光一。书稿是用蝇头小楷写的，书名是《陈氏国学脉络考丛》，署名王陵子，成稿于2006年。书是省出版社出版的，书名是《略论陈氏国学精髓》，作者是左放明，出版于2011年。闻光一知道这个左放明，他是省城大学的副校长兼文学院院长、教授，在省里也是赫赫有名的人物，不仅常被请去给省四套班子的领导开讲座，还在省电视台开办了《文史百家》论坛，收视率还不低呢。

"王教授，这是？"

"鄙陋的小人，明目张胆地抄袭。闻记者，你回去将这两本书仔细地对照看看，80%都是抄袭。连错误都照抄，铁证如山。"

王陵子又拿出一本笔记本递给闻光一，这是他前年为掌握第一手资料，在武汉采访陈氏后人做的笔记，有许多从未披露过的陈老在双目失明后严谨治学的鲜活事例。其中有几处人名搞错了，后来陈氏后人特地来信予以订正。信的复印件也夹在本子中。

王陵子是国学大师陈氏的关门弟子。对陈先生人品、学术、为人的崇敬，加之又同为老乡，王陵子把对陈氏的研究作为终身的课题，不仅在国际、国内的刊物上发表了大量的研究论文，还出版了许多专著，而最重要的便是这部尚未来得及出版的《陈氏国学脉络考丛》，这是对陈老一生治学理念、国学成就、人生风尘的集大成之著，花费了他半生心血。国内多家知名的学术出版社早已得知信息，多次派人来约稿，都被王陵子婉拒了，原因挺简单，因对陈老几个重要的治学问题尚未考证清楚，抱着对宗师负责的态度，他不敢轻易出手。没想到，《略论陈氏国学精髓》却出来了。王陵子找来一本一看，顿时血压升高，浑身冒火。天下竟有如此小人，整段照抄不说，还在后记里写道：此书的写作，得到王陵子教授的鼎力相助，他提供了大量翔实的资料，在此一并感谢。

"这是杀了人，还伪造了一个自杀的现场，用心何其狠毒！"

"王老，左放明是如何得到这部书稿的呢？"闻光一不解地问。

"唉，知人知面不知心呀！"王陵子深深地叹口气说。"前年春天，左放明找到我，说要给研究生开设一门国学精髓的课程，牵涉到陈氏的内容。他说我是陈学专家，想要得到帮助。他是老同事，又是系主任，我离开省大有些年头了，能为系里的教学出点力也应该，何况学术成果也需要共享呀！于是，我将书稿借给了他，半个月后，他还回来了。

没想到，正如古人所云，害人之心不可有，防人之心不可无。悔之晚矣。"说完，王陵子痛苦地摇摇头。

这就是中国的传统知识分子，善良、大度、执着而带有几分天真。他们总是以美好的眼光去审视身边的事物，以纯净的心灵去善待芸芸众生，他们有足够的智慧去认知、破解高深的学术课题，但对小人为钻营私利而略施的雕虫小技，却束手无策，没有任何防范能力。这是他们的骄傲，也是悲哀。作为一名"铁肩担道义"的新闻记者，决不能让这股污浊的空气玷污学术圣堂，让小人的阴谋得逞，要将事实的真相披露出来，为弱者伸张正义。顿时，一股豪气从闻光一的丹田冲出。

"王老，此事您准备如何处理呢？"

"打官司，倾家荡产也要打，人活着不就是要争口气吗？打官司能还我正义，惩治小人，能出口气，但这还不是最重要的，重要的是将这些剽窃别人学术成果的小人行径披露于世，让他们无藏身之地。否则，风气坏了，后面还有更多的受害者。我已将各项证据晒在网络上，同时也希望得到主流媒体的支持，以正视听。"

闻光一点点头，表示理解。

此时，顾小曼已将午饭做好，招呼他们入席。菜谈不上丰盛，但清爽可口，有蒜苗炒腊肉、凉拌黄瓜、西红柿炒蛋、油爆笋片，平日很少饮酒的王陵子还特地开了一瓶自酿的葡萄酒。顾小曼端起酒杯，带着歉意地说："光一，姨父的事给你添麻烦了，敬你一杯，请多包涵！"

"小曼，说这话就见外了，别说我们是老同学了，就是外人遇到这等不平之事，也不会坐等视之呀！我还得谢你呢。"

"谢我什么？"

"谢你给我提供了一个极有价值的新闻素材呀。"

说完，闻光一与顾小曼碰了一下杯，很豪爽地一饮而尽。

此时，闻光一的手机响了，他看了下号码，是封建国总编辑来的。他知道封总平时不轻易给他打电话，何况又是周末，一定是有急事，于是紧跑几步到门口接电话。

"是小闻吗？你在哪儿？"话筒里传来一个厚重的男中音。

"封总，我在系马山呢，有事吗？"

"嗯，这样吧，下午两点半到我办公室来一下，行吗？"

"好的，好的。我准时到。"

挂了电话，闻光一抬腕看看表，心里有种莫名的忐忑。会是什么事呢？见他心事沉重的样子，王陵子也不好留，吃完饭，便催促着俩人赶回城里。

下午两点半，闻光一准时敲响了封总办公室的门。封总正在认真地审读一份稿子，见闻光一进来，微笑着点点头，示意他在沙发上坐着稍等。封总是位非常恪守时间观念的人，每天下午五点半的编前例会，他都会准点端着一只玻璃茶杯踏进会议室。同时，他是位极有风度的中年男子，中等身材，皮肤白皙，线条清晰的方脸上架着一副黑框眼镜，加上不苟言笑的表情，给人一种不怒自威的感觉。封建国从申江大学新闻系毕业后被分配在滨都工作，因妻子患有过敏性皮炎，不适应那的气候，他只得申请调回家乡工作。他不仅有着深厚的新闻理论基础和超前标新的理念，还有着对新闻事业的执着与虔诚。新闻无小事，作为省报的总编辑，身上的责任与压力是巨大的，每一个微小的错误出现在版面上，造成的负面影响是不可估量的。因而他要亲自过目每天见报的版面，对于重要的稿件，他更是要推敲每一个标点。他上任以来，报纸的差错率大幅降低，在全国报纸质量评比中，获得过第二名的佳绩。当然，这与日益完善的责任制度有关，但封总的付出是有目共睹的，因而大家送给他一个绰号："铁闸"。

"你先看看这个！"封建国起身来到闻光一的身边，将一份稿件与一封信递给他。稿件正是闻光一写的《老百姓是天》，信是打印的，尽管不长，却读得闻光一浑身冒冷汗。

敬爱的封总编辑：

我是溪水县一名普通的干部，也是贵报忠实的读者。为了维护党报的权威性，爱护闻光一首席记者的声誉，特向你们反映我县安居工程的一些真实情况。

安居工程是党和政府对居住在深山里贫困山民的关怀与扶贫措施，是一项政策性强、牵涉面广的政治任务。但我县具体负责此项目的个别领导，采用欺上瞒下、移花接木、偷工减料的手段，搞不正之风，中饱私囊，群众意见很大，具体体现在如下几个方面：

偷工减料。除2栋样板房是真材实料外，其他30栋用的都是不达标的建材，存在严重的质量问题，有着极大的安全隐患。监理部门曾提出过质疑，但最后都蒙混过关了。

移花接木。建设高标准的接待宾馆，以安居工程的名义，购买高档建材用于宾馆建设，并有个人收受回扣、贪污公款的现象。

弄虚作假。1200套安居房本应全部用于安置深山移民，并采用抽签的方式确定人选，然后再张榜公布。据了解，2栋样板房没有列入分配方案，以平衡关系、协调工作的名义被暗中私分。

闻光一首席记者在采访过程中是认真负责的，但由于时间紧，又被人为的假象所蒙混，难以了解内幕。唯稿子见报后，造成极坏的影响。特来信反映真实情况。

溪水县一名有良心的干部 三页眉

封建国倒上一杯水，轻轻地放在闻光一的面前。此刻，闻光一全神贯注地盯着落款在沉思："三页眉"显然不是真实的名字，可为什么不写真名，也不匿名，而要用这落款？是否在暗示着什么呢？看得出，此人讲的是真话，不仅了解内幕，而且对他的行踪了如指掌。为什么在溪水时不直接向他反映，而要写这封信呢？出发点是什么？他像陷入了一个旋涡，如一片无根的落叶漂浮着，随时有沉入黑暗的危险。

　　"小闻，你有什么想法？"

　　"太不可思议了，我采访可是有记录的，也到了现场，怎么会是这样呢？"闻光一眼里透出一种无助。

　　封建国轻轻地拍拍他的肩膀，语气沉重地说："新闻无小事，真实是新闻的生命，一名优秀的记者，应该有通过眼睛和耳朵透过现象看到本质的能力，可不能只当传声筒啊！"

　　封建国的话语尽管平缓，却如声声炸雷在闻光一的耳边响起。他知道封总平时是不轻易批评人的，一旦开口了，字字如千钧。顿时，他觉得耳根发烫。

　　"当然，这只是一封普通的举报信。但看得出，此人是有正义感的，对你也是很爱护的，不像是带有个人目的的恶意之作，必须要引起重视。你看这事如何处理？"

　　"我，我听封总的。"闻光一六神无主。

　　"这样吧，解铃还得系铃人。此稿暂时不发，你再去趟溪水，彻底了解真相，要想方设法找到写这封信的人，他应该掌握了第一手资料。注意，要保护写信人，不管他写信的动机是怎样，他承受的压力是非常大的。你这样去可能不行，动静太大，会适得其反。建议采取暗访的形式，溪水的情况比较复杂，采访的难度也很大，我再给你配个助手，让小樊与你同行，如何？"

樊大明是政治生活部的一名年轻记者，人高马大，头脑灵活，而且跑过政法口，比较了解法律方面的知识。于是，闻光一便点头同意了。

从封建国的办公室出来，闻光一的步履格外沉重。他在脑子里一直在思索着一个问题："三页眉"这个名字里到底蕴藏着怎样的玄机？闻光一以极缓的步伐踱出报社大门时，隐约看见马路对面停着一辆帕萨特，一人站在车旁向他招手。他定睛一看，不熟悉，以为认错人了，便低下头，继续走。

"喂，闻光一，闻天元，是我呀！"

闻光一循着喊声望去，只见站在车旁的人已穿过马路，微笑着朝他奔来。

"你这天元，裤子一提就不认人啦，朝你招了半天手都没反应。可不够朋友啊！"

"哟，是三三呀，真是马甲一脱，认不出王八了！"闻光一终于认出了是脱下警服的洪兵，便调侃着。

"你这大忙人，打你电话也不接，好不容易才逮着你！"

"我在封总那儿谈事呢，关机了。对了，你是怎么知道我在报社的？"

洪兵掏出香烟，给闻光一递上一支，故作神秘地说："我是干什么的？要找个人，还不是分分钟的事。好了，不扯淡了，走，带你去见个人。"

"谁呀？"闻光一警觉地问。从内心讲，他对警察没好感，总觉得他们身上有股"匪气"。要不是故交，又在关键时刻帮过他，以他的个性，本不愿多搭理洪兵。

"放心吧，不是土匪，也不是贪官，见了就知道。"洪兵半推半拉地将闻光一拖到轿车旁。车后座走下来一个精干的中年人，人还没立稳，双手已热情地伸了过来。

"是闻首席吧，大名早已如雷贯耳，今天才见真容，幸会，幸会！"

"这位是？"闻光一转头疑惑地问洪兵。

"这是我哥，洪亮，在山阳市发改委任副主任。放心，是亲哥！"

"啊，失敬，失敬！"闻光一这才放心地伸出手。

"对不起，闻首席，兵弟已将你们的关系跟我说了，这次来是有事求你。是公事，这样吧，我们找个地方详谈。"

闻光一耳根隐隐发烫，他不知道洪兵跟他哥是如何讲的，是否将那天晚上的事当作笑话说出来了，惴惴中被拖上了车，拉到酒店包厢。

"是这么回事，闻首席，国家正在规划建设一条与北刚线并行的骨干铁路，按初步设计与我省擦肩而过，与山阳市的秀水县相距不到 15 公里。你知道，山阳是革命老区，全市 12 个县（区）有 10 个全红县，有 4 万多名有名有姓的烈士。可由于交通不便，地处偏僻，至今有 11 个国家贫困县。如这条铁路能绕 15 公里，在秀水设一个站，那将对整个山阳地区的经济发展起到关键作用。市委市政府做出决策，要举全市之力，争取让铁路拐弯，市委书记、市长亲自带队跑这个项目，并成立了专门机构，临时抽调我来负责。这个任务责任重大，我是急得茶饭不香呀！"

"等等，洪哥，这个你找我没用，我和铁路部门不熟，在上面也没有任何关系呀。"闻光一急切地说。

"你有。有个关键的人物，你熟悉。"洪亮肯定地说。

"哦？"闻光一惊讶了。

"天元，你还记得当年在奇岭隧道采访时，你救过一个叫徐清水的技术员吗？"洪兵提醒。

徐清水？闻光一凝思片刻，终于记起来了。那是闻光一第一次进奇岭隧道采访，为了让他对隧道的整体建设情况有个全面的了解，建设部门特地请了一位叫徐清水的技术员做讲解。有一天在 184 号平台采访时，走在前面的徐清水解说得太投入，竟没注意到掌子面上有块篮球大小的石头松动了，石头带着啸声朝他袭来，眼明手快的闻光一一个箭步上前，猛地将徐清水扑向一边。好险呀，不到 50 公分的距离，巨石就要砸在徐清水的身上，吓得他趴在地上，半天起不得身。事后，为了感谢闻光一的救命之恩，徐清水自掏腰包请喝酒，他俩成了莫逆之交。他们本一直保持通信来往，但铁路建设部门是"流水的营盘，游动的兵"，两三年就要转换工地，他们渐渐就失去了联系。

"知道吗？徐清水现在可发达了，是铁路设计总工程师，铁路走线他说了算！"洪兵微笑着说。

"哦，有这事？"闻光一睁大了眼睛。

"来，来，别光顾说话，喝酒，喝酒！"说着，洪亮端起酒杯，与闻光一碰了一下，一口饮尽。闻光一却端着杯子仍在迟疑。

"天元，这事关系到我哥的前程，你可得帮忙哟！"

"如何帮？"

"能否抽个空，陪我哥去趟滨都？我也作陪。"

"最近可能不行，我接受了一个重要的采访任务，明天就要去溪水。"闻光一回答。

"不急，不急，我们等你回来，这事得麻烦闻首席费心了！"洪亮起身走到闻光一的身边，掏出一个红包塞在他怀中。

"这是干什么？太小看人了，把我当成什么人。"闻光一涨红着脸，跳起来，将红包掷还给洪亮，愤愤地说，"别把什么人都看成钱奴，有些东西是用钱买不到的，比如友情。我和洪兵是兄弟，如要这样，滨都我不去了！"

"哥，你也真是的，闻首席是什么人？你这不是在打人脸膛子吗？这钱拿回去，以后再说。来，喝酒，别搅了兴致。"

洪兵上前打圆场，三人又坐定喝酒。这晚，闻光一又喝得酩酊大醉。

九

在同事的眼里，闻光一是一个谜。

樊大明到省报工作已两年了，但他对身边这位心目中的偶像知之甚少。他们不在一个部门，闻光一在总编办，他在机动采访部。平日里闻光一很少在报社露面，话又不多，总给人一种"神龙显首不见尾"的感觉。他的耳膜里充盈的都是对闻光一的贬言：民办大学毕业生，十足的草根，孤傲不合群，见了漂亮女子就眼睛发亮。可闻光一的稿子写得确实棒，事件捕捉准确，切入新颖，内涵深刻，字里行间透着激情。樊大明异常关注闻光一的作品，几乎每一篇都会细读深揣，总觉得有些与众不同的地方，到底不同在哪里，他也说不清楚。这次与闻老师一起出来采访，可是一个极好的学习机会。

报社没有派车，闻光一也没有开车，而是坐大巴。樊大明不时用余光瞟身边闭目养神的闻光一，第一次与首席记者出差，又是暗访，他心里是充满神秘感的。

到达溪水县城后，他们在车站旁的店里吃了粉，便在一间小旅馆住下。闻光一让樊大明做的第一件事便是想方设法找齐近一年的《溪水报》，不管用什么方法。等樊大明出门后，闻光一从包里掏出一顶太阳帽戴上，叫了一辆县城独有的"迪斯科"，前往南溪北岸的安居工程工地。

工地被简易的围墙裹着，大门也紧闭着。闻光一像一名游客，端着相机拍着沿河的风光，慢慢朝工地靠近。在工地大门口，他用脑袋贴紧门缝，朝里窥探。猛然，小门开了，走出一个戴着红袖章、满脸横肉的壮汉，没好声气地吼着："喂，干什么的？"

"哦，没什么，我是来旅游的，随便看看！"闻光一被吼声惊得浑身一抖，堆着笑脸说。

"又不是你家的猪圈狗窝，有什么好看的？"

"你看南溪多漂亮，我想拍些风景，用这些房子做背景，行啵？"

"不行！这是工程重地，不准拍照！"壮汉用不容商量的口吻答。

"不拍就不拍，我这就走。来，抽支烟！"闻光一递上烟，被婉拒了，但壮汉的口气明显好了许多。

"你快走吧，不要自找麻烦，这是蓝副县长亲自抓的重点工程，不允许任何人靠近！"

"又不是军事禁区，还有啥秘密呀？"

"你这人好不知趣，叫你走就赶紧走，还啰唆什么。"壮汉不耐烦地瞪起眼睛。闻光一只得悻悻离开。

待壮汉关门后，闻光一又悄悄地返回来。这次他没有靠近大门，而是沿着围墙转悠。在一处地势较高处，闻光一找来几块砖垫脚，将相机背在身上，纵身攀上围墙，跳了进去。

这是工地的后面，建筑物的安全围网还没撤去，百米开外的两台吊机在懒洋洋地运转着。闻光一猫着腰，飞快地钻进了临近的一栋建筑。建筑里面黑洞洞的，特别是楼梯间，黑得伸手不见五指。他打开手机，凭着微弱的光亮摸索着上楼。楼上要光亮许多。他掏出相机，对着墙体和钢筋裸露的地方拍了许多照片，又从地上拾起几条钢筋的尾段和一个水泥包装袋，塞进包中。正准备撤离时，猛听有人喊："楼上是什么人？快下来！"

闻光一心里一急，赶紧沿着原路返回，因不敢用手机照明，只得摸索着往下挪，不知被什么绊了一下，一个趔趄，差点摔倒，黑暗中被一双有力的手扶住，可眼镜却不知摔到哪里去了。

"快走，有危险！"一个低沉的声音传来。

"不行，我的眼镜丢了！"

"来不及找了，快走！"那人拖着闻光一出了建筑，跑到墙根，他弯下腰让闻光一踩着他的背先爬上墙，自己再飞身攀上墙。闻光一这才看清，是刚才的"迪斯科"司机，车子就停在外墙根下。俩人跳下去，刚上车，工地的大门打开了，一群人拿着棍棒吼叫着冲过来。于是，"迪斯科"咆哮着飞驰而去。

"你是什么人？为啥要救我？"

"闻叔，你真的不认识我啦？刚才你上车时，我就认出了你。"司机边驾驶边说。

"你是？"

"我是牛崽呀。"

"牛崽？雷家村李大莲奶奶家的牛崽？"闻光一惊奇地问。

雷牛崽点点头。"我想，你搭车来到这里，回去还得用车，于是就在不远处等你。看到你爬墙进了工地，怕出意外，就跟进去了。闻叔，多危险呀，那伙人可是亡命之徒。"

闻光一心里涌起一股暖意，想说些感谢的话，竟没说。此时，已到了小旅馆，闻光一要付车钱，牛崽说啥也不肯收。闻光一便邀他进去坐坐。

樊大明已回来了，见闻光一狼狈的模样，吃了一惊。闻光一来不及解释，从包里掏出备用眼镜戴上，仔细地端详着牛崽。

"几年不见，都长成大人了，难怪不认识了。奶奶还好吧？你怎么跑到县里开三轮了？"

牛崽接过樊大明递过的水杯，豪饮了几口，抹抹嘴唇说："说起来气人。我们雷家村是此次深山移民的重点村，原本说整村搬迁。可后来乡里的干部说，政府暂时有困难，要分三期投入，因而要抽签分批移民。这点大家都能理解。可第一期安居工程抽签公示的名单出来后，有几位根本不是我们雷家村的人，却占了我村的指标。"

"有这样的事？"闻光一瞪大眼睛问。

"假不了，全村就 100 多户人家，都知根知底呢。大家联名写信上告了，可没半点声响。于是，村主任就让我来城里候着，看看到底有什么猫腻。我前年高中毕业，没考上大学，在圳南打了一年工，今年奶奶身体不太好，我就没去了。这样也好，开"迪斯科"也能赚几个钱，离家近，照顾奶奶也方便些。"

"你发现了什么？"

"没发现别的，只是发现他们在做这个工程时，还在南溪另一处河湾口做了几幢漂亮的小房子。"

"你是怎么发现的？"

"这简单，盯着工地的运输车呀，每天都往那儿拉人拉料呢！"闻光一问清楚具体的位置后，叮嘱牛崽不要跟任何人讲此事，牛崽点头应允了。本想留牛崽吃晚饭，但怕遇见熟人，只得作罢。临分手时，闻光一请牛崽帮着打听一下承包工程的许木根的住址。

牛崽走后，闻光一点燃一支烟，陷入了沉思，猛然抬起头问："大明，我让你办的事，你完成得怎样？"

"全在这儿。"樊大明将手提电脑打开，他在图书馆下载了全年的《溪水报》电子版。

"把有关安居工程的报道整理出来。"

"整理好了。"樊大明大声说。

闻光一投去赞许的眼光，随即将手中的烟一丢，坐在桌边阅读大明整理出的有关资料。安居工程的启动背景、投资状况、建设进度，甚至一期安置房抽签公示的名单都在上面。闻光一一边看边做记录。他发现这些稿件大多是田赛男写的，文笔还不错，挺有灵气，心底不禁对这个黄毛丫头另眼相看。县委中心报道组可真是个磨炼人的地方，既要担负全县对外宣传报道的任务，又是县报采访写稿的主力，真不容易呢！

这时，闻光一的手机"嘀"了一声。他赶紧掏出一看，惊得浑身冒冷汗。

已打草惊蛇。安居工程的进货来源是宏强建材有限公司。三页眉。

读罢短信，闻光一情不自禁地扫视屋内各个角落，仿佛有无数双眼睛在盯着自己。这三页眉是人还是神？是怎么知道我来到溪水的？又怎么清楚我要了解什么？他提供的线索是否准确？闻光一预感到自己进入了一个复杂的旋涡，稍不留神便有被卷入水底的危险，应速战速决，否则夜长梦多。于是，他赶紧叫起正躺在床上看书的樊大明，布置明天的采访任务。仍兵分两路，闻光一去南溪摸查别墅的建设情况，樊大明带上他从工地带回的钢筋样品和水泥包装袋，去建材大市场，想办法确认其型号与质量。另外，樊大明要弄清楚安居工程是否是在宏强建材进的货，标准怎样，以及这家公司的背景。

交代完毕，闻光一的手机响了，是许晶晶打来的。于是，他赶紧让樊大明休息，自己则出门到走廊里接。

"喂，晶晶，这么晚还没休息，有事吗？"

"光一，你是否到溪水了？还到了老爸的工地？"

闻光一听到许晶晶带着恼怒的质询，心情顿时落到了冰点。这溪水还真是庙小妖风大，到这里只有半天的时间，采访刚开了个头，他便像双眼被蒙着黑布跌进了一个玻璃箱子，外面的人将他看得清清楚楚，自己还感觉很神秘。

"说话呀，光一！"许晶晶有些急了。

"是的，我到了溪水，是领导临时布置的一个采访任务。"

"采访？采访还有偷偷摸摸爬围墙，让人撵得像小偷一样逃的？"

"没有呀，我只是想看看工程的进度，门卫不让进。"

"还说没有，证据都在人家手里。我问你，你的眼镜呢？"

许晶晶的问话，噎得闻光一半天回答不出来。想做解释，又觉得无从下嘴。

"光一，你是个明白人。我不知道你这次的任务是什么，也不想了解是谁的指派，我要提醒你的是，溪水安居工程的承建者是我父亲，别说没有什么问题，即使有，不看僧面也得看佛面吧。在当前这样的经济环境下，搞工程的没有一点污点是不现实的，只要不是谋财害命，不至于要斩尽杀绝吧。我再重申一遍，许木根是我父亲！"

容不得闻光一解释什么，许晶晶便将电话挂了。闻光一沮丧到了极点，右手握拳，狠狠地朝走廊墙上击去，由于用力太猛，皮肤破裂出血了，他都没觉得痛，也顾不上擦去渗出的血。

这时，前面的服务台传来一阵喧嚣。

"请问你们找谁？"

"我们是县委宣传部的，有没有一个叫闻光一的在这里住宿？"

闻光一听出来了，这是田赛男的声音。这么快就找上门来了，真是嗅觉灵敏啊！看样子躲是躲不过去的，与其被动，还不如主动应对。于是，他毅然走了出去。

常林宽、田赛男和许木根正在翻阅着电脑上的登记名录，见闻光一走出来，常林宽一愣，立刻笑容可掬地迎了上来。

"哎呀，我的闻首席，到了溪水连个招呼都不打，太不够意思了吧，我们是一个一个旅店找过来的，真不容易啊！"

在闻光一伸手与常林宽握手的瞬间，细心的田赛男发现了他手上的血痕，立即上前掏出纸巾帮着擦拭。

"闻老师，这手是怎么搞的？出了什么事？"

"没事，不小心碰了一下。"闻光一淡淡一笑。常林宽与许木根都探过脑袋关切地查看。

"要不要去医院？"

"不用了，只是擦破点皮，没事。"

见闻光一坚持，常林宽也没有强求。只是对田赛男努努嘴，"快，去帮闻首席拿行李！"

"干啥？"闻光一不解地问。

"转移呀，你来溪水，怎能住这样的地方？熊县长知道了，不要把我给撸死？走，听我的，到迎宾馆。"

"常部长，好意我领了，但这次来是私事，不好麻烦你们，住这里挺好的。"

"说什么呢，不管公事私事，你都是溪水的贵客，听我的，搬家。"常林宽口气颇硬。

"请不要强人所难，给我点自由的空间行不行！"闻光一几乎是吼出来的。

他的突然爆发，惊得在场的人面面相觑，不知所措。这时，一直在旁没说话的许木根挤上前，掏出一副眼镜说："闻记者，这是你遗失的吧，常部长是怕你没了眼镜不方便，才急着找你。"

"是呀，是呀，我们是特地给你送眼镜的。"常林宽感激地瞟了许木根一眼，附和着。

闻光一的脸色平静了许多，语气也缓了下来："那就谢谢了！"他本不想承认眼镜是自己的，但既然打了草，惊蛇已出洞，再掩饰就没有任何意义了，于是坦然接过眼镜。

常林宽使了个眼色，田赛男与许木根很知趣地先出门了。他便将闻光一悄悄拉到一边，压低嗓门说："闻首席，你可是自家人，得给我露个真话。这次到溪水，可是带了什么特殊任务？"

"没有呀，只是有些私事要处理。"闻光一故作轻松地说。

"那你今天下午……"

"纯属误会。我路过南溪，想去看看安居房做得怎样。不是县里给我父亲也分了一套吗？那门卫死活不让进，你知道我们干记者的，好新鲜，于是便……嘿嘿，搞了点小动作，对不起啊！"

"是误会就好，是误会就好！"常林宽长长地舒了一口气，语调也变得轻松了，"省报的记者就是公私分明。这样，你硬要住在这小店，我就不坚持了，但明天县里请你们吃饭，可不能再推辞啊！对了，你来办什么私事？是否要县里出面？"

"谢谢，不用，不用！"

随后，常林宽便告辞了。闻光一这才长长地松了一口气。回到房间，樊大明已和衣倒在床上睡着了，闻光一轻轻地替他脱掉鞋子，又给他盖上一床毯子，然后倚在床头，将下午发生的事情在脑子里过了一遍。"三页眉"到底是个怎样的人呢？看样子不仅了解内幕，还对他熟悉。找到"三页眉"，就能找到答案。问题是如何能使其浮出水面呢？闻光一陷入了困惑。收到短信后，他给洪兵打了个电话，想通过公安系统找到此人的信息，可反馈却令人失望，此人用的是"漫游卡"，只知道机主在溪水，却无法知晓其他信息。

猛然，闻光一觉得床在晃动，他以为是疲劳产生的错觉。可一抬头，只见头顶上的电灯也像秋千般在摇晃，桌上的茶杯滑落在地上，发出清脆的声响。不好，地震！闻光一飞身跃起，一把拖着已惊醒的樊大明就往桌子下钻。

"闻老师，这是地、地震吧！"樊大明的声音带着颤抖。

闻光一冷静地点点头。间隔了10多秒钟后，又有一次震动，宁静的夜晚变得喧闹起来。喊叫声，跌落声，跑步声，交织在一起，给人一种世界末日来临的感觉。闻光一迅速掏出手机，拨打省地震局的电话，传出的是阵阵忙音。

"大明，屋里不安全，快，快出去！"

说着，俩人钻出桌子，飞快地冲到街上。此刻马路上已黑压压地挤满了人，大家脸上都挂着惊恐。等稍稍平定了情绪，闻光一又拨打电话，好不容易通了，里面传来一个焦急的声音："是闻首席吗？刚才发生了6.5级地震，离地表12公里，震中在我省西北部的横山县，目前伤亡、损失情况不明。"

闻光一心里一沉，他曾参加过5级地震的救援采访，知道6.5级属于强震，灾损不容乐观。他敏锐地感觉到，要到一线去。首席记者的职责是什么？就是在有突发情况和重大事件时，能冲锋陷阵，挑起现场报道的大梁，起到排头兵的作用。于是，他给封建国总编辑打了电话。

"光一吗？还在溪水吧，刚才发生了地震，你和大明都安全吧？"封建国的声音是沉稳的。

"我们都好，请封总放心。溪水离横山只有150公里，我想连夜赶到灾区去！"

"行。你到了灾区再与大部队联系，争取第一时间现场发稿。我会给熊守心县长打电话，请他派车。你可要注意安全，要随时与家里保持联系。你还有什么要求吗？"封建国沉吟片刻，答应了闻光一的请战，做出了部署。

"封总，此次灾情重大，必将引起国内外的关注，为了抢夺发稿的第一时间，我建议启动新闻现场直播间，采用报网互动的形式，打一个漂亮仗！"

"好的，我支持你！"

"另外，溪水的采访，我们刚摸到些头绪，建议不要终止，由樊大明先进行初步采访，这样既可给年轻人一个锻炼的机会，也为后续采访做一个铺垫！"

"好吧，就让大明留在溪水。但他还年轻，缺少经验，你可得给他把把关。"

"放心吧，封总，我会的！"闻光一信心百倍地回答。

"光一，这次采访不同往常，变数太大，你又是单兵作战，千万千万要把安全摆在第一位！"听得出，封建国的叮嘱是带着深厚感情的，闻光一心里一激动，差点流出泪来。

与封总通完电话，闻光一立即将樊大明叫到身边，交代采访的要点和注意事项：尽量不要暴露身份；要查清楚南溪别墅的主人和资金来源；摸清宏强建材的背景；调查安居工程已用建材的型号及进价情况。

刚交代完毕，一辆黑色越野车已驶到旅馆门口，从副驾驶位上跳下的是熊守心县长。他三两步就跨到闻光一的面前，认真地说："光一，刚接到封总的电话。在这样的时刻你赴灾区，跟上战场的勇士一样光荣，我给你送行，来，戴上！"

熊守心亲手给闻光一戴上一个崭新的安全帽。闻光一上前双手拥抱他，什么也没说，脸上呈现出一种"壮士一去不复返"的悲壮！

十

溪水到横山只有 150 公里，都是山路。

越野车已开得飞快，可闻光一还嫌慢，不停地催促司机加速。从武警部队退伍到县委小车班的司机小金全神贯注地驾驶着，轻声提醒道："闻记者，不能再快了。山路崎岖不说，如前方出现地质灾害，刹车都来不及。出发前熊县长已有交代，任何情况下，您的安全要摆在第一。"

闻光一没有言语，而是将窗玻璃摇下，密切关注着外面的情况。随着离震中越来越近，不时看见跌落的石块，路旁有断裂的树木，村落有倒塌的房屋，灾情在不断出现。闻光一打开手机，与新闻现场直播间的值班编辑联系上，便开始了现场口述直播新闻。建立"新闻现场直播间"是封建国总编辑的创意。新媒体以时效快、现场感强、音图并映的形式，对传统的纸质媒体冲击很大。为了做到与时俱进，牢固党报的威权地位，封建国提出报网互动的崭新办报理念。即遇到重大新闻事件，现场的记者可采用直播的形式，在本报的新闻网和微信平台上同步直播，见报的稿件也采取现场纪实的形式，稍加整理，保持原汁原味。这样，既拉近了媒体与读者的距离，又增强了新闻的时效性。这项创新，得到上级单位的首肯，在读者中反响强烈，阅读率一直名列前茅。

越往前行，山更高，路更陡，灾情也越严重。时常有塌方的山体，在刺眼的车灯的照射下，如狰狞的怪物迎面扑来，小金不得不减速慢行。在一处山坳，几块巨石横亘在路中，右边便是几十米深的悬崖，只留下不到 2 米的行车空间。两人停车查看后，面面相觑。强行通过，稍有不测，后果不堪设想。如返回，则要绕行近100公里。

"小金，有把握过去吗？"闻光一严肃地问。

"悬。"小金探头看看路边黑洞洞的深崖，吐吐舌头说。

"到横山还有多远？"

小金到车边看了看里程表，回过头说："跑了约100公里，到横山还有近50公里！"

"要不这样，你从这里调头返回，我步行去横山。"

"那不行！闻首席，这地动山摇的，你走这么长的夜路，如有个三长两短，我可负不起这个责任。"话没说完，又一阵颤抖，山上的乱石如天女散花般地飞来。

"不好，余震！"小金飞身上前，将闻光一猛地拉向车后，用身子将他护住。一块箩口大的巨石带着轰鸣从他们刚才站立的地方滚过，在崖底发出沉闷的声响，惊得俩人浑身冷汗。见闻光一决心已定，小金抬头看看山体，弱弱地说："要不这样，你在下面给我看着，我试试。"

说着，小金上车发动了车子，小心谨慎地朝前挪动。闻光一用手机将现场的情况简单做了报道，便奔向车头，用手势指挥着小金。猛然，闻光一的手势凝固在空中，眼睛死盯着右边的车轮。只见前后轮的半边都已悬空在崖边，他不敢声张，也不能声张，小金的情绪稍有波动，方向盘只要微微一抖，可能就要出现车毁人亡的惨剧。退是不可能了，只能硬着头皮往前。此刻，他觉得每秒钟都那么漫长，他举着手，缓缓朝前挥着，车轮也一厘米一厘米地向前挪着，不知过了多久，越野车终于挪过了最危险的地段，四轮都结结实实地踏在道路上。闻光一像疯了般地扑向驾驶室，抱着小金，在他的脸上重重一吻。

"小金，你太牛了，太伟大了！"说这话时，闻光一觉得脸上淌着热乎乎的东西。当他把刚才用手机拍的照片给小金看时，小金只是仰天长叹了一口气。

驶进横山县城时，已是凌晨3点多钟。整个城区一片漆黑，只有无数的手电筒光在黑夜里显出几分生气。街道上、广场中挤满了黑压压的人群，路边的房子倒塌了不少，许多人在废墟上忙着救人。闻光一让小金把车子停在路边，自己下车后朝着救援的手电光奔去。

"请问，这里有县里的领导吗？"

"您是？"一人用手电朝他身上晃晃，急切地问。

"我是省报的记者，这是证件。"闻光一将记者证递上。

"啊，是记者，这么快就赶到了。哎，李部长，这里有位省报的记者找你！"那人朝人群中喊着。一个浑身灰尘的中年汉子晃着手电奔了过来。

来不及寒暄，闻光一便询问着灾情。李部长来不及喘口气便报告着：地震发生时刻是昨晚23点06分。级别为6.5级，震中在离县城约20公里的中寨乡。目前全县的水电全部中断，中寨乡等重灾区的通信信号已中断，道路因桥梁被毁也不通了。目前统计到的县城伤亡人数有38人，房屋倒塌严重。目前县领导分别带队展开救援，以抢救生命作为首要任务。

李部长的话刚说完，又是一次余震，倒塌的房屋发出噼啪的声响，救助的人群一阵骚动，纷纷向空地撤离。

"注意安全，大家快撤离！"李部长扔下闻光一，边喊边朝废墟奔去。

望着狼藉的横山县城，闻光一的心里隐隐作痛。在天崩地裂的自然灾害面前，人类是那么渺小、无助，而又是那般坚韧伟岸。人类的历史不就是一部与自然搏斗的进化史？这场地震来得突然、迅猛，虽震级不是很高，但属破坏性大的浅表性地震，县城的情况都如此，那地处震中的中寨乡灾损一定更严重。那里才是第一线，是他闻光一真正要去的地方。于是，闻光一赶紧找到小金，要前往中寨。

"闻记者，我已打听了，通往中寨的桥断了，车子过不去！"

"我知道，能跑多远就多远，车子过不去我就步行！"闻光一的眼神坚毅，不容商量。小金只得摇摇头，发动了车子，朝着中寨方向行进。果然，只跑了10多公里，在一个叫燕子垭的地方，车子受阻了。一座横跨两座山梁之间的钢筋水泥大桥像泄了气的充气门，软塌塌地陷落在河谷间。闻光一下车查看了一阵子，取过挎包，叮嘱小金原路返回，代向熊守心致谢，准备从桥的废墟上攀过去。

"闻记者，你不要命啦？不能去，危险！"

小金紧跑几步，上前拦住闻光一。他微笑着轻轻推开小金，义无反顾地踏上断桥。

"天杀的蠢货，找死也不寻个好杀场！给老子滚回来！"

猛然，背后传来一声霹雳般的呵斥，只见一个黑脸汉子飞身跃下自行车，一个箭步冲上前，将闻光一狠狠一拽，闻光一便像根断枝一样重重地摔在地上。

"你是什么人？敢拽我？"闻光一气极败坏地吼着。

"我是谁？说出来你别吓得尿裤子，我是肖天虎，外号'肖老虎'，中寨乡的党委书记！咦，你不是本乡人呀？是哪座石山蹦出来的猴子？"

黑脸汉子走近了借着手电光仔细看看闻光一，伸手将他拉了起来。闻光一满脸涨得通红，他当记者近20年了，从来没遇到过这么横蛮的乡党委书记，走到哪不是被客客气气地奉若贵宾。

"他是谁？说出来你也别发抖。他叫闻光一，省报的首席记者！"在一旁的小金也恶狠狠地吼着。

"哦，不就是成天叽叽喳喳的记者吗？也不是什么好猴，你白白净净地在城里待着不好吗？溜到这里凑什么热闹？"

"你、你不可理喻！"闻光一被噎得语无伦次，有种秀才遇到兵的感觉。

"瞧你，比我多两只眼睛，却是没吃油的，上去了还有命？"说着，肖天虎跳上断桥，用劲蹦蹦，只听见一阵"哗啦"乱响，许多水泥断块脱落了，掉在河里发出巨大的声响。闻光一背脊上凉凉的，有些后怕了。

这时，肖天虎已跳下来，扶起自行车，径直朝河边走去，见闻光一还愣在那里，便回头咧咧嘴说："喂，不是要过河吗？怎么还像根枯木在那杵着，跟我走呀！"

闻光一这才回过神来，一边挥手与小金告别，一边朝肖天虎奔去。沿着河岸行走了约200米，肖天虎仔细看了看河流，又捡了几块石头扔下去，试了水深，然后将自行车扛在肩上，朝闻天一努努嘴说："秀才，拉紧我的衣角，跟着走，否则被水卷走，我可不负责任啊！"

尽管肖天虎说话粗鲁，但看得出他是个热心肠的人，闻光一心里的怨气消了许多，并隐约对他有了些好感。涉过河后，俩人将湿透的衣服拧干，然后再穿上。这时天已大亮，闻光一才看清肖天虎留着寸头，脸上的五官轮廓分明，长着一双圆圆的眼睛，精明中透着几分野性。

"喂，你是自己走，还是给我当回小媳妇？"

闻光一又被肖天虎的话搞糊涂了。直到他用眼瞟瞟自行车才明白，这破车没有后座架，他要搭车就只能坐在前面横杠上，像回娘家的小夫妻那般。

"只要你不嫌弃，当就当吧！"

闻光一也幽默了一回。他坐在横杠上，在"肖老虎"的拥抱中，朝着中寨乡前进。

"老肖，你这是从哪来？"

"嘿，说出来你别吃惊，我是从县纪委的双规点逃出来的！"

"啥？双规？"

"纯粹是扯淡！县纪委接到一封鸟信，说我挪用了6000元公款，将我双规了。那钱是我出差后来不及报账的余款，我老婆患急症，要救命，我一时去哪筹那么多钱，就先用那钱垫上了。坏就坏在病人是我老婆，如果是位普通的农民，说不定县里还要给我发个大奖状呢！不管怎样，我老婆的命也是条命呀，我又不是不认这账。"

"你是怎么出来的？"

"发生了这么大的地震，我是乡党委书记，能放着两万多群众的生命不顾，待在那儿交代？嘻，我得感谢县纪委呢，那几天，我睡了几天大觉。乡镇干部苦呀，平时都是风里来雨里去，连星期天都得赔上，哪有这么休闲的时间。出了天灾，我不能再睡了。我还是中寨乡的一把手，那里的灾情还不知如何呢！于是，趁他们不注意，我爬窗溜出来了，以后咋处理再说，救灾要紧！"

闻光一心里像塞了团乱草，很不是滋味。他对肖天虎不熟悉，也不知他被双规是因何事。但他知道，肖天虎没有说假话。乡镇干部生活苦、待遇低，责任却重大。这方水土的经济发展、社会稳定、民生都靠他们去跑、去抓。难怪有人说，乡镇干部的办公桌就在两条腿上。他们工作有多苦，看看他们的肤色就知道。闻光一的心底对这位初相识的乡党委书记有了一种好感。

"你的绰号叫'肖老虎'？怎么来的？是否平时对人太凶了？"

"扯淡！我是土生土长的本地人，生肖属虎，小名叫老虎。大家从小就叫顺了口。虽然现在当了乡党委书记，只不过是个农民头，如大家改口叫我书记，那还真有问题呢！"

闻光一默默地点点头。

说话间，已到了中寨乡的集镇。整个集镇几乎成了废墟。开裂的水泥路面上到处坐着老人孩子，青壮年都在废墟里刨人。大家见到一身泥水的肖天虎推着车子走来，纷纷起身，拥了过来。

"老虎呀，你可回来了，中寨可惨啦！"

"废墟下还埋着不少的人呢，老虎，快想法子救人啊！"

一位年迈的婆婆"扑通"一声跪在肖天虎的面前，老泪纵横地说："天虎老侄，我孙子还埋在学校倒塌的房子下，你可得救救他呀！"

肖天虎眼圈红红的，将老人从地上扶起，对众人说："请放心，政府不会放着大家不管的！"

这时，闻讯赶来的人越来越多，里三层外三层地将肖天虎围在中间。一位乡干部模样的人挤上前，向他简要汇报了目前统计到的灾损情况。

肖天虎抬头定定神，猛地拨开人群，来到一块空地，站在一块树墩上，脸色严峻地吼着："请党员干部站到前面来！同志们，我们有句话常挂在嘴上，叫'老百姓是天'。现在遇到了特大灾难，不能眼睁睁地看着天塌下来，我们每位党员干部都应该是根擎天柱。只要我们不倒，天就塌不下来！下面，我以乡党委书记的名义分配任务。"

"祝家义乡长！"

"到！"

"你立即率领6名乡干部，组成安置组，尽最大努力将受灾群众安置好，做到有地方住，有饭吃，有干净水喝！"

"王民生副书记！"

"到！"

"你立即率领 5 名干部,组成灾损情报组,深入村组,要尽快将详细的灾损情况报上来!"

"李风山副乡长!"

"到。"

"你牵头,乡卫生院、计卫办组成医疗救治组,对轻伤者就地治疗,对重伤者想办法送出去治疗。"

"其他的人准备好工具,随我到学校救人!"肖天虎说着,将手一挥,众人便情绪高涨地跟着他往乡中心小学涌去。闻光一不得不佩服肖天虎的应变组织能力,他也收起相机、录音笔等采访工具,紧跟着肖天虎的步伐朝前迈去。真有点上战场的感觉。

有着 100 多名寄宿生的乡中心小学宿舍已经倒塌。家长的哭叫声、救援者的吆喝声、抬伤员者的奔跑声交织在一起,形成了一种格外紧张的氛围。肖天虎指挥着人投入救援中,之后找来浑身泥污、双手淌着鲜血的校长,询问救援情况。校长带着哭音说,共有 121 名寄读生,地震发生后,学校老师及闻讯赶来的家长、乡镇干部立即投入救援,自行逃出的学生有 87 人,从废墟里救出了 15 人,其中 2 人死亡、6 人受伤,目前还有 19 人失踪。肖天虎脸色沉重地指示,大家尽量不要使用工具,以免误伤孩子。即使是翻个底朝天,不管是死是活,都要把失踪的孩子找到。校长点点头,跑去落实了。

此时,一名剪着短发、穿着睡衣的女子发疯般地跑了过来,一头扑进肖天虎的怀里,哭喊着用拳头擂着他的胸膛说:"你这天杀的,出去几天不回,回来也不落屋,家里的房子倒了,爹和儿子都压在里面,快去救呀!"

"什么?"肖天虎的眼睛瞪得老大,甩开妻子就往家跑。可没跑几步,猛然停下了。

"怎么啦，天虎，再耽搁就来不及了！"

肖天虎缓缓地转过头，眼里含着晶莹，轻声地说："秀英，你先回去！我处理完这里的事就来！"

"肖天虎，你还有没有良心，埋在下面的是你的爹和儿子！你见死不救？"

"可我还是乡党委书记！你快走！"说着，他猛地一推妻子，同时，落下豆大的泪珠。

站在一旁的闻光一想说些什么，可又不知该如何说。他下意识地打开手机，竟有信号了。于是，便将眼前的图像及刚才见到的一幕幕口述着发稿出去，说着说着，他的声音哽咽了，眼睛也渐渐模糊起来。

闻光一紧跟着肖天虎一处处巡查，唯恐漏掉一个有生命迹象的地方。经过已成废墟的厕所时，肖天虎猛地停住了脚步，一阵时隐时现的敲击声从地下传来。

"有人吗？里面有人吗？"他俩赶紧伏在瓦砾上呼唤。

"救命呀！救命呀！"传来微弱的呼救声。

"里面有孩子！"手电光透过缝隙，他们看到有个孩子正蜷缩在倒塌房架的空隙间，手中握着一根柴棍，不停地敲击着房梁，嘴里还有气无力地呼喊着。肖天虎急得出汗。如从上面搬走杂物，不仅工程量大，而且稍有不慎，房架塌下，便有可能使孩子受到二次伤害。如不搬移，又无法救出孩子。肖天虎焦急地起身，四处查看着，想找到更好的办法。猛然，他的眼睛一亮，在化粪池的上方，有一个能容得一人钻入的洞，或许这是一条生命通道。于是，肖天虎忍着恶臭从洞口钻进去。闻光一犹豫片刻，也跟着进了。往前爬行了几米，可以看见孩子，但有一根碗口粗的断梁横在那里，挡住了去路。肖天虎用手试着移了移，纹丝不动，他又张望四周，都堵得严严实实。而那孩子好像受伤了，正轻轻地呻吟。肖天虎一急，用肩膀顶着木梁，咬牙抬起了一道口子，但废墟发出"喳喳"的声响。

"快，快，秀才，赶紧过去将孩子抱出来！"

"老肖，这样太危险了！"闻光一叫着。

"狗日的，快呀，没时间了！"肖天虎吼了起来。

闻光一不敢再犹豫，只得从他身边爬过，将头上的安全帽给孩子戴好，然后双手轻轻地抱着孩子，慢慢地把孩子拖了出来。将孩子放在安全地方后，闻光一准备返回去帮肖天虎，可一阵余震袭来，废墟里传来令人心悸的塌落声，洞口被瓦砾完全堵死了。

"老肖，肖老虎，你快出来呀！"

闻光一双手不停地刨着瓦砾，呼喊着，眼泪夺眶而出。双手挖得鲜血淋淋，都没有停手。猛然，大地又是一阵颤抖，闻光一的脑袋被一重物狠狠地击了一下，眼睛冒出点点金花，整个身子像云絮般飘了起来，越飘越远。

十一

樊大明在迷蒙中醒过来时，觉得嗓子眼有股火燥燥的东西在涌动，伸手掀开被子，不停地嚷着："渴！渴！"

"醒啦，来，喝口水！"随着一声温软的声音，一只白嫩的纤手已将他的脖子挽起。

"你，你是谁？"樊大明从床上蹦起。

"怎么？裤子一提就不认人啦？我是你兰姐呀！"女人发出迷人的媚笑。在惊吓中完全清醒过来的樊大明这才发现自己竟赤身裸体地站在地面上，慌乱中赶紧抓过一只枕头遮住下体，有些气急败坏地吼道："你，你是怎么跑到我这儿来的？"

"哟，瞧你说得多难听，我怎么跑过来的？昨晚你搂着我直嚷嚷，从没尝过女人味，我为你献了身，你却不认账了，这让我浑身是嘴也说不清呀！"

昨晚？昨晚是怎么回事呀？顿时，樊大明的脑子一片空白，一种前所未有的恐惧占据着整个心房，像木头般呆立着。

"我的大明哥哥，空乏的身子，可不能受凉啊，落下了病根，可怨不得姐姐了！"说着，女人伸手将樊大明拖上了床，用被子盖好。

樊大明这才记起，昨晚是溪水县重点项目办的黄本贵主任请他在迎宾馆吃饭。兰姐叫冯兰，是黄本贵手下的接待科科长。在他们的强劝下，不胜酒力的樊大明喝了几杯酒，有些晕晕沉沉的，后来发生了什么，实在是记不起来了。樊大明懊丧得想哭，想哭都流不出眼泪。

前天晚上，闻光一主动请缨赴地震灾区后，向来争强好胜的樊大明暗暗下决心，要独自将这次暗访任务完成，让闻光一老师及报社的同仁刮目相看。为此，他还做了细致的准备和周密的安排。为了扫除障碍，他特地请在省地税局办公室工作的同学给溪水县地税局挂了个电话，让他们派一位同志协同他一起，以查税的名义到宏强建材有限公司收集有关安居工程用材的原始凭据。

豆芽巷是县城一条不起眼的小街，尽管给人一种破落的感觉，但带骑楼的青砖小屋、爬满青藤的石垒围墙让人依稀看到当年的繁华与喧嚣。据老辈人说，百十年前，这里还是块荒芜得"鬼打架"的茅草地。那年，一个花名"小豆芽"的烟花女子坐着马车来到这里，查看了几个时辰，毅然拔下头上一根镶着宝石的金钗，让随身的奶妈到当铺里换成银两，在这里盖成了一座小院。小豆芽的美貌吸引着县城的公子哥儿们趋之若鹜，随着车水马龙的人流，精明者看到了商机，纷纷在此建起饭庄、店铺。于是，便形成了今天豆芽巷的格局。

宏强建材有限公司就设在豆芽巷里一座带院子的青砖楼里。看得出，主事者是精明人，深晓树大招风的道理。当樊大明和县税务局的小叶早上八点半寻到这里时，一位穿着老式中山装的老者和善地迎了上来。

"请问，你们是？"

"我是县地税局稽查科的，这位是省局稽查总队的樊同志，我们是来抽查税票的，请配合。"说着，小叶掏出证件给老者看，老者随意瞟了一眼，便热情地说："哦，不必了，请进，请进！"

厅堂很大，正前的神龛上供着一座笑容可掬的财神雕像，铜铸的香炉里冒着轻淡的青烟，散发着沁人的香气。屋子虽然有些陈旧，但一套古香古色的花梨木沙发显现出一种不同凡响的贵气。老者让好座，泡上茶后，轻声地问："你们准备要抽查哪方面的账目？"

小叶与樊大明对视一下，便硬气地说："就看看今年以来的流水吧！"

"行，行！没问题，请二位稍等片刻！是这样的，放账簿的保险柜钥匙在贵总身上，他一会儿就到，一会儿就到！"话音未落，院子里驶进一辆宝马车，车子停稳后，司机率先下车，小心地打开后车门，然后用右手遮住车顶，下来一个左额上有道刀疤的汉子。

"贵总，这两位是税务部门的同志，来抽查今年公司流水。"老者上前介绍着说。

"哦！"贵永宏立住身，紧紧盯着樊大明俩人。不言语地从口袋掏出一盒软中华烟，叼一根在嘴角，然后目中无人地将烟盒朝俩人递去。见他们都摇摇头，便飞快地塞进衣袋里。点燃香烟后，狠狠地吸了几口，突然用一种盛气凌人的口吻发问。

"杨子湘在家吗？"

杨子湘是县地税局局长。贵总直呼其名，是想告诉俩人，他与杨局长的关系不一般。

"在家，你跟杨局长熟悉？"小叶反诘问。

"岂止是熟悉，那孙子几次请老子吃饭，老子没得空闲，没去。"贵永宏说话时，一激动，额上的刀疤便泛出暗红的光亮。小叶见他如此轻薄自己的领导，涨红着脸想上前理论，被樊大明一把拖住，没好声气地说："我们没空闲听你吃饭的事，办公务吧，请把公司今年的流水账拿出来！"

"查账？谁吃了豹子胆，敢在溪水查宏强的账？蓝建副县长知道吗？"贵永宏额上的刀疤亮得发紫，将烟头一丢，撸起袖子摆出一副流氓架势，恶狠狠地威胁着说。樊大明轻蔑地瞟了他一眼，不动声色地回答："我们不管什么蓝县长、红县长，请不要妨碍执行公务，否则后果自负！"

贵永宏脸上搁不住了，瞪着眼睛正要发作，一旁的老者拦住，轻声说："贵总，使不得，这位是省局来的樊干部！"

"哦，省里来的？失礼，失礼了！你这老田头也真是，怎么不早说呢！"贵永宏愣了片刻，来了个一百八十度大转弯，朝樊大明谦逊地点点头，然后将满腔的怨气撒在老者身上。

贵永宏原本是县城里一个小混混，打架不怕死、喝酒不怕醉、赌博不怕输。但溪水有个比他更横的，就是蓝强。平日里，贵永宏的活动范围在城西，而蓝强的地盘在城东，相互间井水不犯河水。有一次，蓝强的手下与贵永宏的手下因事发生了打斗。尽管有人在中间做了调解，但双方都觉得丢了面子，便"约仗"了。那是一个星稀月朗的夜晚，贵永宏根据约定，带着手下几十个兄弟，暗藏长刀、铁棍等凶器，来到南溪的河滩上，准备血战一场。等到了那儿，贵永宏却愣住了。只见沙滩上站立的只有蓝强一人，除了手中拎个袋子，蓝强没带任何器械。见贵永宏的人到齐，蓝强不慌不忙地摸出一支烟，点燃，不动声色地说："都什么年代了，还打打杀杀的，牵连众多兄弟。这样吧，事情既然要有个了断，咱俩来'斗狠'，如何？"说着，蓝强将手中的袋子往地上一丢，几块露出约三寸长的钉子的木板滑落出来。贵永宏瞧瞧蓝强，又回头看看身边的兄弟们，一股豪气从丹田涌出。"斗就斗！"说着，贵永宏上前拾起一块钉板，往河石上一放，然后伸出右掌，高高举起，猛击下去，只见鲜血四溅，钉子穿掌而出。众人一阵喝彩，随即将目光盯在蓝强身上，如蓝强稍有闪躲，一阵乱刀凶棍必将袭来。蓝强眼角微微一挑，将叼在嘴角的烟头吐落在地。镇定地从袋子里摸出两块钉板，在河滩上放稳，然后深深吸了一口气，双掌同时扑下。众人惊得嘴巴张开，半天收不拢嘴，空气像凝固了一般。猛地，贵永宏"扑通"一声跪下，用钦佩的口吻说："是条汉子，我服了，从今天起，你就是我的大哥！"说着，贵永宏率领手下兄弟向蓝强行了磕头礼。从此，贵永宏成了蓝强忠实的帮手。后来，蓝建当了副县长，蓝强进了公安局工作。蓝强也没忘记这位生死兄弟，他俩合资办了一家公司，并以各自名字中的一个字组成公司的名称。

精明的贵永宏知道今天是来者不善，特别是还有省局的干部。自从蓝强被关起来后，蓝建再三叮嘱，在风口浪尖上一定得低调做人，不得造次，有什么异常情况，要及时报告。于是，他凝思片刻，掏出钥匙，让老者去保险箱取账本，自己则以上厕所为名，偷偷地挂了个电话。账本拿来后，樊大明立即投入了紧张的工作。果然，安居工程的所有建材都是从这家公司进的货。但与闻光一从工地带出的建材样品到市场上询问的价格，有很大的出入，这就是证据。樊大明内心涌起一阵让人难以察觉的喜悦。趁没人，他掏出手机，偷偷将有关账页拍了照。另外，还以要做抽查留底为名，让老者将有关账页复印一份。老者面有难色，贵永宏正好打完电话进来，便接过话头说："去，尽管去复印，上级部门来检查工作，目的是让我们的经营活动更规范，是请都请不来的好事，应该支持！"

待老者拿来复印好的材料，樊大明与小叶正要起身告辞，门外闯进了一男一女。

"哎呀呀，樊记者光临本县指导工作，真是万分荣幸啊！"说着，笑容满面的男子双手上前紧握住樊大明的手，使劲地摇晃着。满腹狐疑的樊大明蒙了，"他们怎知道我的身份？"

"你们？"

"我叫黄本贵，是县重点工程办主任。这位是冯兰，接待科科长！"刚介绍完，冯兰便大方地上前，伸出了手，并投之一个摄人心魄的媚笑。她身材匀称、丰满白净，有着一双会说话的大眼睛，浑身透着一种迷人的风韵。樊大明没有伸出手，而是冷冷地问："你们是怎么知道我的？"

"省局来了领导，怎能不向县里汇报呢？蓝副县长很生气，打电话给杨子湘，准备狠狠剋一顿，这才知道是误会。原来是樊记者给我们开了一个小小的玩笑！这不，蓝副县长令我们即刻赶过来，看看还需要县里提供什么服务！"

"谢谢，没有什么，任务已完成，小叶，我们走！"樊大明拎起采访包就要走，却被冯兰挽住了胳膊。

"哎哟，是瞧不起溪水还是咋的？你这样的贵客来了，县里供不起一顿饭呀！蓝副县长正在主持一个重要会议，散会后，还要赶过来陪你呢！"

"不敢当，不敢当，我还有事情。"樊大明坚持要走。

"我说樊记者，人是铁，饭是钢，工作再忙也得吃饭呀！再说，也得体恤我们基层干部，领导交办的事，我们没办好，怎么交差呀！"巧舌如簧的黄本贵说得初出茅庐的樊大明有些犹豫，黄本贵紧接着又朝冯兰使了个眼色。冯兰立即软硬兼施，将樊大明手中的采访包夺过，扭头朝门外跑去。于是，樊大明被"绑架"着上了停在院子里的小汽车。小叶则知趣地回去了。

在迎宾馆的包厢里坐定，黄本贵借口点菜出去了，冯兰便靠近樊大明拉起了家常。得知樊大明小她几岁，便热情地喊他弟弟。樊大明喝茶时不小心洒了几滴在身上，冯兰立即掏出纸巾替他轻轻地拭去。这一细小的动作，使樊大明感觉到回到母亲身边的那种温暖。涉世不深的樊大明如何经得起深谙风月的冯兰温情的攻势，聊着聊着，不禁对她产生了好感，也一口一个姐地叫着。

不一会儿，黄本贵、贵永宏陪着蓝建进来了。蓝建跟樊大明素不相识，却像久别的朋友，伸开双臂给了樊大明一个热烈的拥抱。

"樊老弟，这么称呼你不见外吧，不够意思啊，到了溪水这一亩三分地，连个招呼都不打，你不仁，我不能不义，地主之谊是要尽的。"

"不是，不是这样，你们工作忙，我们怕给县里添麻烦呢！"樊大明有些尴尬地说，蓝建的热情将其武装彻底解除了。

几人坐定后，蓝建端起酒杯，风趣地说："今天是私密性的聚会，不谈工作，只谈友情。哎，小兰子，刚才走到门口，听说你与小樊结为姐弟了，好呀，有眼力，小樊帅气有才，前程不可限量，不过，眼下流行姐弟恋，你们可别闹这一出啊！"

蓝建说这话时，眼睛故意在俩人身上转溜了一圈，樊大明的脸红到了耳根。他今年 26 岁了，谈过几段恋爱，都没成功。

酒喝得很酣畅，蓝建特意将冯兰安排在樊大明的身边坐。樊大明本来是极少饮酒的，抵不住众人的盛情，再加之冯兰在劝酒时总是有意无意地用丰腴的身子碰着他的肢体，眼里顾盼着风情万种，使之顿生豪情，喝得很雄壮，醉得也干脆。

那天，闻光一在工地露面后，蓝建的心一沉。正想着法子来摆平时，天助我也，发生了地震，闻光一匆匆奔赴灾区采访了，蓝建心里松了口气，没想到，这里还潜伏着一个，要不是贵永宏及时给他电话，并通过杨子湘了解到底细，还不知会捅出多大的娄子呢。得知樊大明是位雏记时，又心生一喜，无论如何要将其拿下，既堵了漏，又断了闻光一的路，真是一箭双雕呀。于是，他找来铁杆吊刀黄本贵，设下一个温柔陷阱。

樊大明飞快地起身，慌乱地穿好衣服，就要夺门而去。

"怎么，就这么走啊，将姐一人丢在这里？"冯兰伸手拖住樊大明的衣角说。

"对不起，兰姐，昨晚我喝醉了，如做了什么对不起你的事，请多多原谅！"

"说这话还有意思吗？连一点责任都不敢承担，像个男人吗？"

樊大明头"嗡"地大了，他知道落入一个不见底的深渊，不知该如何躲过这一劫。此时，门锁转动了一下，黄本贵、贵永宏一脸坏笑地进来了。

"怎么，樊记者，昨晚休息得怎样？还满意吧！"

"樊记者，话得说清楚，可没人逼着你干。要说流氓，还不知是谁呢！"贵永宏的流氓腔调，气得樊大明浑身颤抖。

"你们到底想干什么？"

"很简单，把昨天的复印件拿出来，然后闭嘴！"

"办不到！"樊大明说。

"话不要说早了，大家都得留点后路，否则对谁都不好！"贵永宏头上的刀疤闪着光亮，他从口袋里掏出几张照片，往床上一丢。顿时，樊大明的血直往上涌，那全是昨晚他与冯兰的照片，不堪入目。他气得将照片撕得粉碎。

"好，好，还算有点血性，知道羞耻。撕了没关系，明天我把它上传到网上，你总撕不了吧！"

"混蛋！你们真是混蛋！"

樊大明只觉得眼前一黑，晕了过去。

十二

闻光一醒来时，是在横山县人民医院的病榻上。他隐隐约约觉得眼前有许多人影在晃动，他想捕捉清楚，但这些人影飘忽不定、时隐时现，好像在云层里穿行。

"光一，光一！"一个熟悉的声音在轻轻地呼唤着。

"是妈妈？不是，妈妈的声音比这更慈祥，温暖中带着牵挂。是顾小曼？不像，小曼的声音比这更柔软，期盼中带几分娇媚。是田赛男？也不像，赛男的声调更富激情，透着敬重。对了，是许晶晶，只有晶晶的呼唤才这样浸着真情。可是，我在哪儿？许晶晶怎么会来到这里？"闻光一吃力地睁开眼，眼前的景象如由远而近的电影特写镜头，渐渐清晰了。有穿白大褂的医生，几位满脸焦急的中年人，还有封建国总编辑，他怎么也来了？闻光一挣扎着想起身，但头沉得如注了铁块，浑身软绵绵的，没一点力气。

"不要动，你的脑壳有外伤，还有轻微的脑震荡，要静躺着休息，尽量少说话！"穿白大褂的医生轻轻且严肃地说。

"光一，你是好样的，你没有辱没新闻工作者在紧要关头站在第一线的光荣职责，我代表全社来看望你。还有，这是横山县委的程书记，他代表全县43万人民来慰问你！"封建国总编俯下身子说完，侧过身子。

程书记上前一步，弯下腰，深深鞠了一躬，说："闻首席，谢谢你，在危难时刻，第一时间赶到现场，不仅将我县的灾情与干群的精神风貌报道了出去，还舍身救人，真了不起呀！"

闻光一轻轻地摇摇头，艰难地说："肖天虎怎样？他是个好人，别再为难他！"

程书记的眼圈红润了，说："他被救出来了，只是左腿没了。他的老父亲与儿子都遇难了。放心，我们一定会善待他的！"

闻光一闭上眼睛，热泪禁不住从眼角淌出，呜咽得双肩在不停地颤抖。

闻光一的身体恢复得很快。横山县是重灾区，医院接受的伤员较多，报社特地派车来接闻光一回省城休养。临行前，闻光一想去看看肖天虎。但县里来送行的同志说："老肖左腿截肢后，身体较虚弱，情绪也不是太好，不能受到刺激，最好不要现在去看望他。"闻光一只得作罢。

报社的车直接开进了报社的院子。车子还没停稳，只听锣鼓喧天，鞭炮齐鸣。大楼的门前挂着巨大的横幅：欢迎从抗震一线凯旋的英雄闻光一！闻光一刚迈下车，在此等候多时的机关党委干部就给他戴上大红花，闻光一被簇拥着走进了一楼的会议厅。能容纳500余人的会议厅已座无虚席，闻光一刚一露面，便响起雷鸣般的掌声，这是报社专为他召开的表彰大会。封建国总编辑宣读了《关于授予闻光一同志抗震救灾新闻报道英模的决定》，除了颁发证书，还奖励人民币一万元。聚光灯下的闻光一显得格外拘束，站在台上当着这么多的人讲话还是第一次。他觉得手中的证书与奖金是多余的，揣在手上别扭，塞进口袋不合适，放下来又没地方，只得双手握着放在背后。

"我叫闻光一，大家都认识！"这个开头引得哄堂大笑。闻光一也笑了，憨憨的。一笑，会场活跃了许多。

"我不是什么英雄，还是那个食人间烟火、碌碌无为的闻光一。说真心话，我没做什么，只是做了一个新闻记者该做的事情。比起在抗震一线真正的英雄，我站在这儿感到汗颜！"

闻光一的思维活跃了，谈吐也自如起来，他讲起了肖天虎的故事，讲着讲着，禁不住泪流满面，泣不成声。整个会场也被带进那种生死危机的瞬间，静得能听得见手表的"嘀嗒"声。

"各位同仁，想想至今没了左腿还躺在病床上的肖天虎，想想灾区失去亲人、失去校园的孩子们，我的心里空荡荡的。我决定，这钱捐给灾区的孩子们，虽然不多，但可给课堂多添几张桌椅，能给孩子的书包多增几本书，这样，我心里会更踏实些。"

说完，闻光一将钱放在讲台上，向大家深深鞠躬后离开了。会场又宁静片刻，猛然爆发出雷鸣般的掌声。

为了让闻光一的身体尽快康复，报社特批了他半个月的假。可闻光一是闲不住的人，在床上躺了半天，就觉得浑身发痒，想着法子找点事做。外出采访是不可能的，封总给他下了命令，这半个月不得迈出省城半步。他找来一本《围棋中盘战术技巧》，看了几页，就觉得乏味。然后上网找人下围棋了，几局下来，他觉得对方的棋路俗不可耐，实在没劲。猛然，他想起王陵子教授的嘱托，来了精神。他找来《陈氏国学脉络考丛》书稿及《略论陈氏国学精髓》，认真读了起来。凡有雷同的地方，他都做了记号，还做了笔记。花费了几天的时间，他将两本书稿对照看完了，发现两书稿的构架、脉络完全相同，雷同的段落竟达128处。毫无疑问，必有一方抄袭。闻光一认定王陵子教授是原作者，可是证据呢？

闻光一独自去了一趟系马山。

正在草棚亭子里摆谱的王陵子见到闻光一进来，高兴地说："哟，什么风把大记者给吹来了。来得正好，看看这棋，武宫正树的宇宙流还真有大智慧呢！"说着，他拖过一把椅子，让闻光一坐在身边，一起探讨着棋谱。

"你瞧黑棋的这手大飞，置白子在角上的打入不顾，这一手，既与三连星的布局遥相呼应，又显得灵动、洒脱，是武宫独具匠心的构思啊！"

"嗯，宇宙流的真谛就在于顾全大局，不在乎边边角角的实地被侵占，极具个性地在中腹行棋造势，这是武宫的创新，也是摆脱凡俗的大手笔啊！"

闻光一的点评正合王陵子的口味。王陵子笑了，斟满两杯酒，要与闻光一干杯。闻光一不善饮，何况还有重要的采访，只是用嘴唇眠眠，便放下杯子。

"王老，这几天我抽空将您的书稿与左放明的书对比着看了，的确有很严重的抄袭问题，我这次来就是想了解一下，还有什么证据能证明左放明是抄袭的？"

"有哇，我这部《陈氏国学脉络丛考》先后写了十几年，我的许多学生都见过底稿。"

"啊？都有哪些人？他们现在在哪里？"

王陵子随口报出几个人名和他们的工作单位，闻光一都在采访本上一一做了记录。

"王老，您想想，在左放明出书之前，还有哪些人见过这部书稿？"

王陵子陷入了沉思，随手在棋盒里拈起一粒黑子，在棋盘上放下又拈起。猛然，长须眉一抖，脸上顿时阴转晴。

"有了，当年左放明找我借书稿时，我亲自送到院里去的。当时他不在，我便请办公室主任邹慧老师代转。我怕有意外，还特地让她写了一张收条呢！后来不久，邹慧老师调到外地去了，这张收条应该还在我这里，放到哪去了呢？"王陵子皱眉思索着。

"王老，您得仔细想想，这可是最有说服力的证据呀！"闻光一眼睛一亮，认真地说。

"你等等，你等等，我到书房去找找。"王陵子将手中的棋子往桌上一扔，小跑进屋去找。闻光一起身，踱到亭子边，欣赏着系马山的风景，深深吸了几口山里特有的新鲜空气。突然，手机传来短信的"嘀嘀"声。他忙掏出一看，顿时背后抽凉。

"明修栈道，暗度陈仓，樊陷泥淖。三页眉。"

樊大明出了什么意外？还是遇到什么困难？闻光一着急了，赶紧给樊大明打电话。良久才传来一个萎靡不振的声音。樊大明说："我从溪水回来有几天了，回来就感冒了，到现在都没有痊愈。本想早点来汇报暗访情况的，得知闻老师正在休假，只得等上班再说。"既然樊大明没什么大碍，闻光一也放心了，便叮嘱他好好休息，其他的事以后再说。

打完电话，闻光一又细细揣摩那条短信。这三页眉到底是何方神圣？从短信的内容来看，此人有较高的文学素养，且在暗中帮忙，不显身，说明有难言之隐。

"找到了，找到了！夹在当年的日记本里，你瞧瞧。"王陵子捧着一张纸，兴高采烈地跑出来。闻光一接过一看，果真是当年邹慧亲笔写的收条，时间落款是2010年9月28日。闻光一小心地将收条放进包里。

"王老，收条我暂且保管了，是否也要打个收条呀！"

"你这小滑头，屁股发痒了吧，小心挨揍！"说着，王陵子夸张地举起手，然后，真诚地留他吃饭。闻光一笑着推辞了。

十三

省城大学坐落在美丽的玉带湖畔。玉带湖水清澈见底，可见水底摇晃的小草与游动的小鱼。湖面不宽，却悠长，犹如一条洁净的玉带，缠绕在校园的四周，滋润得湖岸的草木恣意繁绿。当年，这里曾是一位落魄明朝王爷的避暑庄园。随着明朝的衰败，庄园也衰败了。在清兵入城的那个夜晚，王爷家族的几十号人，为表达对明王朝的忠贞，在这里集体尽忠了。有自刎的、有投井的，还有悬梁的，惨象目不可睹。因血腥味太重，后人不敢踏进半步，便荒落成鬼唱歌的地方。中华人民共和国成立后，首任省长是个彻底的唯物主义者，从不信鬼神，带着警卫员，骑马到这里溜了几圈后，勒马驻步，掷地有声地说："这里有山有水，文气重，是个读书的好地方，就在这建一所大学！"

文学院坐落在一栋有着浓郁民族风格的二层小楼里。其时，左放明已是省城大学党委常委、宣传部部长，兼文学院院长。精明的左放明非常清楚，大学里的宣传部部长尽管是厅级干部，可又什么都不是，谁都不理睬，学术成果和职称才是头顶上真正的光环。如不是以文史教授的身份给省委常委上课，他哪能走上厅级的台阶？因而，左放明说什么也不让出文学院院长的位子，平常上班没有要事，他不会到行政大楼里去。

闻光一找到院办公室，里面空荡荡的，只有一位女同志正专心致志地在网上"种菜"。

"请问，这是文学院吗？"闻光一轻声问。

"不识字呀，门口不是挂着牌子吗？"女人头都没抬，口吻有些不耐烦。

"我找左放明院长。"

"请问你什么单位的？"听到是找院长的，她才抬起头。

"记者，这是证件。"

她接过闻光一的记者证，稍稍瞟了一眼，便问："你找左院长有何事？"

"当然是公事了！"闻光一不客气地说。

她抬头仔细地看了闻光一几眼，觉得闻光一不是像学生那样容易糊弄的主，便起身说："在这候着，左院长很忙，不见得有空见你呢！"说着，她拿着闻光一的记者证去了院长室。不一会儿，她就回来了，将记者证随意往桌上一扔，用居高临下的口吻说："我们院长正忙着，没空。另外，左院长一般不和记者打交道的！"

不知是她的态度还是左放明的做作激怒了闻光一。

闻光一收起桌上的记者证，掏出一张名片，在背后写了一行字："抄袭者是自掘坟墓！"然后不客气对她说："请现在就将它送给左放明，否则，后果自负！"

女人看了一眼名片上的字，又溜了一眼脸色铁青的闻光一，知道遇到了硬货，不敢再言语，小跑着出门了。

闻光一掏出一支烟，刚刚点燃，就从门外飘来一个洪亮的声音。"哎呀，是闻大记者到了，失迎！失迎！"

随着声音，门口挤进一个身高体胖，脸膛红亮，头发稀疏，戴着一副金丝边眼镜，鼻尖布满红点的中年汉子，他就是左放明。

"对不起，对不起呀！刚才忙晕了头，何主任只说有个记者采访，不知是你这位大手笔到了呀！"

明知左放明说的满口假话，闻光一并不计较。跑了这么多年的新闻，什么人他都见过，早就练就了一身恭维时浑身不飘、冷落时忍辱负重的功夫。

"左院长，我这次是为了一本涉嫌抄袭的书稿来的，是在这里谈，还是……"

"到办公室谈，到办公室谈。请，请！"左放明有些紧张地看了一眼站在一旁的何主任，侧过身子，打出请的手势。

左放明的办公室很宽敞。三面墙都是书架，书架上摆满了书。靠沙发的那面墙上挂着一幅书法：清风万卷书。这是本省著名书法家查先生的墨宝。

"啊，闻记者也喜欢查先生的书法？"

"不，不！我对书法是外行，只是欣赏而已。"闻光一接过左放明递来的热茶，笑着回答。

两人在沙发上坐定后，老练的左放明说："封总近来还好吧，好些日子没见着他了。"

"还好。"

"我和他是中央党校地厅班的同学。那届的学员太多，我俩还挤住在一间房呢。老封别的都好，就是睡觉打呼噜，嘿，跟打雷一般响。你猜我用什么法子对付他？等他呼声响起，我往他鼻子上滴几滴风油精，真灵光，立即'雷息风停'。哈哈！"

闻光一咧嘴强挤出几丝笑容，立即直切主题，说："左教授，我这次来是想跟您了解一点事。"

"啊，好呀，请说！"

"您是否在 2011 年出版过一本书，叫《略论陈氏国学精髓》？"

"对呀！"

"是否是这本？"闻光一掏出书展示在他面前。

"是的，怎么，你也对陈学感兴趣？"左放明不动声色地问。

闻光一摇摇头，又掏出王陵子的书稿说："那么，您曾见过这部书稿吗？"

左放明的眼神透出一丝惊慌，但很快就平静了。他接过书稿，随手翻翻，便断然回答："没见过！"

闻光一的眼里透出几分愤怒，盯着他良久，然后一字一句地说："请您再仔细回忆一下，真的没见过？"

"没见过！"左放明肯定地回答。

闻光一的心凉透了。他没想到，堂堂的大学教授做了亏心事，竟然能如此硬气地说谎。其实，闻光一是抱着善意来的。只要左放明能认识错误，有悔改之心，他就当个调解人，商量一个解决的办法。可是现在看来，闻光一美好的愿望要落空了，只得摊牌。于是，他拿出当年邹慧老师留下的收据，摆在左放明的面前。读完收据的内容，左放明的手不由自主地颤抖起来，沉吟片刻，猛一拍脑袋说："瞧我这记性，那年要为研究生开陈氏国学课，知道王陵子教授写了这样一部书稿，便借来做参考。唉，人老了，健忘呀，不过，我摘录了一些资料，没几天就将书稿还给他了！"说这话时，左放明脸上沁出豆大的汗珠。

"那么，你的书与王陵子教授的书稿，雷同的段落达128处，而且整体的结构也基本一致。这又该如何解释呢？"

"哎呀，闻记者，隔行如隔山呀，你是搞新闻的，对学术是外行。学术著作是以什么做基础？史料。史料是客观事实，大家都可以共享的。同一题材的学术专著，出现一些雷同，是很正常的。"

看样子，左放明是不撞南墙不回头了。

"你知道王陵子先生的书稿为什么到现在还没出版吗？"

左放明漠然地摇摇头。

"那是因为文稿中有许多史实谬误还没有澄清，你看看这个！"说着，闻光一取出陈氏后人写给王陵子教授的信件的复印件。左放明看后，大惊失色。

"遗憾的是，王陵子书稿中没来得及纠正的谬误，在你的书中竟原封不动地再现了，左教授，这又作何解释呢？"

"无理取闹，简直是无理取闹！你一定是被王陵子收买了，我要去告你们！闻光一，你会后悔的！"左放明失态地咆哮起来，一挥手，竟将茶几上的水杯扫落在地，发出清脆的碎响。

闻光一无语地收拾好东西，起身告辞了。左放明则瘫坐在沙发上，喘着粗气。

闻光一在家休养，每天都会接到报社同事邀请吃饭的电话，其中有熟悉的，也有只知其名、不识其人的。请吃饭的理由五花八门，有老乡聚餐、党校同学集会、采访团成员叙旧，还有一起去疗养也作为吃饭的由头。他向来讨厌这种无聊应酬，都以在家养伤为由婉拒了。但他实在无法理解，一贯奉行"君子之交淡如水"的同事们，缘何热心抱团吃饭？

揭开谜底的是杨子江，他是来给闻光一送职称外语等级考试准考证的。在报社，闻光一没有严格意义上的朋友，只是与杨子江比较谈得来。从某种角度来说，他俩有共同的语言。在整个采编队伍里，只有他俩没有正儿八经的本科文凭。杨子江本是省城郊区宣传部的一名新闻干事，特别擅长抓农业方面的新闻，写过不少在省内产生过影响的农业方面的报道，连续几年都被评为全省的模范通讯员。之前的省委书记是位农业专家，将全省经济发展大局定位在农业基础之上。于是，省报也要加强农业方面的采编力量。但报社的编制本来就紧，加之跑农业口辛苦，又不容易出大作，一般的记者不愿去。于是，省报决定在全省范围内选调一名热爱农业报道、有较扎实的写作基础、品行兼优的基层报道员到农村处任记者。通过层层选拔，杨子江脱颖而出。但到报社工作后，尽管他很努力，却感受到一种无形的压力，与同事很难找到共同的语言。他在基层报道组写稿是全省的佼佼者，但在藏龙卧虎的省报，他觉得英雄无用武之地，施展不开拳脚。处里有重大的采访任务，都是交给科班出身的记者，而杨子江采写的只是些边角尾料，年年都很难完成任务。前些年，报社进行机构改革，农村处合并到经济部。在全员竞聘的大潮流下，杨子江落聘了，他只得服从安排，到群工部去干通联工作。由于相同的境地，虽平时很少接触，但只要开会，俩人不约而同地会坐在一起，聊聊家常，发发牢骚。他虽然没有闻光一的才华与霸气，却为人机灵，耳聪目明，对报社的人际关系、各种动向了如指掌。

"是真不知晓，还是装糊涂？"得知闻光一心中的疑惑，杨子江呷了一口热茶，认真地问。

"真人面前不说妄语。我是真不知道底细，也没去吃一顿饭。"

"那你想想，在你没当首席前，有同事请你吃饭吗？"

闻光一困惑地摇摇头，问："与当首席有关系？"

"关系大着呢！"杨子江又呷了一口茶，不紧不慢地说，"我的老哥，首席记者享受正处待遇。现在提拔干部，都要进行民主测评，参与者都是副处以上的干部。你手中有一票呀！眼下空出了几个处级的位子，所以就有这感情投资。"

"有这事？"闻光一吃惊地说。

"唉，全报社可能也就是你成天只知道采访、写稿，不知道为自己的前程谋划。你现在是首席记者，着实是风光，但这只是虚名，如果期满落聘了，什么都不是。哦，对了，崔志城的副厅已批下来了。"

"真的？"闻光一惊愕得如同听到外星人访问地球的消息，嘴巴张开半天闭不拢。

　　崔志城比闻光一晚一年进入省报工作，他们不在同一个部门，但他俩一起采访过，闻光一对崔志城的事也有所耳闻。崔志城健谈，文笔却臭，写稿子抓不到重点，逻辑混乱，而且错别字很多。用他们处长的话说，编崔志城的稿子，头都是大的，还不如自己写一篇。后来，崔志城干脆不写稿子了。采访时，走马观花地看看、玩玩，然后将通讯员写的稿子署上自己的名字交差。为这事，编前会上，崔志城常受到值班总编辑不点名的批评。但崔志城很会来事，跟领导出差，会主动拎包、开车门、递烟敬酒，投其所好。没几年，崔志城就坐上了采访部副主任的位子。有一回，崔志城带着一名见习记者到郊县采访，拿出一沓请领导吃饭的发票让县委宣传部报销。而那位县委宣传部部长刚从部队团政委转业来，对地方上的行情不了解，特别是对记者的能量掉以轻心，一口拒绝了。崔志城怀恨在心，指使见习记者搁置与县委宣传部共同商定的选题，并唆使见习记者道听途说，听一名在此地投资办厂而未达成目的商人满腹牢骚，写了一篇有关投资环境不佳、外商处处受刁难的批评报道。稿子见报后，县委、县政府经过调查，发现稿子严重失实，责成县委宣传部部长代表县委县政府毫不客气地找上门来，将事情的原委如实地向报社领导做了汇报。社委会非常重视，指定由纪委牵头，组成了调查组进行调查。崔志城除了将让县里报销发票的事否定得一干二净外，还将其他的责任全推在见习记者的头上。精明的他早知道会有麻烦，那篇稿子只署名见习记者一人。最后，报社只得将倒霉的见习记者辞退，而崔志城仅仅得了一个领导失责的记过处分。不久，采访部主任到了年纪退休，崔志城名正言顺地接上了班。

　　不久前，报社空出一个副总编的位子，省委宣传部决定这个人选在报社内部产生，崔志城又变得活跃了。他将部门的工作全交给副主任处理，自己则成天到各办公室串门，吆五喝六地请人吃饭。有理由的请了，没理由的创造理由也要请，全报社有推荐权的 100 多名处级干部，他几乎全请了。闻光一因出差，接到请吃饭的电话后婉拒了。但回来后，闻光一在办公桌上发现了两条用报纸包着的高档烟，通过清洁工大爷才得知是崔志城送来的。本来闻光一想把烟退还去，但一想，推荐人选时，自己在外采访，没参加投票，算不上受贿，这烟不抽白不抽，于是就留下了。

"老哥，世事险恶，不能只埋头拉车，不抬头看路啊！"杨子江语重心长地说。

"唉，这官不当也罢，觍着脸皮到处求人要官，我可是做不出来啊！"闻光一言不由衷地回答。

杨子江走前再三叮嘱闻光一："职称外语考试是在这个星期天，时间、地点，准考证上都有，可千万不要误了！"闻光一点头应允着。

送走杨子江，闻光一的心绪一时难得平静。崔志城的青云直上对他来说，是个巨大的刺激。说不想当官是假事，他做梦都想。他看中的不是当官手中的权力，而是荣耀。他们村自古以来就没出过官员，连个科级干部都没出过。闻光一尽管心性清高，但毕竟还是个俗人。村里人都知道他在省城混得不错，每每回到家乡，乡邻和故友总是笑眯眯地问上他一句："光一，当上什么啦？我们村有出息的可就指望你了！"闻光一总是脸红脖子粗地无言笑笑。他又能说什么呢？这是块心病，也是他极少回家的原因。

闻光一百无聊赖地躺在沙发上。猛然记起杨子江临走前的叮嘱，眼下最重要的是职称外语考试。虽然许晶晶夸下海口帮其过关，但不知她是否与自己分在一个考场。具体又该如何操作呢？于是，他翻身跃起，打了一个电话。

"哟，大记者，怎么想起我来啦？"许晶晶的口吻明显带着一种情绪，闻光一明白，她还在为自己在溪水暗访的事耿耿于怀呢。

闻光一压低声音说："晶晶，只是和你在一起的时候不想，其他的时间都想呢！"

"什么时候也学会贫嘴了？你的伤怎么样了？"

"咦？你怎么知道我受伤了？"闻光一吃惊地问。

"除了瞒我，还瞒得了谁？你都成名人了，上了电视与报纸。光一，你知道我这些天是怎么过的吗？我闭上眼睛就是你的影子，睁开眼睛就是眼泪。我几次都想去看你，又怕杜灵在身边。别人是度日如年，我是度秒如年呢！"

"晶晶，谢谢你。我很好，没事。"闻光一动情地说。

"听到你的声音，我的心情好了许多，也放心了。"

"晶晶，你是否拿到了准考证？"

"嗯！"

"是哪个考场？座位号呢？"

许晶晶报出考场及座位号，闻光一找出自己的准考证一对照，果真是一个考场。只是许晶晶的座位被安排在闻光一的后面。闻光一心里的一块石头总算落地了，对袁信昌也产生了一些感激之情。本来，袁信昌准备请在人事厅考试中心当主任的老同学吃饭，可闻光一这段时期很忙，特别是救灾受伤后，更不方便出去吃饭。于是，袁信昌让闻光一用短信编好两人的报考资料，然后转发给了老同学。果然，老同学不费吹灰之力便将闻光一两人安排在同一个考场。

"晶晶，到时该如何操作呢？"闻光一担心地问。

"书呆子，考试那天听我的安排就行了，保证不误你的事。你只管把心放在肚子里吧！"许晶晶笑着说。

给许晶晶打完电话，闻光一来到书房，静下心来写有关王陵子教授书稿被剽窃的稿子。他想了一个响亮的标题："道德对剽窃者说：不！"

闻光一在写作时有个习惯，先抽几支烟，然后喝杯浓茶，这个过程是他打腹稿的阶段，尤其是取标题，他更是绞尽脑汁，标题想好了，整篇稿子的布局也就完成了，写起来也就流畅了。读报读题，题目便是戏眼，稿子的成功与否，与标题取得是否精致、贴切程度有很大的关系。这是闻光一多年从事新闻写作的一个经验。正写得顺手时，传来轻轻的敲门声。

"杜灵，有人来了，开门！"闻光一下意识地喊道。但没有人回应，他这才记起，杜灵上班去了。于是，他极不情愿地起身去开门。

"爸妈，是你们？你们怎么来啦？"

母亲来不及放下手中的挎包，一把抱住闻光一，直淌眼泪。"茅子，来，让妈好好看看，伤在哪儿？不要紧吧？"

"嘿，没事，只是点皮肉伤，早好了，你瞧！"说着，闻光一甩甩胳膊，原地跳跳，一身轻松地说。

"你这孩子，真不懂事，出了这么大的事，也不打个电话，要不是光达看到报道，我们还蒙在鼓里！"母亲又抹了一把泪。

"我说了没事吧，有事茅子还能鲜活地现身在电视里？"闻理才不紧不慢地说，然后将行李打开，往外掏东西。有腊肉、香菇、花生，还有一袋子闻光一爱吃的臭鸭蛋。每年一过清明，母亲都会买来100多只新鲜鸭蛋，把鸭蛋放在坛子里，用盐水腌。到了初夏，蛋黄便会发黑，有特殊香味的臭鸭蛋就腌制好了。只要有人来省城，母亲便请人给他捎来，鸭蛋虽小，浓缩的却是母亲的一片心呢。

闻光一倒完茶，便拿起电话打给杜灵，叮嘱她下班后立即回来，陪爸妈一起到外面吃顿饭。

"别，别，别去馆子吃饭，既费钱，又不好吃，我来做，杜灵和军儿也好久没吃到我做的饭菜了。对了，军儿现在的学习怎样？"

"还好，目前到了初三毕业考试的冲刺阶段，挺紧张的！"

望着母亲有些佝偻的背影朝着厨房走去，闻光一的眼睛有些湿润了。母亲目不识丁，为了这个家，为了兄弟俩的成长，为了父亲坎坷的一生，付出的太多、太多。闻光一想把二老接到省城来住住，他们说什么也不同意。父母说叶落归根，在老屋里住得踏实。其实，他们就是怕增加儿子的负担，怕影响儿子的工作。这次一定要留父母多住些日子，有空得带他们去做个全面体检，尽尽孝心。

"茅子，来坐坐，陪爸说说话！"

听到父亲的召唤，闻光一这才回过神来。他在沙发上坐下来，给父亲的茶杯里续上水，然后，掏出烟给父亲递上一支，并点燃。

"前些天，你又回了一趟溪水？"

"嗯。"闻光一点点头。

平日间父子之间的交流很少，就是交谈也是言简意赅。但从心底，闻光一对父亲是敬重的。父亲的善良忠厚、忍辱负重及独立的人格，都融化在闻光一的血液里。

"我知道你是干大事的，但县里对咱家不薄。人呀，要懂得知恩图报！"

"爸，你听到了什么？"闻光一心里暗暗惊诧，父亲从来不过问自己的工作，今天说这些，一定另有原因。

"前天，蓝副县长来过家里。"

"啊，他说了什么？"

"没什么，只是路过来坐坐。他说，县里分给我和你弟的房子，准备找人帮着装修一下。"

"你答应啦？"闻光一着急地问。

父亲侧头瞟了他一眼，狠狠吸了一口烟，说："我会吗？俗话说无利不起早，就说这事要等你回来定！"

闻光一松了一口气，将削好的苹果递给父亲，感激地说："爸，你做得对，有些事我不好跟你说。但有一点，不会有天上掉馅饼的好事，即使掉了，也不能拾，可能不是馅饼而是陷阱！"

父亲又瞟了他一眼，眼神里透着一种理解与认可。这时，放学回家的闻军推门进来了，见到沙发上的爷爷，高兴得将手中的书包一扔，抱着爷爷说："爷爷，好久没见着你，想死我了！"

"军儿都长这么高了，都成小大人了，爷爷也想你啊！"

见到长得比自己还高的孙儿，闻理才的眼里竟闪着泪花。

十四

闻光一提前 40 分钟到考场。停好车后，他便在大门对面的街心公园边溜达边等许晶晶。

尽管今天要参加考试，闻光一却在报社加了一个晚上的班。并非是什么重特急稿要处理，而是一个普通的县域经济发展上快车道的头版头条。省报头条的位置显要，不但吸引读者的眼球，还要引起上级的关注，是各县区、国企、相关部门展示政绩的重要平台。特别是县委的书记们，省报三天没有本县区的报道，便坐不住了；半年没见头条，他们的电话便会打到县委宣传部部长的办公室，甚至亲自上门"讨伐"，脾气大点的会指着鼻子骂人。官员要提拔，靠的是政绩。政绩从何体现？很大程度从党报上体现。可一张省报，一年只有 365 个头版头条，其中转载中央的重特大新闻就占去了近百个，省里领导的重要活动及会议每年也有几十个，余下的只有百十个头条供地方使用，真正是粥少僧多。为了平衡，极具智慧的省委宣传部与省报领导做出决策，原则上保证每个县区每年上一次头条。于是，各县区把这难得的上头条机会看得很金贵。年初，县委宣传部部长就与县委书记一起商量选题，然后组织人收集素材，再请省报有影响的资深记者执笔，发稿前还得逐字逐句推敲定稿。有认真者，在发稿的前夜，县委书记会带一个专业团队到省城，请报社有关领导及执笔的记者吃饭，并再三审读，直至万无一失，才定稿。

自然，首席记者闻光一是各地头条执笔者的首选。昨晚发的头条，闻光一早在一个月前就写好了，并用邮件发给县里审读。得知要见报的准确时间，县委书记带着人昨天下午就赶了过来。酬谢的一切程序完成后，他们对稿件提出修改意见，闻光一忙到晚上十点半才完成。县委书记在审读时发现一个重要数据的指数低了，打电话给县统计局重新计算，新的数据传过来时已是凌晨，然后排版、打样、校对。等到大样定审签字完毕，已是早上4点多，闻光一只得在办公室的沙发上和衣眯了几个小时。

闻光一从小就厌恶考试。他偏科严重，每回考试都是紧张又头疼。读高中时，他除了语文成绩在全年级稳拿第一名外，其他的成绩是惨不忍睹，特别是英语，只认识26个字母和为数不多的简单的日用单词。高一下学期期中考试考英语时，他在卷子上用铅笔画了一只趾高气扬的唐老鸭，昂首阔步地走着，嘴巴还嚷着："我不懂外语，一样当作家！"还画了一只米老鼠边走边回头嘲讽："嘿，都是些假洋鬼子！"考试结果当然是惨不忍睹，卷子还被张贴在学校的布告栏里，老师在试卷上用红笔添上一个大大的"0"。

想到年轻时的幼稚与调皮，闻光一不禁笑了。

"捡到什么宝物？交出来？"突然，一个声音在他耳边响起，将其美好的回忆打断。一回头，原来是晶晶到了。

"我，我可没捡到什么呀！"闻光一不解地回答。

"没捡到，那独自笑什么？"

"哈哈，没什么，没什么！想起好笑的往事！"闻光一笑着回答。

"晶晶，来啦！今天就全靠你了！"

"有本姑娘出马，你尽管放心吧！"许晶晶胸有成竹地说。接着，她将一只漂亮的铅笔盒塞在闻光一的手中。

"这是什么？"闻光一诧异地问。

"答案呀，你打开看看。"

闻光一狐疑地打开笔盒，只见里面有四支笔，盖子里层贴着一面小镜子。

"这，这是什么答案？"

"真笨。我不是坐在你后面吗？我做好题，就会咳嗽一声，你打开笔盒，从镜子里便能看到我。你瞧，这里有四支不同颜色的笔。你要记住，红色代表 A，绿色代表 B，黄色代表 C，黑色代表 D。从第一题开始，我举什么笔，你就填相应的答案。这样，60 分的选择题就到手啦！"

"真棒，晶晶，你这点子可是绝了！"闻光一兴奋地说，他真想好好地拥抱许晶晶。

"哎，除了选择题，还有翻译题呢？镜子可无法看清呀！"

"说你笨，你可得服气！我退场从你身边经过时，扔个纸头给你，不就解决问题啦！"

"妙，真妙！"闻光一高兴得有些不能自已。

此时，校园里传来铃声，两人相对一笑，便先后朝考场走去。坐定后，闻光一打开笔盒，能清晰地看到许晶晶坐在后三排对角的位子上，许晶晶也注意到他的举动，故意吐吐舌头，做了个鬼脸，俩人心照不宣地笑了。监考者有两位，发完卷子后，并不像监考学生那样严格，并没有前后站着巡视考场，而是坐在讲台上休憩养神。监考者都清楚，这样的职称考试对每位考生来说是至关重要的，每一分里都浸润着工资、晋升、职务等因素，今天他们是监考者，明天或许就是考生，因而，同考场的人都有一种惺惺相惜的感觉。

闻光一接过卷子，稍稍瞟了几眼，顶多能得 10 分，而且没有把握。既然没把握，干脆不做，等待许晶晶的答案。但坐在这里不动笔也不行，会引起监考老师的怀疑。于是，他也低头在草稿纸上装模作样地写，实际在想着心事。如果闻光一顺利地评上了正高，不仅工资可加 1000 元左右，还可享受副厅的医疗待遇，生病可住高干病房，出差可坐软卧，更重要的是，名誉更好，尽管没有干部级别，可是正教授职称，上对得起父母，下对得起妻儿，这辈子他也算得功德圆满了。他掰着指头算算，在同期同学里，自己应该是级别最高的。倘若如愿了，他得好好谢谢许晶晶，没有许晶晶的帮助，一分钱能压死钢铁汉呢。可怎么感谢许晶晶呢？是给她买些贵重首饰，还是带她出国旅游一次？

闻光一正想得入迷时，身后传来许晶晶轻轻的一声咳嗽，闻光一抬头看看四周，悄悄打开了铅笔盒，镜子里出现晶晶的微笑，于是他赶紧取出答题卡，紧盯着镜子，晶晶每举起一支笔，他就按顺序在答题卡上填。不到一刻钟，便完成了答题。接着，许晶晶又专心致志地做翻译题，闻光一又陷入了等待。晶晶为外语系的高材生，这等翻译题对她来说，只是小儿科，不到 20 分钟的时间，她便完成了试题，稍做检查后，就起身交卷，路过闻光一身边时，悄悄将一个卷着的纸团朝闻光一的桌子上扔去。结果，纸团掉在地上，闻光一后排的考生眼疾手快地拾去了。

"哥们儿，抄好后，给我用用，谢啦！"那考生打开纸头看了一眼，边递给闻光一边悄悄说。闻光一怕他声张，只得轻轻地点点头。很快，闻光一就做完了题，轻松地伸了一个懒腰，收拾好文具，准备交卷。趁起身的机会，他悄悄把纸团往后排一扔，便快步走出了考场。

此时，操场上已聚集着不少从考场出来的考生，闻光一在人群中扫视一圈，没发现许晶晶的身影，于是，便掏出手机，开机不一会儿，手机便传来不停的通知声。他翻动着手机屏幕，只见未接电话栏中，有一个陌生的电话，呼叫过他多次。他作为一名记者，有陌生电话打来报料是家常便饭，闻光一今天没心情回，而是急着拨通许晶晶的电话。电话还没拨通，只见许晶晶满面春风地捧着一杯冰激凌朝他奔来。

"大记者，为祝贺你一举考过，小女子犒劳你了！"许晶晶说着，将冰激凌塞在闻光一的手中。

"晶晶，你搞反了，应该是我犒劳你才对！"闻光一啃了一口冰激凌，满口香甜地说。

"嗯，还算懂得事理，说吧，你准备怎样犒劳我？"

"走，去吃西餐。"

"西餐太甜，容易发胖！"

"那去尝海鲜！"

"海鲜太腥，不合胃口！"

闻光一急得直摸后脑勺，不知如何才能合许晶晶的口味。

见闻光一的窘样，许晶晶忍不住"扑哧"笑出声来。"书呆子，我已买好了菜，到我家去。不过，我有个条件。"

"说吧，我答应你。"

"你得亲自下厨做菜。"

"行，我做几道特色的溪水菜给你尝尝。"

于是，两人有说有笑地朝停车场走去。刚出校门，就被一人拦住了路。

"哟，闻记者，考得如何？我打了你几个电话，你都关机了，知道你正在埋头答卷呢！"

来者是左放明。令闻光一诧异的是，左放明是如何知道他在此考试的？平时孤傲的大教授竟能礼贤下士在此等候？

"嘿嘿，我是通过封建国总编辑打探到你的行踪的。怎么，能赏光找个地方坐坐吗？"左放明先入为主。

闻光一看看左放明，又看看身边的许晶晶，凝思片刻，悄悄将晶晶拉到一边说："晶晶，对不起，我遇到了急事，你先回家，我跟他谈谈，立即就赶过去。"尽管许晶晶心里一百个不乐意，但仍是善解人意地笑笑，在路边拦了一辆的士先走了。

左放明将闻光一带到街对面的一家咖啡厅，找一个僻静的包厢坐定。

"来点什么？"

"不啦，待会儿我还有事。"闻光一淡淡地说。

"那就来杯咖啡吧。"

"行。"

左放明挥挥手，唤来服务生，要了两杯咖啡。咖啡上来后，左放明不停地用小勺子搅动着刚放入奶汁与糖的杯子，眼睛盯着闻光一说："题目不难吧？考得如何？"

"不难，还好。"闻光一冷冷地回答。

"只要你外语上线了，评正高没问题。我是这届的评委。"

闻光一抬头瞟了左放明一眼，一种无名的反感在心间滋生。

或许察觉到闻光一的不快，左放明很快就转换了话题。

"有关书稿争论的稿子，写好了吗？"

闻光一又抬头瞟了左放明一眼，一个"争论"就将剽窃的性质完全否了，真是厚颜无耻。

"写完了。"

"能给我看看吗？"

闻光一眼里喷着一股怒火，狠狠地盯了左放明一眼。记者手中的话语权是社会与公众给予的权利，特别是党报记者，既是宣传党的方针政策的喉舌，也肩负着匡扶正义的重任。文责自负是基本的素质与准则，没有给被采访者审定稿子的权力。可左放明竟然提出如此无理的要求！

他想给予回击，但忍住了，只是轻轻地摇摇头。

"我是怕你年轻，受人利用，文章把握不准，有失实的地方，到时产生了恶劣影响，不好收场啊！"左放明从闻光一的态度中感觉到话不妥当，便画蛇添足地补充说。

"这点请放心，真实是新闻的生命，我不会拿一名记者的政治生命来开这种玩笑。"闻光一尽管语调不高，却字字透着一种力量。或许左放明很少遇到这样的对手，他脸色变得铁青，一时竟无言以对。但他毕竟是见过风雨的，知道如何对付不同的对手。他端起咖啡，轻轻地品尝了一口，用一种平易的口吻继续说："光一记者，你可能不太了解学术界的情况，很多东西是很难分辨真伪虚假的，特别是研究史料的学术成果，谁抄谁的，是没有一个明确答案的，大都是以谁先出成果来断定。你可千万不要在这条水情复杂的小沟里翻船啊。"

"这点很容易，我摆出真实的证据，由读者去评判，我相信他们是有正确的判别能力的。"闻光一毫不退让地回答。

"你就肯定稿子能见报？"

"那就试试吧。"

"我可以负责任地告诉你，省内没有哪份报刊敢发这篇稿子。"

没想到，这个道貌岸然的大学教授竟然用这种流氓腔调来威胁自己。闻光一感到一种前所未有的悲哀，他用一种平缓的口气说："我相信你的能量与手腕，你能在省内封杀这篇稿子。但我要提醒你的是，阴云能遮得住太阳吗？谎言能盖得住真理吗？还有一句话要奉告你，条条大路通罗马，封路者永远是愚蠢的。对不起，我有事要先走了。"

说完，闻光一唤来服务生，买单后径直走了。

当闻光一拖着沉重的步履敲开许晶晶的家门时，她正系着围裙在厨房里忙碌，餐桌上已摆着几个做好的菜，都是闻光一平时爱吃的。

见闻光一写在脸上的阴云，许晶晶大吃一惊。

"光一，你这是怎么啦？"

"喝茶见到一条蛆，恶心。"闻光一强挤着微笑回道。

"你先坐坐，还有个汤在煮，一会儿就吃饭。"

闻光一坐在沙发上，仔细打量着房子，房子不大，却收拾得整洁、别致，有温馨的情调。特别是墙上挂着一幅抽象的油画，很有些意境：一条变形的金鱼，在玻璃箱中努力地挣扎，玻璃已现裂纹，鱼儿阔阔的嘴正在贪婪地呼吸着外面的新鲜空气，整幅画色彩凝重而有张力，画面紧凑而富有活力。由此可见，这位画家有着不俗的理念与高超的技巧。

正欣赏着，许晶晶将汤做好了，端上来，并开了一瓶红酒，倒满两杯，高兴地说："来，光一，为今天我们的合作成功干一杯！"

闻光一头都没抬，端起杯子，一饮而尽。

"来，再来一杯。"

"你这是怎么啦，光一？"许晶晶没有给他倒酒，而是关心地问。

"没什么，我就是想喝酒。怎么，你舍不得呀？"说着，闻光一从许晶晶手中夺过酒瓶，给自己酌上满满一杯，又是一饮而尽。接着又要往杯里倒酒，被许晶晶一把夺了过去。

"你到底怎么啦？今天在考场邀你去喝咖啡的是什么人？"

"什么人？一只披着羊皮的狐狸。我见过无耻的，没见过这么无耻的！小人，十足的小人！"或许是酒力发作的原因，本不胜酒力的闻光一有些醉意了。在许晶晶的再三追问下，他把与左放明谈话的前因后果及内容，原原本本地说了出来。说到激愤处，眼里竟盈满着泪水。

闻光一的情绪也感染着许晶晶，她轻轻地走过去，将闻光一的头紧紧地抱在怀里，温柔地说："今天是个好日子，别让这个小人坏了这么好的氛围，忘了他，对小人最好的办法就是忘了他。"

"对，忘了他，忘了他！"闻光一呢喃着，或许是许晶晶的温情使他的理性得到了回归。

十五

当闻光一走进崔志城新办公室时，崔志城正在浏览今天的报纸，手里还捧着一只热气腾腾的茶杯。见闻光一进来，他没有起身，只是眼皮子一抬。

"啊，老闻来啦？身体康复得怎样？"

"还好。谢谢你的关心，老崔！"闻光一淡淡地回了一声。其实从进门的那刻起，他就感到气场不对。崔志城这人德性不咋的，但平时见人表面的热情是有的。他们报社有个好的传统，同事见面一般不叫职务，而是直呼姓名。崔志城的一声"老闻"，里面便暗藏着一种距离。即是提醒闻光一，他崔志城是领导了，应有领导的权威。但闻光一向来不吃这一套，何况他从骨子里一直不认同崔志城的人品、水平。于是，闻光一也不客气地呼了一声"老崔"。

崔志城仍没起身，又抬抬眼皮，扔了一句："坐吧。"

"不坐，我生就一双跑新闻的贱腿，坐着不舒服。"闻光一不软不硬地回应着。

"不坐就不坐，站着说话环保。你昨天参加职称外语考试啦？"见闻光一不买自己"权威"的账，崔志城也站了起来。"知道吗？你昨天在考场闹出的动静可不小，引起了省考试院的关注，他们已通知报社，不仅要取消你的成绩，还要政纪处分，更要命的是，三年之内你不能参加考试了。我分工负责机关党委及纪检工作，受社委会的委托，正式找你谈话。"

"我又没干什么，谈什么呀？"闻光一心里一惊，快速将昨天考试的细节过了一遍，确认没什么漏洞，仍强硬地说。

"还不承认，当事者都已写证明材料了。我问你，临出考场时，你是否给后面的人传了纸条？你走后，后面几位为争纸条乱成一团。正巧考风巡视组路过，抓了一个正着，一了解，纸条是从你这儿出去的。哎，我说光一，聪明人怎么干这样的蠢事呢？"崔志城数落着。

闻光一后悔得想甩自己两个耳光。逞什么能呢，将纸条传给毫不相干的人，这回可好，丢人不说，成绩被取消了，三年内不准再考，还有可能牵涉到古道热肠的许晶晶。不管怎样，他得将责任全担下来，绝不出卖许晶晶。拿定主意后的闻光一显得坦然了，掏出一支烟点燃，等待崔志城的发落。

"光一呀，你是报社的老同志了，又是首席记者，出了这样的丑闻，不是你个人的事，牵涉到报社的名誉呢。好在只有我与封总等少数几个人知道。组织上是不好出面了，你如能想办法摆平此事，我们也就睁只眼闭只眼了。"

崔志城就是崔志城，虽然人品不咋的，但能得饶人处且饶人，能做和事佬就做和事佬。

闻光一朝崔志城投去一个感激的目光说："谢了，我想想办法吧。"说完转身要离去，被崔志城拦住了。

"你先别走，还有件事呢！"

闻光一立住了，扭头瞧着崔志城，不知这葫芦里卖的什么药。崔志城往前靠了两步，用一种异样的口吻说："听说，你最近在写一篇有关抄袭文稿的稿子？"

"是的，左放明找过你吧？"闻光一冷冷地说。

"不，不，我跟左放明不熟悉，但他找过报社的主要领导。光一呀，不是我说你，左放明是什么人？他能耐大着呢！何况学术方面的事，很难说得清楚。我劝你，还是识时务者为俊杰。"

"这是你个人的意见？"

"应该说是几位领导的共同看法。本来这事轮不着我跟你谈，社领导委托我来做做工作！"崔志城轻轻地拍拍闻光一的肩说。

"是的，我承认左放明是个有能耐的人，但有能耐怎么啦？就能一手遮天？如果每位记者都害怕权贵，不讲原则，鱼肉正气，那我们何来公信力？人间的正气从何树起？"闻光一的话字字千钧，充满着激情与力量，让崔志城颇感不快。

"光一，跟你透个底吧，省里有关部门已打过招呼，这篇稿子是见不了报的，你不要再做无用功了。"

"我就不信，偌大的中国，就没一个说真话的地方。"说完，闻光一扭头迈出了崔志城的办公室。

"闻光一，你会后悔的！"闻光一身后传来崔志城的咆哮。

回到办公室，闻光一的心绪很难得到平静。猛干了一杯水，神差鬼使地拨通了许晶晶的电话。他将考场露馅的事与她说了，好让她有个思想准备，然后把崔志城谈有关左放明稿子的事也说给她听。好一会儿，没有许晶晶的声音，良久，才听到她沉静而经过深思的话语："光一，对于左放明稿子的事，我是相信你的。一名记者如果连真话都不敢讲，和应声筒有什么区别？我都支持你。只是考场露馅的事，可得认真处理啊，这不仅关系到你职称评定的事，留下话柄可能会后患无穷呢！"

"这我知道。晶晶，只是担心会牵连你。"闻光一动情地说。

"有你这份牵挂，我就知足了。放心，我不用评职称，实在不行，我就辞职，换家公司不就行啦。"许晶晶故作轻松地说，闻光一心里畅流着一股暖意。

挂了电话后，闻光一抽了一支烟，想想，还是给袁信昌打了一个电话，他简单说了考场露馅的事，请袁信昌与考试院的老同学求求情，尽可能地减轻处罚。袁信昌在电话里深叹了一口气，责怪他办事还是如此毛糙。但袁信昌还是答应了闻光一的请求。

尽管烟缸里的烟头已堆得老高了，闻光一的心境仍难以平静。这是他一个极坏的生活习惯，只要遇到烦心的事，他就抽闷烟，而且要紧闭门窗，让满屋的浓烟呛得自己剧烈地咳嗽，仿佛这样才能挤走郁积在心的闷气。或许烟实在太浓了，呛得他眼睛都睁不开，便起身去将门窗打开。

樊大明不知在门外踱了多久，见闻光一打开了门，他只得尴尬地笑笑，但不敢直视闻光一的眼睛。

"闻老师！"

"哦，是大明，快，请进！"

闻光一一边给樊大明泡茶，一边问："你瞧，这些天我一直没得空闲，想找你谈谈都没时间。怎么样？在溪水的收获如何？"

"回来后一直在生病，本应早来给老师汇报了。溪水的情况是这样，我经过仔细的调查和采访，没有发现什么大的问题，当然偷工减料、以假充真的情况是有，但不是很严重。"说话时，樊大明一直不敢抬头。

"来，喝茶！你在溪水见到了哪些人？采访了哪些单位？"

樊大明端茶杯的手有些微微地颤抖，用低沉的语气将在溪水采访的过程和方式从头到尾讲述了一遍，并将贵永宏交给他的伪造的账本复印件递给了闻光一。

闻光一察觉到樊大明反常的小动作，他仔细翻阅着账本，上面记载的建材价格与市场上的询价几乎一样。他不禁皱紧眉头，再仔细查看时终于发现了异样。

"大明，这些账本怎么都没有流水编码？"

"我不知道，都是贵永宏总经理给我的！"有些紧张的樊大明脱口而出。

"你说什么？是贵永宏给的？你不是说，找了省地税的同学打招呼，是县地税局派人与你一道以查账的名义去的吗？"

"是，是一起去的，是我让他拿去复印的！"樊大明有些口吃。

"南溪那几栋别墅的情况摸清楚了吗？是谁建的？资金来源如何？"闻光一紧盯着他问。

"贵总说，都是私人建的，是几位在外创业的企业家回来修建的。"

"怎么又是贵总说的？贵永宏与你是什么关系？怎么能都听他的呢？作为一名记者，你的眼睛和手是干什么的？可不能道听途说，要有证据。你能拿出证据来吗？"闻光一有些动气地说。

樊大明轻轻地摇摇头，仍低着脑袋说："闻老师，有句话我不知该不该说。"

"说吧，抬起头来说。"

"闻老师，溪水的水太深，你又是本地人，有些事可得留些后路啊。"樊大明的头虽然抬起来了，但不敢正视闻光一。

"这也是贵永宏说的吧？"闻光一目光如炬地盯着他说。

"不，不，不是，闻老师，这是我真实的感受。"

"大明，你是不是在溪水遇到了什么事？"闻光一上下打量着浑身不自在的樊大明，猛然想起"三页眉"给他发的那条短信。

樊大明身子一颤，连忙答道："没有，闻老师，你不要多想，我没有什么事。"

"没有就好，大明，你还年轻，走路有磕碰是正常的，但脚跟一定要稳，否则会摔跤的。"闻光一话中有话，轻轻地拍拍樊大明的肩膀。樊大明是个聪明人，自然听懂了闻光一的话。

樊大明走后，闻光一又仔细翻阅了账本，越来越觉得里面有许多漏洞。他觉得有必要向封总当面汇报，于是，拿着账本敲开了封总办公室的门。

封建国正在聚精会神地审阅一份稿子，见闻光一进来了，赶紧放下手中的笔，立起了身。

"是光一呀，快，请坐！"说着，封建国拿出一次性纸杯，要给闻光一泡茶，被闻光一拦住了。

"封总，不用客气了，我来汇报个事情，完了就走！"

与崔志城相比，封建国显得既客气又热情，身上没有半点架子。其实报社的领导都是高级知识分子，都是搞采访出身，素质都较高，待人接物都挺和气的。对于这点，闻光一深有感触，也把他们当作楷模。

"光一，可别客气，我就不泡啦！"封建国笑笑，放下纸杯，又在办公桌前坐下。

"唉，还有一个月省党代会就要召开了，为营造氛围的主题报道是连篇累牍。我每天坐在这里审稿，屁股都挪不动窝，想出去活动下筋骨都没有空。还是干记者好呀，每天呼吸的都是新鲜空气，接触的都是新鲜事物，精神状态都不一样啊！"

闻光一知道封总说的是大实话。省报的老总可不好当，虽为厅级干部，封建国除了要把握方向，策划版面，亲自审阅、编辑一版的头条新闻及重要社论、言论，每年还要值2个月的晚班，压力大，责任更大。省报是党的喉舌，很多重要的方针政策都是靠报纸宣传贯彻，汉语言文字也是丰富复杂的，一个错字，甚至误用一个标点，都可能使内容产生误解，那产生的影响是无法用语言来表达的。而党政部门的领导，其职责主要是决策与部署，具体的工作用不着亲力亲为。

封建国不抽烟，却从烟盒里抽出一支递给闻光一，说："光一呀，崔志城跟你谈了吧？"

"嗯。"闻光一点点头。

"记者抓一个能吸引读者眼球的选题不容易，剽窃问题在学术界已不鲜见，已成为一个引人关注的社会问题。但一名记者肩上扛的不仅仅是正义，还有社会责任感。特别是党报记者，头脑还得绷紧一根弦，那就是大局观。我们给省委只能帮忙，不能添乱。"

"封总，我不明白，一名记者如果没有正义感，又何谈社会责任感呢？"闻光一壮着胆子说。

"说得不错，光一！"封建国对他的顶撞并没气恼，而是宽厚地笑笑，"正义与责任是不可分割的，但有个前提，稳定压倒一切，省党代会马上就要召开了。"

封建国的话有理有节，闻光一听进去了。

"好吧，此事就到此为止。你今天来找我有什么事？"

闻光一详细地汇报了在溪水暗访的结果及自己的疑点，封建国双手靠在背后，在办公室里来回踱步，这是他思考问题的一个习惯。猛然，他驻步，眼睛炯炯有神地说："反腐倡廉是加强党的队伍建设的一个重要部署，其意义是深远的。我也从其他渠道听到反映，溪水的问题很严重，只是表面被某些人捂住了。大明年轻，容易被表象所迷惑。建议你再赴溪水一次，重点是要找到那个叫三页眉的知情者，能将溪水的这个反面典型披露出来，对全省的反腐倡廉工作是一个很大的推动，这也是你首席记者应做的贡献。"

闻光一本还想说些什么，但见封建国已踱回到办公桌前，眼睛又停留在稿件上，他知道，领导很忙，他们之间的谈话已结束了。于是，起身告辞。

"光一，等你的好消息！"身后传来封建国情绪激昂的声音。

十六

闻光一做梦也没想到，重返溪水采访，竟然遇到了肖天虎。

为了工作方便，闻光一仍住在红光旅馆。放下行李，洗了个脸后，他便想去弟弟光达家坐坐。一来摸摸溪水近来的情况，二则想与弟弟商量，父母年纪大了，身体又不好，想把父母的户口转到省城，看病方便些。

光达租住的房子在城西一条叫"铁炉"的巷子里，铁炉巷曾是铁匠居住的地方，后面的砖房住人，前面用楠竹与芦席搭个棚子，里面盘着一座砖炉和一个风箱，沿着巷子一路摆开。天刚放亮，此起彼伏的打铁声交织成小城特有的叮当交响曲，小巷由此而得名。只要不是农忙季节，这里热闹非凡。从四里八乡来的农民只要进城了，都要到这里来逛逛，打张镐，买个犁，捎几把柴刀，然后一身铁响地乐呵呵往回赶。千百年来，铁炉巷是溪水唯一的"工业"基地。但如今它风光不再了，工业化的进程使铁匠这一行当无奈地退出了历史舞台，这里没有了昔日的叮当与繁华，只有巷口上那块蓝色的路牌上几个毫无生气的"铁炉巷"三个字才能勾起人们的记忆。

光达家在巷子尽头，约莫12平方米，门前有棵桂花树，每到秋日，桂花开了，满巷子都飘满清淡的花香。光达还没下班，小侄女秋梨也没放学，只有弟媳妇胡立春在家。她正在门口的芦棚下洗衣服，见闻光一进门，立即起身招呼着。

"哟，今天刮的什么风，将大伯吹来了？"

"我到溪水出差，顺便来家里看看。"说着，光一将在巷口水果摊子上买的一袋水果递上。胡立春的脸上立即堆满了笑容，接过袋子，欢天喜地地进屋泡茶去了。

这时，闻光达骑着自行车载着秋梨回来了。看见光一，光达脸上显出一些惊喜。

"哥来了，也不先打个电话。"

"我是临时决定来的。来，秋梨，让大伯看看，是不是又长高了。"读初一的秋梨跑过来，很亲热地依偎在大伯的怀里。

"大伯，当记者是不是很神气？"

"是谁说的？"闻光一摸了一下侄女的脸蛋，笑着问。

"我们同学说的，记者可了不起呢，见官大三级呢！"

"没有的事，小秋梨，记者就是一种职业，就像当老师一样，都是为社会服务的，没有任何特殊之处。"

"我知道，记者就是专寻热点和新闻。刚才路过县政府，我看到好多人在那里游行，还打着横幅呢，上面写着：要党的温暖，不要豆腐渣工程。大伯，你不去看看？"

"啊，有这事？"闻光一转头盯着正帮着胡立春择菜的光达问。

"是的，是首批搬进安居工程的移民。他们搬进后发现严重的质量问题，多次向县里反映，得不到解决。"光达认真地说。

"不行，我得去看看。"说完，闻光一将秋梨放在地上，转身便出门了。

"哥，待会儿可记得回来吃饭！"光达着急地喊着。

"别等我，饭好了，你们先吃。"

闻光一小跑着朝县政府奔去。

溪水县政府尚在一幢20世纪60年代建造的四层大楼里办公，大楼背倚着梯云岭，前瞰清澈的溪水河。院子不大，但收拾得路净道洁、草绿树繁，是县城难得的一块清静之处。此时，已是下班时间，可铁栅门却紧闭着，门外黑压压地站满了举着横幅的请愿群众，门里堵着下班干部。闻光一在人群里往前挤，想到前面去看个究竟，却被人一把拉住了。

"闻叔，你怎么来啦？"

闻光一回头一看，是牛崽，便急切地问："这是怎么回事，牛崽？"

"怎么回事？呔，这些官老爷太不把老百姓当回事了。半个月前，我们接到通知，可以搬进安居工程了。大家兴高采烈地搬进去。可没想到，墙上有裂缝，水管子漏水，住了没几天，天花板就往下掉水泥块，你瞧瞧，这是水泥吗？用手一搓，就成了粉末。"牛崽将一块水泥板递到闻光一手中，闻光一稍用劲，水泥块便碎了。

"有问题可以通过正常的渠道反映，这样堵政府的门也不是办法呀。"

"反映？谁听呀！你知道蓝扒皮是怎么回答的吗？"

"等等，谁是蓝扒皮？"闻光一不解地问。

"还有谁？蓝建，蓝副县长。他说，安居工程就是便宜货，既要便宜又要好质量，世上哪找这样的好事。不管怎样，比在农村破窗土墙的要好得多。闻叔，你听听，这是什么话，我们的要求高吗？住这样的房子，哪天被砸死了，不知往哪申冤呢！"

正说着，有人挤到了闻光一的身边，轻轻拍了他一下。

"哟，这不是闻首席吗？怎么，又悄悄地进庄啦？"

闻光一回头，见是田赛男，也暗暗吃了一惊。

"你怎么知道我在这里？"

"我有秘密武器呀！"说着，田赛男举举手中的长焦镜头相机。原来她受部里委托，来现场拍些照片。在镜头里发现了闻光一，便挤了过来。

"怎么，闻首席，这回可有收获吧？"

"收获？什么收获？"

"别此地无银三百两啦！"田赛男用一种异样的眼光盯着他，话中有话，"你先后三次来溪水干啥？不就是要揭开谜底吗？我想，快到了真相大白的时候了。我走了，有空来部里做客啊，否则，常部长又得批评我不讲政治了。"

闻光一出神地看着田赛男离开的背影，心里暗暗吃惊，这姑娘的话是什么意思？好像她什么都知道，难道……

此时，人群一阵骚动，人们纷纷往前涌。有个人从铁栅门内走出来，大声地说："乡亲们，让你们久等了，我是代表县委县政府来和大家见面的。"

"你是谁？是墙头上的哪棵葱？"人群里有人喊着。

"嘿，我这棵葱是专拌豆腐的，一清二白。我叫肖天虎，是新来的县纪委书记。我的职责就是防止往小葱拌豆腐里掺酱油与污物。"

闻光一惊喜得瞪大了眼睛，果然是肖老虎。这家伙在地震中没被砸死，还发迹了，竟然到这当起了纪委书记。这也是人间喜剧，几个月前，他还在纪委接受审查，现在倒成了审查别人的头儿。闻光一想扬手打个招呼，但人太多，实在无法挤向前，另外，他也想看看肖天虎嘴里能吐出些什么。

"凭什么相信你呀？"

"唱歌谁不会，只是换点新词，别总是官官相护。"

"在这里还真找到知音了，嘿嘿！"果然，话不出三句，肖天虎又拿出当乡镇书记时的霸气。"老子就是要官官相护。如果这位官员是真心为老百姓办事的，受到了诬陷和不公正的待遇，老子就要护着他。如是位贪官、昏官，老子也要护，护的是共产党的官誉，最好就是将他撸下来，然后送去法办。"

人群中猛然爆发出热烈的掌声。

"先别鼓掌，我这人经不起表扬，否则一激动就忘乎所以，把你们最想听的事给忘了，让你们白白在这大街上站了半天。"

人群顿时又静了下来。

"我代表县委县政府传达几点决议。经过调查，安居房确实存在质量问题，而且较严重。县里决定，将工程承包者立即隔离审查，不管牵涉到哪一级，绝不姑息。同时，县房管局牵头组成维修队，明天进驻小区，对存在的质量问题进行维修。如还有不满意的地方，你们随时可来县纪委找我。另外，考虑到大家在这里待了半天，既劳累又怨气，天色已晚，县委食堂给大家准备了便饭，如大家没什么意见，欢迎到食堂用餐。"

说完，肖天虎朝门卫点点头，紧闭的铁栅门打开了，人群愣了片刻，立即朝里涌去。

等人散尽，肖天虎正要离开，闻光一一个箭步冲上前，将其拦住。

"狗日的臭老虎，提拔了连个招呼都不打，真不够哥们儿。"

"哎呀，是闻秀才，你怎么来啦？狗养的，不是说你脑袋被砸了吗？我还以为成植物人了，吃了什么仙丹，仍是这么出口成章的？"

"不是说你左腿没了吗？怎么没挂拐杖？"闻光一盯着他的左腿问。

"我是谁呀，我是老虎，断条腿算个屁，安条山寨的，老子一样活蹦乱跳、捕猪抓猫。"肖天虎说着还来了个正步走，慌得闻光一赶紧上前按住他。

"好啦，好啦。还是只老虎，不过是只病虎罢了。肚子早闹意见了，也不请我吃一顿？"

"你这秀才也太小气了，按说你是溪水人，该请我吃，算了，大人不计小人过，不和你一般见识，我请，走吧。"

他俩在路边的小酒馆里点了几个菜，要了几瓶啤酒，喝了起来。与肖天虎在一起，闻光一感到格外轻松。尽管肖天虎脾气不好，爱骂人，但他磊落，外人能一眼看清他纯洁的内心。与肖天虎在一起，闻光一用不着提防什么，也不用考虑说话的轻重。当他遇到危难时，第一个站在他面前的一定是肖天虎。

抗震救灾后，肖天虎成了英雄。市里组织英模报告团巡回讲演，肖天虎被选上了。起初，他死活不愿去，认为只是做了一名基层干部应该做的事，便以腿断拄着拐棍行动不便为由婉拒了。市委宣传部的同志却认为，那样更有现场感染力。无奈，肖天虎只得去。在讲演中，肖天虎坚持要把自己从"双规"点逃出去的那段情况加进去。市委宣传部的人说什么也不同意，觉得那样有损党的形象。肖天虎气得用拐棍敲桌子。"什么狗屁逻辑？我没有讲瞎话，都是事实。今天知道要顾全形象，可当时只是凭捕风捉影的东西就将老子双规了，怎么就没想到保全一名普通党员干部的名誉？如不让我讲真话，老子走人，谁爱讲谁来，老子没闲工夫侍候。"说着，他抢起拐棍就要走人。肖天虎是整个巡讲团的重头戏，怎么能走？如不依了他的要求，就是押上台去也没用。劝说了半天，肖天虎就是不改初衷。市委宣传部做不了主，只得将情况上报市委。市委书记林杉听到这事，亲自听了一次肖天虎的讲演后，思考良久才吐出一句话："实事求是是我党的优良传统和作风，肖天虎讲得不错，既真实又引人深思。"

市委书记的一句话，既断了那桩"公案"，又成就了肖天虎的仕途。巡讲期间，组织部就对肖天虎进行了考察，巡讲结束，肖天虎便接到调令，被提拔到溪水县任纪委书记。

"闻秀才，你这次不打枪、不放炮地钻来溪水，带着什么任务呀？"肖天虎举起酒杯，与闻光一碰了一下。

"猜猜看？"闻光一端起杯子呡了一口。

"我又不是你肚子里的蛔虫，去哪猜？"

"老虎，哎，我就不叫你肖书记了，没意见吧？你对今天发生的事有何看法？"

肖天虎右手玩弄着酒杯，沉吟片刻才开口说："无风不起浪。我来溪水的时间不长，但也听到一些反映，收到不少的举报信。我组织力量对安居工程做了一些初步调查，发现确实有许多不正常的地方，但没有确凿的证据，还很难说。"

"那么县委的看法是怎样的呢？"

"主持工作的熊守心县长倒是旗帜鲜明地表了态，要一查到底，其他的常委也表示支持。但一牵涉到具体细节，就有些和稀泥了。息事宁人是主流，连成立专案组的提议都没通过，虽然抓了个包工头许木根，严格地说还只是隔离审查，但我隐约感觉，这里面的水很浑，阻力也很大，不是人们想象的那么简单。"

闻光一抬头看了肖天虎一眼，微笑着说："嗯，尽管是只病虎，但脑子还没残，有救。"

"怎么，你掌握了内幕？莫非你也是为此事来的？"肖天虎警觉地问。

"掌握内幕还谈不上，但多少了解一些情况，手上还有些线索，还有大量的工作要做。"

于是，深思熟虑过后，闻光一将整个采访背景及情况向肖天虎讲述了一遍。他认为肖天虎是个有正义感、靠得住的同志。另外，要真正揭开"黑洞"的秘密，没有当地党组织的支持，是很难完成的。

"秀才，下一步的工作重点应放在什么地方？"肖天虎关切地问。

"三页眉与许木根，这是突破口。"

"三页眉？这只是个影子，你去哪找他？"

"不，每到关键时候，他都给我点破迷津，说明他既熟悉内幕又有正义感。他不敢露出真身，说明有难处，我想想办法来找到他。你呢，重点要从许木根嘴里挖出点东西，尽管他只是个包工头，左右不了大局，但多少了解内情。"

"唔，看来那块房梁将你砸聪明了。行，我们分头行动，双管齐下，揪出伸向安居工程的黑手。来，干一杯！"

闻光一不善饮，但也凭着一股豪气将满满一杯酒仰脖倒下，呛得自己剧烈地咳嗽一阵。

肖天虎露出坏笑。

十七

接到杜灵的电话时，闻光一像遭雷击般浑身瘫软了。他无论如何也没想到，父亲竟得了绝症。

母亲患有严重的风湿病，这是她为了这个家、为了儿女含辛茹苦几十年而落下的毛病。每逢变天或受了凉，浑身的骨头就像有千万只蚂蚁在咬啜，痛得钻心，躺在床上动弹不得。闻光一动了好几次心思，要带母亲到省城来治治，可她说什么也不同意，总以这是老病根，吃药都是白搭为由婉拒了。其实，母亲是舍不得相依为命几十年的父亲，还有那几畦菜，十多只鸡。再者，唯恐来到城里，给儿子添了麻烦。这就是在中国传统文化的乳汁哺育下成长的中国妇女，为儿女做出再大的奉献都无任何怨言，而对儿女给予的半点回报都会感到惴惴不安。趁这次父母结伴而来的机会，闻光一寻思着，这回一定要带他们去做个全面检查，好好治一治母亲的风湿病，好好查一查父亲的咳嗽。可闻光一是个忙人，接到任务，背包一挎就得出差了。临出门时，闻光一支吾其词地问了杜灵几个莫名的问题。

"听说，你们院从国外进口了一台先进的螺旋CT机？"

"嗯。"

"射线强吗？对老年人会有伤害吗？"

聪明的杜灵读懂了闻光一的心事，冷冷地扔过一句话："人会因为米仓里落了尘埃就绝食吗？"

顿时，闻光一被噎得直翻白眼。

待闻光一出差后，好心肠的杜灵便以带二老到她工作的医院参观为由，将他们哄到医院做了全面体检。

体检完后，杜灵将二老带进值班室，一来让他们休息一下，二来等体检的结果。她刚削好苹果，影像科的主任拿着一张片子，脸色严峻地推门进来，见二老都在，便朝杜灵使了个眼色，转身出门了。

"张主任，有事？"随后追出门的杜灵问。

"闻理才是你什么人？"

"我公公。怎么啦，张主任，是不是不太干净？"杜灵忐忑地说。

"你瞧，肝左叶有明显的占位，我怕吃不准，特地请肝胆科的蒋主任看了，八九不离十吧。"张主任对着窗口的光亮指着片子说。

杜灵的头脑里一片嗡声，她清楚地知道闻光一与父亲的感情，尽管平日里他们父子之间的话语不多，交流很少，但闻理才的每一个眼神、每一个动作都在闻光一心里留下深深的印记。用闻光一的话说，父亲的身上凝聚着中国知识分子固有的善良、好学的特质，在过去的岁月里，他们小心谨慎迈出的步履浸透的却是沉重的磨难与屈辱。尽管沧桑的岁月将他们的犄角磨成了粉末，但他们会和着泪水吞下，铸成铮铮铁骨，令人敬仰。

杜灵拿着片子，匆匆地找到肝胆科的蒋主任，想从他嘴里找出"眼看花了""只是怀疑"或者"有良性的可能"等侥幸的字眼。可蒋主任肯定地说："错不了，根据肿瘤的位置、形状和血流信号，不是个好东西，而且很可能是晚期。当然还得做个切片后才能确诊，我只是凭临床经验谈个看法。我说小杜，你也是从医的，为啥不早带老人来检查？如发现得早，治疗及时，预后要乐观得多，你们呀，你们是如何做儿女的？"

杜灵双腿木木地走了出来，蒋主任后来说了什么，她没听见，也没心思听。在走廊的僻静处，她拨通了闻光一的电话。

闻光一详细地询问了情况后，抹了一把眼泪，恢复了往日的镇定，思忖片刻后说："不管如何，一定要让父亲住院治疗，即使是死马当作活马医，也得试试。另外，杜灵，想办法瞒着老爸，有时善意的谎言也是一剂良药！"说到这里，闻光一的声音有些呜咽，停顿片刻，才继续说，"杜灵，你辛苦了，我手头有个重要采访，一结束，我就立即赶回来。"

"还采访？我问你，是采访重要，还是父亲的病重要？"很少发脾气的杜灵忍不住大声说。

这或许就是他们对待生活的理念差异，也是导致他们感情破裂的原因之一。杜灵是个非常精致的女人，对生活的质量要求极高，或许是因为出身于知识分子家庭，又是从事医务工作，有洁癖，家里的一切不仅洗抹得一尘不染，而且对闻光一也有极高的要求。闻光一若是出差回来，杜灵不准他进门，要他站在门外将衣帽鞋袜全脱个干净，只穿条裤衩进卫生间洗净后才能进屋。同时，她还有约法三章：不准闻光一在房间抽烟，不准闻光一带客人回家，过夫妻生活得使用安全套。前面两条闻光一勉强能答应，他本来就不爱交朋结友，能带回家的朋友更是屈指可数。尽管他写稿子时的烟瘾特大，但为了家庭和平，他都到办公室写，哪怕是通宵达旦也绝不带个"尾巴"回家，只是最后一条他不能答应。对于杜灵生活上的洁癖，闻光一忍忍算了，但杜灵精神上的"洁癖"却让他无法忍受。杜灵知道，记者的接触面广，认识的人多，时刻叮嘱闻光一少和女人接触，还时不时偷偷翻看着闻光一的手机，只要是陌生的电话，杜灵都会想着法子追问是男是女，是如何认识的。三年前，闻光一从县城采访回来，县委中心报道组有一女孩，请他带张照片到报社群工处办理特约通讯员证。闻光一答应了，随手将照片放在上衣口袋里，回家洗澡换衣忘了取出，被洗衣服的杜灵发现了，杜灵晚上想法子套问闻光一到县城采访的细节，将那个女孩的情况了解个大概。第二天，杜灵私自给县委宣传部打电话，找到那个女孩，将女孩骂了个狗血淋头。为了消除误会，下午，县委宣传部部长便带着女孩到省城找到闻光一的家，堆着笑脸给杜灵解释。待弄清原委后，闻光一气得脸色铁青，当晚就吵着离婚并分居。

闻光一握着电话无言以对。他知道杜灵虽然心眼小，个性强，但人不坏，对父母是好的。于是，他嘴唇颤抖着想说些什么，但什么也没有说，只得狠下心挂断了电话。不争气的眼泪已顺着脸腮往下淌，他的心早已飞到了病榻上的父亲身旁。他第一次感觉到牵挂的力量是如此强大，强大得可以令人茶饭不思、心灰意冷。如再跟杜灵聊几句，他可能会立即卷起行李往回赶，到病重的父亲身边尽孝。但闻光一就是闻光一，尽管他冲动、有血性，到了关键时候，理性总能占着上风，冷静能带给他正确的决策。杜灵在医院工作，住院、化验等事宜有她在就行了，而手中的采访如一耽搁很可能就会前功尽弃，甚至节外生枝。

于是，闻光一静下心来想如何让"三页眉"浮出水面。这个神秘的人物到底是谁呢？思来想去，闻光一只得采取"引蛇出洞"的办法。他掏出手机，翻到"三页眉"发来的短信，回复了一条："隐身的确是绝妙的伪装与自我保护的措施，但在正义与是非面前，仍畏缩在后，那是一种懦弱自私的表现。"

闻光一等待回复的时候，肖天虎推门进来了。

"老虎，你怎么来啦？"闻光一脸上布满着疑惑。

肖天虎来不及回答，端起桌上的一杯冷开水，仰脖一口饮尽，然后喘着粗气说："秀才，情况有了变化，许木根下午就得放出来。"

"这是怎么回事？"

"没有证据。都知道安居工程有重大问题，可我们就是没有人证物证。如果只是工程质量问题，在没有造成重大人员伤亡的情况下，也不好定罪。再说，行政滞留不得超过24小时，如其间案情没有突破，只得放人。唉，别小看溪水，庙小妖风大，今天上午我就接到几个敦促我放人的电话，说什么稳定压倒一切！"说着，肖天虎深深叹了一口气。

上午一上班，蓝建就带着黄本贵等人来到肖天虎的办公室，直截了当地提出放许木根出来，否则安居工程不能按时按质完工。肖天虎可不吃这套，硬邦邦地顶了回去："放不放人，不是你我说了算，而是法律说了算。如许木根没有触犯法律，我一分钟都不会多留，如犯了法，就是天王老子来说情也没用。"

蓝建做梦也没想到肖天虎如此张狂，只得说："肖书记，我就等着你这句话，是白是黑，到时自有分晓。"说完带人离开了。

肖天虎怕没把握，特地打电话咨询了县公安局局长潘志公，询问清楚了有关法律条文。没想到，随后各种说情的电话不断，烦得肖天虎只得逃离办公室，到闻光一这里来找清静。

"秀才，你这里的情况怎样？三页眉显身了吗？"

"我用了激将法想将他逼出来，但现在还没有音讯！"闻光一说。

"哎，秀才，我发现你今天有点不在状态，是不是遇到什么事啦？"肖天虎敏感地问。

闻光一苦笑着咧咧嘴，言不由衷地说："我能遇到什么事？只是工作没有突破，心里有点堵。"

"没事就好，你放心，狐狸再狡猾，还能逃得脱老虎的火眼？对了，今天在讯问许木根时，我在他的内衣袋里查出这么个小本子，里面记了许多莫名其妙的数字。讯问他，他却闭口不言，神色异常紧张。这里面一定有文章。"

闻光一急忙从肖天虎的手中接过本子，细心翻阅着。本子里分别由

"进""出""借"分类记着三组数字，每个数字的后面都标明了时间。毫无疑问，这是许木根偷偷记的一个账簿，可其中的奥秘又是什么呢？

闻光一盯着账簿思索良久，猛然对肖天虎说："我想见见许木根。"

"没问题，许木根没有立案，不存在串供与泄密的问题，我们这就去。"

正坐在县公安局经侦大队滞留室椅子上闭目想着心事的许木根听见推门声，睁眼见到快步进来的闻光一，眼里放出溺水者见到救命稻草的光亮，脸上挤出一丝笑容。

"啊，闻记者，请给县里说说情，我是清白的。"

闻光一面无表情地拖过一把椅子，在许木根的面前坐下。从个人感情上说，闻光一巴不得许木根没有任何事情，赶紧从这里迈出去。许木根就许晶晶这么个独生女儿，许晶晶11岁那年，因难产落下病根的母亲在村前池塘洗菜时，不慎跌入塘中，待有放牧的村童发现，叫来大人相救时，为时已晚。失去妻子的许木根与许晶晶相依为命，有好心人劝他，趁着年轻续弦，还能生个一子半女的。可许木根说什么也不愿意，怕有了后娘，许晶晶受委屈。

"老许，清不清白，你说了不算，我说了也不算，只有事实和良心说了算。你是搞工程的，心里该清楚，刚住进去不到一个月的新房，墙体就出现裂痕，天花板漏水，混凝土用手可搓成粉末……你摸着良心问问自己，能说你是清白的吗？"

"我是冤枉的，真是冤枉的呀。"许木根的头低到了裤裆，无力地呢喃着。

"好，把你的冤屈说出来。"闻光一追问道。

"我不能说，不，不，我没有什么可说的，我的确是冤枉的。"

闻光一掏出烟盒，给许木根递上一支，自己也点燃一支，深深地吸了一口，尽量用一种平静的语调说："我这次来，晶晶并不知道，即使知道了，她也不会为做了亏心事的父亲说情。现在你只能自救。我知道，你心里有委屈，有难言之隐，但到了这个时刻，替别人藏着掖着，最终是你要承担所有的责任，你这是搬起石头砸自己的脚呀！"

许木根脸色铁青，狠狠吸着烟，沉吟良久才吐出几个字："我是跳进黄河也洗不清啊！"

"不，你只要说真话就能洗得清。先说说它吧！"说着，闻光一取出那个记账的小本子，在许木根的眼前晃了晃。

许木根的脸色变得土灰，语无伦次地说："我随意记着玩的，没什么意思，只是好玩。"

"老许，别自欺欺人了，有这么记着玩的？年月日都清清楚楚，每个数字都确确凿凿。"

"不，闻记者，我的确不能说，这些人手黑着呢，不说是死，说出来也是死，我真的不能说呀！"许木根几乎要哭出声来。

闻光一还想说点什么，无奈手机响了，是门外的肖天虎打来的，接完电话，他的脸色变得异常冷峻，转身对正在发愣的许木根说："你是个聪明人，代人受过要看值不值。如果你用抗拒来保护那些社会的蛀虫，你想想，你的良心何在？下场会是怎样？到时谁也救不了你。"

闻光一匆匆地出门，肖天虎已等候在那儿。

"老虎，怎么回事？"

"许木根的女儿来了，吵着要见你！"

"晶晶？她人在哪儿？"闻光一惊讶地问。

"在楼下的会客室里，我让她在那里等候。"

闻光一匆匆下楼，推开会客室的大门，面色格外疲倦的许晶晶起身，快步地迎了上来。

"光一，见到我父亲了吗？他人怎样？没受什么委屈吧？"

"我刚见他了，他没事，挺好的。你怎么来溪水了？"

"你这话问得有意思，我父亲出了这么大的事，我能不来？昨晚我接到电话后，整晚都没睡，给你拨了无数个电话，都不通，我都急死了，赶早班车来的。"

闻光一这才记起，昨天与杜灵通电话的时间太久，手机没电了，整晚都在充电。他便抱歉地笑着说："对不起，我手机在充电。对了，晶晶，昨天是谁给你打的电话？"

"我也不认识，是一个陌生人，只是告诉我父亲被抓的信息，还说你也在溪水。"

陌生人？闻光一的眉头紧紧地皱在一起。"此人为何要打这个电话？还故意透露我也在溪水？他的目的是想通过晶晶、通过我的手将许木根捞出去。这一手真够阴的。"他思索片刻，让许晶晶调出那个神秘的电话号码，记录在自己的手机上。

"光一，快说说，我父亲到底犯了什么事？性质严不严重？"许晶晶满脸焦急。

"工程存在严重的质量问题，但里面的情况比较复杂，他可能是受人利用或被逼无奈，现在问题是他什么也不说，最终要将所有的账都算在他的头上，那性质可就变了。"

"光一，你可得想想办法呀！你知道，父亲是我唯一的亲人，我不能眼睁睁地看着他下地狱呀！"许晶晶急得快哭出声来。

"晶晶，你别急，办法不是没有，只要你父亲开口说出事情的真相，一切都好办了。我问你，你父亲是如何揽到这个工程的？你知道一些情况吗？"

"详细的我不清楚。我只知道父亲有位合作伙伴与溪水的一位领导很熟，是通过他牵的线。"

"知道名字吗？"

许晶晶默默地摇摇头说："不知道，只是从他们的谈话中偶然听到，好像姓蓝。"

闻光一若有所思地点点头，一边在采访本上记录着，猛然又抬起头问："咦，现在的工程项目不都要招标吗？程序很规范，很难做手脚呀。"

许晶晶瞟了他一眼，不屑地说："你呀，真是个书呆子。世上只要用嘴吃饭的人都知道，这是聋子的耳朵，纯粹是摆设。"

"这话怎么说？"闻光一不解地问。

"围标呀！"

"围标？"

"只要你与标主单位达成默契，用总标的 3% 左右作为回报，将标底透露给你，然后邀请几家关系较好又有相关资质的公司来参加投标。事先在标底的上下设定几道防线，共同对付其他来投标的公司，那些公司是没有任何胜算的。这就是围标。"

"真没想到，这么黑。"闻光一深有感触地说。

"嗨，这还叫黑？黑的还在后面呢。你想，帮忙的人能白帮？还有监理、财政、环保、土管甚至沙霸地痞都得打点，否则你寸步难行。你想想，工程尚未动工，就有多少工程款流了出去，这些都是利润呀。如不玩点名堂，还有什么利润可言？如果是超大工程，还得有额外的条件呢。"

"晶晶，你是怎么知道这些的？"

"我是谁的女儿？我父亲吃的就是这碗饭。耳闻目染，我也成了内行。"

闻光一不再言语，只是呆呆地望着许晶晶想心事。

"光一，能帮忙让我见见父亲吗？"

"现在？"

许晶晶急切地点点头。闻光一轻轻地摇摇头说："没这个必要，今晚他就会出来。"

"真的？"

闻光一默默地点点头。

十八

许木根并没有出来，转为行政拘留 15 天。这是闻光一提议的，肖天虎拍板做的决定。

中午，闻光一陪许晶晶吃了饭，便将她送到宾馆休息。回到红光旅店，他推开房门，便看到床头柜上摆着一个白色的信封。他匆匆打开一看，里面是一沓复印的宏强建材公司有关安居工程进料流水账目。里面还附着一封信，是打印的。

闻老师：

你正被卷入一个水流湍急的旋涡，随时都有被卷入水底的可能。要想避免灭顶之灾，除了要有巨大的正能量，还得有足够的思想准备。这些账目或许能帮你解开一些谜团，但真正揭开谜局的底细，还得靠你的智慧与勇气。

闻老师，请原谅我不能显身站在你面前，神秘的外衣尽管不光明，却是保护自己最有效的手段，因我是弱者，溪水的水太深。

三页眉

又是神秘的三页眉。闻光一将信又仔细地读了一遍，一字一句地揣摩，仿佛要在字里行间找出蛛丝马迹。

闻老师？在溪水有谁称自己为闻老师呢？莫非是她？闻光一心里一激动，立即冲出门，来到服务台。

"请问刚才谁到过我的房间？"

正在专心玩游戏的小姑娘头也没抬地说："钥匙在你手里，你不开门，谁进得去呀！"

"那我床头柜上的这封信是怎么回事？"闻光一有些焦急地问。

"信？什么信？"小姑娘从游戏中回过神来，瞟了闻光一一眼，若有所思地说，"啊，是你呀？是的，一个小时前有人来找你，我说你出去了。他说有封重要的信要给你，他不同意我转交，一定要亲手放在你房间里，我就开门与他一起去放。怎么，你们不认识？"

"啊，不，不！我是想知道送信的是什么人。"

"是个男的，50来岁，有些秃顶。"说完，小姑娘又沉浸在游戏中。

是个男的？有些失望的闻光一回到房间，将账目与许木根记的账目对照了一遍，发现两本账进出料的时间相同，数目也相同，可是单价不一样，宏强公司的要贵许多。也就是说，发到许木根手中的建材与合同要求的不相符，低了等次，精明的许木根便偷偷记了账。

闻光一轻松地吐了一口气，有种守候了多日的猎人终于找见了狡猾的狐狸尾巴的快感。他没敢怠慢，立即出门，将正在午睡的肖天虎叫醒，把这发现告诉了肖天虎。

肖天虎将两个账本对照看了一下，脸上露出了喜色，说："哼，露出了尾巴，还怕狐狸狡猾？看你还往哪钻。"

"老肖，下一步该如何走？我看暂时不能放许木根，应一鼓作气把他拿下，有了这突破口，把他们全都拔出来。"

"对，我们现在就去审许木根，有了证据，他就是再顽的石头，也得开口。"

两人正要出门，闻光一的手机响了，是封建国打来的。电话里的封建国口气严峻得令闻光一浑身一颤。

"闻光一同志，我问你，你还是不是党员？是不是一名党的新闻工作者？还讲不讲新闻纪律？还想不想当首席记者？你太不像话了！"

一顿莫名其妙的责怪，让闻光一丈二和尚摸不着头脑。在他的记忆里，封总是位极有涵养的领导，待人和气、做人低调，对部下很少发火，即使是批评人，都讲究艺术。像今天这样的情况，他还是第一次遇到。于是，他摸出一支烟点燃，深深地吸了一口，使自己尽量平静下来。

"封总，我做错什么了，惹你发这么大的火？"

"做错什么了自己不知道？崔志城代表社委会与你谈话了，我也特地和你打了招呼，左放明的稿子不要发，要顾全大局。你倒好，主流媒体发不出，就挂在网上，引来了铺天盖地的围观者和评论。是的，你闻光一风光了，出名了，吸粉了。可你知道给省里的工作带来多大的负面影响吗？在刚刚结束的省党代会上，左放明当选为全国代表，他屁股还没坐热，就出了这样的丑闻，中央和全国网民会怎样看我省？省委领导非常生气，责成省委宣传部的主要领导找我谈话，进行了严肃批评。"

"封总，误会了。我没有将稿子挂在网上，真的没有。"闻光一感到格外委屈。他的确没有做阳奉阴违的事，可这到底是怎么回事呢？

"闻光一，在铁的事实面前你还要狡辩，有意思吗？你上网看看，你的大作，署着你大名的帖子，在各大网站疯狂传播，这是铁证，你自己做的事情，连承认的勇气都没有，真是太让我失望了！"说完，封建国生气地将电话挂断了。

闻光一呆呆地立在那发愣。

"光一，发生了什么事？不要紧吧？"肖天虎被闻光一的神情吓住了，小心翼翼地问。

"哦，没什么，出了一点小小的误会，我会处理好的。老虎，提审许木根的事我可能去不了，就请你代劳了。许木根只是浮在面上的小泥鳅，有些事情他也是被逼无奈，一定要想办法把沉在水底的大鱼捞上来。"闻光一故作轻松地说。

肖天虎早已从闻光一接电话的语气及神态中揣摩出一定发生了什么大事。闻光一不说，他也不好问，只得点点头说："也好，许木根的事就交给我好了，我先送你回旅店，晚上再碰头。"

闻光一点点头，跟着肖天虎上了车，一路沉默。

回到旅店，闻光一迫不及待地打开手提电脑。果真，他写的那篇《道德对剽窃者说：不！》已成为各权威门户网站论坛的头条，网民的评论铺天盖地，既尖锐又深刻。有的评论将思想的触角延伸到剽窃背后，即体制及社会良知。这些评论使闻光一热血沸腾、底气十足，他深感正义力量的威力，可一想到自己眼前的处境，又有些隐隐的颓废。伸张正义是一名新闻记者良知的体现，他不知道自己可否经受得起这样的重负。

闻光一实在不明白，这篇稿子是如何发布到网上的。脱稿后，他只打印了一份准备送审，封建国与崔志城是反对发表的，不可能泄漏出去，还看过此稿的只有许晶晶，她是为了一睹出鞘利剑的锋芒，特地用U盘拷了一份电子版，说要回去细细品味。按说，许晶晶是个知晓轻重的人，不经过闻光一同意，她绝不会将稿子披露出去。那么，到底是谁所为？其目的是什么？闻光一百思不解，便无力地倒在床上，觉得浑身难受。

突然，房门被推开了，许晶晶满脸焦躁地闯了进来。

"光一，到底怎么回事？不是说好了我父亲今天就会放出来吗？我守候在公安局准备接人，突然得知改成拘留15天了。你还有心思在这里睡懒觉，快去想想办法呀，我都急死了。"

闻光一懒懒地瞟了她一眼，缓缓地起身说："原先说放出来是因为缺少证据，现在掌握了证据，当然不能放人了。"

"怎么？你早知道这事？"

"是的，是我建议延长拘押期限的。"闻光一认真地回答。

"你是不是有毛病？许木根是谁？是我父亲，你不帮着说话罢了，还做这样缺德的事，到底是什么意思？"许晶晶有些恼怒。

"晶晶，我清楚你与父亲的感情，但凡事要有原则。安居工程确实存在严重的质量问题，激起了民愤，也引起省领导的高度重视。你父亲是施工经理，也是建筑质量责任人，抱着侥幸的心理想瞒是瞒不过去的，还不如及早将问题说清楚，早点解脱呀。"

"闻光一，你，你真是不可理喻，我们之间是什么关系？我父亲遇到这么大的难，你竟落井下石。你真是个伪君子！"许晶晶眼里射出一道冷光，猛地挥手朝闻光一扇来。闻光一的头一侧，紧紧地将她的手抓住。

"晶晶，冷静些！我能理解此刻你作为女儿的心情，但急躁会适得其反。要知道，安居工程的问题很复杂，背后有黑手，你父亲只是他们手中的一颗棋子，他们巴不得此刻将水搅浑，将所有的责任都推到你父亲身上，让他当替罪羊呢！"

"背后有黑手？是谁？"

"如那么轻易地浮出水面，还叫黑手吗？现在就是要透过你父亲将背后的黑手揪出来。"

"那现在要怎么做呀？"许晶晶急得眼泪都要流出来了。

闻光一从桌上抽出一张纸巾，轻轻地递到许晶晶的手中，微笑着回答："解铃还得系铃人，能救你父亲的只有他自己，唯一的出路就是说实话。"

许晶晶还想说些什么，闻光一的手机响了，是肖天虎打来的。电话里的肖天虎显得格外急切："光一，你在哪儿？许木根出事了，你马上赶到县人民医院来。"说完，便挂断了电话。

闻光一愣在那儿，头脑一片空白。许木根出事了，出了什么事？是怎样出事的？

"光一，出了什么事？"许晶晶也被闻光一的神态吓住了，心惊胆战地问。

缓过神来的闻光一紧紧抓住许晶晶的手，连外衣也顾不上穿，就往门外跑。

"快，晶晶，跟我走，你父亲出事了。"

俩人气喘吁吁地拦了一辆"摩的"赶到县人民医院时，抢救室门口已聚集了许多人。许晶晶发疯般地扒开人群，哭喊着扑向门口，被在场的田赛男等几位女同志拉住。

"你们别拦我，我要爸爸，我要爸爸！"

肖天虎给闻光一使了个眼色，径直走到门外，闻光一紧跟着出去了。

"老肖，怎么回事？怎会出这样的变故？"

肖天虎朝闻光一要了一支烟，点燃后深深地吸了几口，然后细细地叙述了事情的经过。下午，办案的同志办好延长拘留的手续后，便对许木根进行了审讯。许木根仍抱着死猪不怕开水烫的态度，一言不发。无奈，办案人员为了打破他的幻想，出示了作为证据的两本账本。许木根一看，面如死灰，两眼发直，嘴巴不停地嘟哝着："死定了，死定了！"猛然，许木根从椅子上跃起，头朝桌角撞去。

"哎，办案人员怎这样大意呢？"闻光一皱着眉头说。

"这也难怪，许木根只是拘留，又没有暴力抗法的倾向，也不好给他戴刑具。不过，据办案的同志说，中午蓝强与贵永宏来见过许木根。”

“他们来过？哎呀，我的老虎，怎么能让他们见面呢？”

“当时没有证据啊，再说，蓝强曾是公安系统的人，熟门熟路，谁也不好阻拦。何况许木根只是行政拘留，不可能采取隔离措施呀！”

“他们都说了些什么？”

“不知道，当时纪委还没有介入，只有公安局值班的同志在，估计也不在谈话现场。”

两人陷入了沉默。

这时，抢救室前一阵骚动，头上缠着绷带的许木根躺在病床上，被护士推了出来。许晶晶推开身边的人，哭喊着扑了上去。许木根微微睁开眼，又紧紧地闭上了。肖天虎与闻光一赶紧找到刚出门的主治医师，询问情况。

“没有生命危险，只是左额撞破一道10多公分的口子，流了不少血，缝了15针，有轻微的脑震荡，目前要少说话，多休息。”

听完医生的陈述，肖天虎与闻光一会心地对视一眼，一颗悬着的心才算落了地。这时，办案人员找到肖天虎，说要汇报事情。于是，肖天虎朝闻光一点点头，跟着办案人员去了旁边的医生办公室。

闻光一准备到病房看看许木根，突然被身后的人喊住。

“是闻首席吗？请留步！”

闻光一诧异地回过头，见一个精干的年轻人正微笑着朝他走来。

“你是？”

“我是县委办的副主任，姓刘，叫我小刘就行了。熊县长想见见您！”

“哦，他在哪儿？”

“闻首席，请跟我来吧！”小刘仍笑着说，并做了一个请的手势。

县政府在一栋建于 20 世纪 60 年代的老楼办公，粉饰得很整洁，但木制的门窗与踏上去吱吱作响的木地板坦然地流露出那个年代的痕迹。熊守心的办公室在"五重天"倒数第二个门，守候在走廊铁栅门口的保安见闻光一走来，站起身想阻拦，见到跟在后面满脸媚笑的刘主任，立即缩了回去，并手忙脚乱地敬了个礼。

熊守心的办公室不大，收拾得很干净，办公桌背后的墙上挂着一幅斗方，上书：勤奋于民。他正坐在沙发上喝茶，见闻光一进来，立即起身招呼。

"我说光一，你总是神出鬼没的，来了溪水，招呼都不打一个，眼里没有我这个老朋友呀！"说着，双手紧紧握着闻光一的手，好似怕他跑了。

"熊县长，您是大忙人，我可不敢轻易惊动您。"

"见外了，光一见外了啊。我这七品芝麻官忙的都是小事，可不像你忙的都是大事。"

"可不能这样说，熊县长，民生无小事，您所做的都是关系老百姓切身利益的大事，任重而道远。"

熊守心将一杯热气腾腾的茶递过来，俩人打了一阵哈哈，便切入正题。

"光一呀，肖天虎书记已将情况给我做了汇报。之前我也听到不少反映，安居工程确实存在很大的漏洞。这样吧，我这个代理县委书记先表个态，不管牵涉到哪一级和什么人，县委决不姑息，一定一查到底，给老百姓一个交代。"

闻光一端起茶杯喝了一口之后，轻轻地将杯子放下，平静地问："你都听到什么反映？县委采取了一些什么措施？"

熊守心从桌上的烟盒里抽出两支烟，递一支给闻光一，自己点燃一支，沉吟片刻后说："各方面的反映都有，我代表县委找分管这个工程的蓝建副县长谈了话，主要是打预防针。可蓝建信誓旦旦地说，这么大的工程没一点小问题是不现实的，但他保证每个流程都按规范走，自己的口袋不落一分钱。"

"你信？"

"有什么理由不信？"熊守心反诘。

闻光一有些悲哀地望着熊守心。

"熊县长，你知道安居工程的漏洞有多大吗？仅从原材料进货来看，他们采取偷梁换柱的手法，存在 3000 多万元的差价，几乎占了总造价的五分之一，这些钱去哪了？你能保证不进个人的腰包？这是明目张胆地喝老百姓的血呀！"

"工程不是有监理吗？"

"如果监理与他们沆瀣一气呢？"

熊守心目瞪口呆地望着闻光一，头上沁出豆大的汗珠，手有些颤抖地端起茶杯，猛地喝了一大口，仿佛要压下心中的慌乱。

"光一，说实话，我也有这方面的担心。要知道，我这个代理不好当呀，在这关键的时刻，可不能出任何乱子，否则，我守了这么多年，眼看要到手的东西，就得打水漂了。像我们从政的，图的是个什么？不就是一个进步吗？要知道，我守得多不容易啊！"

"守？守得住吗？古人都知道'当官不为民做主，不如回家种红薯'的道理，何况你是一名受党教育多年的干部，不求有功，但求无过，这是丧失良知的表现呀！"

闻光一也感到惊讶，自己嘴里竟能说出这般冠冕堂皇的话。毕竟，熊守心对自己有过知遇之恩。为了缓和氛围，他从口袋里掏出香烟，递一支给熊守心。

"光一，今天我不把你当外人。我也难呀，你知道在官场混，背后的水有多深？就拿蓝建来说，他在溪水为啥能一手遮天？背后有人呀。副省长陶晋你该知道吧，他的父亲与蓝建的父亲当年是一个连队的，蓝建父亲还救过陶晋父亲的命，这是什么关系？世交呀，我得罪得起吗？关键的时候他给我一记暗拳，我的事不就打水漂了？"熊守心说这话时是动了情的，抽烟的手在不住地颤抖。

闻光一不再言语，起身踱到办公桌前，盯着墙上的书法看得入神。

"光一，你也喜欢书法？这是县中一位退休老先生写的，这人可了不起，他祖父是晚清秀才，书法了得，慈禧太后六十大寿的寿联都出自其手笔。这位老先生得到真传，其作品在收藏界颇跑火，据说每个斗方值 2000 元。怎样，我让他给你写一幅？"熊守心跟过来，拍着闻光一的肩膀说。

"不，我对书法没兴趣，我在看背后的东西。"

背后？背后有什么？

熊守心迷惑了。

十九

闻光一回到省城。

确切地说，是被崔志城的电话逼回来的。

电话里，崔志城的口吻一反往常，端着架子，态度异常强硬。说他代表社委会敦促闻光一立即中止手中的采访，返回报社接受调查处理。

"我犯了哪条法？违了哪道规？接受哪门子处理？"闻光一恼怒地在电话里质询。

崔志城阴阳怪气地说："你在网上点了一个大炮仗，震翻了天。你倒好，躲在老家享清闲，让别人来给你擦屁股。"

这话让闻光一心里很不是滋味，他不想跟崔志城多做解释，便挂了电话。他想给封总打一个电话，一是对稿子的事做一个解释，二是简单汇报一下在溪水采访的情况。他想争取一些时间，完成手中的采访再回去接受处理，但封建国没有接电话。闻光一的心底留下一道淡淡的阴影。他思来想去，还是决定先回去。稿件产生的社会影响到底如何？省里的态度又是怎样？他心中的确没底。

临行前，他到医院去看了许木根。许木根已经醒了过来，却紧闭着双眼，不说话。坐在病床前的许晶晶只是瞟了闻光一一眼，便很快地将头侧向一边。闻光一尴尬地站了一会儿，伸手轻轻拍了拍许晶晶的肩膀。

"晶晶，请出来一下，我有话说。"

许晶晶没有动弹，走到门口的闻光一回头又叫了一声，她才缓缓地起身，跟了出来。

"晶晶，我接到报社的通知，要回去了。"

"早就该回去了。"许晶晶冷冷地回答。

"没想到，事情会成这个样子。"

"闻光一，我问你，你是脑子进了水，还是良心被狗吃了？我把一切都给了你，图的是什么？图的是你把我父亲送进监狱？逼着他自杀？你到底安的是什么心？"说着，许晶晶激动起来，眼泪禁不住夺眶而出。

"晶晶，你冷静些，事实不是这样的，我没有逼他，是背后的黑手逼你父亲走上绝路，我是想拯救他呀！"

"黑手？那你告诉我，背后的黑手是谁？"

闻光一一时语塞，不停地搓双手，嘴唇颤抖着，想说又张不开口。

"闻光一，你竖起耳朵听着，我等着你将背后的黑手找出来。否则，你就是那肮脏的黑手。"

说完，许晶晶猛地转过身，进了病房，留给闻光一的是一个愤怒的背影。

回到省城，闻光一连行李都顾不得放下，直接来到医院。闻理才消瘦了不少，左手正输着液，睡得正香。坐在床边的闻光达见闻光一进来，赶紧起身，被闻光一用手势制止了。闻光达接过闻光一的背包放好，便拎起暖瓶出去打水了。闻光一轻轻地将被角掖好，在父亲的床前坐下，双目久久停留在父亲的脸庞上。说实在的，这是他有生以来，第一次这么从容地端详着父亲。在他的记忆里，父亲话语很少，也难得笑，很少责骂他们兄弟俩，更谈不上发脾气，但兄弟俩很惧怕父亲。特别是从父亲那一声声轻轻的叹息里，读到了命运的坎坷与生活的艰辛，更增添了对父亲的敬畏，更不用说惹父亲生气了。原以为父亲的生活里只有沉重与叹息，没想到也有欢乐。闻光一读初中那年，校舍要腾给乡民兵连集训，临时放假两天，母亲让闻光一给在邻村学校当老师的父亲送碗酸菜。闻光一拎着菜篮翻过山，望得见那所由旧祠堂改建的小学校时，远远地传来一阵粗犷的歌声，只见操场上，一群孩子围成圈，父亲站在中间，正引吭高歌。闻光一没听清父亲唱的是什么，但从那有些跑调的歌喉里，他听出了欢乐。是啊，歌声是生命的阳光，有歌声就有生活的希望。顿时，闻光一激动得双泪横流，心情久久不得平静。回到家，他把这天大的发现告诉母亲，母亲也欣喜地抹把泪说，父亲在县城读高中时，是位才华横溢的好学生，要不是遇上"文革"，父亲早已是名牌大学的高材生了。

杜灵与闻光达先后进来了，尽管关门的动作很轻，闻理才还是惊醒了。

"茅子，回来啦？"

"爸，回来了。"闻光一转过头，强作微笑地看着父亲。

闻理才的脸色很憔悴，眼里透出一种异样的光芒。他深情而平静地上下打量着儿子。

"茅子，来，靠近些。"

闻光一听话地将身子往前挪了挪。

"头低些。"

闻光一顺从地低下头。闻理才从被子里伸出右手，将儿子折着的衣领头轻轻抚平。

"这么大的人了，又是记者，还不知要个好。"

闻光一的鼻翼一酸，眼泪不自禁地淌了出来。他怕父亲看见，转过身子，跑了出去。在走廊的窗边，他忍不住失声痛哭，杜灵悄悄从他身后递上一张纸巾。

"爸现在情况如何？"闻光一转身问。

"不太乐观。"

"治疗方案定了吗？"

"定了。肿瘤科的主任说，想跟你谈后再敲定。"杜灵回道。

闻光一用纸巾擦擦眼睛，深深吐了一口气，使心情尽量平静些，转身说："走，去见见蒋主任。"

这时，蓝建、黄本贵等几人提着果篮、牛奶等物品，正一间间病房找寻过来。闻光一赶紧拉了杜灵一把，使了个眼色，朝另一头走去。

蒋主任已60多岁，头上的白头发用摩丝打得纹丝不乱，皮肤保养得极好，白里透红的脸庞上架着一副金丝边眼镜，显得既高雅又文静。蒋主任是省内著名的肿瘤专家，到了退休的年纪，多家私立医院以丰厚的年薪聘请他过去，但医院做出继续留用的决定后，他毅然地留了下来。他说，人一辈子不能只为钱而活着。见杜灵带着闻光一进来，蒋主任立即礼貌地立身，主动与闻光一握手。

"闻首席吧，幸会，幸会！"

"蒋主任，久仰，久仰！"

坐定后，闻光一直截了当地询问父亲的病情。蒋主任微微一笑，不慌不忙地取出一张片子，往读片机前一插。

"你父亲患的是原发性肝癌，肿瘤与鸽子蛋一般大，属于晚期，且位置不太好，紧临静脉血管网状的核心部位。你父亲年纪较大，体质较弱，我们不考虑手术切除，而是制定了两个治疗方案：一是微创介入手术，辅以化疗；二是保守治疗，以化疗为主，辅以钴照射。至于具体采用何种方案，还得你们家属来定。"

"蒋主任，您是专家，我们想听听您的意见。"闻光一紧盯着蒋主任说。

"那当然是微创介入啦，这是国际肝癌治疗领域的最新手段，技术成熟，效果较好，患者的痛苦最小。只是，费用较高。"

"蒋主任，不用考虑费用问题，我们会想办法的。就这么定了，采用第一个方案。"闻光一与杜灵对视了一下，毅然拍板了，然后在蒋主任递过来的治疗方案上签了字。签字时，闻光一的手有些颤抖，仿佛手中握的是判官的笔，决定着父亲的生死。

从蒋主任的办公室出来，他们遇到急匆匆奔来的闻光达。

"哥，蓝副县长与黄主任来了，正在爸的病房里等你呢。"

"不见。"闻光一没停步，径直往前走。

"哥，还有这个呢，怎么处理？"

闻光一回头，见弟弟手中举着一个厚厚的信封，他明白里面装的是什么，便厉声低吼："谁让你接的？退回去。"说完，他头也不回地下楼朝停车场走去。

第二天一上班，闻光一被崔志城叫到了办公室。闻光一做好与其"战斗"一番的准备。可没想到，崔志城没有盛气凌人，反而格外热情。见闻光一推门进来，他不仅从办公桌前小跑到门口迎接，端上一杯热气腾腾的香茶，还给闻光一递上一支香烟，并亲自点火。崔志城的"热情"，让闻光一感到格外不自在。

"光一，你的年纪也不小了，要注意身体呀，有些采访用不着你亲自跑，让年轻记者多跑跑。我们报社的这股风气不好，能干的累死，无能的闲死。你说这年头，谁还在乎那几个奖金呀。"

闻光一坐下后，崔志城挨着他身边坐下，故作打抱不平状。

"我们干记者的，除了工资，不就图点奖金？除了这个，还有什么呀？"闻光一答道。

"这不一定，你瞧经济部的郑小青，进报社 5 年了，写了什么好稿子吗？别说获奖了，连报社的月评好稿都少得可怜。但他有本事呀，每年都能拉上 10 多个专版，平均每月有上万元提成，比你这个获奖专业户的收入不知要高多少。这年头，能赚到钱就是本事。"

"老崔，你什么意思？今天找我来不是专谈如何增加收入的吧？"闻光一将手中的烟头往烟灰缸里狠狠一按，端起茶杯喝了一口，微笑着问。

"你瞧，你瞧，又性急了不是？我找你来，当然是有要事啦！"说着，崔志城起身给闻光一的茶杯续上水，然后坐下来，轻轻地拍着闻光一的肩膀说，"光一，我知道你心气高，有才气，也有社会责任感，是报社的骨干。别看记者平日风光，可在社会资源的分配上仍是弱者。记者掌握了话语权，可有权势的人掌握着封口权。你要说，他不准你说，甚至把你的嘴换成鼻子，这叫什么？这就叫胳膊拧不过大腿。"

闻光一没好脸色地瞟了崔志城一眼，说："老崔，你有什么话就直讲，用不着转弯抹角的。"

"好，你真是个爽快人，我就喜欢和爽快人说话。是这样的，你不是和左放明产生了一些误会吗？"

"请允许我纠正一下，我和他没有误会，只有原则与是非。"

崔志城一愕，想发作，但忍住了。"嘿嘿，笑谈，笑谈。原则也罢，是非也罢，但我得提醒你，左放明可不是等闲之辈，他手中的权不大，势可不小。光一，你不是外人，我给你透露点内幕，省委有动议，可能要提拔他为省委宣传部常务副部长，分管新闻。也就是说，很有可能他会成为我们的顶头上司。"

"那又怎样？能一手遮天？"闻光一瞪着眼睛问。

"那倒不是。光一呀，俗话说，冤家宜解不宜结。你不小心陷进学术争端的旋涡，这能理解。但陷得太深，就不明智了，现在有个机会让你安全地退出来。"说到此，崔志城故意将话打住，用余光瞄闻光一的反应。闻光一格外冷静，等他亮出最后的底牌。

"是这样的，省城大学文学院成立六十周年，正筹备一系列重大活动，包括在我报做一个连版专题，要求专题以报告文学形式，全景反映省大文学院六十年的历程及主要业绩。他们出版面费 20 万元，这可是双赢的好事呀，社委会研究决定把这任务交给你。"

"交给我？"

"是呀，你文笔好，名气大，定能出彩。"

"搞没搞错，我与左放明……"

崔志城轻轻地拍了拍闻光一的肩膀，打断了他的话："小肚鸡肠了不是？人家左教授可比你有肚量，你捅了人家，他不计较，向社委会提出由你来执笔。"

闻光一像受到侮辱，脸涨得通红。好一个阴险的左放明，竟用这种毒招达到"一石三鸟"。

"老崔，对不起，这个任务我不能接受。"

闻光一的回答使崔志城愣住了。这可是普通记者朝思暮想的好差事，既能算工作量，又能拿到提成。

"光一，你不要枉费了社委会与左教授对你的一片苦心，再僵持下去，对谁都没有好处。再说，提成几万块，不拿白不拿。"崔志城仍苦口婆心地劝说。

"谢谢你的好意，老崔，钱是个好东西，我现在正缺钱，但我不能为了区区几万块将自己的良心当破铜烂铁卖掉。"闻光一平静地说。

"不可理喻，不可理喻！闻光一，你是把我的一片好心当成驴肝肺了，真是不撞南墙不回头呀！"崔志城又失去了风度，指着闻光一的鼻子吼，几乎要跳起来。闻光一只是淡淡一笑，掏出一支香烟递给崔志城。崔志城愣了片刻，接过香烟，狠狠地用手掐碎，随手往垃圾篓里一扔，背过身去。

"闻光一同志，你既然不顾全大局，仍沉迷在个人英雄主义的泥淖里。那么，我代表社委会正式通知你，从今天起，你停职反省，什么时候认识到错误，什么时候就恢复工作。"崔志城背着闻光一说。

"老崔同志，告诉你一个小秘密。"

"秘密？"崔志城警惕地问。

"别紧张，我只是想告诉你，我的乳名叫冬茅。"

"冬茅？什么意思？"

"这是我家乡随处可见的一种野草，它根固须牢，秆直茎韧，叶带锯齿，不仅有清热解毒的功效，而且生命力极强。"

崔志城一时没反应过来，还愣在那里想这话的含义，闻光一则微笑着挺直腰身，走出了他的办公室。

二十

闻光一坦然地回到办公室，还没坐稳，便传来了敲门声。是樊大明，他像霜打了的茄子，耷拉着脑袋，无言地站在闻光一面前。

"大明，你这是怎么啦？快请坐。"说着，闻光一起身拖过一把椅子，请他坐下，然后给他泡茶，樊大明则像弹簧般从椅子上蹦起。

"闻老师，不客气，我有几句话，说完就走。"说话时，樊大明一直看着自己的脚，头都不敢抬。

从溪水回来后，樊大明一直处于痛苦的自责中。他总觉得自己在别人面前抬不起头，更不敢与闻光一见面。好几次他动了向闻光一吐出真相的想法，但很快就被自己否定了。这样的丑闻传出去，名声扫地不说，还得受到处分，会断送自己的前程。于是，他侥幸地想着只要不再去捅溪水这个马蜂窝，日子久了，事情过去了，再向闻光一解释。可他没想到，越怕什么，偏偏就遇到什么。

昨天，蓝建与黄本贵竟找到了他的办公室。惊得樊大明目瞪口呆，忙将他们带到会客室。

"你，你们怎么来了？"

"嘿，老朋友了，你不想我们，我们还能不挂念你呀！樊记者，怎么不去溪水走走呀，你兰姐可一直念叨着你呢！"黄本贵嬉笑着说。

"说什么呢，黄主任，别唬小樊。兰子的丈夫好像听到些风声，正用狗鼻子到处嗅呢，像他那样的粗人，如嗅出点味道，还不要闹翻天呀？这时让小樊去，不是送肉上砧板吗？"蓝建打断黄本贵的话，故弄玄虚地说。

接着，蓝建又轻轻拍着樊大明的肩说："大明是个有情义的年轻记者，前程无量，谁都有犯浑的时候，何况还喝多了酒，我们有责任保护他。放心，大明，有我们在，没什么事摆不平。"

樊大明感激地看了蓝建一眼，认真地点点头。

"不过，我们在给你搭台，可有人在拆台。到时，谁也没办法。"

"谁？"樊大明紧张地问。

"闻光一，你敬重的闻老师呀。"

"他怎么了？"

"怎么啦？他又偷偷去溪水了，搞了小动作，想置我们于死地。唉，我们想息事宁人，可也感到无能为力呀。狗逼急了也会跳墙，何况是人。"

"你们找我有什么事？"

"没什么大事，看看老朋友。你忘了我们，我们可不能忘了你呀。另外，想请你劝劝闻光一，事不要做绝了，对谁都不好。"说这话时，蓝建的眼里透着一股杀气，樊大明觉得浑身都凉透了。

"我没那本事，闻老师不会听我的。"

"嘿嘿，那要看怎么谈了，你如果拿着这东西去，或许就有用了。"说着，蓝建一咧嘴，黄本贵从口袋里掏出一个信封递到樊大明的手中。

"这是什么？"樊大明警觉地问。

"看看就知道了。"蓝建阴阴地说。

樊大明打开一看，是一沓不堪入目的照片，不过主角不是自己，而是他敬重的闻老师。

"这是？"樊大明惊讶得张开嘴问。

"嘿，要想人不知，除非己莫为。想背后捅人，首先得把自己屁股上的屎擦干净，否则就是鱼死网破。"

说完，蓝建朝黄本贵扬扬手，夺门而出。

闻光一泡好茶，递给樊大明，他仍在呆呆地想着心事，那神情将闻光一吓了一跳。

"大明，你这是怎么啦？"

"啊，没什么，闻老师，这次到溪水采访，有进展吗？"

闻光一欣喜地瞧了他一眼。唔，不错，小伙子挺有责任心的，还惦记着未完成的工作，是棵好苗子。

"有了重大的突破，我掌握了重要的证据，下一步就是要让狐狸现出原形，给溪水人民一个圆满的交代。"

"啊，那就好，那就好。"樊大明言不由衷，"今天，蓝建等人来了省城，与你见面了吗？"

"我看见了他们，但我回避了，没打照面。"

樊大明怎么知道蓝建来了？

"这是一伙流氓，闻老师，溪水的事见好就收吧，这些人手黑着呢，我们惹不起呀！"樊大明眼里流露出焦躁，没头没脑地说。

闻光一满腹狐疑地盯着樊大明。

"大明，你是否遇到什么事？你到底想说什么？"

"闻老师，他们手里，啊，不，我们被卷进了一个可怕的旋涡，不赶紧退出来的话，很可能就会身败名裂。"樊大明语无伦次地说。

闻光一警觉地仔细打量着眼前这个已乱了方寸的年轻人。

"他们威胁你了？"

"没有，没有，我只是担心。"樊大明弱弱地说，握着信封的手都出汗了，他想拿出信封，但实在没有那个勇气，他怕自己敬重的闻老师经受不起这样的打击。

"闻老师，我知道你是好人，想伸张正义，可这些人手太黑，怕就怕我们还来不及伸张，就被身后射来的黑弹击中，落得个可悲的下场呀！"

"大明，你是不是怕了？"闻光一严肃地问。

"我不是怕，而是担心，我们已落入别人布置好的陷阱里，却浑然不知，还毫无意义地举着大旗往前冲，得到的是愚蠢的失败，让世人笑话。"

"你是不是听到了什么？"闻光一狐疑地问。

"没有，真的没有，闻老师，你不要多心了，我只是想提醒你，俗话说，害人之心不可有，防人之心不可无。我还有事，先走一步了。"说完，樊大明匆匆地告辞了。

闻光一无力地躺在堆满废报纸的沙发上，浑身难受，脑袋像灌了铅一样沉重。累呀，太累了，这是他从事新闻工作近20年来第一次感到心累。去溪水采访的压力，左放明的阻力，许晶晶的不理解，父亲的重病，领导的、报社的、社会的干预，都像一座座沉重的山朝他压来，使他透不过气来。

不行，无论如何得守住道德的底线，在原则问题上不能有任何的妥协。想透了，也就下定决心了，闻光一觉得轻松了许多。

这时，放在办公桌上的手机急促地响起，闻光一瞟了一眼来电显示，是许晶晶，便赶紧接听。

"光一，是光一吗？"电话里传来许晶晶急促的带着哭声的喊叫。

"晶晶，你什么时候回来的？发生什么事了？别急，有我呢，你慢慢说。"

"光一，请立即来我家一趟，立即！"说完，许晶晶便挂断了电话。闻光一来不及多想，开车往许晶晶的家奔去。

许晶晶家的门是虚掩着的，闻光一来不及敲门，推开闯了进去。只见许晶晶坐在沙发上掩面哭泣，对面坐着一个左脸有道刀疤的黑脸大汉，旁边还站着两个汉子，他们手臂上的恶虎刺青格外醒目。

见闻光一闯进来，他们都不言语，只是横目怒视着。

"你们是什么人？"闻光一有些紧张地问。

"我们是什么人不重要，重要的是当家的回来了，该解决问题了。"黑脸大汉眼露凶光地说。

"什么当家的？你们到底要干什么？"闻光一吼着。

"你不是当家的？那就闭嘴。"

闻光一还想说些什么，被许晶晶制止住了。

"光一，少说两句，你看看这个，快想想办法呀！"说着，许晶晶将一张纸条塞给闻光一。

闻光一打开一看，顿时愣住了，这是许木根立下的一张借款凭条：借款 200 万元，月息 5 分，借期 1 年，到期连本带利还款 320 万元。再看落款时间，已超期 1 个月。

"你们这是放高利贷，是违法的！"闻光一理直气壮地说。

"违法？你是哪个墙上的葱，插在鼻头上装象来了？一边去，否则别怪老子不客气。"黑脸大汉恶狠狠地说。

"这款是许木根借的，你们找他去呀！"闻光一嘴上仍强硬着，内心却打起了鼓。他猛然记起了洪兵，只有他才能解这个围。

"现在许木根进去了，父债女还，天经地义，你在这充什么大佬？一边去。"黑脸大汉冲到闻光一身边，伸手一推。闻光一几个趔趄，差点跌倒在地。

"钱款数额这么大，总得给个时间让我们筹备吧，现在就是把我们剐了当肉卖，也拿不出这笔钱。"闻光一被许晶晶扶稳后，有些气恼地说。

"行呀，老子有的是时间，就在这候着，今天拿不着钱，看老子怎么收拾你们。"说着，黑脸大汉往沙发上一躺，双脚搁在茶几上，掏出烟盒给两个随从各扔了一支，然后自己点燃一支，躺在那儿吞云吐雾。

闻光一掏出手机，走进卧室，拨通了洪兵的电话。

"喏，闻老师，我的闻大记者，怎么想起兄弟来啦？"电话里的洪兵语气怪怪的。闻光一知道，他委托的事，自己尚未兑现。

"我说洪三三，正经点行不行？最近手头的事太多，忙完这阵子，我会抽出时间与你哥一起跑一趟滨都的，我说话算数。只是我现在遇到一点麻烦事，你能不能过来一趟？"

"什么事呀，闻老师？"

闻光一便简单地给洪兵讲述了一遍，洪兵挺讲义气，问清地址后，答应立即开车过来，闻光一这才长长地嘘了一口气。

回到客厅，闻光一朝许晶晶投去一个轻松的目光，并轻轻点点头，许晶晶似乎读懂了，眼里的惊恐退去了许多。

"电话打通了吗？什么时候送钱来？"正躺在那儿玩手机的黑脸大汉头也不抬地问。

"打通了，我朋友一会儿就到。"闻光一淡定地回答。

"小子，可别跟我玩花花肠子，你到城南一带打听打听，我黑蝎子可是个吃软不吃硬的角色，跟我玩名堂的话，可别怪我手狠。"说着，黑脸大汉从口袋里摸出一把锋利的匕首，随手一扔，一道白光闪过，稳稳地扎在闻光一头顶的相框上，吓得许晶晶一声惊叫，禁不住双手蒙住眼睛。闻光一也惊出一身冷汗，伸手将浑身颤抖的许晶晶抱在怀里，轻声安慰着。

过了十多分钟，门铃响了。黑脸大汉立马起身，竖起耳朵听门外的动静，然后将相框上的匕首取下，压低声音对闻光一说："你小子如报案引来了警察，老子让你断子绝孙。"警告完，他朝闻光一努努嘴，示意闻光一去开门，自己则侧躺在沙发上。

身穿警服的洪兵进来了。

"人呢？"

闻光一朝房内努努嘴。洪兵便气宇轩昂地往里走，躺在沙发上的黑脸大汉一见洪兵，像被火燎了屁股的猴子，立即弹起。

"哟，洪政府，怎么是您老人家？失敬，失敬！"

"我说是哪路神圣，原来是你，赵冬狗，啊，不对，黑蝎子。应该叫你的江湖大名。现在出息了，放起了高利贷。你瞧，我忘了介绍，这位闻先生，是我的兄长，也是老师，听说欠了你的高利贷，他一时凑不齐，我来替他还。怎么，这个银手镯值了吧？"

说着，洪兵将一副手铐往茶几上一扔。顿时，黑蝎子的脸变得惨白，立即跪了下来。

"洪政府，小的是有眼不识泰山，我不知道这是您老的兄长，多有得罪了，真是该死，真是该死！"说着，还磕起了头。

"赵冬狗，这是说的什么话？不是我的兄长，你就可以违法乱纪、称王称霸啦？平时我是怎么教育你的？"

"对不起，兄长，不，不，老师。大人不计小人过，请放小弟一马，我知错了。"赵冬狗转身朝着闻光一拼命磕头。

这赵冬狗是城南地区有名的流氓，5年前因聚众斗殴致人重伤，被判了6年。坐了3年牢后，家人花了大价钱给他搞了个保外就医。赵冬狗的户口正好在洪兵管的辖区，他每周都要到洪兵办公室进行思想汇报，接受监督。从某种意义上说，赵冬狗的命运掌握在洪兵的手里。

"别在这装，起来。"洪兵一声喝，赵冬狗浑身一颤，迅速蹦起，站着大气都不敢出。

"我说赵冬狗，争点气行不行？干点什么不好，要搞这害人的勾当，怎么？每天8两米还没吃够？那好办，明天就让你进去。"

"洪政府，我该死，我该死！"说着，赵冬狗扇自己脸，打得啪啪响。

"行了，我给你记着这笔账，到时一起算，还不快滚。"

洪兵的话音刚落，赵冬狗便带着两个手下往门外跑。

"回来！"洪兵又一声喝，几人不敢动弹。

"那账怎么算？怎么还？"

"不敢，不敢，洪政府怎么说就怎么算。"

"欠账还债，天经地义。我看高利息就算了，就按银行的定期利息还怎样？"洪兵问。

"行，行！就按洪政府说的办！"

"另外，给我个面子，我兄长的亲戚现在手头有些紧，再宽限1个月，怎样？"

"没问题，没问题。就按您说的办。"说完，赵冬狗与手下倒退着出了门。

闻光一将门关上后，欣喜地在洪兵肩膀上擂了一拳。"行呀，洪三三，你算是帮了我大忙，谢了，兄弟！"

"闻天元，瞧你说的，举手之劳，何足挂齿。这也是万幸，正好遇到这货犯在我手里。要是其他人，就算我出面，还是有不少的麻烦呢！对了，你父亲怎么会借这么多高利贷呢？"洪兵转过身子好奇地问许晶晶。

"唔，我也不是很清楚，好像是为了拿下一个工程。"许晶晶无可奈何地回答。

"一个什么工程？"闻光一警觉地问。

"还能是什么？不就是溪水的那个。"许晶晶的话里充满了哀怨。

闻光一不作声了，以上卫生间为由，悄悄地给肖天虎发了一个信息。

二十一

每次踏进省委大院，闻光一都有一种异样的感觉，仿佛突然矮小了许多。其实，省委大院不大，楼也不高，两栋四层楼房，掩蔽在高大的法国梧桐树丛中，透过枝繁叶茂的缝隙，才现出灰墙红瓦的影子，给人一种神秘的感觉。这里地处省城北面，紧依着翻腾东去的大江。解放初期，这个地名叫黄沙窝的江滩是枪杀人犯的刑场，除了黄色的沙砾，便是生命力顽强的芦苇。当地人编的一段顺口溜，很形象地反映了这里当时的荒凉："黄沙窝，茅草多，白天沙打架，晚上鬼唱歌。"当时，省委为了不扰民，不与城市争地盘，就在这荒滩上建起了大院，一直使用至今。

闻光一的记者证还是簇新的，因为用得少。在省内的各地市单位采访，他只要报出大名，一般都可畅通无阻，遇到看守的人认真，他顶多只要晃晃记者证，看守的人便会放行。可这里不行，大门口三尊像雕塑般没有生气的卫兵，待人还没走近，便伸出戴着白手套的左手，威严地将人拦住。闻光一好几次报出大名，掏出记者证晃了晃，可卫兵连眼皮都不抬，朝门房努努嘴，吐出两个字："登记。"

大院内异常整洁，也非常静寂，背后透着一种威严，让人来不得半点张狂。

闻光一来到省委宣传部副部长丁宁的办公室门口时，深深地吸了一口气，然后轻轻地敲敲门。

"请进！"里面传来一个沉稳的声音。

闻光一轻轻地推门进去，正伏案工作的丁宁副部长抬头，见进来的是闻光一，立即停下手中的笔，满面春风地站起来。

"哟，是光一记者呀，稀客，稀客，快请坐！"说着，丁宁赶紧去泡茶，闻光一想拦都拦不住。

丁宁是一位极有亲和力的领导，比闻光一大不了几岁，毕业于名校中文系。据统计，全国恢复高考后，本省累计考入国家顶尖名校的考生有近 4000 名，而毕业后回到本省工作的不到 30 名，丁宁毕业后回到家乡，理由挺简单，就为了一个承诺。

丁宁的老家在横山县中寨乡，他的父亲是一个老实巴交的农民，面朝黄土背朝天，全年守着几亩山地劳作，除去买种子、肥料的成本，一年余下的只够一家六口的吃喝。丁宁的母亲患有严重的眼疾，几乎失明，但还摸索着喂了两头猪、养了几只鸡，补贴着家用。尽管父母目不识丁，可丁宁从小就耳聪目慧，记忆力惊人。3 岁时，他就跟着比他大 4 岁的姐姐坐在了村小的课堂上。这种现象在当时的农村很普遍，女孩子在六七岁的年纪，不仅要承担放牛、家务等杂事，还得负责带幼小的弟妹，即使是上学，也得带上"拖油瓶"。令人惊奇的是，上课时，只有 3 岁的丁宁不吵不闹，两只眼睛出神地看着讲课的老师，姐姐认不出的生字、答不出的习题，丁宁全知道。村民们都说，丁家的祖坟冒烟了，要出"文曲星"了。果真，从小学到高中，丁宁一直都是成绩冒尖，高考时是全县的文科状元，考取了名校。但丁宁家那么困难，就算是砸锅卖铁，也负担不起他读大学的费用。究情讲义的村里人纷纷解囊相助，可在一个只有几十户人家的贫困村，你三十我五十地捐款，解决不了根本问题。尽管如此，乡亲们的情谊仍感动得丁宁热泪盈眶，为了不让乡亲们为难，他曾产生过弃学的念头。此事被一名来此采访的县电视台记者知道了，记者拍了一条新闻，在电视台一播，引起了轰动。贫困迫使高考状元辍学，这脸丢大了，丢的是横山人的脸。于是，古道热肠的横山人纷纷捐款，真是众人拾柴火焰高，捐助的款项大大超出了预期。知恩图报的丁宁只接受了其中的一小部分，作为第一学年的费用，他准备入学后边读书边打工，自食其力。他把其他的捐助款都捐献出去，成立了一个贫困大学生救助基金，让更多因贫困而面临辍学的学子获得入学的机会。

前往大学之前，丁宁再次接受了县电视台的采访，他流着热泪说："我无以报答父老乡亲的赤诚与善良，我会加倍珍惜这次充满着爱心的学习机会，学成后，我会回到这块令人难忘的热土，用知识与真诚回报我可敬的父老乡亲！"

丁宁是位一言九鼎的热血男儿，大学四年，他以优异的学业与出色的人品获得师生的认可。毕业填报分配志向时，全班35位同学填的都是中央机关、知名高校与大城市的高福利单位，只有丁宁填报的是回原籍。丁宁的毕业论文导师得知这一情况，多次找他，想把这位品学兼优的弟子留在身边做研究工作，并向校方争取到了留校指标，但被丁宁婉拒了，他回答恩师的只有一句话："谁言寸草心，报得三春晖。"

早在3年前，闻光一与丁宁就相互知晓，只是素未谋面。丁宁被分配回到本省，可是个香饽饽，省直机关各大单位都想着法子要人，提供的条件也挺诱人，最终还是被省委政研室捷足先登。丁宁不愧为名校培养的高材生，干得很出色，写的几篇调研报告既有见地又有文采，为省委的正确决策提供了极有价值的参考，被时任省委书记田仁山看中，成为省委书记秘书。几年后，丁宁被省委列入第三梯队，被派到经济欠发达的亢口县任县长，2年后接任了亢口县委书记，并在亢口县委书记这个位置上干了4年。

3年前，闻光一到亢口县采访，住在县委招待所。第二天清晨，尚在睡梦中的闻光一被操场上阵阵嘈杂声惊醒，他推开窗户一看，大吃一惊，只见操场上聚集着黑压压的人群，有穿着整齐的干部，有拎着扫把的环卫工人，有挑着菜担的农民。莫非是发生了什么群体事件？极有新闻敏感性的闻光一套上衣服、趿着鞋子就往外奔。在楼梯口，正遇着来请他吃早饭的县委宣传部副部长小王。通过小王才知道，丁宁书记被提拔到省委宣传部任副部长，今天离职赴任，群众自发地来送别。闻光一感到惊讶，同时，他敏锐地觉得有"戏"，便追问缘由。小王说，丁宁书记是位极有远见、关注民生、脚踏实地的好书记。在任期间，他不遗余力地抓了三件事：一是根据亢口县的现状，因地制宜地建设了全省最大的竹木产品加工贸易区，不仅解决了数万人的就业，而且为山区经济的发展闯出了一条可持续发展的好路子；二是村村通了水泥路，为贫困的山区走向外面精彩的世界打下了坚实的基础；三是将所有乡村小学进行了新建与改造，为山乡明天的发展埋下了意义深远的伏笔。闻光一心里一激动，立即奔回房间，取出采访本，到操场上随机采访了几位群众。一位实实在在为群众办了实事、群众将他铭记在心中的县委书记的形象在闻光一的心中越来越清晰，好一个心系民生、务实真抓的好书记。操场上的人越来越多，可始终不见丁宁书记的身影。这时，门外驶来一辆小汽车，停稳后，县委办主任走下车，跳上台阶，大声招呼着："丁书记为了不打扰大家，一大早已悄悄到火车站买票坐火车走了，特请我代其向大家表示谢意。"人群一阵骚动，不知是谁，带头朝着火车站的方向深深鞠了一躬，随即，操场上黑压压的人群也跟着三鞠躬。那场景无声无息，却给闻光一带来了强烈的震撼，一个响亮的新闻特写标题在他心中跳了出来："三个鞠躬送书记。"

泡好茶后，丁宁在闻光一的身边轻轻地坐了下来。

"光一记者，我们是初次见面，但我经常在省报上读到你的大作，写得不错，有思想，有分量，有文采，我印象很深刻，谢谢你啊！"

闻光一心里流过一股暖意。

"丁部长，见笑，见笑，还得承蒙您多多指教呢！"

"指教谈不上，我们互相学习吧！"丁宁笑着看了闻光一一眼，接着说，"原先我对新闻也是门外汉，这几年分管新闻，才有了一些新的认识。新闻无小事，它体现的是社会的良心，是社会各阶层的黏合剂与凝聚力，但这里面有个大局观，特别是党报，更应该体现大局观。也就是说，有大局观的新闻对社会的发展与稳定会起到积极作用。不然，我们的工作就很被动啊。"

闻光一是个聪明人，听出了丁宁的话外音。他突然就领教到此人的"手腕"，的确非同一般。

"丁部长，我承认，有关左放明的稿子是我写的，但的确不是我挂到网上的。"闻光一直率地说，他向来不喜欢转弯抹角。

"啊，那是怎么回事呢？"丁宁出乎意料，微笑着问。

"是这样的，丁部长。我有一个交往多年的网友是文史专家。为了避免不必要的笔误，我写好这篇稿子后便发给他，请他指正。没想到，他认为此稿一针见血、深刻翔实，一激动，没经过我的同意，便挂在自己博客上，然后就在网上传播开来。"

"哦，是这么回事！"丁宁若有所思地点点头，起身给闻光一的茶杯续上水，又轻轻地在闻光一身边坐下来。

"光一呀，我很欣赏你的正义感与敢于担当的精神，这是一名记者应有的基本素质。但作为一名党报记者，要时刻将党的利益摆在首位，要时刻维护党的威信与荣誉。换句话说，就是要有为党的事业牺牲自己一切的精神准备。"

"丁部长，这篇稿子没经过审查和正常的发稿程序就被披露出来，我有着不可推卸的责任。请组织明示，我现在应该如何做？"闻光一的声音低得像蚊子叫。

"很好，光一，你有这样的态度，我很高兴。态度决定一切嘛！"

"那我……"

"人都有过失犯错的时候，我这次受组织委托与你谈话，不是要追究你的责任，是想妥善解决问题。从记者的立场来看，你并没有多大的过错，但给大局埋下了不稳定的因素。所以，解铃还须系铃人，光一，还得请你出面做做王陵子老先生的工作。"

"让我去做王老先生的工作？怎么做？"闻光一睁大眼睛问。

"解决问题是有多种渠道的，不见得非要将矛盾公开化，这样于事无补。听说王陵子先生准备起诉，当然这是他的权利，但结果有可能是两败俱伤，这是谁都不愿看到的。"

"王陵子教授学识渊博、德高望重，我在他面前说话有何分量？"闻光一不解地说。

"解铃还须系铃人呀。"丁宁意味深长地拍了拍闻光一的肩膀，一字一音地说。闻光一是个聪明人，他听出了丁宁的弦外之音，一种莫名的压力向他扑来，将他挤进一个密不透风的黑屋，让他动弹不得。

忧心忡忡的闻光一拖着沉重的双腿回到报社，刚迈进大厅，只见沙发上跃起一个人，扯着嗓门说："天杀的光一，找你比等神仙还难，我们在这坐了几个时辰，你终于现身了。"

闻光一停住脚步，转头一看，竟是闻跃进。这个天不怕地不怕的村官，把省级机关的厅院当成了村里的一亩三分地，吆鸡喝鸭地吼叫着，大厅里的人都瞪着眼睛朝这里张望，弄得闻光一格外不舒适。

"哟，是跃进哥，什么风将你吹进省城了？也不先打个电话。"

"打啦。你的手机一直关机。我给杜灵弟妹也打了，她说你在省城，没出差，我们这才动身来。"闻跃进仍大着嗓门回答。

闻光一这才记起，因要到省委宣传部谈话，早晨起来，就没开机。

"来了就好，来了就好！走，到办公室坐坐。"闻光一笑着说。

"啊，光一，我忘了介绍，这位是李志国镇长，半年前调到咱们镇的，他多次说想来见见你。"闻跃进将身后一个戴眼镜的年轻人拉过来，热情地介绍着。

"哦，李镇长，你好！"闻光一主动伸出右手。李志国赶紧上前一步，双手紧握闻光一的手，说："闻首席，你是咱镇的骄傲，上次你回家，我正好到外地招商引资去了，没能在家乡接待你，抱歉了！"

"哪里，哪里！按理说，我应该去拜访你的，父母官嘛，可是公务在身，没能挤出时间，请见谅！"

闻光一边说边领着他们走进电梯，来到办公室。

"光一弟，伯父的病如何？不要紧吧，等会儿我到医院去看看他老人家。哎，伯父这辈子不容易啊，吃了一辈子苦，受了一辈子气，现在日子刚过得舒畅，又得了这病，老天爷真是不长眼呀！"

闻光一边泡茶边回头看了这个本家哥哥一眼。其实这个哥哥只比他大三天，却像一个大哥哥从小呵护着他。闻家屋场是一个小村子，全村几十户人家都姓闻，都是光绪年前从北方逃难过来的。因是小姓，在本地没有根基，常常受到外村大姓人家的欺负，连孩子都学会了仗势欺人。闻光一读小学三年级时，第一次在期中考试时考了第一名，放学时，闻家屋场的孩子高兴地将他"打马肩"抬着回村，气得邻村孩子两眼冒气。第二天上学时，几位顽童将闻光一拦在了岭头，要闻光一从他们的胯下钻过去，不然，闻光一就得给他们每人磕一个响头。闻光一气得满脸通红，扔下书包，准备和他们干一架。那时闻跃进正好赶到，他将闻光一推到一边，拾根柴棍冲上前，狠狠地教训了邻村的顽童。

泡好茶后，闻光一也在他们身边坐定，掏出烟敬上。

"跃进哥，这次来省城找我是有什么事吗？"

"当然有事。我来看看伯父，另外，带李镇长来认个门，他可是有事找你呢！"闻跃进喝了口茶，认真地说。

"李镇长，有什么事就请说吧，只要我能办到的，一定会尽力。"

"闻首席，真不好意思，初次见面就给你添麻烦。是这样的，你门路广、熟人多，能否帮我们联系一些企业买税？"

"买税？"闻光一糊涂了。

"是这样的，县里自实行财税统筹后，给每个乡镇都下达了税收任务，今年我们镇得完成1000万元的税收任务。你知道，南溪是个穷镇，是个纯农业镇。现在没有了农业税，就集镇上那些小商铺，一年也凑不到100万的税源，可县里下的是硬指标，若是完不成任务，不仅年终考评过不了关，还影响到评优提拔，这可是刚性指标啊！"

闻光一惊诧地问："这不是欺上瞒下，弄虚作假吗？"

"嘿嘿，闻首席，我们可是见怪不怪了。领导说，税收都是交给国家的，在哪交都一样，这叫解放思想。再说，县里还制定了优惠政策，从外地买来的税，返还30%，企业直接得到了实惠，何乐而不为呢？"

"光一，李镇长对咱村可关照着呢，筑路修桥、低保救济，事事亲为，这忙你得帮！这可是全村老少的意愿，拜托了！"闻跃进见闻光一不作声，特地叮咛道。

李志国也在一旁点头。闻光一岔开话题说："还没吃饭吧，中午我安排，就在报社食堂，我们这里的菜炒得可有特色了，和外面的大酒店比毫不逊色！"

"不，不！那怎么行呢？这客该我请，去时鲜楼。闻首席，别看我们是个穷镇，请客的钱还是有的！"李志国连忙站起身拍拍腰包说。

闻光一冷冷地盯了他一眼，没好声气地回答："那钱，还是留着买税吧！别误了你的前程！"

李志国被噎得瞠目结舌，木然地立在那里。

二十二

秋天的系马山美得醉人。

山明水瘦，层林尽染。几丛像醉酒般红了梢头的山枫，如燃烧的火焰，点缀得山野灵动起来。

系马山庄草亭的石桌上摆着一壶茶、两碟果、几只杯。一个中年汉子正手舞足蹈地和王陵子教授谈论着。激动时，他头晃得厉害，额头一抹油亮的黑发像安了弹簧般跳动着。此人叫师树斌，是省城极有名气的律师，得知王陵子教授准备与左放明打官司，便主动找上门，要求免费做代理律师。

见闻光一进了院子，王陵子热情地起身招待，并介绍师树斌。

"哟，你就是闻首席？大名如雷贯耳，为了代理王老的案子，我是将你的大作仔细研读了好多遍，受益颇深呀，幸会，幸会！"师树斌寒暄着。

闻光一不卑不亢地伸出手，说："你好，师律师！"

"光一，师律师正在谈辩护方案，你也来听听，顺便提提意见！"王陵子兴致颇高地说。

"王老，我有点事想和您谈谈！"闻光一瞟了一眼师树斌。

"嘿，光一，这里没有外人，有什么事就直接说吧！"王陵子有几分天真地说。

阅人无数的师树斌立即知趣地以上卫生间为由走开了。

"说吧，什么事？"王陵子示意闻光一坐下，随手斟上一杯茶。

"王老，您与左放明的官司非打不可？"

　　"这事不能和稀泥。此人素质太低，剽窃了我的作品，不仅不认错，还到处颠倒黑白、造谣中伤，是个十足的小人。再说，这不仅仅是对我个人的伤害，也是对学术的亵渎，是可忍，孰不可忍！只有走法律的道路，才能还我一个公道。"王陵子心绪难平地说。

　　"王老，俗话说得好，得饶人处且饶人，您与左放明曾是同事，抬头不见低头见，伤了和气以后还怎么见面呀！"

　　"怎么啦，光一？当初的豪气与胆识哪儿去了？怕啦？你怕我可不怕。你的稿子在网上披露后，左放明来找过我。我以为他是来道歉的，谁知，他仍是那么盛气凌人，还用省领导来压我。哼，陶渊明不为五斗米折腰，我王陵子也不会因权贵而退缩。我就不信，在明媚的阳光下，还能黑白颠倒？"

　　王陵子的一席话说得闻光一无地自容。

　　"王老，此事除了打官司，就没有其他解决的途径吗？能否协商一个双方都能接受的方案？"

　　"你想当和事佬？"王陵子目光如炬。

　　"不，不，请不要误会，王教授，我是设身处地为您着想，这可不是一般的官司，双方都是社会名流，真正打起官司来，别有用心的人会钻空子，怕会产生不好的社会影响。最后两败俱伤，得不偿失啊！"

　　"这可不像你的行事风格。光一，是否有人向你说了什么，还是给了你什么压力？"王陵子狐疑地问。

　　闻光一摇摇脑袋，赶紧解释说："没有，真的没有。我的确是为您担心，没别的意思！"

　　"那就请不要再说了。我之所以要打这个官司，也是对事不对人，就是要让不劳而获、豪夺巧取别人的学术成果的人付出代价。我从来都不相信他们能一手遮天。"王陵子的话掷地有声，闻光一知道没有再劝说的可能，只得住嘴。但闻光一也释然了，不管怎样，他已按丁宁的嘱咐，做了应做的工作，对得起组织，也对得起自己的良心，没有什么遗憾的。只是他有一种隐隐的担忧，王陵子教授能打赢这场官司吗？一旦败诉，这位心地善良、单纯执着的老人，承受得了命运的重击吗？

闻光一的情绪颓废到了极点。

从系马山回来，闻光一直接去了医院。昨晚他接到肖天虎的电话，肖天虎今天会来省城，一则来探望闻理才的病情，二则许木根的案子有了新的进展，来通报下情况。闻光一感到有些诧异，他没有声张父亲的病，肖天虎是如何知道的？他想阻拦，肖天虎在电话中却发火了："你这臭秀才，不把我当兄弟啦？伯父患了重病，县委的人都知道了，我却蒙在鼓里，太不够意思了吧？不管怎样，我也是溪水的父母官之一吧？伯父病成这样，我来看看，也算是名正言顺。你等着，见了面，看我怎么收拾你。"闻光一被呛得无话可说，但他实在无法明白，人微言轻的父亲何以引起县里领导的如此重视？倘若是一个无任何背景的平民百姓生病了，又会是怎样的待遇？

做了介入手术后，闻理才进入化疗阶段，强烈的药物反应折磨得他失去了人形，脸色蜡黄、骨突皮皱，连喝水都恶心。闻光一进入病房时，父亲刚输完液，正迷迷糊糊地睡着，闻光达在床尾埋头瞌睡。自从父亲住院后，溪水县教育局便根据县政府的指示，特地给闻光达批了护理假，让他在医院全程陪护，其间工资照发。闻光一心里明白，这是县里给他的面子。他本想拒绝，可父亲病成这样，身边离不开人，自己的工作又忙，只得默允了。但他心里明白，这笔人情债是有代价的。

闻光一轻轻地踱到父亲的床前，将被子掖掖紧，动作很轻，还是将弟弟惊醒了。

"哥，来啦？"

"唔，爸的情况怎样？吃了早饭吗？"

"倒是吃了些，全吐了。"光达带着哭声回答。

"化疗是关键，度过这个时期就会好多了。光达，你辛苦了。"望着弟弟布满血丝的双眼，闻光一心疼地说。

"哥，别这样说，爸病成这样，我没别的本事，在床前多尽点力是应该的。我知道你忙，你尽管忙去吧，这里就交给我。"

闻光一默默地点点头，掏出皮包，拿出一沓钱塞在光达的手中。"来，拿着，医院的饭菜不合口味，就到外面吃，不要省，人是铁，饭是钢。"

"哥，不要，不要，嫂子都安排好了，也给了零花钱，够用了。"闻光达涨红着脸说。

"叫你拿着就拿着。嫂子是嫂子的，我是我的，还跟我客气什么！"闻光一的脸一虎，光达便不敢再吱声，只得将钱放进口袋。在光达的眼里，哥哥是偶像，哥哥靠自己的努力，成为全省知名的记者，不仅为闻家争了光，而且是全村、全镇甚至全县的楷模。他对哥哥，除了亲情外，更多的是敬畏。

闻光一拖过一把椅子，在弟弟的身边坐下来，静心守护着父亲。光达则不时抬头看着哥哥，几次想张嘴，都欲言而止。

闻光一诧异地侧过头，紧盯着弟弟。"光达，有话就说！"

"哥，咳，咳！"光达干咳了几声说，"县里分给咱家的房子，是不是有点玄？"

"谁说的？"闻光一警觉地问。

"哦，没什么，我只是随口问问。"

"光达，你什么时候也学会兜圈子了？"闻光一狠狠盯了光达一眼，他太了解自己的弟弟了。

"哥，我说出来，你可不能生气。前几天蓝副县长来看爸，他悄悄将我拉到一边说哥你在写一篇抹黑溪水的稿子，稿子如见了报，安居房的事会受到牵连，咱家分的两套房子可能会泡汤。"

"他还说了什么？"闻光一低声问。

闻光达不敢正眼瞧哥哥，用蚊子般的声音答道："他说，他说，你是溪水人，胳膊可不能往外拐，如真闹出什么动静来，对谁都不好。"

闻光一气得脸色铁青，猛地起身，在病房里踱步，掏出一支烟想点燃，回头看了一眼熟睡中的父亲，将未点燃的香烟叼在嘴上。

"光达，你跟我说实话。咱家分的两套房子，是不是有猫腻？"闻光一猛地收住脚，两眼炯亮地盯着弟弟问。

"没有，没有，勘察、评议、公榜，一切都是按程序走的。只是摇号时，发给咱家的是白板。"闻光达弱弱地答道。

"白板？什么意思？"

"就是发给咱家的纸上什么都没有，后来将摇出的号码填上去的。"

"混账！怎能干这等无耻之事，这是弄虚作假，你知道吗？是别人给下的套！"闻光一气恼得吼了起来。

"这事怨不得光达，是我做的主。"或许是闻光一的声音太大，将病榻上的闻理才吵醒了。兄弟俩赶紧上前将正挣扎着起身的父亲轻轻地按住。

"爸，对不起，将你吵醒了。"闻光一轻轻地说。

闻理才用瘦骨如柴的手抓住大儿子的手，说："茅子，我知道吃人的嘴软、拿人的手短的道理。爸这辈子没求过人，这房子是我跟熊县长开的口。光达这辈子不容易啊，你当兵离家后，你妈身体不好，家里的几亩田，还有养猪种菜等杂事，都靠光达一人，他因此耽误了学业。前几年，他进城后，一家三口挤住十几平方米的出租房里，你也知道，他媳妇嫌他穷，平日里冷言热讽，还动了带着你侄女到深圳去打工的念头。她这一走，这个家不就散啦？如今能拴住她的也就是这两套房子，若是房子泡了汤，光达也就惨了。茅崽呀，穿鞋的可不能笑光脚的志短啊。"

父亲的话像铁锤般敲击着闻光一的心。此刻，他深深地觉得对弟弟有种负疚感。这些年来，他只顾埋头拼搏自己的事业与前程，很少顾及弟弟的感受与生活，更别说情感与思想上的交流。一年到头，兄弟俩见面的机会屈指可数。即使见了面，也只是匆匆聊几句家常。他只是放点钱在母亲处，请她转交给光达，好像这样就体现了兄长对弟弟的责任与关照。

他这样是不是太自私了，在这个家最困难的时刻，在自己事业发展最重要的关头，是弟弟用瘦削的肩膀支撑起这个家，即使遇到再大的困难，都是自己默默承受，从不给兄长增添半点麻烦。他自己又为弟弟考虑了多少呢？今天弟弟坦诚吐露自己的担忧，他还蛮横无理地给予呵斥。

闻光一强忍着泪水，他不想在父亲与弟弟面前展示自己的软弱，便侧过头，拍拍光达的肩膀，而后转身冲出病房。

心绪极糟的闻光一漫无目标地沿着林荫道往前走，此刻他最想干的事是喝酒，平时除了应酬会少量地喝些酒外，他极少喝酒，甚至有些厌酒。可今天他想喝，还想喝个酩酊大醉，想在酒精的麻醉中，使自己的情感与思维凝固起来，至少能得到暂时的解脱。

不知走了多久，眼前的街景变得那样熟悉与亲近。十字路旁一棵百年的古樟伸展着虬枝，像一把大伞一样，荫盖着半个路口，树畔一座红色的小巧电话亭如一团火一样燃烧着，格外醒目，拐过路口，便是一座造型别致的高档住宅小区大门。这不是许晶晶的家吗？

闻光一有些不相信，揉揉眼睛，再看，没错，就是许晶晶的家。他在樟树下停住脚，心里也暗暗奇怪，怎么会不自觉地走到这儿来了？近段时期，闻光一与许晶晶没有见过面，他打了几次电话，许晶晶的语气显得冷淡了许多，约了几次吃饭，许晶晶都以工作为由婉拒了。闻光一心里明白，许晶晶是没消怨气，还在为许木根的事和自己介意呢。在大是大非问题上，闻光一从来都不含糊，也不会轻易做出妥协，以冷对冷便是他的对策。可是今天，他怎么会不自觉地走到这儿来呢？闻光一自己也百思不得其解。

　　自从与许晶晶相识后，闻光一对杜灵有着深深的歉意。他也常常在反思，自己是不是在道德上出了问题？但他并没有疏远与厌恶妻子，更没有离异而与许晶晶另起炉灶的想法。他仍然和杜灵相敬如宾，杜灵也对他无微不至，但闻光一与杜灵交流得很少，心里有事也很少跟杜灵吐露，即使是与她交谈，杜灵也没有多少共鸣，甚至扭转话题，聊一些闻光一不太关心的家长里短。而许晶晶呢？闻光一每次向她吐露心扉，许晶晶都能表示出极大的关注，并能说出独特的见解，闻光一能在精神上得到一种知音般的满足。就好比牛奶与冰激凌，牛奶提供的是热量与营养，是生命的依恋；而冰激凌不仅有热量与营养，还有甜甜的回味，是情感的牵挂。对于闻光一来说，杜灵便是牛奶，许晶晶则是冰激凌。

　　就在闻光一胡思乱想的时刻，一个熟悉的身影从出租车上下来，迈着轻盈的步子朝小区大门走去。

　　"晶晶。"闻光一失声喊道。

　　"是你？你这是怎么啦？"许晶晶停住脚步，见一脸土色的闻光一，惊异了。

　　"我想喝酒。"

　　"喝酒？"

"是的，喝酒。"

许晶晶也是第一次见到闻光一这种失魂落魄的模样，吃了一惊，在这人多眼杂的地方，又不便多问，便压低嗓门说："有什么事到家里再说，我在前面走，先去开门。"说着，便头也不回地朝大门走去。

闻光一悻悻地摇摇头，无奈地跟在许晶晶的后面。他有种莫名的失落感，能明显感觉到许晶晶的眼神里没有了往日的那种激情。

二十三

肖天虎在报社门口将闻光一截住。他开玩笑地在闻光一身上击了一拳，闻光一几个趔趄，差点跌倒在身后的花坛上。

用弱不禁风来描述此时的闻光一是恰当的，他昨晚喝酒喝多了，连自己在许晶晶家的沙发上睡着了都不知道，早上起来后，头晕乎乎的，沉痛得像要裂开一样。许晶晶上班去了，餐桌上摆了早点，并留有一张字条，让闻光一起来后吃早点，出门时记得锁门。闻光一很是气恼，没吃许晶晶准备的早点，便出了门。出门后，闻光一惊得酒醒了一半，车呢？他的车呢？被人盗走啦？他围着小区的停车场转了几圈，也没找到自己的车，急得掏出手机要打电话报警，可手机也找不到。他才记起，手机放在车上，而车还在医院里。昨天从医院出来，心烦意乱，想散散步，没开车呢。

"你这天杀的，老子打了一晚的电话，你都不接，还玩起了失踪，你什么意思？"肖天虎没好声气地吼着，顺手将他扶稳。

"吼什么吼！真是没文化。我不是故意不接，是手机丢在车里，车子放在医院了。这不，我刚拿到手机。"闻光一也不示弱地嚷着。

"不是早通知了你，我下午到吗？昨晚一夜都没回家，你干什么去了？"

"查岗呀？我的肖书记，请摆正位置，这里不是溪水，你管得也太宽了吧。"

"你就是花花肠子多，保不定又在哪鬼混。我要不认你这个兄弟，老子才不管你是乌龟还是王八呢！"肖天虎半气恼半玩笑地说。

"还真说对了，我花花肠子有人欣赏，像你这般粗鲁，想玩花花肠子都没人理呢！"闻光一反唇相讥。

"兄弟，说正经的，你可得做好思想准备啊，昨晚杜灵可是快急疯了，凡是能找你的地方，她都打了电话。她说你从来都不会不接电话，晚上有事不回来，都会告诉家里人。你等着被收拾吧。"

"你昨晚到我家去啦？"闻光一急了。

"我不是急着见你吗？我问了你的同事，好不容易才打听到你家地址。"

"老虎呀老虎，你真是吃人不吐骨头的老虎，你可把我害苦了。"

"我怎么害你啦？"

"我本来都想好了，准备跟杜灵说，你昨晚找我谈要事，晚上与你在宾馆同宿。这下可好，去哪找理由？"

看着闻光一着急的模样，肖天虎笑得捂着肚子直打哈哈。

"笑，笑，笑死你。臭老虎，我警告你，总有一天，我会在嫂子面前作死你。说吧，要跟我谈什么？"

肖天虎左顾右盼地说："总不能站在这里说吧，能否找个避人耳目的地方？"

闻光一想想也是，便带着肖天虎来到报社旁边的咖啡厅，找了一个静谧的地方，坐了下来。闻光一要了一杯咖啡，肖天虎则要了一杯清茶。

"说吧，瞧你那猴急模样，我就知道案子有了进展，想迫不及待在我这儿表功吧！"闻光一调侃道。

"说你酸，你还别不服气，你都火烧眉毛了，还故作镇定。为了证明不急于表功，我就不说了。"说着，肖天虎端起茶杯，揭开盖子，吹几口茶沫儿，然后不紧不慢地品起茶来。

"好啦，好啦，别在这儿装文化人了，牛饮之人变猫舔，累不累呀？"闻光一夺过茶杯，催促道。

"我还是不说吧。在你这里表功，我什么也捞不到，我到省纪委去表，至少能给上级留个好印象，为以后提拔做个铺垫呀！"肖天虎故意吊着闻光一的胃口。

过了一会儿，肖天虎才从口袋里拿出厚厚的材料递给闻光一。

"好啦好啦，都给你准备着呢。这是许木根的审讯笔录，你一看就全明白。"

闻光一点燃一支烟，聚精会神地阅读着材料，越看脸色越难看。

据许木根交代，安居工程项目的确是公开招标的，走的也是规范的程序。但这些摆在桌面上的东西都是遮人耳目的，功夫在桌下，其中最关键的是要想方设法搞到标底，然后再组织力量"围标"。许木根通过朋友介绍，结识了在溪水颇有名气的贵永宏。在一次单独的宴请上，贵永宏向许木根透露，有人出280万元茶水费，如许木根能出320万元，就成交。许木根放手一搏，为了筹到这笔钱，他偷偷将自己与许晶晶的房产做抵押，借了高利贷，并按照他们的要求，不从银行过账，用现金付清了茶水费。贵永宏也没食言，给他透露标底。许木根又花了30万元，请了几家有资质的建筑商参与围标，最终夺了标。许木根本以为事就完结了，没想到，工程刚开工，贵永宏又提出了额外的要求，要许木根赞助三栋小别墅。这可让许木根骑虎难下，如答应，做完工程不仅分文不赚，还得赔本。如不答应，他们定会从中刁难，让他做不下去，也是血本无归。许木根左右为难时，贵永宏献上了一招，反正材料全都是由他公司提供，采用偷梁换柱的手法，以次充好，做得天衣无缝，谁也不知道。已陷入泥淖的许木根除了昧着良心就范，还能有其他选择吗？

"老虎，有几个问题得弄明白。"看完材料后，闻光一若有所思地说。

"说说看，我们共同探讨一下。"

"首先是这笔茶水费的去向，是贵永宏一人独得，还是几人分赃？其次，宏强公司偷梁换柱、以次充好的证据在哪里？再者，三栋小别墅属何人？"

"其实，你提的这些问题我都思考过了，第一个和第三个问题都好办，只要把贵永宏逮来一审，就水落石出了。"肖天虎信心满满地回答。

"老虎，别大意了，这小子可是蓝建的死党，说不定会死扛呢！"闻光一担心地说。

"会有办法的，你放心。真正棘手的是第二个问题。宏强公司一定有两本账，这可是案子的关键。尽管'三页眉'曾提供部分复印件，但找不到真凭实据，他们会赖得一干二净。若是搜查，效果不好，还有可能打草惊蛇。唯一的办法是找到知情者。哎，光一，那个神秘的'三页眉'还没浮出水面吗？"

闻光一轻轻地摇头。他也觉得奇怪，近段时期，"三页眉"突然销声匿迹了，是受到人身的威胁，还是在静观其变？或是心存疑虑，怕惹火烧身？该如何使这位神秘的知情者浮出水面呢？闻光一觉得心里一团乱麻，不知从何处下手。

"我再想想办法吧，老虎，下一步你们有何打算？"

"我这次来有两个目的，一是想与你通通气，交流下看法。二是准备找省纪委的同志做汇报，取得他们的支持后，回去把贵永宏作为突破口，把案子向纵深处发展。"肖天虎端起茶杯猛喝了两口。

"那行，祝你马到成功！哎，还有一件事要向你咨询。"闻光一将起身的肖天虎按下，认真地问，"买税是怎么回事？"

"买税？买什么税？"肖天虎一脸迷惘地问。

"你装，你装！你当过乡党委书记，还不知道买税是怎么回事？"闻光一眼里透着一种光亮。

"嘿，你是说乡镇完成财税收入的事啊，这见怪不怪。哪个乡镇不是这么干的？你想想，现在取消了农业税，乡镇又没什么工业，仅靠集镇那些小摊小贩的税收，连乡镇干部的工资都发不齐。而现在考核一个地方的经济发展，一个重要的指标就是看财税收入。不去买税，钱会从天上掉下来？从政的人图的就是一个进步。别人买了，财税指标上去了。你不买，就在原地踏步，这不是拿自己的政治生命在开玩笑吗？"

"这不是弄虚作假吗？"闻光一不服气地问。

"弄虚作假？对，对，这是弄虚作假，但比断子绝孙强。有些地方为了图政绩、求财税，拼命卖地建房，将发达地区淘汰的重污染企业接收过来，眼前的确是辉煌了，可他们是把子孙后代的地都挥霍掉了，让重污染侵害世世代代的健康。这得不偿失啊！"

闻光一不再言语了。这真是上有政策，下有对策。别小看这些土头土脑的乡镇干部，他们有自己独特的哲理、认知和政治智慧，能恰到好处地在政策的边沿打出漂亮的擦边球，真不容易呢。肖天虎临走前要抢着买单，被闻光一连推带搡地撵出了门。

买完单后，闻光一并没有立即走，他脑子里一片混乱，得好好理理。于是，他请服务员给他倒了一杯柠檬水，自己斜靠在沙发上，微闭着眼睛，脑子格外地清醒。

昨晚，闻光一随许晶晶进了门，便一身瘫软在沙发上。许晶晶没有给他拿酒，而是倒了一杯凉开水放在他面前。

"我要喝酒，心烦。"闻光一嚷道。

"你的烦是因为头脑发热，失去了理智，你现在需要的是用水来冷却，而不是用酒来助燃。"许晶晶冷冷地答道。

"晶晶，我需要理解，现在急需的是理解，明白吗，晶晶？"闻光一的声音带着颤抖，他将丁宁代表上级施加的压力、王陵子教授的曲解，还有弟弟光达的窘境及蓝建一伙在背后的小动作，一股脑地向许晶晶倾诉，他渴望得到一些共鸣，哪怕是几句空洞的同情也会给他流血的心灵一些慰藉。

可许晶晶静坐在沙发上，面无表情，闭着眼睛听完闻光一的唠叨后，只扔下一句话："这就叫自作自受。"

这句话真正像一瓢冷水浇得闻光一仿佛刚从冰坑里出来，浑身透凉。他与许晶晶之所以能如胶似漆，重要的是感情上的融洽，能互相倾吐心中的烦恼与喜悦，分享时烦恼便分担了一半而喜悦就扩充了一倍。今天是怎么啦？

闻光一像看陌生人一样，认真打量着眼前这个让他日牵夜挂的女人，最后悻悻地说："你怎么变得这么冷漠？"

"谢谢，能从冷漠的人嘴里吐出这个词，让人感到有些滑稽。"许晶晶面无表情地回答。

"许晶晶，你这是什么意思？"闻光一几乎是咆哮起来。

"我是什么意思，你难道不明白？"许晶晶微微睁开眼睛，用一种轻慢的口吻质询着。

闻光一心里明白，许晶晶仍在为她父亲的事耿耿于怀。对许晶晶而言，最亲近的人亲手把自己的父亲送进了监狱，心存怨恨是正常的。可闻光一又想着，许晶晶作为一名知识女性，得明事理，面对社会的丑恶现象怎能徇私枉法？退一万步说，即使闻光一手下留情而包庇此事，可纸终究是包不住火的，终有一天会露馅的，那时，许木根会在犯罪的泥淖里陷得更深。

想到这里，闻光一想喝酒，非常想。于是，他做了个手势，让服务员端来一杯杜松子酒，他没有慢慢品尝，而是迫不及待地一口灌下，然后摸出一张纸币压在杯子底下，踉踉跄跄地朝门外走去。

二十四

得到贵永宏出事的消息时，蓝建正在新巢里搂着玉珍调情。

"混账东西，连门都不敲，真是没教养！"

这咆哮声吓得蓝强伸进门的左脚赶紧缩了回去，平日里很少发火的蓝建最恨别人在他行好事时被打搅。别看蓝强是个天不怕地不怕的"剥皮"，在哥哥面前，他就像一只柔顺的猫，从不敢多说半个"不"字。他知道，哥哥的拳头尽管没他硬，可脑子比他的好使，他在外面横行霸道、无法无天，还得有把大伞撑着。

蓝建没别的嗜好，就是爱女人。

"说吧，到底怎么回事？"蓝建整理好衣服，示意玉珍到里屋去，然后镇定地盯着蓝强。这就是蓝建的优势，遇到再棘手的事，都不慌乱，能稳得住阵脚。

"贵永宏失踪两天了。我以为他又找地方风流去了，但他的手机一直处于关机状态，我感到有些不对头，便找人四处打听。果然，被肖老虎给抓了！"蓝强怯怯地答道。

"你呀，真是烂泥巴糊不上墙。他被关两天了，你还蒙在鼓里。总有一天，你的小命丢了，还晃着个躯壳穷乐呵呢。我说强鹅头，你做事能上点心吗？"

"鹅头"是溪水人对人的鄙称，蓝建是被气得没了法子，才找到这么个恶毒的词来发泄内心的不满。

"哥，我再鹅也是你的亲弟弟，在这节骨眼上，你得拿个主意，否则谁也没好果子吃呀！"蓝强带着哭腔说。

"他们是以什么理由抓贵永宏的？"

"是，是，是……"蓝强抬头看看哥哥，似有难言之隐。

"都什么时候了，还打着什么小九九？说！"蓝建有些发怒。

"是许木根给茶水费的事。"

"茶水费？什么茶水费？"蓝建眼里冒着火苗问。

"是这样的，这么大的工程，不能让许木根轻易拿到手，我们找他要了一点茶水费？"

"只要了一点？这一点是多少？"

"320 万元。"

蓝强的话音刚落，脸上便挨了哥哥一记重重的耳光。在他的记忆里，这是第一次。他想开口做些解释，被蓝建咆哮的声音给压住了。

"这是催命钱，知道吗？它会像魔鬼一样缠着我们，直到把我们逼进牢房。我跟你们讲过多次，该得的钱一分不能少，而不该得的钱，一分都不要贪。古往今来，多少人死在一个'贪'字上。你真是一个不折不扣的鹅头。"

发完这通脾气，蓝建并没有感到畅快，而是心底越发空虚了，他好像跌进了一个无底深渊，身体无任何依托，就在空气中沉浮，不知什么时候会撞击渊底，得个碎尸万段的下场。从客观上说，蓝建真的不知道收茶水费的事，如知道了，他一定会千方百计地阻止。经验与教训告诉蓝建，与人办事，在没有把握或没有办成之前收人钱财是非常危险的，这无异于将自己的身家性命及前程绑在别人的战车上，稍有风吹草动，便有一起粉身碎骨的风险。精明的蓝建是从不干这样亏本的买卖的，可蓝强他们不懂这些官场上的生存哲学，只顾眼前的贪婪，全然不留意自己屁股上的屎是否擦干净了，尽管蓝建再三跟他们讲了要顾全大局，不要因小失大，可他们如何理解得了这大与小之间的奥妙？他们只知道见钱眼开，无孔不入。

蓝建边想边在心里咒骂："钱！钱！钱！不入流的蠢材，这是要拉上老子一起死在钱眼里。"

"钱呢？那些钱呢？"蓝建愤怒地问。

"我和贵永宏分了一些，其余的，唔，唔！"蓝强支吾着。

"说，其余的去哪儿了？"

蓝强没搭腔，只是用嘴努努房子。蓝建一时还没明白过来，环视了这套三室两卫的新房半天，仿佛才醒过神来。

"你是说买了这套房子？"

"否则我哪来的钱？去偷、去抢呀！"蓝强有些委屈地说。

"你呀，你呀，你让我说你什么好？"蓝建不停地在房间里来回踱步，语气显然和缓了许多。他知道，官场上的路尽管辉煌，但也是荆棘丛生，如有一步踏空了，招来的或许是万劫不复的归宿。在玉珍的威胁下，他只得跟蓝强打了个招呼，想借钱买个房。没想到，蓝强却把主意打在了许木根的身上。现在贵永宏被抓，万一他将这些事吐出来，那后果不堪设想。一向做事谨慎、滴水不漏的蓝建不觉出了一身冷汗。

"哥，想个法子呀，如贵永宏松了口，得塌块天呢！"

"早干什么去了？谁知道你们背着我还干了些什么？"

"哥，天地良心，除了这事，真的没有别的。我不想让你知道，也是为了保护你呀，我们要了这钱，可以是中介费。如你拿了，那性质可就不一样。"

中介费，对，中介费，这个主意好。贵永宏与蓝强不是安居工程项目的决策者，许木根是他们介绍来投标的，他们拿中介费，虽然违规，但还说得过去，算不得受贿。

"按理说，贵永宏不是吃皇粮的，纪委没理由对他进行'双规'

呀？"蓝建猛然想起了什么，抬头对着弟弟自言自语。

"他是没吃皇粮，但他是党员呀。前年，你不是说，给他弄个党票，加一个保险吗？"

蓝建轻轻地叹了口气，无奈地晃晃脑袋。办宏强公司是蓝建的主意，目的是为捞钱、洗钱。蓝建之所以让贵永宏担任宏强公司的董事长，一则是看中贵永宏听话，忠心耿耿；二则也是不想让弟弟蓝强露面，以免树大招风。为了增加公司的诚信度，蓝强出主意成立了党支部，并发展贵永宏成为党员。没想到，最终是弄巧成拙。是到了该出手的时候了，不能束手就擒，要让他们知道马王爷有几只眼。

拿定主意后，蓝建缓缓地在沙发上坐下，示意蓝强也坐在身边，附耳轻轻嘱咐着。或许是俩人谈得太投入，突然的一声门响，惊得兄弟俩面如土色，原来是玉珍端着一盘洗好的水果给他们送来。

"怎么像鬼魅般没声响呢？我不是多次说过，进来要先敲门，真是没文化。"蓝建不满地责怪道。

二十五

一身酒气的闻光一摸索着用钥匙打开家门，打开客厅的灯时，惊得酒醒了一半。杜灵端坐在沙发上，眼角还挂着泪花。

"这么晚了，还没睡？"闻光一连鞋都来不及换，直接奔了进来。

杜灵没有吱声，只是用一种陌生的目光狠盯着闻光一，把他从头到脚看了一遍，盯得闻光一心里发毛。

闻光一倒了一杯热茶，端到杜灵的面前，故作轻松地说："还淌麻油呢！谁惹得你这么伤心？"

"谁？许晶晶！"

杜灵的话惊得闻光一心里一颤，手中的杯子差点跌落在地上。这一微小的细节没有逃过杜灵的眼睛，她侧转身子，用一种异样的口吻揶揄着："怎么？碰到痛处啦？"

"你什么意思？别没事找事啊！"闻光一心虚地说。

"没事找事？那我问你，许晶晶是谁？是干什么的？你与她是什么关系？"

杜灵连着几个诘问，弄得闻光一有些措手不及。他脑子飞快地转着，杜灵是见着什么啦？不可能，尽管她性子急些，嘴上不饶人，但从不干盯梢之类的事。再说，他与许晶晶见面都是极保密的，不应该有什么差池。是什么人跟她咬了耳根？是谁呢？其用意是什么？闻光一估计杜灵手里没什么证据，便用一种强硬的口气回答："什么许晶晶，徐晶晶，不认识！"

"好呀，我看你是不见棺材不掉泪，看看这个！"杜灵大声地吼着，随手从包里掏出一个信封，扔在茶几上。

闻光一朝儿子的房间看了一眼，做了一个轻声的手势。而后拿起信封，里面是几张照片。一看，闻光一紧张得心都要从喉咙里跳出来。这些照片都是他与许晶晶在一起的合影，有在咖啡厅里亲密交谈的画面，有挽手在公园里散步的画面，有他们先后进入许晶晶住的小区的画面，好在没有不堪入目的画面。闻光一心里明白，他是遭人暗算了。

"这些照片是从哪里来的？"闻光一尽量用平静的口吻问。

"重要吗？"

"重要。因我在执行一项绝密暗访任务，没想到被别有用心的人发现了，事关采访工作。"闻光一的脑子的确转得很快，瞬间就找了一个理由。

"哼，编吧，编吧！我没见过树上的猴子，还没见过街上玩把戏的猢狲？采访还和女人挽手走在一起？"杜灵不屑地说。

"你说的这个许晶晶，是省公安厅治安总队特地派来配合我工作的，目的就是要掩人耳目。之所以不告诉你，就是要保密，否则搞不好还有生命危险呢！"闻光一壮着胆子胡编。

"谁信呀？"

"不信？你打个电话去问问呀！"

杜灵半信半疑地瞟了一眼闻光一，然后端起桌上的茶杯，喝了一口水，之后用一种无可奈何的语调说："其实，我们到了这种地步，你与谁来往，与我不相干。但不管怎样，眼前我们还在一个锅里吃饭，总得注意点影响吧？你不为我着想，总得为儿子想想吧。你好自为之吧。"说完，杜灵回自己的房间了。

闻光一心里的一块石头总算落了地。他在沙发上坐下来，抽出信封里的照片，仔细看了起来。

"他们是怎样拍摄的？难道自己一直被跟踪？他们是怎样找到杜灵的？"闻光一在心里嘀咕着。他没有睡意，一人静静地待在客厅里，右手不停地赏玩着车钥匙环上一只小巧的、不锈钢材料的美人鱼，那是两个月前，许晶晶到丹麦旅游特地带给他的礼物。他清楚地知道这美人鱼其中的寓意，美人鱼是爱情与自由的象征，也是许晶晶的渴望，可是闻光一能给予许晶晶什么呢？尽管眼前这场突如其来的风波总算平息了，但闻光一心里仍有种隐隐的不安。蓝建一伙不会这么轻易罢休的，谁知道他们还会在背后施放什么暗箭呢？为了道义，闻光一自己受到中伤没有什么，可是让无辜的家人及心爱的人受到伤害，这是他无论如何也接受不了的。可他又能做出何种抉择呢？

闻光一摇摇头，无奈地叹了一口气，拿起手机，想给许晶晶打电话，想想不妥，便发了一个短信。

睡梦中的晶：如不幸将你的好梦惊醒了，那是我的无奈，也是天意。我要告诉你的是，我们被别有用心的人跟踪了，他们将照片寄至杜灵处。我暂时已摆平风波，但我知道杜灵是不会就此罢休的。我只是担心你因此受到牵连与伤害，望多加小心。牵挂你的鱼。

不到几分钟，便有了回信。闻光一急忙打开，却失落得想哭。上面没有半个字，只有连着 3 个问号与感叹号。闻光一专心致志地揣摩其中的含义，仿佛读到这样的话语：报应？报应？报应？活该！活该！活该！

闻光一浑身一抖，手中的那尾美人鱼跌落在地板上，在静夜里发出清脆的声响。

第二天，闻光一一上班，袁信昌已在办公室的门口等候他。他猜出了其来意，想回避已没有余地，只得硬着头皮上前打招呼。

"袁老师，有事？"

"哦，光一呀，你现在可真是大忙人，见你一面还真不容易，得预约啊！"袁信昌话中有话。

"袁老师，我是瞎忙，没忙出个名堂，还尽干些没吃到狐狸惹一身臊的事！"闻光一忙将袁信昌迎进办公室，边倒茶边调侃自己。

袁信昌接过茶杯，轻轻地放在茶几上，然后双手倚在扶手上，保养得极好的指头不停地弹画。这是他的一个习惯动作，遇到难以启口的事情，他都这样，好似在暗暗下决心。

"袁老师，有什么事只管说吧，我是你的学生，知根知底。"闻光一笑着说。

袁信昌的手指仍在弹画，眼睛却直盯着闻光一的脸。良久，他用一种异常的口吻说："光一，跟我说实话，溪水的采访还顺利吗？"

"总的来说，还算顺利。"闻光一递上一支烟，袁信昌摆摆手。

"别瞒了，光一。我多少了解一些情况，你承受了不小的压力吧？哎，这事怨我。当初只是想到你文笔好，名气大，才让你去溪水锦上添花，也算给亲戚造造势。没想到，真难为你了。"

"袁老师，你是不是听到什么了？"闻光一警觉地问。

"昨晚蓝建给我打了电话，和我说明了一些情况。他这个人呀，太年轻，在仕途上走得太顺，缺乏磨砺。在安居工程项目上，他急于求政绩，可能步子迈得太快，有许多事情考虑不周，因而得罪了不少的人，也让一些居心叵测的人钻了空子，这都是好大喜功造成的。光一，我狠狠地批评了他，如他还有什么地方得罪了你，或工作中还有哪些不足，你跟我讲，我收拾他。光一，我们干新闻工作的，除了要有责任感、使命感，还得有颗大善之心。何为大善？就是在不违反原则的情况下，得饶人处则饶人啊。"袁信昌的最后这句话是减轻了语气，一字一字吐出的。

闻光一沉默良久，借以添茶的动作尽量使自己的心情平静些。他听懂了袁信昌的话意，也清楚袁信昌的为人，不到万不得已，袁信昌是不会说出这般无奈的话的，更何况他是在自己一手培养起来的学生面前。于是，一种无形的压力如丝如缕地袭入闻光一的心间，他不知该如何来回答恩师。

"老师，别光顾着说话，喝茶。"说着，闻光一双手敬上刚添满的茶杯，袁信昌微笑着接过，在手心里玩弄着，并没有喝。闻光一知道，他在等着自己表态。

"老师，是您领着我一步一步走进新闻工作的。应该说，没有您，就没有今天的闻光一。这些恩德，我没齿难忘。但溪水的事情，蓝副县长可能没跟您说实话。我三次到溪水采访安居工程，一步步走近黑幕的中心。这是我省一个重大的民生工程，这是给解决山区百姓贫困问题提供样板。可现实呢，该工程质量低劣，偷工减料，存在重大的安全隐患，可能还有重大的经济问题。当然，这不见得全是蓝副县长的责任，但他是负责此项工程的领导，至少要承担领导责任呀！"

"等等，你说的这些，有证据吗？"袁信昌惊讶地问。

"有一些，但不全面。"

"没有确凿的证据，可不能轻易下结论啊，光一，真实是新闻的生命，这是一名记者必须恪守的职业道德。"

"我知道，老师。正是因为手上的证据不足，我没有轻易动手写稿，而是在补充采访，相信总有真相大白的那一天。"说完这些话，闻光一的额头已沁出细细的汗珠。

"那就好，那就好。如拿到了真凭实据证明蓝建一伙是鱼肉百姓、结党营私、贪污受贿的败类，尽管他是亲戚，我也不会说半点情，就让他们暴露在光天化日之下。哎，光一，左放明的事处理得怎样了？听说省里的反应挺强烈的。"袁信昌关切地问。

闻光一默默地点点头，说："稿子是我写的，但绝对是事实。披露的过程我确实做得有些不谨慎。省里找我谈了话，我也做了一些工作，但王陵子教授的抵触情绪很大，我做好了承担一切后果的准备。"

袁信昌没有言语，只是用手在闻光一的肩上轻轻拍拍，表示理解。

"老师，你说一名记者说一些真话，怎么就这么难呢？"闻光一满怀委屈地问。

"真话？何为真话？光一，你得有思想准备，你的工作可能会有调整，首席记者可能是当不成了。这样也好，不用成天处在风口浪尖上，未必见得是坏事。"

"老师，这话是什么意思？是否听到了什么风声？"闻光一有些紧张地问。

"你是个聪明人，应该能理解。"说完，袁信昌淡淡地笑笑，起身告辞了，只留下呆呆立在那里沉思的闻光一。

二十六

接到师树斌的电话，闻光一愣了半刻。

师树斌？哪个师树斌？直至对方尴尬地说出在系马山庄见过面的细节，闻光一这才记起，是那位油头粉面的律师。他便用冷淡的语调说："啊，是师律师，有什么事吗？"

"闻首席，能耽误您一些宝贵的时间吗？我想找您谈谈。"话筒里传来一个尖细又浮华的声音。

阅人无数的闻光一对师树斌没什么好印象，具体哪里不好，他也说不出。只觉得此人太油滑。闻光一的性格就是这样，只要不是采访对象，见面时第一印象不好，便不愿意多说话，宁愿别人把他当成思维愚钝、谈吐木讷者。

"有什么话请说，我听着。"

"在电话里说？闻首席，是这样的，我想跟您谈谈王陵子教授案子的进展情况，在电话里可能一下说不清。能否占用一点您宝贵的时间，见面谈？"

闻光一沉吟了片刻。既然是王教授的事，自己答应了顾小曼要全力以赴，如太冷淡或不闻不问，就太不够意思了。于是，答应了见面。

他们约在芍药湖公园的露天酒吧，既清静又怡人。闻光一与顾小曼几乎是前后脚到达的。与师树斌通完电话，闻光一想了想，还是要将顾小曼邀来。一则王陵子是她的姨父，再则，与师树斌这种人交往，旁边有个证人要稳妥得多。

顾小曼是个讲究品位的女子，任何时候都给人端庄、秀丽、稳重的印象。她今天穿了一条浅黄碎花的连衣裙，一件黑色的细羊绒外套，油黑的头发像瀑布般流泻在双肩，甜甜的微笑里透着一股高雅的气质。见到闻光一，顾小曼主动地伸出保养得极好的右手。

"您好，闻大记者，选这么个充满浪漫色彩的地方见面，不是对本小姐有什么浪漫之想吧？"

"想啊，天天都想。想得浑身都起鸡皮疙瘩哟！"

老同学见面，彼此都口无遮拦，更显得亲密无间。

"唔，瞧你的脸色不错，最近又走桃花运了吧？我奉劝你一句，老同学，都已四张的人了，得悠着点，身体重要，要保住本钱啊！"

"咳，还桃花运呢，桃花没见着，霉花倒隔三差五地光临，别谈有多晦气了！"闻光一揶揄着说。

"怎么啦？光一，遇到什么不顺心的事啦？"顾小曼见闻光一的神色不对，便认真起来。

"没什么，没什么。我只是随口这么一说。还是说说你吧，听说你家那位生意做得是越来越发达啦，我跟你说，小曼，一个人有太多钱未必是好事。你没看到，现在的小姑娘专爱往高大富的怀里钻？你可得睁大眼睛啊，别闹个鸠占鹊巢，到时哭喊无门呢。"

"他敢？我顾小曼这点自信还是有的，到时还不知道谁占谁的巢呢。"顾小曼伸出那双漂亮的纤手，一边欣赏着一边自信地回答。

顾小曼的丈夫佟援越原是省计委的副处长，在20世纪90年代初期就下海了。佟援越当过兵，有胆量也有闯劲，但商海里拼的不是这些，没几个回合，他便撞得头破血流，血本无归。好在他有个好爹，他爹在全省可是个响当当的人物——佟保元，外号"佟虎胆"。

在对越自卫反击战时期，佟保元是边防军的一名连长，在收复老山的战斗中，他率领两名战士化装深入敌方阵地侦察。在潜伏的过程中，发现一群荷枪实弹的越军簇拥着一位气度不凡的军官在阵地前视察，胆大心细的佟保元灵机一动，臂上套着从敌方缴获而来的宪兵袖章，率领两位战士，大摇大摆地凑了过去，敌方的警卫还没来得及做出反应，佟保元一个箭步冲上前，反手扼住敌军军官的脖子，并将锃亮的手枪抵在对方脑袋上，他身边的两位战士各掏出一枚威力巨大的反坦克手雷，高高地举过头顶，吓得越军抱头鼠窜，等越军回过神来，佟保元他们已押着那名军官消失在丛林中。回来一审才知道，他们抓的竟是越军总部派到前线来视察的少将指挥员，身上还有此次战役的绝密部署。由于指挥员被抓，越军筹备了半年的反攻战役只得破产。事后，中央军委特颁发给佟保元一级军功章，并授予其"虎胆英雄"的光荣称号。

中越边境渐渐平静后，由于身体的原因，佟保元回到了地方工作。已是正团级职务的佟保元本可在省军区司令部工作，可他不乐意，去了消防总队，因有荣立一等功的履历，被提拔为总队参谋长。佟保元说，和平年代坐在军区司令部当官，体现不出军人的价值，会当成少爷兵，还不如到火警长鸣的消防部队去，有种战场的感觉。尽管佟保元已是副师级的干部，但只要有重大火灾，他总是冲在前面，甚至还在火线上担任一号战斗员的角色。有一年春节前夕，刚从邻省调来的省委书记住的小楼因电线老化，出现短路，引燃了堆放在楼道的烟花鞭炮，从而发生火灾。正在总队战备值班的佟保元接到火警，立即坐着指挥车到达现场。那时火势正猛，小楼的二层以上已被烈焰吞噬。省委书记到外地开会去了，书记夫人急得指着小楼直流眼泪。原来，大火起得突然，二楼书房办公桌里有几幅毛泽东同志亲笔写给书记的墨宝，那不仅是书记的命根子，也是极具史料价值的珍宝。得知这一消息的佟保元脸色铁青，猛地摘下帽子往地上一摔，转身从一名战士身上剥下一套防火服，让人找来一条棉被，用水淋透，然后将棉被往身上一披，破着嗓门喊了声

"掩护"，便往火海里冲。惊得随后赶到的总队长没命地喊："佟虎胆，你不要命啦。所有战斗员听令，集中水枪、水炮掩护，参谋长有个三长两短，我毙了你们！"几分钟后，佟保元冲了出来。当他从防护服里掏出那几幅珍贵的墨宝时，小楼也应声倒塌。

三年后，佟保元以无可争辩的功绩当上了总队长。消防部队尽管是武警建制，却是和地方接触最多、与经济建设休戚相关的一个兵种。佟援越后来做的消防设施安装生意，尽管生性刚直的佟保元从未帮自己儿子打过招呼，也不准儿子打着他的招牌在外揽工程，可消防系统谁不知佟虎胆的独生儿子叫佟援越呢？多少都会给些照顾。因而，佟援越的生意越做越大，成了全省著名企业。

"哎，小曼，聊起此事我倒记起，能否动员你老公帮我个忙？"

"帮忙？你也想揽点工程？"顾小曼惊讶地问。

"想到哪儿去了，我除了动动笔杆子，还能干什么？我是说，能否让援越帮着买点税？"

"买税？"顾小曼不解地问。

闻光一便将李志国镇长委托之事详细地跟顾小曼说了一遍，语气中透着几分无奈。

"想不到，铁肩担道义的首席记者也干这弄虚作假的事？"

"哎，我又不是不食人间烟火的怪物，家乡的父母官难得开口，你就帮帮忙吧！"

"好吧，书呆子，我回去跟援越说说看，可是没把握啊。"

正聊着，满面堆笑的师树斌进来了。他将手中的黑色挎包往桌上一放，便双手抱拳作揖，说道："抱歉，抱歉。一名事主在所里谈诉求，路上又堵车，因而晚了。实在对不起。怎么样？这地方湖光山色，静谧宜人，是聊天的好地方啊。"

闻光一冷冷地拖过一把椅子，示意其坐下，毫无客套地开口道："师律师把我们请来，不是来闲聊友情的吧，有什么话尽管说。"

"不急，不急！您看我来晚了，连茶水都没点。来，喝点什么？"师树斌将桌上的酒水单递了过去。

闻光一没任何表情地说："随便。"

"呵呵，这样吧，蓝山咖啡，怎样？"

见闻光一点头了，师树斌赶紧朝服务生扬扬手，要了三杯蓝山咖啡。之后，他从挎包里取出一沓打印好的文稿，双手呈给闻光一，用一种谦逊的语气说："闻首席，这是我准备好的起诉状及答辩方案，请过目，请多提宝贵意见。"

"我在法律方面是外行，只是学习，哪提得出意见。"

"闻首席谦虚了，谁不知道您是省报的大才子，多指教，多指教！"

闻光一边喝咖啡边看材料。客观地说，师树斌的起诉状写得还真不错，思维缜密、逻辑清晰、有理有据、语言犀利，真有些刀笔的风格。特别是答辩方案，针对对方律师可能提出的问题及疑点，他都精心准备了预案、反驳证据及相关的法律条文。看得出，他是花了真功夫的。

"嗯，写得不错，准备得很充分！"闻光一的脸上终于露出一丝微笑。

"方案准备得充分只是一个方面，还得看实际操作是否到位。"师树斌也笑着说。

"这话是什么意思？"闻光一警觉地问。

"这个案子，最大的争议将会出现在剽窃与雷同的问题上。我查阅了相关著作权法的资料，尽管两者之间有一些刚性的区别条款，但还有许多模糊的地方，这就要看具体的运作了。"师树斌认真地说。

"运作？"闻光一对这个词并不陌生，但用在官司上，他还是吃惊不小。法律是神圣而权威的，竟有运作的余地？

饱经世故的师树斌看出了闻光一的疑惑，淡淡一笑，说："用你们文人的话说，工夫在诗外。"

闻光一陷入了深深的沉思。

顾小曼也听出了弦外之音，关切地说："师律师，你能否将话说得更明白一些？"

师树斌缓缓地掏出一盒烟，礼貌地递到闻光一面前，闻光一摆摆手，他便自己抽出一支，点燃，深深地吸了一口，才不紧不慢地说："这就是我今天要找你们谈的主题。据我了解，被告左放明有深厚的政治背景与人脉，得到法院的传票后，他决不会束手就缚，他与律师一定会研究著作权法的各项条文，寻找弹性空间，然后利用各种社会关系进行运作，以求提高官司的胜率。"

"那还有没有王法？如果在神圣的法庭，法官能将黑的说成白的，将无理判成有理，那法律还有什么公信力？"闻光一愤愤不平地说。

"闻首席，请不要激动，法律讲究的不是道理，而是事实。以本案例来看，左放明的书已出版了，再说史料共享是业内的共识，更何况抄袭与雷同之间还有个模糊的弹性，可大意不得。我是此案的代理律师，我可不希望莫名其妙地输掉官司啊。"师树斌认真地说。

闻光一还想说，被顾小曼制止了，她往前凑凑，说："当然，我们不能打无准备之仗，你这些话都跟我姨父讲过吗？"

"讲过。你们也都知道王教授秉性，他说，陶渊明不为五斗米折腰，自己也决不会向权贵低头。他相信只要真理在自己手里，走遍天下都不怕，不会去求任何人。哎，这老夫子，好像不食人间烟火呢！我也是没辙了，才找你们来商量的呀。"

"那你希望我们做些什么？"闻光一问道。

师树斌默默地端起杯子，喝了一口咖啡，然后用手指轻轻地拨弄杯中的小钢匙，说："其实该做些什么，你们心里也明白的。闻首席是场面上的人，上层有不少的朋友，如能找一位有分量的人和法院打个招呼，事情就要好办得多。请别误会，我不是说要走后门，而是要给法官施加一点压力，使法官至少不会受左放明的左右而影响审理。另外，可否请主审法官出来坐坐，加深一点感情？"

师树斌说得很委婉，但闻光一听懂了，无非就是找关系，说情，给法官送礼。顿时，一股无名火在他心里腾腾升起，他没好声气地说："别说我与权贵没什么深交，即使有，我也不会去找。俗话说得好，有理走遍天下，无理寸步难行。左放明剽窃王教授的书稿，证据确凿，还用得着找关系吗？只有心虚的人才会这样做。另外，请法官出来坐坐，更没有这个必要。是的，他们的手中握着审判权，但这是人民给的，岂能滥用？如他们胆敢徇私枉法，将会受到人民的审判。"

闻光一是一口气吐出这些话的。说完，他觉得心里透亮了许多。

师树斌的脸色则是红一阵，白一阵，两只金鱼眼透过厚厚的镜片，直愣愣地望着面呈得意之色的闻光一。

"行，行。我只是谈谈个人对官司的操作建议，既然你们不赞同，没关系，只当我没说。哦，我还有点事，先告辞了，失陪，失陪。"说完，师树斌拎起拎包，悻悻离去。

"真解气，光一，刚才的那番话说得真解气。什么狗屁律师，就是想到处吃冤枉。"说着，顾小曼开心地在闻光一的肩上拍了一掌。

闻光一也笑了，但笑得比哭还难看。

二十七

省城的西郊有一块水草丰盛的地方，叫梅湖。

那可是一块风水宝地。如一座屏风般青翠的梅山，沿着南北舒展开来，犹如一位慈爱的母亲，伸开着双臂，将小巧玲珑的梅湖轻轻地揽在怀里。湖水很清，能清晰地见着水底的小草和游鱼。岸畔矗立着数栋红瓦粉墙的小楼，当地人称之为"省长楼"。

距"省长楼"还有几百米的地方，蓝建便让司机停了车，然后拎着一个小纸袋，沿着灯光不算明亮的林荫道轻车熟路地朝着 3 号楼走去。

这次亲自到陶副省长家拜访，蓝建是下了很大的决心的。尽管陶晋与他约法三章，没有重要的事不得上门，有什么事可用电话与短信联系。这是官场上的游戏规则，越是亲近的人，越要注意来往，公事可在办公室谈，私事可在电话里讲，家门是绝对不允许进的。

蓝建这是第三次登门拜访：第一次是陶晋的父亲逝世，蓝建两兄弟代表卧床的爷爷来悼念老战友，那也是蓝建与陶晋第一次见面；第二次是蓝建在陶晋的帮助下当上了副县长，蓝建悄悄来表示感谢，当然，他被陶晋狠狠地骂了一顿，要不是被陶晋夫人拦住，蓝建连人带礼差点被陶晋扫地出门。

贵永宏被抓后，蓝建表面上很平静，没有露出一丝怯意，但他心里像裹了一层乱麻。他清楚地知道贵永宏的为人，别看贵永宏表面蛮横，却没有几分骨气，经不住几个回合，就会竹筒倒豆子——全吐。贵永宏松口了，所有的事都会露馅儿，那可不是闹着玩的。这些天，蓝建也没闲着，一直竭尽全力活动着。他指使蓝强去找转业后分配在县纪委纠风办工作的战友探探案子的进展情况。可得到的回信是，此案由肖天虎亲自抓，其他人连贵永宏被关的地点都不知道。无奈，蓝建只得亲自出面，找了一个借口请肖天虎吃个饭，想套套近乎或者探点口风。谁知，肖天虎婉拒了吃饭。蓝建心里一阵阵发紧，急得嘴巴燎起了火泡。最后玉珍一句话提醒他说："何不到城西的黄马寺去烧高香？听说那里的菩萨很灵验的，有求必应。"蓝建自然不信这些，他张口想骂玉珍几句，可一想，眼下又没有更好的法子。俗话说，病急乱投医，试试也好，说不定菩萨真的会显灵呢？于是，蓝建找个借口将司机支开，独自一人开车去了黄马寺。

蓝建为显虔诚，特地花了近千元买了九支高香，小心地跨进寺门。寺门前的一副对联极具禅意："世上烦心事无我心静心静是福，天下愁苦人净根欲断欲断常甜。"

"噇，菩萨真是灵光，我还没进寺门，就知道我求的是什么？如眼前的烦心事真的风平浪静了，我一定要为菩萨重塑金身。"带着侥幸的心理，蓝建来到大雄宝殿门口的香炉前，点燃了九支高香，巍巍地插在香炉上，双手合十许下愿后，朝着殿内的菩萨磕了几个响头；然后起身朝四方的神圣礼拜作揖，以求得到各路法海无边的菩萨保佑。当蓝建拜完四方回过神来，他却傻眼了，香炉里的九支高香不见了踪影。他四周一瞧，只见一个小沙弥正将高香在水桶里淹熄，摆在台阶上晾晒。

"你这是干什么？"蓝建吼道。

"阿弥陀佛！施主息怒！香不在高，有心则灵，火不在旺，有诚则行！小寺地处山林，烟雾太大，有碍施主健康！"小沙弥双掌合十，不紧不慢地回答。

尽管小沙弥说得在理，但当时的蓝建全然听不进去，他想到的只是触霉头。前些年省里一高官，风闻有人举报其贪腐后，为求神灵的庇佑，特地到显灵的寺庙求签。在进寺门时，被门槛绊了，摔了一跤，起身便恶狠狠地朝门槛踢了两脚。后面他抽到的是一支下下签，顿时懊丧得想哭。结果不到半个月，那位高官便被中纪委工作组"双规"了。想到此，蓝建的心里打了个寒战，不由分说便上前拖住小沙弥，要小沙弥点燃高香。大约是被蓝建的气势吓着，小沙弥只得颤抖地拿起香，去香炉点燃。无奈，浸了水的香，只冒烟，不明火。气得蓝建只嚷丧气，匆匆朝菩萨磕了几个头，便气鼓鼓地打道回府。

按了许久的门铃，没有任何的反应，蓝建的心里直打鼓。在来这拜访的时机上，蓝建是动了一番脑筋的。今天是星期天，除非有特殊的公务和会议，不然陶晋会推掉一切应酬，在家好好地陪陪家人。白天来首长家的是白痴，也是官场上的大忌，即使来了，不仅见不到首长的面，可能还会惹来意想不到的麻烦。蓝建是精明人，他早已通过种种渠道了解到，每天晚上七点，陶晋会雷打不动地看《新闻联播》，这是所有从政者每天必修的功课，他们会从每条新闻的画面和播音员每个饱含激情的字音里，捕捉每一个微小的信息，从而领会中央最新的精神与导向，以此来调整自己的思维与决策。《新闻联播》播完后，陶晋才有一点休闲的时间，与孙儿一起下下棋、讲讲故事。晚上九点钟，陶晋准时回到书房，批阅文件，思考工作。

蓝建抬腕看看手表，七点四十分，"应该是最佳的时间呀。"于是，他又鼓足勇气，再次按响了门铃。

这回有人开门了，只是支开了一道缝，露出一张圆圆的秀脸。

"请问，您是？"开门的是保姆小桃，她警惕地问。

"哟，是小桃，真是越长越漂亮了，如在大街上遇着，可不敢认了。我是溪水的小蓝呀，怎么，不记得啦？"蓝建微笑着说。

"哦，是蓝县长，首长在家，不过我得先请示一下，您稍等。"说完，小桃关上门，飞快地进去了。

蓝建脸上露出一种得意的微笑。这就是蓝建的过人之处，第一次来陶晋家时，他给每人都准备了一份礼物，连小保姆也不例外，他给小桃送了一条蚕丝围巾，他深知"阎王家的小鬼都是判官"的道理，任何时候都能用得上。

不一会儿，小桃便笑容可掬地开了门，将蓝建请进来后，悄悄地说："首长今天心情好，在书房等你。"

蓝建笑着点点头，将一个红包塞在她手中。

陶晋的书房在二楼，很宽敞，除了靠阳台的一面摆着沙发外，其他的墙都立着暗红色的书橱，里面摆满了精装书籍，正方是一张硕大的书桌，上面有台打开着的笔记本电脑及各种文具。此刻，身材高大的陶晋正躺坐在沙发上看报纸，见蓝建进来，只是略略点点头。

"来啦？坐。"

蓝建笑着说："省长好，坐坐。"说完，便半边屁股挨着沙发边沿坐下。

说实在的，蓝建对这位看似平和、不苟言笑的副省长真的有点畏惧。两人的父辈是生死之交的战友，但毕竟受教程度和成长背景不同，生活的环境也不同，蓝建与陶晋现在格局不同，也情有可原。

陶晋出生于20世纪60年代初期。受父亲的影响，他从小酷爱读书，学习成绩一直很优秀。大学毕业后，留校任教。由于在党建理论研究上有所突破，几年后被破格提拔为学校政治系主任，并被列入干部第三梯队后备名单。20世纪90年代中期，为了充实地方干部的力量，陶晋被提拔到一个地级市任市委宣传部部长，而他的政治才能得到充分发挥，不久便任副书记、市长、市委书记，仕途上可谓是一帆风顺。3年前，为了将一批年轻有为的干部充实到省级领导班子，陶晋当上了副省长。

其实，陶晋对蓝建的印象并不是很好，觉得蓝建太油滑。走仕途的人太油不行，油多了就会摔跤。官场上摔跤可不是闹着玩的，这一跤摔下去，可能就会永远爬不起来。但碍于父辈生死之交的老面子，陶晋当上副省长以后，蓝建来他办公室几次。有一回，陶晋的一个老部下在蓝建所在市任市委书记，陶晋便打了个招呼。不久，蓝建顺利地当上了副县长，但陶晋跟蓝建约法三章：不准在外暴露他们之间的关系，不准打着他的招牌找人办事，不准无事随意登门拜访。今天小桃来通报时，陶晋本不想见蓝建，但考虑到面子，也怕他真的有什么急事，便破例接见了。

"有事吗？"陶晋面无表情地问。

"哦，没什么大事。前些天我下乡，在一位老乡家里收购了一张老钱币，我是外行，您是专家，特送来给您过目！"

"哦，拿出来看看！"陶晋眼睛发着光亮说，人也来了精神。

钱币不仅是流通领域的代用品，是财富的象征，更是国家的名片。钱币印刷精美，极富时代质感，而且深含历史、文化、民族、国力等信息，是一个既经济又普及的收藏品种。

收藏钱币是陶晋最大的业余爱好，这爱好持续将近 20 年。但由于身份的特殊，他既不能随意到收藏市场去淘换，又不能借出差下乡之机去收购。因而，他的藏品大多是些普通的大路货。即使这样，工作之余或休息时光，他也会拿出自己的藏品，就着放大镜，细细欣赏着，并沉浸其中。

蓝建从衣袋里取出一个信封，小心地从中抽出一张有些泛黄的纸币。才刚刚抽出一半，陶晋便禁不住惊讶地叫出声来。

"啊，大白边①？你从哪儿淘来的？"

如今每张大白边的市场价已超过 20 万元，蓝建早已打听到陶晋的爱好，下午到达省城后，他便直奔古玩市场，找到一家钱币收藏店，以超过市场价 20% 的价格，将这张被店主视为镇店之宝的"大白边"购到手。这也是蓝建的精明之处。如包个 20 多万元的红包，陶晋不仅不会接，还会给他骂个狗血淋头。20 多万元的红包是行贿呀，够得上坐几年牢的。可老钱币就不一样了，它的面值是 10 元，说到底只是纪念品，又是陶晋的至爱，场面上也过得去，不会使人难堪。

陶晋迫不及待地从抽屉里找来专用的手套与放大镜，细细地品赏起来，脸上泛着一种难得的光彩，嘴巴不停地喃喃着："宝贝，真正的宝贝。品相好，质地好，保存得也好。小蓝，快说说，你是如何淘到这东西的？"说这话时，陶晋的目光仍停留在"大白边"上。

蓝建故作轻松地说："说起也巧。我老婆有位亲戚住在深山里，我下乡去调研移民下山的情况时，顺路到亲戚家去看看。吃饭时，亲戚拿出这张钱币给我看，说是在准备搬迁整理家务时，在箱底发现的。我说，这是一张老钱，现在不能用了，干脆卖给我算了，我做个纪念！"

"你是花了多少钱买的？"陶晋关切地问。

"花什么钱呀？都是亲戚，再说我帮了他的忙，他感激还来不及呢，他说啥也不要钱。但我不能白要，给了他 500 元，他高兴得跳起来，说是大赚啦！"

"小蓝呀，你可捡了一个大漏了，他不知晓行情，你可不能亏了人

---

① "大白边"是收藏界对 20 世纪 50 年代初发行的第二套人民币最大面值 10 元纸币的爱称。当时我国印刷技术及防伪技术还不过关，请苏联代印。因其票面特大，留有较宽的白边，得此外号。因时代久远，当时人们收入低，更没有收藏理念，加之此币发行流通不久，国家就开始回收了，因而存世量极少。

家呀！来，拿好，这东西可值大钱呢。"说着，陶晋将钱币装进信封，递还给蓝建。

"首长，您这是什么意思？这东西又不值几个钱，我留着没用，放在您这样识货者的眼里才是宝呢。"

"那好，我收下了，但钱得给你。"陶晋点点头说。

"瞧首长说的，不就几百块钱的事，还用得着这么认真吗？"

"不认真行吗？我们就是要讲认真，否则从哪摔倒了都不知道。"陶晋一脸认真地回答，蓝建忙着点头。

陶晋慢慢地将"大白边"放进信封里，然后漫不经心地问："怎么？近来工作还顺利吧？"

"承蒙首长的关照，总体还顺利，只是遇到点小麻烦。"蓝建试探着说。

"什么麻烦？说说看。"

于是，蓝建便将事情的由来从头至尾详细地讲了一遍。当然，他将自己抹得干干净净，把责任全推在蓝强身上。

陶晋是越听越恼火，他在省里分管的是重点工程，溪水的安居工程项目是他帮忙拿下的，他是想帮人帮到底，既然将蓝建扶上了马，再送一程，让蓝建有拿得出手的政绩。没想到这个提不起的阿斗，竟干起中饱私囊的勾当。

陶晋深深地叹了一口气，用一种威严的口吻说："国家的重点工程，你也敢伸手？真是胆大包天。你说是弟弟一手操办的，怎说得过去？县纪委的介入并不可怕，只要那个姓贵的口风紧点，再想办法把屁股上的屎擦干净，还有救。要命的是，闻光一也参与了此事。这个人我不熟，但知道他的能量，省报的首席记者，他稿子的分量有多重？能将你压垮。你就等着收尸吧！"

这话讲得很重，吓得蓝建的眼泪都快流出来了。

蓝建"扑通"一声跪在陶晋的面前，求其伸手救救自己。陶晋只想扇他大嘴巴子，冷冷地说："起来吧，眼前能救你的只有你自己。想办法给姓贵的递个话，什么该说，什么不该说，心里要有数，嘴巴上要有个站岗的。至于报社那边，我想法打个招呼，让闻光一不要再参与此事。你好自为之吧。"

蓝建知道到了告辞的时候，走到书房门口时，被一声断喝叫住："带走！"陶晋威严地用手指着桌上的信封。蓝建想再说点什么，见陶晋的脸色不好，只得伸手将信封拿在手上。

路过客厅时，蓝建又悄悄将信封压在茶几的茶杯下。

二十八

报社暂时中止了闻光一首席记者的职务，由总编辑封建国亲自跟闻光一谈话，理由就是：闻光一无组织，擅自发表那篇在网上产生"恶劣"影响、给省委工作带来极大被动的文章。

闻光一对此早有了思想准备。不管怎样，那篇稿子是在没有经过正常发稿程序下发表在网上的。作为一名党报工作者，的确要为此承担责任。闻光一只提出一个要求，溪水的采访已花费了大量的时间和精力，目前已到了水落石出、稿子总成的时候，希望能继续完成。

封建国没有及时回答，只是端起桌上的茶杯，细细品赏着刚泡的白茶。其实，封建国心中有难言之隐。星期天晚上，他接到陶晋副省长的电话。闲聊几句后，陶晋用一种婉转的语调说："溪水县深山移民搬迁安居工程是今年省政府倾力打造的一个重大民生工程，不仅直接关系到千余户首批动迁深山农民的生计问题，更影响到省委省政府在群众中的威望。可你社的闻光一记者捕风捉影，想搞些负面报道，弄得整个工程人心惶惶，严重影响了工程进度。当然，这么大的工程有些问题是在所难免的，即使有违纪违法的情况，不是还有纪检、司法部门吗？我看这个报道就搁搁吧。"

陶晋的话说得很含蓄，实则表达了极大的不满。党报是省委机关报，由省委宣传部代管，省政府领导是很少过问党报业务的，副省长亲自为一篇稿子的事打招呼，实为罕见。何况报社即将启动新办公楼建设项目，这可牵涉到报社的发展大计，新楼立项、审批、筹集资金等程序都得经过分管城乡建设、重点工程的陶晋副省长，报社得罪不起呀。令封建国为难的是，溪水的补充采访是他亲自布置给闻光一的任务，如果现在莫名取消，不是打他自己的脸吗？好在闻光一因王陵子的事还没被处理，那就来个缓冲吧。暂停闻光一首席记者职务，溪水的稿子也就不用他写了。等过了风头，再恢复他的职务。于是，封建国将自己的想法在社委会上说了出来，立即得到其他社委会成员的赞同。当然，封建国没有披露陶晋来电话的事。

"光一呀，首席记者的职务暂停了。编辑部已安排你跑文化这条线，溪水的稿子就算了吧，我会再安排人。"封建国软中带硬地说。

"封总，这个稿子我介入很深了，掌握了大量的素材，如换人，一切都得从头开始，在人力、物力上都是浪费呀！"

"不就一个安居工程吗？不能因一封匿名的举报信，弄得上下都沸沸扬扬的，没必要吧？"

"没必要？封总，你知道这里面有多大的漏洞吗？知道他们是怎样鱼肉百姓、侵吞国家财产的吗？目前纪检部门已介入，调查了两人，有重大突破呀，这有可能是一个在全省乃至全国有警示意义的新闻题材。"闻光一有些激动。

"亏你是在党报吃了20年新闻饭的记者，怎么还是这样的觉悟呢？新闻与政治是休戚相关的，能将新闻独立于政治吗？我的闻记者，党报记者不讲政治可不行。"

封建国平常很少发火，语气明显强硬起来。

"封总，你说得对，党报记者要讲政治，要有党性原则。但什么是政治？百姓的疾苦，国家肌体的健康，敢为人民鼓与呼，难道就不是政治？"闻光一的书呆子气上来了，不顾一切地争辩起来，气得封建国好似不认识他一般。

封建国盯了闻光一足足有几分钟，然后一字一句地说："这个稿子不发了，这是社委会的决定。"

"你们有不发稿的权力，但无法封住我的思想与手中的笔。"

封建国的脸色涨得通红，一双平日充满着智慧的眼睛，久久地盯着眼前失去理智的闻光一。他动怒了，但没有发作出来，只是埋着头，右手轻轻地朝闻光一挥手，示意其出去。

闻光一感觉到自己刚才的情绪失控了，张口想解释。

"请自爱！"封建国做了一个禁止的手势，轻轻地吐出这几个字，这三个字像炸雷一样在闻光一的耳畔响起。

闻光一只得默默地出门，沮丧得想哭。尽管他清高，对名利看得很淡漠，但他也知道今天顶撞封建国的后果。在办公室里，闻光一呆呆地坐在办公椅上，手里玩弄着一支笔，眼睛盯着没有开机的电脑屏幕出神。

闻光一实在想不明白，平日做人做事敢于担当、果断的封建国总编辑怎么会变得如此令人无法理解，溪水的补充采访是封建国亲自布置的，他也将采访的情况与进展及时向封建国进行了汇报，都得到封建国的首肯，为什么封建国的态度会起这么大的变化呢？封建国是受到什么意外的压力及威胁吗？

不会，封建国不是那种畏缩的人。前年，封建国策划了一起针对有黑社会背景、滥采乱挖河道沙石、严重破坏生态平衡的沙霸的连续报道，沙霸们用尽各种办法来阻止这个报道，用金钱买通省公安厅一位主要领导，领导以维稳为由头，给封建国打电话，要求封建国适可而止，但被封建国断然拒绝了。逼急了的沙霸们采取流氓手段，给封建国寄了一封信，里面有一颗金灿灿的子弹，还写有封建国的居住地址、家人的姓名及工作单位，还有孙子所在的学校及班级。封建国只是淡淡一笑，随手将信扔在一边，仍然我行我素，他因这一壮举被同行们誉为新闻界的脊梁。可是这次他为什么退却了呢？

这时，传来轻轻的敲门声。闻光一从沉思中回过神来，下意识地应了一声："请进！"

一张充满青春活力的脸庞从挤开的门缝间露了出来。"闻老师，终于归巢了，今天我这是第五次登门拜访呢！"

"田赛男？你怎么来啦？"闻光一很惊异，忙起身相迎。

"我是专门来找你的。"田赛男健康的笑声给6平方米的空间带来了一些生气。

"找我？"

"是呀。我这次是来省报跟班1个月，已跟人事处的同志讲好了，就选你当指导老师。"说着，田赛男双手将一份盖着红印的介绍信递到闻光一的面前。

跟班制度是省报为了培养基层业余新闻报道员而建立的培训机制，每年从市县宣传部报道组选拔一批有前途的苗子到报社跟班，报社筛选出一批业务能力强、作风正派的骨干，组成指导老师团，原则上允许跟班学员挑选指导老师。

"哎，田赛男，我已不是首席记者了。"闻光一有些情绪地说。

"有什么关联吗？我选的不是首席记者，而是闻光一。告诉你一个小小的秘密，你是我心中的偶像。"说完，田赛男像个孩子般笑了起来。听得出，她的笑声里透着真诚与自豪。

田赛男的话给闻光一带来莫大的慰藉。是啊，首席记者是什么？就是一个虚名。一名记者只要能用手中的笔为人民鼓与呼，为人间正道而呐喊，为时代进步而摇旗，就会在读者的心中留下深深的印记，就能体现出人生的价值。由此，闻光一的心情开朗了许多。

"唉，最近手头上的事比较忙，好久没去溪水了，那儿的情况怎样？"闻光一起身给田赛男倒了一杯茶，示意其在沙发上坐定后，关切地问。

"闻老师，你问的是哪方面？"

"你这小鬼，溪水是我的家乡，各方面的事我都关注。挑重要的说。"

田赛男端起茶杯喝了一口，净净嗓子说："那好，我就说说你最关心的一号工程吧。在你的介入下，纪委已组成专案组在进行调查，贵永宏被抓后，县重点工程办主任黄本贵也进去了，只差挖出幕后的那只黑手，这个腐败工程的窝案就会水落石出。这伙人也真是胆大包天，不仅将安居工程的配套设施款项挪用给县里建了一个高档宾馆，还在工程建设中偷梁换柱，以次充好。难怪溪水人编了一个顺口溜：安居工程溜溜光，里面窝着一包糠，雁过拔毛贪官狠，深山移民喊遭殃！"

"等等，溪水宾馆是挪用安居工程配套设施款？你是怎么知道的？"闻光一不愧为资深记者，从田赛男的话语里，似乎察觉到什么。他思索片刻后，突然发问。

"我，我，我也是听说的。"田赛男支吾着，眼神变得飘忽不定，不敢直视闻光一。

"小田，我跟你打听一个人，你得说实话。"闻光一变得严峻起来，田赛男只得点点头。

"三页眉？"

田赛男的身子一颤，有些语无伦次地回答："什么三页眉？没这个人，啊，不，不，我不认识这个人。"

闻光一不再言语，起身盯着有些六神无主的田赛男。良久，他才仿佛自言自语："瞧我这猪脑子，三页眉，不就是须眉。巾帼不让须眉，须眉是谁？就是男儿。好个田赛男，竟跟我玩起了文字游戏。"

"不是，不是，闻老师，我不是那个意思。我们第一次见面是你来采访一号工程，我不了解底细，不知你的那颗心长在何方，谁敢讲真话呀？再说，再说，我也要有点自我保护意识吧？其实，这次来省城，我也是准备跟你坦白的。"田赛男说着说着，红着脸低下了头，像是默认了。

"怎么？现在看准了我这颗心长在何方？"闻光一语带讥讽地说。

"嗯，总的来说，你算是一名较有良心的记者。"

"嗬，较有良心，你的眼光还挺高呢。理由呢？"闻光一追问道。

"你没有在权势面前低头，能透过现象看到本质，敢为百姓的利益而仗义执言。但是……"

"但是什么？说。"

"但是什么你心里应该清楚，人无完人，是吧，闻老师？"田赛男的话到嘴边又咽了回去，聪明地将皮球踢了回去。

闻光一是何等精明之人，他当然知道这话中的意思。为了摆脱窘境，他将话头引向了正题。

"说说吧，你是怎么知道内幕的？"

"闻老师，接待樊大明与县税务局的同志到宏强公司查账的老田头是我的伯父。"

"伯父？你不是独山县人吗？"闻光一陷入了迷惘。

田赛男是过继给伯父当女儿的。她伯父田风林20世纪60年代从地区财校毕业后，为支援山区建设，来到溪水县工作。宏强公司成立时，为了找到一个既懂财务、口风紧又听话的人当财务，伤透了脑筋。后来有人推荐了田风林，蓝强与贵永宏通过反复调查，发现田风林有几大优势：不是本地人，没什么人情纠葛；深居简出，与外界极少往来，性格内向，嘴巴很严。当田风林接手安居工程的账目后，发现他们弄虚作假，他不敢也不会对外人说，但在赛男面前不时会流露出一二。

田赛男自然义愤填膺，但她知道，仅凭自己的微薄之力，是无法与这些人抗衡的。她叮嘱伯父暗中记一本账，谨防以后东窗事发，被反咬一口，也是悄悄收集证据，等待时机。

"好你个田赛男，把我当枪使呀。"闻光一故作惊讶地说。

"闻老师，你不是常说，记者的职责就是铁肩担道义吗？如你也是见利忘义之徒，那才真正让人失望呢！"

田赛男的话尽管说得平实，却唤起了闻光一身上特有的使命感与责任感。

"小田，你手中掌握了哪些具体的证据？"

"所有假账簿、假发票、假出货单的复印件。"

"在哪儿？"

"我都带来了。"说着，田赛男从挎包里取出一个牛皮纸信封，递给了闻光一。

闻光一庄重地接过，神情就像战场上的战士从指挥员手中接过一个极有分量的炸药包一样。

"闻老师，有个问题很奇怪。我请伯父暗中核查过，账本中的记录与仓库里的建材标号是一致的，但实际使用的建材又是另一回事，这真是怪了。"

"安居工程所有的建材都是从宏强公司进的货？"

"全是。"

"肯定？"

"肯定。"

闻光一顿时一头雾水，不知该从何处找到头绪。

二十九

王陵子起诉的剽窃侵权案一审判下来了。结果出人意料：败诉。

闻光一是在医院里得到这一信息的。

闻理才近来的情况很不好，整个人消瘦得脱了形，说话的声音像游丝般断断续续，特别是肾功能出现了衰竭，排泄很困难，医生只得在尿道上接了一根软管，身上吊了一只尿袋。

"你们给、给我说实话，我，我得的究竟是什么病？是不是癌？"闻理才眼里透着一股求生的欲望，有气无力地询问着坐在床边守候的两个儿子。

"爸，放心，你患的是胃穿孔，没有大问题，只是需要较长的医治时间。你就宽心吧，不是说好了，你出院后，我就带你去外地看看？"闻光一心里淌着血，脸上却显得极轻松的样子回答。主治医生给他交了实底，癌细胞已扩散到全身，长的话还能拖一两个月，短的话可能只有几天的时间。因而，身边 24 小时不能离人。闻光一只要有时间，就来医院陪父亲。尽管他不能延长父亲的生命，但一定要做到在父亲最后的时刻，尽量陪在他身边。

"茅崽，没骗我？"

闻光一认真地点点头。他知道，善意的谎言能给父亲最后的慰藉。闻理才一辈子没出过溪水，他从书本上知道外面精彩的世界，他想去看看，也不枉来到人世一趟。闻光一早就答应了他这要求，并要亲自陪着父亲去。可是因为忙，这事就一拖再拖给耽误了。或许，这会成为闻光一这辈子心里最大的遗憾。想到此，闻光一的眼泪差点流了出来。

就在这时，顾小曼的电话来了，闻光一赶紧起身，以接电话为由，避开了当时的尴尬。这个电话，让闻光一的情绪坏到了极点，他觉得外面的太阳顿时暗了下来。

一个事实清楚、证据确凿、明眼人一看就明白的案子，怎么会败诉呢？难道真的是法外的因素在起作用？

"小曼，判决书是怎么说的？你挑最重要的跟我说说。"闻光一有些沉不住气了。

"判决书承认两本书稿有部分雷同，但根据史料共享的原则，否认了左放明的抄袭。"

"还有什么？"

"哎呀！判决书有几千字，全都用法律条文在阐述，我哪讲得清楚，你还是来看看吧。"顾小曼着急地回答。

"你现在在哪儿？"

"系马山庄。"

"好吧，我马上过来。"说完，闻光一回到病房，叮嘱光达好好看护父亲，晚上他来值班。然后开着车，飞快地朝系马山奔去。

系马山庄静得能听得见风的歌唱。王陵子手持一卷古谱，右手的食指上包着一块白色的纱布，透着浅浅的血迹，正脸色铁青地独自在凉亭的石桌上摆棋。顾小曼与师树斌则静静地立在一旁，见快步如飞的闻光一进来，两人像盼到了救兵一样迎了上来。

"光一，你可来了，你看这事该怎么办？"顾小曼带着哭腔说，眼泪直打转。

"判决书呢？我看看。"

顾小曼不作声，默默转过头，朝石桌旁的地上的一堆废纸努努嘴。

"怎么回事？"闻光一惊异地问。

"就这么回事，几张徇私枉法、一派胡言的废纸，擦屁股都嫌脏，留着有何用？简直是对神圣法律的亵渎。"王陵子仍盯着棋谱，头也不回地扔下这句话。

"王老先生，判决书是正式的法律文本，受到法律的保护，可不能随意撕毁呀！这是对法律的藐视，如传出去，可是不得了呢。"师树斌一边说一边将地上的纸屑拾起。

尽管闻光一对师树斌的印象不佳，但对师树斌这种敬业的精神，他还是投以钦佩的目光。

"哼，法律是什么？是用来维护社会秩序、保护公民应有的权利、替弱者伸张正义的规矩。没有规矩何成方圆？如法律被人为地强奸，便会成为权势的帮凶，这是比没有法律更可怕的事情。不管它，来，光一，下棋。"王陵子将棋盘上的棋子收拢。看得出，他尽量使自己平静些，但微微有些颤抖的手出卖了他。这样的时刻，再淡定的人也难做到稳如磐石。

"姨父，都什么时候了，你还有心思下棋？不想上诉啦？"顾小曼着急地说。

"棋如人生，人生如棋，棋中自有大乾坤啊。"王陵子自语道。

这次，王陵子破天荒没有猜先，摸出一粒黑子"啪"地钉在中星位上。闻光一愕了，围棋何来这种没章法的开局？他摸出一粒白子，愣愣地看着王陵子半天，好似要从那张肃穆的脸上读懂点什么。

围棋对垒也叫手谈，即对手的每一手棋都隐藏着心理语言："我为什么要这么下，目的是什么？有着怎样的战略意图。"按道理，像王陵子这样的高手，是不会下出中星位这样的无理棋的，但他绝不是随意手。是何用意呢？闻光一踌躇半天，才犹豫着在左下角的位置上点了个"三三"。这手棋的用意也很明确："我猜不透你的用意，只得以稳健的守角来静观其变。"

没想到，王陵子想都没想，迅速地又下了一颗中间星。闻光一读懂了，此刻王老的心绪很乱，是用毫无章法的棋来表述内心的痛苦与拼死的决心。闻光一收敛起强烈的求胜欲望，没有因王老的无章法而下出骄蛮的无理棋，仍在另一个角又点了个"三三"，意思也很明确："稳呀，此刻一定要稳。"

尽管王陵子的棋力比闻光一强很多，稳健而绵里藏针是其独特的风格。因棋下得毫无章法，也就乱了方寸，一百多个回合下来，王陵子的棋表面得势，但实地都被闻光一占去了，就连他围起的一块大棋间，都被打入活出了一块。无奈，王陵子只得推枰认输。

"王老，这盘不算，再下一局。"闻光一急忙说。

"不下了。干什么事都得讲章法，没有章法，就会失去立足之根和生存之地。道理明眼人都懂，为什么有些人就是要反其道而行之呢？"王陵子痛苦地摇摇头。

闻光一明白了，王老借下棋在讲述一个浅显的道理，表明他此时的心迹：他不会就此认输，也不会任人摆布；他会以自己的方式抗争，会为捍卫真理及人格的完整而拼搏。

这就是王陵子常挂在嘴边的书生的骨气。

王陵子教授是全省高校高级职称评定委员会的专家，每年年底，每天上门来拉关系、走后门的络绎不绝，有的甚至还通过省里有权势的人物写条子、打电话。对此，王陵子一概闭门谢客，谁的面子也不给。前年，省教育厅一个主管高校的副厅长在某高校任教的侄儿连续5年评正教授都落榜，因为此人发表的几篇论文，东拼西凑不说，还都是花钱请别人代笔。于是，这位副厅长利用手中的权力给各高校的校长打招呼，让参加评定的评委们手下留情。自然，王陵子也被招呼了。然而，在高评会上，老夫子鲜明地阐述了自己的意见后，投下的是反对票。但副厅长的面子还是够大，其侄儿最终以超过半数票的微弱优势得以通过。评定会结束的当晚，主办方按惯例要请评委们聚餐。春风满面的副厅长竟拨冗光临，自然，他成了当晚宴会的主角，大家纷纷上前举杯敬酒。只有王陵子坐在席位上纹丝不动，有好心者劝他，副厅长位高权重，许多科研项目和经费都掌握在他手中，是高校教师的财神爷，得罪不起。王陵子本身就对副厅长插手高评会不满，便淡淡一笑说："王陵子的酒从不敬给财神，只敬值得我敬重的人。"

王陵子的话音不高，但相隔数米的副厅长却听得真切。副厅长婉拒了一名前来敬酒的评委，大气地端着酒杯来到王陵子面前。

"说得好，我的酒也只敬值得我敬重的人。王老，你是我省史学界的泰斗，这杯酒我敬你。"

"对不起，我不会喝酒！"王陵子没起身，只是冷冷地回答。

"哎呀，泰斗级的人物，怎不会喝酒呢？"

"我要是会喝酒，不就去当厅长了？"王陵子淡淡地说道。

顿时，全场静得能听得见彼此的呼吸声。好在副厅长当时心情很好，没有计较，他也清楚地知道，对王陵子这样学富五车的学者，计较也没用，只得自找台阶下。

"哈哈，笑言，笑言。王老肚里装的都是学问，不才肚里盛的只是酒。哈哈，这酒我喝。"说完，副厅长仰脖一口将杯中的酒倒进嘴里。说来也是巧合，半个月后，这位副厅长因为用高校科研项目款做交易，吃回扣，被人举报，被纪委"双规"了。

于是，有人说王陵子是不食人间烟火的怪物，也有人说他每根汗管里都沁着知识分子的骨气。可王陵子却说："我什么都不是，我就是我！"

"王教授、闻首席，上诉期只有 15 天的时间，我们得赶紧定好上诉状的要点，得准备写上诉状，否则就来不及了呀。"师树斌见两人的棋局已结束，赶紧插话。

"师律师说得在理，干什么都得讲究个轻重缓急，下棋有的是时间，现在还是想想上诉状的方向及要点吧。一审判决下来后，网上的舆论对我们可不利啊，说什么的都有。有的还故意混淆是非，说王陵子的肚量太小，这只是一个学术材料的使用问题，没必要闹上法庭。"一旁的顾小曼接过师树斌的话，急切地说。

"放屁！偷换概念，这是强盗逻辑。"王陵子一拍桌子，眼里射出一种毫不退让的亮光，从胸膛里迸出一股怒气，让在场的人吱声不得。

闻光一没有说话，用一种期待的目光盯着王陵子。他从刚才的手谈中，已读懂了王陵子的心事，王老准备抗争到底，就算是破釜沉舟，王老要争一口气，一口手无缚鸡之力的知识分子在与权势抗争中，获得公平、道义的肺腑之气。

"上诉状我已写好，你们过过目。"王陵子的语气渐渐平缓了，但气息格外沉重，他在压抑自己的情绪。他不紧不慢地从口袋里掏出一块白布，递给闻光一。

闻光一诧异地打开，只见上面用鲜血写着十六个字：黑白颠倒，天下奇冤，昏官自扪，良心安在！

这是王陵子昨天得知败诉时，一宿未眠，悲愤至极，咬破食指，愤然写下的血书。

每个字都像一个无形的指头，拨动着闻光一的心弦。闻光一握着血书的手在微微颤抖着，不知该用怎样的语言来安慰这位可敬、可爱又可悲的老人。

"王老，我能理解您此刻的心情，但申诉状要求有具体的事实与证据，而且语言要符合法律文本。您这写的只是一种情感流泻，不能代替理智与法律啊。"师树斌赶紧解释道。

闻光一狠狠地盯了师树斌一眼，用一种异样的语调说："它不是申诉状，却是申诉者蒙冤最好的表述，有时情感是理智最好的表现形式，这样吧，把它附在申诉状后一起递上去，要让裁判者知道，什么叫良心。"

"好的，好的，一起附上，一起附上。"师树斌点头附和着。他本想还说些什么，见王陵子与闻光一的脸色都不好，怕讨个没趣，只得打住。

起风了。系马山的松林在风的鼓动下，发出阵阵怒吼，如千军万马在奔驰。王陵子抬抬头，望望山野，脱口而出："好风。"

三十

省市军民元旦电影晚会是一种特殊的政治待遇。这个晚会程序挺简单，没有领导讲话，没有繁杂的礼节，由省委省政府秘书长级的人物，宣读一份致全省人民的新年贺词，然后放一部时新的电影。往往电影还没放到一半，除了前面解放军部队、武警官兵的阵列外，其他的人便悄然离场。

能得到一张电影晚会的票却是一种殊荣。省市四套班子的领导无一缺席，全都到场，余者都是省市劳模、科技精英、社会名流。因而，领导同志即使出差在外，只要有可能，都会想法子赶回来。电影看不看无所谓，但被点到名却是至关重要的，因这天省市主流媒体的记者都会前来采访。第二天见报时，这条消息被放在头版的显要位置，几百字的稿子除了几句客套话外，全是到会的领导人员名单。老报虫们会端着报纸一一点名，如哪位显赫的人物缺席了，种种猜测便会满天飞。有一年元旦，省里一位重要领导碰巧在外地参加一个重要会议，实在不能回来参加晚会，第二天便到处传言这位领导生了重病，在外地住院，有的还说这位领导在某项重点工程中犯罪，被"双规"了，正在接受审查。当这消息传到这位领导的耳中，领导气得随便找个理由在电话中对秘书长大发雷霆，会议结束的当天晚上，便坐飞机回到省城，并让秘书通知一报两台，第二天清晨，他要到省城棚户区改造工程视察，派出记者随行。直至这位领导行踪的消息见报后，这场风波才真正平息。

闻光一被停止首席记者职务后，被安排跑文化口，第一个采访，便是省市军民元旦电影晚会。作为一名资深记者，他当然知道这次采访任务的重要性，晚会是七点半开始，他六点便赶到了省文化礼堂。手握着省市四套班子领导的名单排序表，闻光一守候在贵宾室门口，进来一位领导，他便在名单上做一个记号。不时，还要到侧门外的走廊及礼堂去看看。贵宾室里最先到的是副省长兼公安厅厅长欧阳坚。按道理，在这个时刻，他是没有资格进贵宾室的，但晚会的安保工作由公安厅负责，他每次都会提前一个小时到现场，到处看看、摸摸，连沙发下面都会用手电筒照一照。然后，亲自在门口迎接陆续到达的常委们。

欧阳坚一进门，见到闻光一，便热情地伸出了双手。"哟，今天是什么日子，竟惊动了首席记者？"

"欧阳副省长好。嘿嘿，记者就是一块砖，哪儿需要就往哪搬。"闻光一笑着回答。

他俩很熟，交情也不浅。欧阳坚刚从省武警总队政委的位置上转业，被分配到省公安厅任政治部主任，上任不久就遇上百年不遇的特大洪灾，于是自告奋勇地担任全省公安系统抗洪指挥部的总指挥。正当壮年，又刚转业，欧阳坚身上还带着干练雷厉的作风，半个来月，一身泥水，跋涉在抗洪的第一线。当时在前线采访的闻光一也跟着他跑了半个月。他俩从相识到相知，结下了深厚的友谊。有一天，一领导到抗洪一线视察，见到一身泥泞的欧阳坚，微笑着紧握着欧阳坚那双沾满污泥的手。一旁的闻光一赶紧用镜头留下了这难得的瞬间，而后这张照片发表在省报的头版，产生了巨大的影响，也为欧阳坚后续的提拔埋下了伏笔。每年春节，欧阳坚都会给闻光一寄上一张精美的贺卡，上面只写着一句话：苟富贵，勿相忘。

俩人聊了一阵家常，这时有领导开始进场，他们只得分头忙自己的事。闻光一站在贵宾室门口，手握着名单。首先进来的副省长陶晋在门口热情地将手伸向了闻光一。

"你好，辛苦了。哪个新闻单位的？叫什么名字呀。"

"省报的，我叫闻光一。"

"哦，你就是大名鼎鼎的闻光一首席记者。怎么，跑起龙套来啦？唔，能上能下，能张能曲，有大将风度呀。不错，不错。"陶晋的眼里游动着一种捉摸不定的东西，闻光一自然无法理解。

接着进来的是组织部部长、宣传部部长、纪委书记等领导。不管认识与否，进门前都热情地与闻光一打招呼，或点头致意。

大家热热乎乎地打着招呼，畅畅快快地聊着天，贵宾室里好不热闹。省长一到，本来热闹非凡的贵宾室突然安静下来，大家都起身，给省长让座，省长则谦逊地挥手让大家都坐，然后在正中的沙发上坐下来。七点半，省委书记几乎是踩着点进来的，所有的人都立身迎候。书记微笑着朝大家点点头，并没落座，而是用沉稳的声调说："都到齐了吧，唔，进场。"说着，转身朝门口走去，后面的人依照职位高低及排位先后，依次走出贵宾室。正在走廊里聊天的副省长们见常委出来了，不知谁嘟哝了一句："领导出来了，我们也走吧。"于是，大家便跟在常委的后面进场。坐在前半场的部队官兵阵列，响起排山倒海的掌声。

这是即将开映的信号。此时，紧张多时的闻光一才能轻松地舒一口气。

突然，闻光一的手机响起了"嘀嘀"声。他赶紧取出一看，是许晶晶来的信息，上面只有短短的几个字："有时间吗？谈谈。"

这段时期，闻光一的事情实在太多，心情也不太好，加之许晶晶显然对他冷淡了许多，他就一直没有与许晶晶联系，只想让时间这种特殊的溶化剂将两人之间的矛盾与误解沉淀后，他再找机会与许晶晶好好谈谈。没想到，许晶晶竟主动发来短信，闻光一心头又涌起一股淡淡的思念，竟想起了诸多许晶晶的好。他抬腕看了看手表，默算了一下时间，这种采访只要将到会的领导的名点齐便行。电影开映后，他便可退出写稿，随身带了手提电脑，半个小时便可完成写稿、发稿。于是，闻光一迅速在手机上按了一行字："我正在采访，很快可结束，九点钟，老地方见。"

发完短信，闻光一觉得心情格外轻松，想找个无人的地方畅快地吼上几嗓子。

九时整，闻光一兴致勃勃地赶到许晶晶住宅小区旁边的那家咖啡厅，这是他们常约会的地方。显然，许晶晶已到了一会儿，她桌前的烟灰缸里已有几个烟头，手中的半支香烟仍在轻烟缭绕，头则偏向窗外，出神地瞧着街景。

闻光一上前将许晶晶手中的烟夺下，狠狠地按熄在烟灰缸中。

"你，你什么时候学会抽烟了？知不知道，这是慢性自杀？"闻光一没好声气地低吼着。

"自杀好，死了眼睛一闭，清静。"许晶晶的语调毫无情感。

"你这是怎么啦，晶晶？"

"那你想我怎样？唯一的亲人被自己曾经以心相托的人亲手送进了监狱，难道还要我开怀大笑？"许晶晶往日漂亮温情的眼睛里冒着火一般的东西，一字一钉地问。

"晶晶，你能否冷静些？我们就不能心平气和地谈谈吗？"

"心平气和？行，就心平气和地谈谈。我问你，闻光一，你对溪水的那件案子，准备怎么处理？"

闻光一抬头盯着眼前这个曾经让自己心动的女人，缓缓从口袋里摸出一支烟，点燃，深深地吸了一口，尽量使自己平静下来。

这几天，闻光一将自己关在办公室里，对田赛男提供的两个账本的复印件进行了仔细分析与思考。同时，他与肖天虎通了电话。肖天虎将案件查处的情况大致说明了一下。黄本贵、贵永宏在巨大的压力下，终于顶不住，开始交代问题。他们交代的，与田赛男掌握的情况大致相同，只是他们拒绝说出幕后黑手，将犯罪事实全揽在自己身上。闻光一陷入深深的沉思，他明白，即使写出事情真相的稿子，省报不可能发，也发不得。于是，他经过缜密的思考后，决定写一个内参，直接送达省委领导的桌上。

"晶晶，你是个明白人。我举一个简单的例子。倘若有一种致命的病毒侵入了你的身体，你是在起始阶段将其消灭，还是任其侵入内腑而引起致命的病变呢？"

"如果消灭病毒是要以牺牲亲人作为代价，你又会做出怎样的选择？"许晶晶反唇相讥。

平日口才极佳的闻光一顿时语塞了。

"我知道，此案牵涉你父亲，但他是被动的，是受人胁迫，我们要相信法律的公正。"

"公正？别道貌岸然了。如许木根是你的父亲，你还会这样大义灭亲吗？"

许晶晶的话音尽管不高，却像一颗颗子弹直射闻光一的心脏，他想申辩，却张不得口，真有点越申辩越虚伪的感觉。他能理解许晶晶此刻的心情，她毕竟是许木根的女儿，很难摆脱亲情的羁绊。可他自己呢？在道义与亲情之间必须做出抉择，这是件既简单又复杂、既痛苦又两难的事情。但闻光一毕竟是个有主见的人，一旦做出决定，他是不会轻易改变的，只是此时他不知该跟许晶晶说些什么。

"晶晶，我们今天谈点别的，行吗？"闻光一的眼里透出一种妥协。

"你想回避？"许晶晶穷追不舍。

"请你别误解，晶晶，我不是刻意回避。从情感上说，我也非常同情你父亲，但毕竟情感不能替代理智。你如果到了现场，看到政府的苦心及山民们的血汗钱变成了一座座豆腐渣工程，看到一双双期盼的眼睛里流露的是失望与愤怒，或许你就不会这么想了。你说得很对，人要讲点良心。良心是什么？是评判是非的尺度，如被个人的情感所左右，只惦着私欲，它还能叫良心吗？"闻光一感到很吃惊，自己一口气竟说了这么多，但说出来比闷在心里强。

"什么？只惦着私欲？闻光一，这就是我在你心目中的印象吗？我恨你。"许晶晶突地起身，用一种绝望的语气对呆若木鸡的闻光一吼道，然后，拎起桌上的小包，飞快地朝着门口跑去。

闻光一愣了片刻才反应过来，正欲起身去追时，猛然看到进来两个搂肩搭背的人，蓝建与崔志城，后面还跟着一个耷拉着脑袋的樊大明。

这几个人怎么会串在一起？一种不祥的预感袭上闻光一的心头。于是，他一屁股又坐了下来。

三十一

蓝建的突然来访，惊得樊大明六神无主。

蓝建不是空手来的，手里拎着水果、牛奶，还有一条火腿。"哎呀呀，这地方可太难找了。不容易呀，大明记者，你是省报的顶梁柱，却住在这样的房子里，太苦了，真是太苦了！"蓝建放下手中的物品，抬头四处张望着说。

"这只是暂时的，报社已有了经济适用房，给了我一套，再过几个月，我就可搬进去了。"樊大明猜不透这位不速之客的真实用意，警惕地回答。

"我们也算是老朋友了，今天没别的意思，就是来认个门。"蓝建故作轻松地说。

"明儿，是来客了吧，快泡茶。"里间传来一个轻微的声音。

"是你母亲？她生病啦？"蓝建关切地问。

"哮喘，多年的老病根了，一到冬天就发病。"

"我进去看看她老人家，方便吗？"

"用不着，用不着，蓝副县长，您是忙人，有什么事找我，就直说吧。"樊大明赶紧制止，可蓝建头一转，径直走向里间。

里间的光线很不好，只有板壁上有一个斗大的口子透着光亮。屋里的摆设很简单，一张木制的大床上躺着一个神情憔悴的老妇人。她就是樊大明的母亲施菊花。

"伯母，我来看看您，怎么，没去医院看看？"蓝建亲热地坐在床沿，摸着老人的手说。

"你，你是？"

"妈，这是溪水县的蓝副县长。"一旁的樊大明介绍道。

"哦，是县长。真难为你了，这么忙，还来看我。"说着，施菊花挣扎着要起身，被蓝建轻轻地按住。

"伯母，我来晚啦。可得批评大明，不把我当朋友看待，您病得这么重，都不打个招呼。不应该，太不应该了。"说着，蓝建的眼睛竟然潮润了，随即从口袋里掏出2000元，塞在施菊花的手里。

"这是干什么？钱不能收。"樊大明立即制止。

"我不知道伯母病了，没做什么准备，只是代表我的一点心意，给老人买点营养品。"

"蓝副县长，心意领了，但钱是绝对不能收的。"樊大明不容余地地说。

"怎么，怕这钱不干净？放心吧，大明记者，我没什么事求你，要官，你给不了；要钱，你拿不出。纯粹是为了朋友情分，你总得给点面子吧。"说着，蓝建的脸虎了起来。

"蓝副县长，你能来看我，我就感激不尽了，怎能让你破费呢？这钱真的不能收。"老人将手中的钱往回塞。

"伯母，我15岁的时候，我母亲就生病去世了，我与大明是兄弟，您是她母亲，也就是我的母亲，我孝敬您不是应该的吗？"蓝建说得很动情，令大明母子不好再说什么。

樊大明知道蓝建在演戏，但他的话听得让人心里很舒服。大明虽然出生在棚户区，心志却很高。父亲去世后，他便与母亲相依为命。施菊花从35岁开始守寡，始终没有再嫁。一个人的工资要养活两个人，处处捉襟见肘，但再穷再难，施菊花都得让儿子出门穿得整整洁洁。吃饭清汤寡水，也会悄悄在儿子碗底埋上一个煎鸡蛋。懂事的大明立志要努力读书，早日成才，回报母爱。樊大明没有食言，他以优异的成绩考进了省城大学新闻系，毕业后又在省报当记者。这在筷子巷都成了特大新闻，施菊花成为左邻右舍教育子女的楷模。于是，她走出去头抬得更高，步子迈得更大，脸上也更有光彩。

从里屋出来，樊大明轻轻将门带上，而后招呼蓝建在沙发上坐下，并泡了一杯茶，然后静静地在蓝建身边坐下，等着蓝建开口，他知道蓝建无事不登三宝殿。

"闻光一仍在揪着溪水的事不放，准备写内参呢。"蓝建毫无顾忌地直奔主题。

"你听谁说的？"

蓝建只是暧昧地笑笑。"其实，我们倒没有什么，死猪不怕开水烫。只是这事如追查下去，手下的人嘴巴不牢，什么事都说出来，对你不利呀。"

樊大明的心里一紧，眼睛渐渐失去了光泽，头也勾了下来。出丑闻了，自己受处分事小，可母亲一生的期望和寄托就成了笑柄，她在筷子巷还抬得起头吗？

"说吧，要我做些什么？"

"上次托你带给闻光一的东西，带到了吗？"

"什么东西？"樊大明疑惑地问。

"好东西呀，能上小报花边头条新闻的报料。"

樊大明抬起的头又低了下去，他明白是那些烂照片，便喃喃着说："太烂了，我实在、实在拿不出去。"

蓝建诡笑着拍拍樊大明的肩，说："你呀，太善了。心善不是坏事，但太过了，会成为自掘坟墓的工具。俗话说，无毒不丈夫。当然这并非说你要心狠手辣，而是说该出手时得出手。"

樊大明是个极有个性的人，不会轻易受别人的摆布。他起身给蓝建的茶杯里添上水，又剥了一个橘子放在茶几上，然后极认真地说："蓝副县长，我是个读书人，手无缚鸡之力，我是做了违背道德的事情，但那不是我的本意。我每天都在忏悔，不知怎样才能弥补自己的过失。每个人都有自己做人的底线，请不要逼我做太过分的事情。听说过这个词吗？物极必反。"

樊大明的话令蓝建一愕，他没想到这个外表稚嫩的年轻人竟有这般的定力。

"瞧你说的，大明老弟，我怎会逼你做过分的事呢？只是想让你引见一下，我想见见崔志城副总编辑。"

"你见崔总有什么事？"樊大明警觉地问。

"是这样的，我上个月到外地出差，崔总的老同学托我带了点当地的土特产给他，我回来后一直忙，没时间送来呢。"蓝建信口胡编道。为了给闻光一致命一击，他可是绞尽了脑汁。终于打听到闻光一与崔志城有较深的矛盾，如能将崔拉入自己的阵营，加之手中握有置闻光一于死地的"核武器"，还不能搞定一切？只是苦于没有接触崔志城的机会。如唐突去拜访，既生分，也不便深谈。这事在办公室或在家里谈，氛围都不对，请出来坐坐是最佳的。如有个熟人从中介绍一下，是再好不过了。这个最佳人选便是樊大明。

"那你给他打个电话不就行啦？"樊大明说。

"他老同学是给了个电话。我记在手机里，前些天手机被偷了，这不，才换了个新的。"说着，蓝建扬扬手中新买的手机。

"我有他号码。"说着，樊大明掏出手机翻看着。

"怎么，请你办这点小事都要推辞？什么事都不要做绝了，多个朋友多条路呢。"蓝建威胁着说。

樊大明不再言语了。他知道蓝建找崔志城一定与闻光一有关。但又不敢得罪，谁叫自己有短处被握着呢。于是，他用手机给崔志城打了个电话。樊大明的电话让崔志城有点惊奇。一般来说，一线采访的记者是极少给他打电话的，因他不分管采访。

樊大明在电话中将蓝建的身份与来访的目的介绍了一下，崔志城沉吟片刻，答应在小区对面的咖啡馆见面。

没想到，崔志城与许晶晶竟住在同一个小区。

三十二

参加处级干部竞聘，闻光一报了名。可在资格审查这一关便被刷下来了。理由很简单：报名者必须具有副处职级，且任职满两年。首席记者享受正处待遇，本可参加竞聘，可闻光一被停止首席记者职务，相应地失去了资格。

这消息是杨子江带给他的。闻光一的心一沉，表面却故作轻松地说："不参加也好，落个清静。我们用笔杆子吃饭的，去蹚那浑水，没多大意思。"

"哥，话可不能这样说，你的人品与水平，在大家心目中都是这个。"杨子江伸出大拇指晃晃，"可为什么一到关键时刻，你就掉链子呢？是不是得罪谁啦？"

"我就是一个普通记者，与世无争，能得罪谁？"

"对了，你跟崔总，就是崔志城，是否有什么过节？"

"没有呀。要有也是工作上的观点不同，个人之间没有结什么怨呀。子江，你是不是听到了什么？"闻光一警觉地问。

杨子江盯着闻光一看了片刻，起身将办公室的门打开，探头看看外面，然后将门关紧，凑过身子说："哥，对你的问题，社委会上有争议呢。有人说，停止职务不是撤职，应该享受原职的待遇。可崔志城极力反对，他说你不仅刚愎自用，滥发稿件，给省委制定的大局带来麻烦，而且他接到举报，说你在生活作风上有严重问题，现不是提拔的问题，而是要查处。你想，崔的话说得这么硬，谁还会为你扛事呢？"

"你是怎么得到这消息的？"闻光一有些紧张地问。

"哥，蛇有蛇道，龟有龟路。这个你就别打听了，但我保证刚才的话绝对可靠。"

其实，闻光一关注的不是崔志城前面的话，而是担心他说的后半句，特别是昨天在咖啡馆偶遇蓝建与崔志城，便隐约有着这种担忧。他们是冲自己来的。生活作风有严重问题？指的是什么呢？是许晶晶？还是……

闻光一的心绪乱极了，他双手紧捂着脑袋，一言不发地思考着，连杨子江什么时候离开的都不知道。这段日子，不，准确地说，自从溪水采访回来后，一直都不顺，总觉得背后有双隐形的黑手在与自己暗暗较劲。首席记者职务暂停、竞聘处长没戏、与许晶晶的隐情曝光、老爸身患绝症，怪事一桩接一桩。好在闻光一的心理承受能力比较强，他也清楚地知道，只要对溪水的稿子就此罢手，一切都会风平浪静。但这不是闻光一的性格，他不会遇到压力与阻力就妥协，相反，这些压力与阻力只能激起他更大的斗志与抗争。

可是这回，闻光一有些不祥的感觉。为了弄清蓝建与崔志城是如何搅在一起的，昨天晚上，他试着给樊大明打电话。起初樊大明没接，后来接了，但说起话来支支吾吾。闻光一聊起昨天在咖啡馆好像见着他与蓝建、崔志城在一起时，樊大明一口否决了，并以正忙着赶急稿为由，匆匆挂断了电话。樊大明的反常更让闻光一起疑心。可以肯定，蓝建找崔志城一定是与自己有关，可为什么樊大明搅在里面呢？

随着轻轻的敲门声，进来的是田赛男，她的圆脸涨得红通通的，一进门，嘴巴便像机关枪一样扫开了。

"哟，我可敬的闻老师，您还有心思在这里发呆呢？您听听，报社的那些闲人都在嚼您的什么舌根子。难听死了，您不害羞，我都害羞呢。"

"瞧你神神秘秘的，没个正经。他们都说了些什么？"闻光一有些心力交瘁地说。

"说什么？哎呀，我都说不出口。"

"说不出口就别说。"闻光一没好声气地说道。

"他，他们说你在外搞女人，还嫖。"说着，田赛男的脸都红了。

"是谁，是谁这么缺德？简直无聊，无聊，无……"闻光一的口气在激愤中变得越来越弱，最后竟变成一个没声响的休止符。就在这一瞬间，他的脑子飞速运转着，寻找着能让人当作话柄的劣迹。蓦然，他想起了在溪水的那个风流之夜。莫不是蓝建这个流氓早已布置好了圈套，让自己钻进去，在关键时候拿出来做杀手锏。如真是如此，他们简直太阴险了。但从另一个角度讲，也说明他们问题很严重，他们心虚了。此刻的闻光一真的有点后悔了，酒后乱性，因小失大，一世的英名可能就会毁于自己性格中的致命弱点——不拘小节。

"闻老师，你倒是说话呀，就这样让别人乱嚼口舌？"田赛男性急地嚷着。

闻光一则轻轻地晃晃脑袋，说："天要下雨，娘要嫁人，随它去。"他是个聪明人，知道无风不起浪的道理。既然风已起来，如何压得住浪？

田赛男还想说些什么，桌上的电话铃响了。是崔志城打来的，要闻光一立即去他办公室一趟。闻光一心里明白，真正的较量开始了，他反而格外镇定。

崔志城的办公室很宽大，办公室墙上挂满了巨大的照片和字画，照片都是他与领导的合影，字画也不是名家的作品，而是爱好风雅的领导的涂鸦之作。崔志城爱好这些，只要有领导到报社视察，他都会想尽办法与领导合个影。听到哪位领导业余爱涂画几笔，他会不惜代价去弄幅来，挂在墙上，他认为这是地位与背景的象征。前几年，有一位常务副省长据说有深厚的官场背景，以后可能要接班，写得一手好魏碑，还在中国书法协会挂了一个理事的头衔。崔志城得悉后，想方设法求其一幅墨宝。可这位常务副省长不是省油的灯，墨宝不轻易送人，要收润笔。这让崔志城犯难了，他并非舍不得钱，而是觉得用钱买来的东西体现不出感情，挂出来也没有吹嘘的话头。于是，崔志城专程花了大价钱从有着"梅瓶王"之誉的当代中国工艺美术大师徐大愚的手上，购得其一只亲手绘制的梅瓶，然后托人送给了这位常务副省长，终换回其一幅墨宝，上书四个字："无欲则刚。"只不过落款前多了一行小字："志城兄惠存。"几十万元就换回这行小字，崔志城觉得值了，如获至宝，把它挂在办公室正中。只要有人来了，他都要唾沫星子乱溅，向人讲解此幅作品的精妙与用笔的独到，言谈之中透露自己与常务关系的不一般。

谁知天有不测风云。不到一年，这位常务副省长就因重大的经济问题被"双规"了。崔志城懊丧得想哭，不声不响地将那幅引以为傲的字画从墙上摘下来。但他巧妙地进行了废物利用，将此幅书画带去报社中心组学习，作为领导干部腐败的罪证：靠写几个字大收钱财，是以权谋私的典型。说到伤心处，他竟痛哭流涕。

见闻光一敲门进来，坐在办公桌前的崔志城一声不吭，足足盯了几分钟，仿佛在狠咒着："傲烈，傲烈，这回看你怎么个傲烈。"

崔志城最讨厌目无领导的人。当领导，图的不就是个受人敬重吗？崔志城坐上副总编的宝座后，大多数人对他是敬重的。比如坐电梯，人再挤，只要他到了，都会有人替他按住电梯按钮，给他腾出较宽松的位置。他到医务所看病，拿点药，人再多，值班医生会立即起身迎候他，放下手中的病人，先给他料理。事虽小，却让崔志城的心里有种满足感。可有些人就是不买账，比如眼前的闻光一，每每见到崔志城，不仅不会主动打招呼，而且眼神里流露出不屑。更恼人的是，闻光一好几次都公开顶撞崔志城，根本不把崔志城的话当回事。这回闻光一可犯在了崔志城的手里，不让闻光一脱层皮就显不出崔志城的手段。

其实那天与蓝建见面，崔志城是极不情愿的。崔志城有自己的处世哲学，比他官大的，或是他用得着的人，不请他，他也得靦着脸凑上去，而且显得格外体贴，懂人情，每句话都让人感到既亲切又舒服。但他对部下及官级小的人，一般都哼着鼻子说话，爱搭不理。蓝建是个县官，还是个副的，与他结交有何意思？但崔志城觉得还是要给樊大明一点面子。在崔志城眼里，这些年轻的记者门路广，又是跑政治口的，与领导接触多，说不定哪天用得着，得罪了就不划算。于是崔志城便极不情愿地应约了。

在咖啡馆坐定后，蓝建便找个理由将樊大明支开了。

"崔总，久闻大名，今天得以拨冗相见，荣幸之至，荣幸之至。"蓝建弓着身子，双手递上一杯茶，谦逊地说道。

"用不着客气，蓝副县长，有什么事请说吧。"崔志城连头都没抬，接过茶杯，轻轻吹着漂在面上的茶叶，漫不经心地说道。

"没什么大事，只是想结识一下崔总。嘿，瞧我这记性，带了点小玩意儿给孩子，做个纪念。"说着，蓝建从随身的拎包里取出一个墨绿色的皮盒子，双手递了过去。

崔志城放下手中的杯子，接过后慢慢打开，禁不住眼睛一亮，是五枚一套的熊猫金币，而且是2000年的，现市场价至少得8万元。

"这是什么意思？太贵重了。"崔志城口是心非地客套道。

"值不了几个钱，我买的时候，只花了几千块，放在手里有些年头了，这东西升值的空间较大。送给孩子玩玩，玩玩。"蓝建不经意地说道。

其实，蓝建早已打听到，崔志城是个爱财如命的人。但初次见面，送钱不妥，少了不行，多了让人下不了台。怎样让崔志城接得心安理得，又有一定的分量，蓝建是动了一番脑筋的。最后，他想到了熊猫金币，总重60克的金子，按现时金价不到2万元，可早期的版本，已翻了数倍，分量就很重了。

崔志城也不笨，素不相识的人送此重礼，目的是什么呢？他将盒子关好，轻轻地放在桌子上。

"蓝兄，你是个爽快人，有什么用得着兄弟的，请尽管说。"

听到崔志城唤声"蓝兄"，蓝建的心里像喝了蜜一样甜，便知道有戏了，黄金炮弹的威力要显现出来了。于是，蓝建一脸苦相地将闻光一在溪水采访的过程诉说了一遍。当然，他不会将自己做的手脚抖搂出来，而是道貌岸然地站在县政府的立场上，从稳定压倒一切的大局观侃侃而谈，还有意无意地透露了一句"陶晋副省长很关注此事，已和有关方面打了招呼，想封杀此事"。

"怎么？你和陶省长熟悉？"崔志城听出了弦外之音，关切地问道。

蓝建故作无意地将两家的世交简单叙述了一遍，崔志城不禁对蓝建刮目相看。平日里，崔志城对部下或无实权的小官，官架子拉得比门框还大，但只要面对比自己大的官员，他立即缩得比窗子还小，他是深谙拉虎皮当大旗的厚黑之道。

"兄弟，你说此事该如何办？听你的。"崔志城拍着胸脯说道。

蓝建一喜，赶紧凑上前去，与崔志城咬起了耳根，并从挎包里取出一个信封，递了过去。

"好，好，有了子弹，不怕闻光一那小子傲烈了。"崔志城抽出信封里的东西看看，兴奋地说道。

"有劳崔总了，以后再表谢意。"蓝建话中有话。

　　闻光一见崔志城又端起了架子，便不客气地在他对面的椅子上坐了下来。

　　"老崔，有事找我？"

　　"嘿，有事找你？事大了去啦。"崔志城晃晃脑袋说。

　　"请说吧。"

　　"我问你，在溪水都干了些什么见不得人的事？"

　　"先纠正一点，我闻光一从不干偷偷摸摸的事。我在溪水干了些什么？公事，已跟主管领导做了汇报。私事的话，没有向你报告的必要吧？"闻光一字字反诘道。

　　"哼。我看你是不见棺材不掉泪。"说着，崔志城将一个信封扔了过去。

　　闻光一接过，抽出一看，全身的血顿时都涌上了头脑。那些不堪入目的照片，男主人公正是自己。是在什么地方拍的？他睁大眼睛仔细端详着，觉得照片里的环境有些眼熟。仔细地想，终于记起来了，是在溪水的休闲城。那晚被他们灌多了酒，细节记不清了，但过程还是有印象的。真无聊，想不到他们偷偷做了这样的手脚。是谁干的呢？那晚陪同的有常林宽、小张。按理说，他们不会，也没有必要这么做。那会是谁？对了，贵永宏，是他。只有他才会做这等下流之事。

　　此时的闻光一真是后悔呀，平日里总自诩为文化人，以不拘小节为彰显个性的由头，没想到，关键时刻，这小节可能就是毁掉气节的导火索。

　　"怎么样？闻光一同志，这事不会小吧？没有故意诬陷你吧？我真小看了你，别看你平日道貌岸然的，没想到心里尽埋着花花肠子。知道这是什么行为吗？嫖娼。除了这些，还有什么问题？全说出来！"崔志城见闻光一彻底垮了，得意地追问道。

"我还能有什么问题？"闻光一的脑袋耷拉着。

"哼，还想抵赖。再看看这个吧。"崔志城又从口袋里掏出几张纸片，扔了过来。

闻光一接过一看，是一张送礼的清单及各项证明材料。有替儿子缴的代培费，在溪水时接的茶水费，还有父亲住院时送的慰问费，加起来约有5万余元。

"流氓，都是些流氓！"闻光一无力地说道。他知道自己已深陷一个别人早就挖好的泥淖，而且深不见底。此时做再多的解释也是苍白的，只有缚手等待着被处理。崔志城还说了些什么，他一句也没听见，听见的只有自己沉重的呼吸。

三十三

肖天虎见到闻光一时，吓了一跳。他下午一到省城，就给闻光一打电话。闻光一在电话中有气无力，他们约在闻光一家门口的小酒馆见面。

肖天虎赶到时，桌上的一瓶白酒还剩半瓶，闻光一的脸色灰白，像霜打了一般耷拉着脑袋，衣襟上沾满了油油的菜汤。见到肖天虎，闻光一盈聚在眼眶里的泪水不争气地涌了出来。

"秀才，这是怎么回事？是谁欺负你啦？"

"没谁欺负我，是我负了自己。"说着，闻光一端起酒杯，又要往嘴里灌。肖天虎夺下，顺势往他脸上一泼，没好声气地吼着："喝，喝，老子叫你喝。还像个人吗？心里有什么话就说，别拿酒撒气！"

"老虎，你就让我喝，喝死了好，就一了百了，没了烦心事。"闻光一几乎是咆哮着说。

俗话说，好事不出门，坏事传千里。显然，报社的同事们都知道了闻光一的丑闻，大家见了他，虽然没有说什么，但眼神都有些怪怪的。有的人见面时打招呼，似笑非笑，走后则不停地回头打量着熟悉而又陌生的闻光一。敏感的闻光一能感受到，背后有无数双眼睛在好奇地探索着自己。报社几百名记者，犯这错那错的都有，但犯他这种丢人现眼的错误的人却没有，至少没人拿到证据。

其实，这事也有挽救的余地，昨天崔志城的话说得很含蓄，只要闻光一对溪水的事就此罢手，都好商量。谁没个喝酒乱性的时候呢？至于收受红包，哪个当记者的没有经历过？对此，闻光一没有吱声，他向来讨厌这种无聊的交易。做男人就得敢于担当，但这种担当所付出的代价是惨重的，声名扫地不说，有可能连工作都得丢掉。更重要的是，他要如何面对杜灵与儿子？如闻光一妥协，他眼睁睁地看着小人的阴谋得逞，自己曾经立下的"铁肩担道义"的诺言将成一句空话。从某种意义上说，这种行为不仅是渎职，而且是罪犯的帮凶。如闻光一不低头，和蓝建穿一条裤子的崔志城绝不会善罢甘休，崔志城会利用自己手中掌握的纪检权力，随意给一个处分，闻光一都会身败名裂。这一切就像一条毒蛇一样在吞食着闻光一的心灵，使他痛苦得想在酒精的麻醉中默默地结束自己的生命。

肖天虎用杯子倒了一杯茶，轻轻地递到闻光一手中。

"秀才，我知道做人难，难做人，但不能因为难，我们就放弃原则，就出卖人格。说说吧，你到底遇到了什么事？"

闻光一缓缓抬起头，泪眼婆娑地瞧着正焦急地等着答案的肖天虎，嘴唇急剧地颤抖着，想说些什么，竟一个字也吐不出来。他伸手去抓桌上的酒瓶，被肖天虎一把夺过。

"你是不是男人？有什么话就说，有屁就放，别再灌猫尿了。"

闻光一的头渐渐低了下去，用蚊子般大的声音，将事情的来龙去脉讲了一遍。

肖天虎听后直爆粗口，也怒骂一番。闻光一没做任何的反驳，他觉得自己该骂，只有被骂得越凶，身上的罪孽才会觉得轻些。他悔啊，悔得肠子都要青了。忍不住，闻光一朝自己的脸上狠狠扇了两个耳光。肖天虎并没有拦阻他，只是斜着眼睛瞟了他一眼，抓起手中的酒瓶，仰脖猛灌了几口。

"杜灵知道这个事吗？"

"我还没回家。"

"你准备怎么办？"

"不知道，听天由命吧。"闻光一的语调里充满着颓废。

肖天虎见闻光一痛苦的模样，不忍心再数落什么。他从桌上的烟盒里抽出一支烟，默默地点燃，狠狠地吸了几口。

"这次来，就是想告诉你，我的工作也有了变动。"

"啊？怎么变？"闻光一惊异地问。

"到市委党校脱产学习半年。"肖天虎无可奈何地说。

"你才干了几个月啊？怎会有这样的安排？是否跟安居工程的案子有关？"闻光一不解地问。

"只能是猜测，组织上这么安排也合情理，新提拔的县处级干部必须到党校参加轮训，谁也没得什么话说。"

"那案子怎么办？谁来接手？"闻光一关切地问。

"临行前，熊县长找我谈了话，我将案子的进展情况做了全面的汇报，熊县长的意思是会做出安排，至于具体怎么安排，我也不好多问。"肖天虎轻轻地叹了一口气。

"怎么会有这么巧的事？我这里刚接受审查，你那儿被安排离岗学习？"

"我们是小看了这些人的能量，他们的手眼能通天呀，硬的不行，就使阴招。可以肯定，他们在背后做了手脚，让你吞下一只苍蝇还吐不出。"肖天虎愤愤地说。

闻光一赞同地点点头，问："那我们现在该如何办呢？"

"偃旗息鼓。"

"偃旗息鼓？"闻光一怀疑自己的耳朵出了问题，反诘道。

"兄弟，要懂得保护自己。据我分析，崔志城并不想一巴掌将你拍死，只是想给你一个警告，让你住手。此时我们再有响动，他们可能就要真的下手了。留得青山在，不怕没柴烧。"肖天虎老到地说。

"哼，柴都没有了，留着青山还有何用？"

"秀才，可不能意气用事。你不为自己想，也得为家庭着想，为杜灵与孩子着想。你若背上个处分，甚至被开除了公职，这辈子还能抬得起头？眼光要看远些。一位优秀的拳手，不是一味地出拳，有时也会将拳缩回来，但这不是畏缩，而是为了积蓄力量，等着给对手致命一击。"

对于肖天虎的这番开导，闻光一并不认可。闻光一有自己做人的原则和信念，自己做了错事该受到惩罚，但不能把事业与正义作为交换的条件，来换取别人的施舍。一个有血气的男人应该有敢于舍生取义的担当。

就在这时，闻光一的手机响了，是在医院的光达打来的。电话还没接完，闻光一已脸色惨白，泪流满面。

"老虎，我爸不行了，我得赶去医院。"说完，闻光一转身便跑出去。肖天虎回过神来，拎起闻光一遗落在椅子上的外衣与包，随即追了出去。

闻光一急匆匆地赶到医院时，闻理才已去世了。父亲静静地躺在病床上，嘴巴微微张开着。闻光达紧紧抓住父亲的右手，跪在床前，哭得声音都嘶哑了。母亲在杜灵的搀扶下坐在沙发上，一脸木然地盯着已失去生命体征的丈夫，眼泪像流水般地往下淌，一只青筋突突的手颤抖着在空中挥动，仿佛在召唤远行的亲人回来！

闻光一看见父亲，顿时愣住了，眼泪止不住往下落。他悄无声息地轻移着双腿，好像怕惊动了沉睡中的父亲，一步一步往前挪，在病床前跪了下来，爆发出一声让人心悸的哭喊："爸！爸！"除了悲痛，他呜咽得再也吐不出其他字来。

正在伤心的闻光达见哥哥进来，猛地止住哭泣，发疯般跳起，一把揪住闻光一的衣领，几乎是咆哮道："闻光一，你还有脸进来，你是凶手，是你害死了老爸！你是不肖子孙！"

在场的人被闻光达的举动弄得面面相觑，然后一拥而上，将扭成一团的兄弟俩拉开。

"你疯了，怎么能这样对待哥哥？"肖天虎一把抱住光达，厉声喝道。

"他不是我哥，我不认这个哥哥，是他气死了老爸，他是凶手！"平日温驯老实的闻光达，此刻眼睛变得通红，像一匹暴怒的烈马，在肖天虎的怀抱里挣扎着，肖天虎只得连拖带抱地将他拉出了病房。

闻光一满怀委屈，也不知弟弟何来的火气，此时显得格外冷静。他默默地在父亲的床前坐下来，伸手轻轻拂去掉在父亲脸颊上的几颗泪珠。然后用一种惜别的眼光，细细端详着父亲。他在父亲额头每道细细的皱纹里，读到了一位饱经磨难、穷困潦倒的乡村教师的沧桑与骨气。

父亲写得一手好魏碑，每当逢年过节或村里有红白喜事，村里人都得请他写对联，父亲的脸上才会有一种少有的红光，呼唤着闻光一磨墨、闻光达牵纸，他凝神运气片刻，便挥动着那支狼毫大笔，内圆外刚的遒劲魏体字在红纸上立住脚，引得围观的乡邻发出阵阵叫好声。那些时刻的父亲，眉宇间流露出几分难得的豪气，搁下笔，双手叉着腰，倒退几步，接过求字者递上的水烟筒，痛快地吸上几口，眯着眼睛欣赏着自己的杰作，然后朝哥儿俩挥挥手说："下一个。"

那时家里穷，全靠父亲在村小教书的几十元钱收入来维持一家人的生活。求对联的乡邻是自带红纸的，可笔墨却要父亲倒贴。有一次，人散院冷后，母亲悄悄地嘟噜了一句："写这么多对子，耗精费神不说，还得倒贴笔墨，何不收些润笔，当个补贴？"父亲的脸立即涨成了猪肝色，对着母亲咆哮道："陶渊明能不为五斗米折腰，我闻理才虽穷，但不缺那几个钱买棺材。"说着，拂拂袖子，径直而去。唬得母亲不敢吱声。

如今，可敬可亲、浑身铁骨铮铮的父亲默默地离去了。自从父亲得了绝症后，闻光一已做好了充分的思想准备，但没想到，父亲走得如此匆忙，匆忙得连一句话都没留下，甚至没能见上最后一面。想到此，闻光一泪眼模糊，轻轻抚摸着父亲渐渐冷却的手，然后缓缓用嘴唇亲吻着，最后一次感受父亲的体温。

殡仪馆的义工推着车子进来了，母亲在杜灵的怀里哭得几乎要晕厥过去，闻光一、闻光达与肖天虎一起，小心地将父亲抬上了车子。大家都失声痛哭。连肖天虎的眼睛都红红的。就在临别的那一刻，闻光一扑到车前，从口袋里掏出那支从不离身的金星笔，轻轻地别在父亲的口袋里。他知道，父亲一辈子爱好文字，更爱好笔墨。到了另一个世界，怕父亲孤单，就让自己最心爱的笔，陪伴着父亲。然后，闻光一扑通跪在地上，以最传统也是最崇高的礼节为父亲送行。

闻光一没有随灵车前往，留在医院处理账单，肖天虎陪着他。

"知道光达为什么与你反目吗？"在前往殡仪馆的的士上，肖天虎轻声地问。

闻光一默默地摇摇头。

"房子。"

"房子？"闻光一惊讶了。

"今天蓝建来过医院，他跟伯父与光达说，由于你在溪水安居工程的问题上小题大做，揪住不放，弄得县里的工作极为被动。安置房的分配可能要推倒重来。为了避嫌，以示公正，你家的两套房子要勾销，等二期以后再考虑。顿时，伯父气得一口痰堵住了嗓子眼，光达第一时间找来医生，但终没能救得过来。"

"流氓！卑鄙！"闻光一从牙缝里挤出这几个字，他清楚地知道父亲的心事。对于闻光一这个儿子，闻理才将自己淡淡的惦念化作一种远距离的审视，时刻关注着大儿子的一举一动，他老人家自费订了一份省报，每天都要翻阅，只要有闻光一的文章，他每个字都读，好像要铭刻在脑子里，还把文章做成剪报，家里床头那只失去了原色的樟木箱里，珍藏的是他做的全部剪报，空闲时翻出来读一读，看一看，仿佛能探究到大儿子心灵深处的脉搏。而对于闻光达这个儿子，闻理才则将所有的父爱变为近距离关切，尽自己的所能帮助这个老实憨厚、为家庭做出了牺牲的小儿子。儿媳妇胡立春心大眼宽，想做城里人，想过富裕的日子，总觉得嫁给老实巴交的闻光达亏了，也曾流露过离婚的念头，之所以没有提出来是因为闻家在深山移民搬迁之列能分到两套城里的房子，这些闻理才都知道。但是，蓝建借探病之机，用犀利的语言将闻理才这个希望钻破了，他老人家如何能承受起这般打击？想到此，闻光一的心头在隐隐作痛，有一种愧对父亲与弟弟的内疚。

当的士在殡仪馆门口停稳，闻光一与肖天虎下车时，殡仪馆门口的阶梯上坐着一个人，许木根，看见他俩来了便起身走了过来。

"闻记者，我是早上回来的，谢谢你又放过我一回，听晶晶说，老伯不幸去世，她手头有急事，来不了，特让我来悼念。"

闻光一与肖天虎禁不住彼此对视了一下，他俩明白，这又是蓝建下的一招狠棋，这是在闻光一的伤口上撒盐。

三十四

处理完父亲的丧事，杜灵和闻光一翻脸了。

当杜灵将一个白色的信封摔到茶几上时，闻光一的心倒踏实了些。他知道心狠手毒的蓝建是不会放过杜灵这颗棋子的，也从心底感激杜灵识大体、讲大局的胸怀。杜灵将怨恨与苦水全埋在肚子里，奔前跑后地忙着父亲的丧事，半口不提闻光一的事。

这段时间，闻光一心里虽然悲痛，但还是悄悄观察着杜灵的表情，杜灵越显得没事，他的心里越忐忑，好像头顶悬着一颗拔掉了保险的炸弹，不知什么时候会跌落下来引发惊天动地的爆炸。因而，他每分钟都像被囚禁一般难受，甚至不敢用目光正视杜灵。丧父的悲痛与愧疚的折磨交织在一起，使闻光一憔悴了许多，他的头发上竟落下了一层浅浅的白霜。

如今，这颗定时炸弹终于落下来了，闻光一显得格外镇定，并没有伸手去动那个信封，他清楚地知道里面装的是什么。

"杜灵，能听我做些解释吗？"

"解释？还用得着吗？这些照片将一切都告诉了我。"说着，杜灵的眼泪像断线的珍珠一般跌落下来。

"我被人算计了。"闻光一无力地申辩着。

"算计？做这种肮脏的事情，谁还硬逼得了？闻光一，你也有点品位行不行？上次那个许晶晶的事，你死争活赖地不承认，我睁只眼闭只眼也就算了。可没想到，你连这种女人也敢要？这若传出去，以后我和儿子还要不要活？"说到伤心处，杜灵失声痛哭起来。

闻光一恨不能找个地缝钻进去，此刻再多的解释也是苍白的。他只得硬着头皮说："杜灵，千错万错都是我的错。你知道，我这辈子是不说软话的，求你原谅我一次，你怎么处置都行。"

"行，闻光一，这可是你说的。走，现在就走！"说着，杜灵从床头柜里取出一个红本本，拉着闻光一就要往外走。

"去哪？"

"民政局。"

"干吗？"闻光一有些紧张地问。

"离婚！"杜灵斩钉截铁地吐出这两个字。

"杜灵，我们不是说好了，等军儿读高中再办手续吗？儿子正是初升高的关键时期，我们可不能意气用事啊！"闻光一有些气急败坏地说。

"你看我像随意说的吗？闻光一，你捂着良心想想，我杜灵嫁给你图个什么？图钱？你五年前就答应给我买辆车，到现在车轮子都没见着一个。图官？你混了几十年，好不容易享受正处待遇，没几天还被撸掉了，我说了什么吗？我无怨无悔地操持这个家，把孩子拉扯大。你可倒好，竟做那种不堪入目的事，这是一般的错吗？你这是欺负人。"说着，杜灵又哭得泣不成声。

杜灵的话句句像锤子一样敲在闻光一的心尖上。他突然良心发现，自己对这个家、对杜灵、对儿子实在关心太少了。

"杜灵，是我做了对不起你的事，现在说什么都晚了，你所做出的任何决定我都能接受。只是儿子是无辜的，又处在成长的关键时期，我们离婚对他的打击是无法想象的。这样吧，你现在不愿接受我，我能理解，我搬出去，一则给儿子一个适应的过渡期，二则我们也各自冷静地考虑一下。等军儿读高中寄宿了，我们再去办手续，行吗？"说完这些话，闻光一的眼泪也禁不住流了下来。

杜灵没有回答，只是怨恨地瞟了他一眼，抽泣着进了卧室。闻光一栽坐在沙发上，真正理解了孤独无助的滋味。事业走进了死胡同，家庭面临着破碎，走到哪儿都遭人白眼。"闻光一，你真是个浑蛋，一个无耻的浑蛋！"他狠狠地咒骂着自己。

拎着装有几件换洗衣服及日常用品的旅行箱，闻光一艰难地迈出了家门。在迈出家门的那一刻，他心底突然涌上一种淡淡的依恋。作为记者，一年到头，他有无数次离家出行的时刻，却从来没有今天的这种感觉。为什么人在快要失去某个事物时，才知道珍惜呢？而这种珍惜又得借助追忆与回味来编织。闻光一清楚地知道，这回迈出家门，不知何日能够回来，或许永远都回不来。这一走，他走得格外沉重。

在报社的老宿舍楼，闻光一打开了一间满是灰尘的门。这是闻光一当上首席记者后，报社为方便他加晚班时休息而临时分配的。屋子不大，里面摆着一张床、一张桌和一对单人沙发，还有完整的厨卫设备。闻光一几乎没在这住过，只是有时赶稿太疲惫了，中午在这打个盹。长期没人住，桌面上落着厚厚的一层灰，闻光一懒洋洋地扫扫地，抹抹桌上的灰，掸掸铺盖，便一头栽在床上想心事。

想着想着，闻光一心头一阵烦躁，想喝水，便端起桌上的茶杯，里面是空的。这才想起，这里不是家，没人烧好水、泡好茶，一切得自己动手。于是，他颓废地将杯子一扔，直挺挺地躺在床上。突然，传来了轻轻的敲门声。闻光一心头一惊，刚搬过来，有谁会找来？他懒得起身，只是抬头朝门口望望。

"闻老师，在吗？请开开门。"

是田赛男。"她怎么知道我在这儿？"闻光一纳闷着，没好声气地回答，"我不在。"

"咯咯！闻老师，您真逗！刚才我看见您进门了。忘了吧？我就住在您隔壁呢！"

闻光一这才记起，田赛男来报社跟班，他凭老面子找到物管处，在这里临时借了一间房给她安身。

"我人不舒服，别烦我。"

"我才不敢来烦您呢，是熊书记到省里开会，特地抽空来看您。"门外的田赛男认真地说。

闻光一想了半天，也没想出溪水县有个认识的熊书记。

"我不认识，不见。"

"哟，光一呀，我是熊守心，几天不见，就端起架子啦？"门外传来一个熟悉的声音。

是熊守心。他不是县长吗？什么时候当书记啦？

闻光一不好再推辞，只得起身，趿着鞋开了门。熊守心一个箭步越过身前的田赛男，右手热情地伸向了闻光一。

"哎呀，我的光一兄弟，有些时日没见了吧，嗯，还是这么精神。好，好！来，来，我给你带来了'粮食'，我知道，你这位大笔杆子就好这口。"说着，熊守心从挎包里掏出两条烟，放在书桌上。

"谢谢，快请坐！对不起，熊县长，我刚搬到这里，连口水都没有呢！"闻光一有些抱歉地说。

"闻老师，不是熊县长，是熊书记，溪水县的县委书记。"田赛男补充道。

"咳，你这个小田，什么书记县长的，都是人民的公仆。"

"啊，提拔为书记了，应该祝贺呀！"闻光一淡淡一笑。

"我们之间就用不着这些客套了。当县长好呀，大树下面好遮阴，天塌下来有书记顶着，乐得个清闲。但上级要将担子压下来，我也没办法呀，谁让咱是党员呢？得服从组织安排。"

熊守心想接书记，这在溪水是路人皆知的事，如今却说得这么冠冕堂皇，要在平常，闻光一会不痛不痒地挖苦几句，可现在的他没了这种锐气。他就像一棵被霜打了的冬菜，很难抬得起头。

机灵的田赛男怕影响他们谈话，便以烧开水为由退了出去。屋里的气氛顿时冷了下来，熊守心坐在沙发上，盯着闻光一。

"光一，近来还好吗？"

"不好。"闻光一淡淡地回答。

"怎么啦？遇到什么烦心事？"

闻光一抬起头，目光直射向熊守心，开门见山地问："许木根出来了，是不是贵永宏、黄本贵也出来了？"

熊守心身子微微一颤，但很快就恢复了平静。他本想趁闻光一在低潮时来点小慰问，以体现多年结成的友情，但他不是落井下石之人。他可不想刚上任，就被卷入安居工程那个危险的旋涡里。洗净双脚上岸，是最明智的选择。于是，他似笑非笑地说："光一呀，中国有句老话，得饶人处则饶人，何必把事情做得那么绝呢？给人留后路，就是给自己留后路啊！"

闻光一盯着熊守心，怎么他的语调与蓝建是那样合拍呢？是啊，没有熊守心的允许或是暗中支持，肖天虎怎会在关键时刻被安排到党校学习？许木根等人怎会立即解除审查？看来，世上没有永恒的友情，只有永恒的利益。

"干什么事都想着给自己留后路，那人间何来正道？"闻光一言辞犀利地回答。

说实在话，安居工程一直是熊守心心里的一个结。作为时任县长，他在组建安居工程领导班子时，就有人提醒他，蓝建的胆子太大，人也太活，把握不住，很容易失控。这些，熊守心都想到了，但他知道蓝建在省里有一定的关系。思来想去，他还是让蓝建担纲了。可熊守心没有安排一个亲友揽工程，也没有伸手捞一分钱。只是在建溪水宾馆时，资金链出现了问题，束手无策时，蓝建慷慨地拨付过来 2000 万元。本来，熊守心是不同意挪用这笔钱的，但蓝建说，这笔钱是工程预算外的，都是为了溪水的建设，用在哪都是用。熊守心当了多年县长，当然知道专款专用，但他想安居工程是省里的重点工程，溪水宾馆是县里的重点工程，都是国家的，到年底，市里要组织县域经济大巡察，溪水宾馆是亮点之一，自己正处于扶正的关键时刻，在政绩上加点分，对自己的前程至关重要。于是他便接收了这笔款项，还说会优先偿还。没想到闻光一盯上了安居工程，盯上了蓝建。熊守心知道，蓝建出了问题，这笔挪用款也得曝光，那可是吃不完兜着走的大事。别说当书记泡汤，就是当了也得撸掉。于是，熊守心给蓝建下了死命令，不管用何种手段，一定要摆平此事。上星期，熊守心朝思暮想接任县委书记的任命下来了。高兴之余，他仍有些担忧，那就是闻光一。尽管蓝建向他汇报，闻光一已没有回手之力，但他还是不放心，趁来省里汇报工作的机会，找闻光一聊聊，探探虚实。

"我说光一，你敢于担当，坚持真理是没错的。可家丑不可外扬，你是溪水人，即使出了丑闻，你也得睁只眼闭只眼呀！何况还没定论，尚在调查之中。如真有问题，有纪检和司法部门进行查处，你是搞新闻的，何必当这恶人呢！你是不是和蓝建有什么过不去的地方？"熊守心话中有话。

"熊县长，啊，不，熊书记，我斗胆问一句，在安居工程里，你是否也插了一手？"

"光一，我的为人你应该是了解的。我以党性担保，在这个问题上，我的手脚是绝对干净的。"熊守心急忙解释道。

"有没有挪用工程款的情况？"

闻光一轻轻的一声反诘，惊得熊守心手心直冒冷汗。他明白眼前这个首席记者的眼睛不是吃素的，暗暗庆幸自己今天来得及时。思忖片刻，他将建溪水宾馆的情况如实说了出来。

"熊书记，你怎么这样糊涂啊！安居工程的款项是不能挪用的，你从政这么多年，连这点常识都不懂？蓝建之所以这么做，是想封你的嘴呀！你能挪用去建宾馆，他就可以贪污去建别墅。不过，你与他的性质不一样！你只是犯了错误，不是犯法，赶紧采取措施，还能说得清楚呀！"闻光一有些激动地说。

"我的光一老弟，事情可不是你想的那么简单。怎么说得清楚？挪用工程款，我得负主要责任。蓝建如果出了问题，我的领导责任也跑不掉。到时两笔账一起算，我，我还有什么可说的。"

"嘿，一个人怎能不犯错误？犯了错，能认识到并痛下决心改不就行了吗！"

"你说得轻巧。你知道有多少人盯着我这个位子吗？我当书记才几天？屁股还没坐热呢！"熊守心也有些激动了，眼圈竟微微泛红。

闻光一不再言语了，心里明白，熊守心今天来探访的目的，就是想让他闭嘴。

三十五

处于"失业"状态的闻光一过得很悠闲。一日三顿都在报社食堂解决，余下的时间就在房间看看书，摆摆棋谱。

只是，闻光一从"路路通"杨子江的嘴里得知，关于社委会对他的处理意见存有很大的分歧。崔志城的意见是开除党籍、公职，留社察看，调离采编部门；封建国等几位主管采编业务的领导则觉得事出有因，建议由人事监察部门组成调查组，将事情调查清楚后再做处理。尽管崔志城一百个不乐意，但拗不过少数服从多数的组织原则，只得服从。不过，大家形成了一个共识：在没有做出结论之前，闻光一不适宜做采编工作，被安排在社史办公室搞些文字工作。

对于组织的处理，闻光一是做好了思想准备的。目前这样的结果，却是他万万没有想到的。精于世故的杨子江给他分析，从这个结果看，社委会的大多数成员还是想网开一面，打算给他一条出路，关键是闻光一自己的工作要做到位。

"该如何才能做到位？"在人情世故方面，向来一根筋的闻光一不解地问。

杨子江给闻光一出了两个点子：一是给溪水方面做做工作，在联合调查组取证时，证明那天晚上闻光一的确是喝醉了酒，酒后因神志不清，行为准则不受大脑的控制，至少在思想上，他没有主观犯错的动机；二是要抓紧时间给社委会成员活动活动，以取得同情与谅解，最后处理时社委会会宽容些，至于该如何活动，杨子江说得极含蓄，意思是不要太看重面子与金子，该出手时就出手。

这两点，闻光一都不同意。去溪水求情，只要他向蓝建开口，蓝建一定会满口答应，并能处理得天衣无缝，但接着，蓝建也会提出额外的条件，说到底就是要用原则做交易。这是闻光一断不能接受的。至于去社领导那儿送钱送礼，以便乞求社委会网开一面，以闻光一的本性，他做不出这等下作之事。思来想去，闻光一还是断然拒绝了，古道热肠的杨子江只得摇着头默默离去。

　　代表社委会与闻光一谈话的仍是崔志城。闻光一抱着极大的抵触情绪来到那间他早已熟悉的办公室，崔志城让他坐，他偏站着。崔志城无奈，也只得站了起来。

　　"闻光一同志，近段时期反省得怎样？"

　　"很好呀，一日三餐吃饱，一觉睡到天亮。"闻光一故作轻松地回道。

　　崔志城也笑笑，但笑得极阴险。

　　"有这样的心态就好。你犯的错误，性质是非常严重的，是道德沦丧，是伤风败俗，严重损害了一名党的新闻工作者的形象。但社委会怀着宽容的心态，准备对你的事进行深入调查取证后再做出处理，先停止你的采编工作，到社史办公室去工作，一则帮着整理文字材料，二则你要好好地反思自己的错误。另外，你既然离开了采编部门，只能享受行政部门一般员工的奖金待遇了。"说这话时，崔志城停止了在办公桌前的踱步，用眼角瞟了闻光一一眼。

　　"是发配吗？"

　　"随你怎么理解，我只是转达社委会的决定。"崔志城口气颇硬地回答。

　　"不去。我是采编专业人员，犯了错误，组织上核实认定后，该怎么处理就怎么处理，都什么年代了，还搞发配呀。"闻光一有些急了。

报社采编人员的收入分为两大块，即基本工资与奖金，而奖金基准是根据职称与职务来确定的。闻光一任首席记者期间，既有副高职称，又享受正处待遇，每个月的奖金加稿费，有近6000元的收入，比工资高出一截。如到社史办拿一般员工的奖金，每月只有1000多元。父亲患病时，他借了不少的债，眼看着儿子要上高中，一下子少了那么多收入，叫他怎么活呀？

见闻光一终于急了，崔志城眼里透出一种不易察觉的快意。

"闻光一同志，你这种态度可不对，你现在还是党员，若不服从组织的决定，可不是一般的问题。"崔志城的话语尽管平静，却透着一种潜在的威胁。

"天要下雨，娘要嫁人。想怎么整，随便。"

闻光一强硬的态度很是让崔志城下不了台，崔志城正欲发作，门外传来轻轻的敲门声。随即，社办的史主任推门进来，用几乎夸张的动作弓身扶稳门，迎进了满面红光的左放明，后面还跟着封建国及宣传部的几位处长。

"老崔，左副部长刚上任，便来报社看望大家。"封建国往前迎一步，春风满面地介绍着。刚刚还垮着脸的崔志城立即多云转晴，笑容可掬地上前，双手紧握着左放明伸出的右手。

"哎呀呀，失迎，失迎。左部长真是亲民近人，打个招呼呀，我们好在大门口迎接。"崔志城不失时机地恭维着，恨不能把屁股当脸贴上去。

左部长？这是怎么回事？闻光一有些惘然地站在那儿。他悄悄问身边的史主任才得知，丁宁副部长已被提拔到外市任市委书记，左放明被提拔为省委宣传部副部长，分管新闻工作。闻光一不禁倒吸了一口冷气，传言果然变成了事实，这就叫作不是冤家不碰头，这回可真有好戏看了。此刻的闻光一，心绪复杂极了，想悄悄地从人群背后溜掉。

"哟，这不是光一记者吗？正准备去看看你呢，想不到在这里见到了。嗯，不错，不错！省报就得有几位像光一这样的大笔杆子支撑着。你说是吧，老封？"左放明抽出被崔志城紧握的手，双手向正移动着脚步的闻光一伸出，扭头向封建国说着。封建国不停地点着头。

"是的，是的，光一是咱们的业务骨干，写出了许多有影响的稿子，他是屋里放爆竹，响声在外呢。"封建国说。

被左放明柔软、温暖的双手握着，闻光一有种戏剧般的感觉。命运竟如此捉弄人。想到王陵子教授，闻光一心里很难受，发出一种轻蔑的怪笑，并轻轻地将手抽回，朝低身站在一旁、脸上堆着阿谀媚笑的崔志城说："老崔，如果没有其他的事情，我就先走了！"

说完，闻光一径直朝门口走去。

"闻光一，你，你……"站在左放明身后的封建国将刚才的一幕真切地看在眼里，尽管他知道个大概，可不管怎样，面子上总得过得去呀。他还没来得及发作，就被左放明一个手势给打断了。

"用不着计较，知识分子嘛，都有点个性。小闻还年轻，今后的路还长着呢。"或许左放明今天的心情格外好，显得很大度，他朝着闻光一的背影，一语双关地说着。

闻光一回到办公室时，沙发上躺着一个人，脚搁在茶几上，双手举着一张报纸在看，因报纸遮住了脸，闻光一看不清是谁，但他在心里嘀咕，是谁这么没有教养？那人读报读得太专心，都没发觉有人进来了，闻光一只得重重地咳嗽了一声。

"哟，我的首席同志，见你一面比见省领导还要难呢。"

闻光一这才看清，是洪兵，便没好声气地说："请别再叫我首席，我被撸了。"

"慢，慢！怎么回事？"洪兵一把夺过闻光一端起的茶杯，惊异地问。

"撸了就是撸了，什么怎么回事。"闻光一脸色铁青地夺回杯子，仰脖猛灌。

"啊，我知道了，你是风头太劲，同行们眼红了，在你背后使绊子了吧。撸就撸吧，凭你闻天元的两把刷子，到哪儿没口饭吃？此处不留爷，自有留爷处。"

唾沫星子乱喷的洪兵还在自由发挥，被闻光一冷峻的眼色给制止住了。

"请不要自作多情，行不行？有事说事，没事滚蛋。"闻光一吼着。

但一想到洪兵还是挺够意思的，在关键时刻敢于拔刀相助。于是，他用一种缓和的语调说："对不起，近来我的心情不好，兄弟，请不要见怪啊。你是无事不登三宝殿，有事就直说吧。"

见闻光一动气了，洪兵不敢再油了，便紧着嗓门说："你答应我哥的事还没办呢？"

"啥事？"闻光一明知故问。

"瞧你，真是贵人多忘事。就是铁路拐弯的事，都过去一个多月了，我哥还等着你的回信呢。"

闻光一不言语，低头思忖了片刻，用一种无奈的语调说："兄弟，这件事我一直记在心间，你是了解我的，最不愿就是欠人情债。之前是太忙，实在抽不出时间，现在是有时间了，可我这副样子，没心情也没脸面去见徐清水呀。"

"天元，此话差矣，这个节点是最好的。你当首席时，忙得不可开交，我不好意思催你。现在你有空了，去一趟吧，就算是去会会老朋友，散散心。再者，这也是为老区人民做好事呀。"洪兵的话说得很得体，也很真诚。

闻光一动了恻隐之心，便说道："这样吧，你先和清水通个电话，看他在不在滨都，还记不记得我这个老朋友。如他还能念旧情，你就去订机票吧，反正我都有空。"

"放心吧，天元，我一直都与徐清水保持着联系。他一直都念着你的好，盼望着早点在滨都相会呢！"洪兵变得兴奋起来，手舞足蹈地说。

"那行，听候你的安排。"

"那我先订票，订到票就动身，怎样？"

"听你的。"

得到闻光一的肯定回答后，洪兵便起身告辞了。

三十六

接到李大莲的电话，闻光一的心都碎了。

老人在电话里哭得好惨，好像天塌下来了。

"闻记者，你是活菩萨，救救牛崽，要替我们做主啊。我的命怎么这么苦啊。呜，呜！"

"李婆婆，你别激动，慢慢说，到底是怎么回事？"闻光一着急地询问。

"牛崽，牛崽的眼睛被人撒了石灰，瞎了呀。天啦，这叫我这老婆子怎么活呀。"话筒里传来李大莲凄厉的哭声。

尽管心急，闻光一还是耐着性子问清了事情的缘由。早上，牛崽开着"拐的"在县城的东门候客，一个操着外地口音的黑脸汉子过来，说要到北溪乡去。牛崽载着他，刚到荒僻的河滩边，汉子便叫停了。牛崽诧异地回头想问个明白，只见那人手一扬，一包东西砸在牛崽眼上。顿时，牛崽的双眼便火辣辣地剧痛，号叫着在地上翻滚。

"小子，给你长个记性，莫要多管闲事，管闲事是要付出代价的。你胆敢再管宏强的事，我让你到阴间去给阎王拉车！"说完，汉子扬长而去。

"牛崽现在的情况如何？"

"还在溪水医院急救呢，这些遭天杀的，下这样的毒手，还有没有天理呀！"说着，李大莲又悲戚地哭了起来。闻光一心里像被一只无形的手撕扯着，思忖片刻，决定立即开车前往溪水。

闻光一赶到溪水医院时，牛崽的病房门口围着一大群人，全是首批搬进安居工程的深山移民。见一身热汗的他走来，大家纷纷让开一条通道。病房门口摆着一张桌子，一名年轻的护士坐在那，像位温柔的门神，脸上挂着微笑，谁人也不让进。闻光一只得掏出记者证，护士接过看看，仍不松口："对不起，闻记者，病人刚动完手术，要静养。再则，县公安局有要求，没有允许，谁也不准接近受害者。"

闻光一急了，大声争辩着。或许是声音太大，惊动了里面的人。门开了一道缝，探出一个脑袋，正要呵斥，见是闻光一，一脸的严肃立即迸发出无数笑纹。

"哟，是闻首席，快请进。"

闻光一觉得此人很面熟，仔细一想，是公安局局长潘志公，便点点头，算是打招呼了，从门缝里挤了进去。

李大莲手拄着拐棍，双眼红肿地坐在床头的椅子上。牛崽的双眼打着厚厚的绷带，正在接受两位办案民警的询问。

"雷牛崽，闻光一记者特地从省城来看望你了。"潘志公轻声地说。

"闻叔，闻叔，你在哪儿呀？"牛崽伸出双手，无目标地在空中挥画着。闻光一的心里一热，赶紧上前，紧握着他的双手。

"在这里，牛崽，我在这里呀。"

"闻叔，你可来了，我以为你把乡亲们给忘了呢。"

"怎么会呢？我这不是来了吗？"闻光一尽量装得轻松些，想笑，可鼻翼一酸，禁不住流下了热泪。

一旁的潘志公见状，朝两位民警使个眼色，示意其出去，然后低声对闻光一附耳道："你们慢慢谈吧，我们的询问已结束，先走一步。怎么，中午到局里吃饭？"

"吃饭就算了，希望你们能尽快给牛崽一个交代，给老百姓一个说法。"

潘志公认真地点点头，朝李大莲摆摆手，便出门了。

闻光一在牛崽的病床上坐下，朝一脸疲色的李大莲微微一笑，然后关切地询问牛崽："怎么样？还疼吗？"

"闻叔，我的眼睛会瞎吗？你跟我说实话。"牛崽有些激动地昂起头，被闻光一轻轻地按下。

"别担心，牛崽，要相信现在的医疗水平，会好的，一定会好的。"其实，闻光一进病房之前已找了医生询问牛崽的病状，牛崽左眼的玻璃体已完全被灼伤，为防止感染，已摘除。右眼的情况要稍好些，保住了，但视力受到严重影响。

在牛崽的心目中，闻光一就是偶像，是精神支柱。闻光一说的话，他听，也信，便欣慰地点点头。

"牛崽，你以前见过给你下毒手的人吗？"

牛崽肯定地摇摇头。

"知道他害你的原因吗？"

"大概是为了这个。"说着，牛崽摸索着从口袋里掏出一个皱巴巴的小本子，递到闻光一的手中。闻光一疑惑地将本子打开，里面密密麻麻地按年月日的顺序记录着车号及一组组数字。

"这是什么？"闻光一不解地问。

"这是他们偷梁换柱、以次充好的证据。"牛崽气愤地说。

自从首批搬进安居工程的移民发现住房存在严重的质量问题后，他们曾自发地组织大家上访过几次，但收效甚微。然后大家自发地成立了业主委员会，一致推选为人正直、见过世面、敢说敢当的牛崽为领头人。牛崽的确是尽心尽责，在跑"拐的"拉客之余，只要有空闲的时间，就将车子停在宏强公司的门口，盯着里面的一举一动。时间一长，还真发现了问题。从这里拉钢筋、水泥的车辆，许多不是直接拉往安居工地，而是将货卸在其他工地后，开着空车前往城北的一个秘密仓库，在那里装上货后，才驶往安居工地。牛崽将每次运输的车牌号、拉的货物、卸货的地点都做了详细的记录。日子一长，牛崽的行动被贵永宏手下一个跟车的小兄弟发现了，在一次停车卸货的时候，牛崽正在小本子上做记录，小兄弟悄悄扑上来，要抢本子，也没抢到。从那以后，宏强公司的运货车再也没出现过。牛崽以为他们就此住手了，谁知没过几天，就遭人暗算。

听完牛崽的述说，闻光一恍然大悟，田赛男处得到的账本上记录的与仓库材料的标号一致，而安居工程的施工材料与仓库又对不上号，原来奥妙出在这里。

"牛崽，闻叔替你保管本子，怎样？"

"拿去吧，闻叔，我本来就是要给你的！我知道，只有你才会给老百姓说话。"牛崽摸索着抓住闻光一的手说。

"为啥呢？"

"因你有良心。"

闻光一有些激动地将牛崽拥在胸前，只觉得胸口轻松了许多，这些天聚集在心中的所有怨气、委屈，都被牛崽的一句话驱散得无影无踪，顿生一种壮士一去不复返的勇气。

"牛崽，闻叔谢谢你的信任。现在你什么都不要去想，养好身体。"说着，闻光一从口袋里掏出一个信封，塞在牛崽手中。

"这是什么？哦，闻叔，这个我不能要，拿回去。"

"闻记者，你能来看牛崽，我就感激不尽了，怎能让你破费呢？"一旁的李大莲从孙子手中拿过信封，站起来要退还，被闻光一轻轻地给按住了。

"都是自家人，还客气啥？再说，现在正是要用钱的时候，收下吧。对了，对任何人都不能透露这个小本子的下落，否则他们不会放过牛崽。"

"放心吧，闻记者，我们知道轻重。"

从医院出来后，闻光一径直去了县委，遇到几位熟人，包括县委宣传部报道组的小张，他们并没有往常那种惊喜与热情，只是轻轻地点头笑笑，一句简单的"来啦"就算是打过招呼了。闻光一心里明白，这叫人间炎凉，但他并没有流露出些许情绪，而是挺直着身板，朝"五重天"迈去。

可是，在"三重天"时，闻光一就被拦住了。他再三强调有要事要见熊守心书记，并出示了记者证。可坐在铁门后的那个面无表情的保安，只是轻轻地瞟了一眼他的记者证。

"对不起，熊书记今天接待的人员名单里没有你，你不能进。"

"我可是有急事呀。"

"来找书记的都有急事，我见得多呢。"

"那要怎样才能见到书记？"

"给他打电话。"

"告诉我，熊书记办公室的电话号码是多少？"

"对不起，我不知道，知道也不能告诉你。"

保安的一本正经，激起了闻光一心中的火气。平时县委书记都是想着法子要来见他，今天自己主动登门却吃了闭门羹，真是落草的凤凰不如鸡呀。忍不住，闻光一的嗓门渐渐大了起来。

"是谁在这里吵闹？"

伴随着一个威严的声音，靠铁门的第一间办公室的门打开了，走出一个穿着西装的年轻人。

"刘主任，这位省城来的记者要见熊书记，可他没有预约，还在这里大声嚷嚷。"保安起身，小心地回答。

"哦，记者，怎么不先和宣传部联系呀？"说着，刘主任往前迈了几步。

"哟，是闻、闻光一同志。怎么，有事找熊书记？真对不起，书记正在和人谈话呢。"

闻光一同志！这个称呼怎么听着这么别扭？闻光一也顾不得这么多，便放低声调说："是这样的，我刚从省城来，有急事要见熊书记，请帮忙通报一下。"

"好吧，我去汇报一下，看看他能否挤得出时间。"刘主任并没让保安开门，只是边说边往回走，去向熊守心汇报去了。不一会儿，他便出来了，脸上有了笑容。

"巧，熊书记刚好跟常部长谈完事，请你进去呢。"刘主任朝保安努努嘴，铁门便打开了。

"哎呀，光一，什么风将你给吹来了？老朋友，快请坐。"熊守心并没起身，只是用手朝沙发上一挥。

在沙发上坐着的常林宽立即起身，说："来啦，怎么也不和部里打个招呼呀。你们谈，我跟书记汇报完了，先走。"

"林宽，先别走，光一也不是外人，在一起聊聊没什么不妥，你说呢，光一？"

闻光一并没有在乎对方的冷淡，而是上前迈了一步，说："熊县长，哦，不，熊书记，你知不知道牛崽被人暗害的事？"

"牛崽？哪个牛崽？"

"就是雷家村红军家属李大莲的孙子。"

"李大莲？哦，我记起来了，就是那位九十来岁的老太太。怎么啦？她孙子怎么被人暗害了？"说着，熊守心端起桌上的茶杯，喝了一口。

闻光一便将今天发生的事情详细地说了一遍。

"哦，有这事？是不是这后生在外拉车得罪了什么人？结下了什么怨？唉，现在的年轻人呀，真不让人省心。"

"熊书记，这事可能没这么简单，跟安居工程有一定关联。"闻光一用十分肯定的语气说。

"哦，有证据吗？"熊守心端茶杯的手停住了，追问道。

闻光一想掏出那个小本子，但犹豫半天，还是停住了。

"牛崽是安居工程业主委员会的负责人，他在暗中调查内幕，可能踩到了某些人的尾巴，遭人暗算呢。"

"唉，现在的农民呀，真是这山望着那山高，政府念记着他们在山高水冷的地方受穷受苦，想着法子将他们搬迁下来，可人心不足蛇吞象，吃着碗里的还看着锅里，想着法子找政府的落壳，这就叫穷壤出刁民呀。"

"熊守心，你怎么这么说话？你是什么身份？县委书记怎么能这么没有良心、没有爱心？"熊守心的话像刀子一样在剜着闻光一的心，想不到一位出生在农民家庭、被农民用血汗喂养大的堂堂县委书记，竟能说出这般无情无义的话。

熊守心或许察觉到自己失言了，尽管闻光一已不是首席记者，但他手中还掌握着话语权，这要是传出去，那还不得被读者或网民的唾沫淹死？

"光一兄弟，我不是那意思。你毕竟不在地方工作，不知道地方的苦呀！就拿这安居工程来说，政府的出发点是好的，动机是纯的，实施的步骤也是符合程序的。这么大的工程，有些失误和纰漏也是正常的，可有些人就是抓住不放，动不动就请愿上访，这不是给政府难堪吗？"

熊守心有些激动地说。

"仅仅是一个纰漏吗？刚搬进去的新居就漏水、掉灰、脱壳，是严重的质量问题。安居工程质量不过关，怎能安居？国家投了资，老百姓花了钱，却成了豆腐渣工程。作为主政一方的县委县政府探究过其中的原因吗？追究过责任人吗？我的县委书记，贪腐者可耻，纵容者可悲，纸终究是包不住火的。老百姓只是为了自己的诉求说了些话，做了些事，就遭到如此毒手，而你们却漠然视之，请扪心自问，良心何在？"

闻光一的一番话让熊守心震撼不已，竟一时无法作答。

一旁的常林宽见状，立即上前插话："牛崽是你的亲戚吗？"

闻光一摇摇头。

"那是报社指派的采访任务？"

闻光一也摇摇头。

"那不就得啦，光一同志，你现在已不是首席记者，无端插手地方的事务，有些不妥吧？"常林宽挤着眼睛说。

闻光一盯着常林宽，仿佛要将他的五脏六腑都射穿，在如芒的眼光下，常林宽有些把持不住了，脸上的肌肉在轻轻地抖动着，眼神也朝其他方向游离。

"是的，我已不是首席记者，但我还有一个身份，是谁也抹不去的。"

"什么身份？"常林宽有些紧张地脱口而出。

"中华人民共和国公民！"

屋里顿时很安静，常林宽的眼神游向熊守心，熊守心则百感交集地盯着闻光一。良久，他伸出那双保养得很好的白胖胖的手，抓起桌上那部红色的电话机，沉吟片刻，拨了一个电话。

　　"潘志公同志吗？我是熊守心。我以县委书记的名义命令你，今天发生的雷牛崽伤害案，必须限期破案。否则，请向县委呈交你们县局班子的辞职报告。"

　　熊守心打完电话，浑身瘫软，栽坐在椅子上，都不知道闻光一什么时候离开了办公室。

三十七

就在闻光一收拾行装的时候，一位不速之客登门了。

是许木根。

闻光一惊异得合不拢嘴。"他怎么知道我住在这里？是怎么找到这儿的？他登门的目的是什么？"

"啊，闻，闻记者，我能进来吗？"站在门口的许木根紧张得有些口吃。

"哦，请进，请进。"闻光一半天才回过神来，放下手中的衣物，将许木根迎了进来。许木根进门后，将两条烟放在桌子上。

"老许，你这是干什么？"闻光一虎起脸来问。

"闻记者，没别的意思，就是来谢谢你救了我。如没有你，我还在号子里吃六两米呢。"说着，许木根起身，深深地向闻光一鞠了一躬。

闻光一有些惘然了。"救了他？我怎么救了他？"

搀扶起许木根后，闻光一认真地问："老许，是谁说我救了你？"

"熊县长呀。"

"熊守心？"

"嗯哪。那天我被放出来后，直接被拉到了熊县长的办公室。我吓得心里直打鼓，以为又要我交代什么。没想到，熊县长没半点架子，还给我递烟。他说，如没有你这位大记者笔下留情，问题可就大发了，我很有可能要承担法律责任。他还叮嘱我要知恩图报，要记你的好。之后，让我缴纳了10万元的罚款，便放我回家了。"许木根发自内心地感激道。

"就这些？"闻光一追问道。

"就这些。"

"那贵永宏、黄本贵呢？"

"我没见着，听说都给放出来了。"许木根弱弱地回答。

"那如何处理他们的？"

"我也不是很清楚，听说他们贪污的那笔茶水费作为挪用公款。除了退赔外，每人也罚了10万元。闻记者，我可真是冤呀！整个工程我没做任何手脚，他们给什么材料我就做什么活，还被罚了10万元，可这些蛀虫用公款将自己的口袋填得满满的，也只罚10万元，太没天理呀！"许木根诉起了苦。

闻光一只是淡淡一笑，起身倒了一杯茶，递到许木根的手中。猛然记起了什么，转过身问："老许，我心中有个疑团，今天能否坦诚地告诉我？"

"什么疑团？"许木根瞪着眼睛问。

"你在羁押期间怎会突然寻短见呢？"

"哦，这，这……"许木根变得结巴起来。

"蓝强他们与你见面时说了什么？"见许木根仍在犹豫，闻光一干脆将话点明。

"你，你怎么知道他们来见我了？"

"要想人不知，除非己莫为。老许，你是个明白人，被卷入安居工程的旋涡，本来就是你的不幸，如还执迷不悟，替别人背黑锅，那就更是悲剧。你说是吗？"

闻光一的语调不高，却字字敲打在许木根的心坎上。许木根有些心虚地从桌上的烟盒里取出一支烟，手颤抖得厉害，几次都没点着，闻光一接过打火机，替他点燃。许木根猛吸了几口，头不停地摇晃着。

"怪我鬼迷心窍、贪图小利，被人拿住了把柄。"

原来，许木根在溪水有个相好的，叫菜花。菜花的一双儿女已长大成人，儿子到了谈婚论嫁的年纪，可一家人仍住在矿区两间简易的旧房里，谈了几个女朋友，全都吹了，这成了菜花的一块心病。许木根为了讨好菜花，决心帮她将旧屋改建成楼房。可去哪筹一大笔款子呢？这难不住头脑活络的许木根。他偷偷让工友给矿区拉了几车钢筋水泥，并派工帮菜花建了一栋二层小楼。没想到，这一切都被贵永宏一伙安插的耳目看在眼里，但他们并没声张。在许木根被拘留期间，他们便拿这个把柄来威胁许木根。

闻光一陷入了深深的沉思，他拿起桌上的烟盒，扔给许木根一支，自己点燃一支，然后大口地吸着。蓝建一伙真是心狠手辣，为了掩盖真相，机关算尽。看来，熊守心也知道了内情，让许木根来见他，无非是敲敲边鼓。同时，安排肖天虎去党校学习，想捂紧溪水的盖子。自己已洞察内幕，掌握了他们犯罪的证据，却被他们用早已预谋好的圈套束缚住了手脚、封住了嘴巴，使自己动弹不得。怪谁呢？只怪自己不争气，教训呀，血的教训。

"老许，你来找我有别的什么事吗？"良久，闻光一抬头问。

"哦，瞧我这记性，正事还没谈呢！"许木根猛地拍拍脑袋，有些紧张地说，"晶晶要离婚了！"

"离婚？怎么回事？"闻光一木然地问。

"是这样的，昨天下午，晶晶的老公突然回来，进门就铁青着脸，将一封信和几张照片摔在晶晶的面前，提出离婚。"

"信，什么信？"闻光一有些紧张地问。

"嘿，不知是哪个缺德人寄的，里面写的都是你和晶晶的事，照片也是如此。晶晶被他缠了整整一个晚上，至今无法脱身，怕他会来报社找你的麻烦，悄悄让我来找你，让你有个思想准备。"

　　许木根的话还没说完，闻光一的整个身子便瘫软了。他很想找许晶晶好好地谈谈，可马上要赶往机场，急切中，便掏出一张名片，在名片背后飞速写了一行字，交给许木根。

　　"将这个悄悄给晶晶，她知道怎么办。"说着，闻光一抬腕看看表，时间不多了，便拎起行李，匆匆朝机场赶去。

三十八

毕业于工科专业的徐清水自小爱好文学，这得益于他家邻居是一位文科教授。徐清水小时候长得虎头虎脑，很受邻居教授的喜爱，教授空闲时会将徐清水抱在自己腿上，用循循善诱的语言给徐清水讲述新奇浪漫的故事，比如《聊斋志异》的人鬼情、《三国演义》的连环计、《水浒传》的英雄谱，这些故事在徐清水幼小的脑袋里留下了深深的印记。要不是父母希冀徐清水成为一名以实业报国的铁路建设工程师，满脑子里都是浪漫故事的徐清水早已报考了文科专业，或许现在早已是小有成就的作家了。尽管学的是工科，干的是实业，但徐清水对文化人，特别是有才华的人格外敬重，有点爱屋及乌的意味。对于闻光一，徐清水是印象深刻的，不仅因为闻光一在关键时候救过他的命，更重要的是，他们曾经有过一样的文学梦，他们有共同的语言。再者，闻光一在自己新闻作品中体现的深邃思想、独到见解、精妙语言，也是徐清水对他心生敬意的原因。

徐清水亲自到机场接闻光一三人，到了饭店，众人再三请徐清水上坐，可他说啥也不肯。

"有闻老师在此，我何敢坐上？惭愧，惭愧。"

"清水，此次我们来这，是有求于你，宴请的也是你，你是主宾，理应坐上啊！"闻光一与洪兵拉着徐清水的胳膊往上位拖。

"你们还把我当朋友，能来看我，已足矣。别说相求之事，这样就见外了，有什么要办的，只要是我能力所及，没有二话。至于这上位，我是万万坐不得的，这可得折煞老徐了。"

见徐清水再三推辞，洪亮只得出面了。

"闻首席，徐总是敬重你，再说你也大两岁，就别客气了，否则大家就要站着吃饭啦。"

话到这个份儿上，闻光一不好再推辞。待大家坐定，闻光一郑重其事地将洪亮介绍给徐清水，并简明扼要地阐述此行的目的。

"啊，这段铁路的设计是我院主持，我是设计组组长，可铁路改拐弯不是小事，说重些，这涉及国家铁路建设的战略部署，牵一发而动全身；说轻些，这关系到地方经济建设与发展，谁也不会让半步。这绝不是我这个小小的设计组组长能拍板的，此事难啊。"

徐清水的话让大家的心凉了半截，洪亮的声音都有些颤抖，他问："就没有任何余地吗？"

徐清水朝服务员招招手，催其快点上菜，然后端起茶杯，轻轻地喝了一口，平静地说："世上的事没有绝对，设计都是人做的，既是人做的，就会有余地。其实洪兵给我来电话后，我就将山阳周边的地质勘探资料调过来看，现在设计的线路在靠近山阳地段时被海拔1000多米的青葱山阻拦，只得打隧道通过。而绕道15公里走山阳的秀山镇，地势较平坦，建设成本要节约近2个亿，这是变通拐弯的一个极有利因素。可你们知道，决定权不在我们手中，如能说服上层，不是没有成功的可能。"

徐清水的一番真言又燃起了大家的希望，洪亮更是激动得有些不能自已，端起桌上的茶杯，双手敬捧，来到徐清水的面前，有些语无伦次地说："徐工，有余地就好，有余地就好，来，我以茶代酒，先敬你一杯。此事若成了，你可是山阳人民的恩人呀！"

"谢谢清水指了一条明路。可是，我们在这两眼一抹黑，别说是上层，就是你们的头儿也不识我们是哪座山上的猴子，我们连门都进不去。"闻光一冷静的一番话又像一盆水，将洪氏兄弟的热情浇得无影无踪。

"是呀，是呀，凭我们灰头土脸的模样，去哪找关系？这事还得徐总出面才行。"

徐清水淡淡一笑，说："我能做的有限，要打通上面的关系，还得靠你们自己。不管怎样，我得避避嫌。你们找不到上层，但有人找得到呀！"

"谁？"在场的人几乎异口同声地问。

"你们是山阳的土猴不错，但也有神通广大的齐天大圣呀。你们想想，山阳是革命老区，当年参加红军长征的有多少人？有多少元勋曾在那里战斗过？目前健在的人尽管已离开了权力中心，但他们说话是有分量的，如有人能站出来进言，这事不就成功了一半？"

闻光一他们醍醐灌顶，显得格外兴奋。

"是呀，这么好的资源，我们怎么就没想到呢？看来滨都的猴子就是不一般，见多识广，精明过人。来，来，来，要好好地谢谢清水。"

此时，服务员已将菜上来了，酒也启了盖，屋子里飘着特有的酱香味。闻光一将四个杯子全倒满，然后端起酒杯，来到徐清水的面前，真诚地说："清水，谢谢你，重情重义，肝胆相照。"说完，不善饮酒的闻光一仰脖将杯中的酒饮尽。

酒喝得尽兴，话也就多了。大家自然而然地回忆起在工地相识、相知、相敬的往事。那时他们都很年轻，胸中都激荡着"先天下之忧而忧，后天下之乐而乐"的雄心壮志，能吃、能睡、能干、能闹。闻光一尽管不喜酒，但遇舒心事，必邀酒相庆。二十年流水逝去，尽管时光在每人的眼角雕出细细的鱼尾纹，岁月的风霜将须发染上了缕缕银丝，唯一没能改变的便是各人的脾性。当年喝酒，闻光一酒量不大，却喝得豪气，往往是溜了桌底，嘴巴仍在喊着"喝"。洪兵喝酒则稳健，有量垫底，步步为营，从不挑衅斗狠，往往后发制人。而徐清水则机灵耍滑，用种种方式鼓动着那两人对喝，自己却悄悄溜了边，他这种伎俩很快就被精明的闻光一发现了，于是闻光一与洪兵暗度陈仓，提出行酒令，以"八月十五吃月饼，越吃越热"为口令，每人连读三遍，读音不准或中间有停顿者罚酒一杯。这可苦了徐清水，这段酒令卷舌音重叠，读起来格外别扭，涨得徐清水额头青筋暴起也无法撸清，因而罚酒的也只有他了，闻光一与洪兵俩人高兴得直拍手称快。

往事是情感的融洽剂，几人边聊旧事边喝酒，酒到深处，人酣了，情也就浓了。兴头上，服务员领着一名端庄雅致的女子进来了。徐清水立即起身，向众人介绍道："这是内人，姓呼名淑兰，听说闻老师一行来这，下班后特地赶来相见，以尽地主之谊。"

"闻光一老师吧，你可是咱家清水的偶像啊，只要聊起你们当年在一起的友情及往事，他眼睛都发光呢。"呼淑兰说着，主动向闻光一及洪氏兄弟伸出右手，显得既大气又有分寸。

"呼姓可不多见。"闻光一说道。

"满族。"

"弟媳的气场可不一般，是当领导的吧？"

"在纪委工作，比我的职务高，惭愧！惭愧！"徐清水站着介绍完，闻光一等人惊得眼睛瞪得像铜铃一般大。

闻光一见多识广，接触的官员也多，但也是第一次见到专管"摘帽子"的高官，许多趾高气扬、权倾一方的省部委高官不都是在他们面前栽的跟斗吗？老百姓将他们传言得神乎其神，来无踪，去无影，手里拎着正义之锹，哪里路不平，就往哪铲。可今天闻光一见着的，也就一平平常常的女子，只是气场不同寻常而已。

"来，来。咱家清水是个老实人，喝不得酒，也劝不来酒。今天我就代表他敬来自远方的朋友一杯。不过，得满杯啊！"呼淑兰见桌上摆着的是六钱的小酒杯，便唤来服务员，将小酒杯全撤了，换成二两的啤酒杯。

呼淑兰边斟酒边嘟囔道："我说清水你也真是的，用这种小孩玩过家家的小玩意儿，是让人笑话咱缺酒还是缺心眼？"

"你，你不是总叮嘱我少喝酒吗？今天这是抽哪门子风？"徐清水不满地小声抗议着。

"说你老实，你还真脑袋进水啦？喝酒也得看对象呀，闻老师是谁？是救过你的过命兄弟，没有他当年的临危不惧，何来你徐清水风风光光的今天？来吧，我先干为敬，按咱满人的习惯，是朋友的就走一个。"说着，呼淑兰端起杯子，一口饮尽。

天哪，这可是二两烧酒啊，想不到外表文静的徐夫人，骨子里竟这么豪气。闻光一只听说过有女子能喝酒，但没见过这么能喝的女子。人家是主人，又是职务不低的领导，他们可不能跌脸啊。想到此，闻光一心一横，眼一闭，将杯中酒倒进了喉咙，只觉得一条火龙直往心窝里钻，燃烧得整个身子都沸腾起来，在轻轻地漂浮。他想笑，发出的却是哭声，他想哭，笑得却不知所以。人间的烦恼，职场的宠辱，个人的得失，就在这一瞬间，全都消逝了，他的头脑一片空白。

空白真好，是无我的境界。

三十九

闻光一得到王陵子教授自杀的消息，是在第二天中午。

电话是许晶晶打来的。顿时，闻光一脑子"嗡"的一声，身子瘫软了，胸口好像被压了一块沉重的巨石，仿佛天地颠倒旋转了起来。他想呐喊，却窒息得无法出声。电话里传来的是许晶晶焦急的话语："光一，闻光一，你怎么啦？说话呀，你说话呀！"

许晶晶是今天凌晨三点接到顾小曼的电话，她不认识顾小曼，只是从闻光一的嘴里多次听到过这个名字，知道是闻光一最好的同学和最信任的朋友。但许晶晶不明白，顾小曼有急事找闻光一，怎会找到她这里。接到顾小曼电话的最开始，许晶晶的态度非常冷淡。近些天来，她为了应付丈夫占福寿要离婚的事，忙得是焦头烂额，身心疲惫。这顾小曼打来电话又是因闻光一的事，她不想惹，也不敢惹。但听完顾小曼在电话里焦急的诉说，许晶晶顾不得睡在沙发上竖起耳朵偷听的丈夫，语调变得急切起来。

"许晶晶，我知道这个时候给你打电话是很不礼貌的，但我实在是没有法子啊。我姨父王陵子教授于今天凌晨自杀了，原因是昨天法院的终审判决下来了，仍是败诉，他老人家一时想不开。我有要紧事与闻光一商量，给他打了无数个电话，他的电话都处于关机状态，我询问了许多与他平日联系较多的朋友，他们都不知闻光一的下落。还是他的学生田赛男把你的号码告诉我，让我试试，许晶晶，你能联系上闻光一吗？"

"听说他去滨都出差了，我们最近也没有联系，我尝试给他打打电话，如有消息，我再和你联系。"许晶晶对闻光一有了较大的成见，但知道此事非同小可，便应允了。随即，她裹着被子，坐在床上不停地拨打闻光一的电话。她清楚地知道，由于工作性质的关系，闻光一的手机是 24 小时开机的，用闻光一自己的话说，记者的手机号码就是新闻热线。万万没有想到，昨晚是分别了 20 来年的好朋友相聚，闻光一为了不受外界的影响，喝酒前各人已相约将手机关机，就是天塌下来也不在乎这一个夜晚。更让许晶晶没想到的是，平时很少沾酒的闻光一，在友情与感情的浸润里，竟喝得酩酊大醉，别说手机关机，即使开着，闻光一也在沉醉中无法醒来。

　　许晶晶连着拨了一个来小时的电话，话筒里传来的仍然是干涩得毫无感情的那句话："您拨打的电话已关机，请稍后再拨。"起初，她还抱着侥幸的心理，或许是闻光一刚谈完事回来，发现手机关了，正在开机。也许，闻光一发现手机没电了，在外面谈事忘了带充电器，此刻回到宾馆正在充电。但无数个枯燥重复的动作，带来的是无数个失望，许晶晶变得焦躁起来，也很担心闻光一。"是不是他出什么事了？是不是病啦？那里车多人杂，他不会遇到车祸了吧？"种种的猜测像阴云一般渐渐笼罩在许晶晶心头。这丝丝缕缕的愁云交织在一起，催生着另一种很奇巧的感觉：牵挂。那时，许晶晶才感觉到，自己与闻光一虽然断绝了一个月左右的来往，也曾下决心不再搭理他，其实都是自己在哄骗自己，闻光一的声音和形象已在她的心里留下了不可磨灭的印记。不得不承认，她是爱这个男人的，爱他浑身溢发的才华，爱他疾恶如仇的个性，爱他对朋友的实诚与率真，爱他充满激情的活力，甚至觉得连他身上散发的淡淡的烟草味都是香甜的。特别是在许晶晶离婚的关键时刻，闻光一托她父亲带回的一张字条上面只有一句话："虱多了不痒，再添一只何妨？"尽管只有短短十几个字，表露的却是一名男子汉敢于担当的心迹，这是她最为欣赏的。

许晶晶清楚地知道，闻光一的心性很高，从心底敬佩的人不多，王陵子教授是其中之一。闻光一认可的不仅是王教授才高八斗的学识，更敬重王教授如清泉一般磊落的人品。为了王教授书稿被剽窃之事，闻光一耗尽心血，收集证据，撰文声援，而且不畏权贵，据理力争，体现的是一位热血男儿敢于"铁肩担道义"的古道热肠。如今，王陵子教授遭遇意外，闻光一联系不上，该如何办呢？

许晶晶实在睡不着了，干脆穿衣起床。她给顾小曼打了一个电话，说明了自己没联系上闻光一的情况，得知顾小曼目前正在系马山庄，她决定立即赶过去。她想，闻光一出差在外，她应该替闻光一去做点什么，至少能给孤悲中的顾小曼做个伴。就在她要迈出家门的那一刻，躺在沙发上的占福寿猛然跃起，伸手拦住了她。

"许晶晶，天还没亮，这么早上哪去？又是姓闻的召唤吧？不许去！"

许晶晶柳眉一挑，冷眼瞟着目光恶毒的占福寿，知道刚才的通话全被他偷听去了，牙缝里蹦出两个字："无聊。"

"哼，我无聊，我还没无聊到与别人上床，今天就是不许你去。"占福寿见许晶晶仍举步往外走，便气急败坏地伸手拽着许晶晶的胳膊一拖，许晶晶被重重地摔在地板上。

许晶晶没有反抗，没有叫喊，只是眼里射出一种令人心寒的冷光，默默地爬起来，毅然地开门往外走。

"许晶晶，你等着，这笔账，我会记在闻光一的头上。"占福寿在许晶晶的冷漠面前胆怯了，只得跳着脚在她身后发出无力的嘶叫。

深秋的晨雾像一位玄秘的魔术师，将系马山隐匿得不见了踪影，只有雾幕的深处传来杜鹃鸟孤寂的鸣号，才唤起人们对山的记忆。

许晶晶对系马山区的路不是很熟，雾又大，她开车开得很慢。待赶到听涛斋时，天已大亮。院子里已聚集着不少的人，大家脸上都挂着悲伤，正在与人轻声商量事情的顾小曼见许晶晶进了院门，便迎上前。

"请问，你是？"

"我是许晶晶。"

"哦，你就是晶晶，我是顾小曼，我们在电话里已相识了。真对不起，给你添麻烦了。"说着，脸上还挂着泪痕的顾小曼主动伸出了右手。

"别这么说了，小曼姐，我们都是光一的朋友，再客气就见外了。我一直在和光一联系，可他关机，放心，我会不断地联系他。王陵子教授怎么……"

顾小曼的眼泪止不住又盈眶了，声音也哽咽起来。

王陵子是昨天下午接到法院的终审判决的，当时他正在练习书法。师树斌来后，一脸凝重地将刚刚从法院接到的判决书递上，王陵子仔细读完，发出一声长叹，跌坐在椅子上，手中那支蘸满了墨汁的狼毫滑落，在洁白的宣纸上留下一个沉重的惊叹号。师树斌想说些宽心的话，被王陵子用一个果断的手势制止了。随后几个小时，王陵子便紧闭房门，独自待在书房里，没有任何声响。无论顾小曼如何敲门，王陵子就是不开。等师树斌找来铁锤，正欲动手砸门时，书房里传来悠扬的抚琴声，是古朴悠长的《渔樵唱晚》，门外的几人无言地对视着，放弃了砸门的念头。王陵子除了钻研学术外，一辈子有三大嗜好：下棋、喝酒、抚琴。棋与酒是每天必做的功课，琴却不常抚，只有喜极或悲极时才会抚弄。

傍晚时分，王陵子终于迈出了书房，并淡定地与大家共进晚餐。饭后，他独自到院子里散步，不许任何人跟随。大家见他神态正常，也就放心了,在饭厅里饮酒聊天。过了一个来小时,大家猛然发现院子里没了人影,顿时慌了神,院里院外都寻不着,急得如热锅上的蚂蚁一样。顾小曼冷静下来后,猛一拍脑袋说:"我知道姨父去了哪儿了。"说着,带领众人出院门,朝一条山路跑去。

离听涛斋约两里路的一个山坳上,横卧着一块十几平方米大的巨石,石隙间生长着几棵碗口粗的松树,长得郁郁葱葱,显现出顽强的生命力,也有些岁月了。每当满月的夜晚,月亮爬上东山顶,月色正好铺在松林间,如诗一般的意境。琴心剑胆的王陵子最是喜爱这里,将此命名为"月润松林"。他曾有意无意地对顾小曼说,如他百年后能在此寻块安眠之地,足矣。

在这没有月光的夜晚,浓浓的迷雾如一位手法神奇的魔术师,将远山近景都遮掩了起来。大家心急火燎地跟着顾小曼在萤火般的手机光亮的指引下,深一脚、浅一脚地朝月润松林走去。有人扯着嗓门喊道:"先生,王陵子先生!"除了回音,山野显得格外寂静。大家细心地找人,没见人影,嗓门喊哑了,没有应答。正郁闷时,一人猛然抬头看见树干上吊着一个黑乎乎的东西,上前伸手一摸,禁不住喊叫起来。

"哎呀,是先生!快来人呀,找到了,找到了!"

大家急忙涌上前,七手八脚地将吊在树干上的王陵子搬下来,可先生早已气绝身亡。

之后,顾小曼在王陵子书房的桌子上发现了三封遗书。一封是给省委领导的,上面就一句话:"日月昭昭,岂容黑白颠倒。"另一封是给亲属的,上面有三个交代:一是不搞任何遗体告别仪式;二是骨灰不葬,撒在月润松林;三是藏书捐给省大图书馆,古琴"邀月"送给省博物馆。一封是留给闻光一的。

闻光一的脑袋一片空白，良久才有了反应，问道："王老去世了？怎么回事？你快说，到底是怎么回事？"

在许晶晶身边的顾小曼将事情的经过哭诉了一遍。听完，闻光一木然了，用有些沙哑的声音说："小曼，我的心很痛，真的不知该说些什么。我知道，王老是为清白而死，为正道而亡。其实，摆在他面前的有许多条道可以选择，可为什么他老人家偏偏要选这条不归之道呢？"说着，闻光一忍不住抽泣起来，后来竟号啕大哭，顾小曼也禁不住恸哭起来。站在一旁的许晶晶也早已是泪眼婆娑，但她还是保持着清醒的头脑，轻轻扶着顾小曼的肩说："小曼，别光顾着哭了，还有正事没谈呢。"

顾小曼停止了哭泣，尽量以平静的口气说："光一，你此刻的心情我是理解的，姨父还给你留了一封遗书，现在我手中。"

"哦，都说些什么？"闻光一稍稍稳定了情绪，用纸巾拭去眼泪。

"因是写给你的，我不好拆看，不知内容是什么。"

闻光一迟疑片刻，用一种坚定的语气说："小曼，请你现在就拆看，把内容念给我听。"

顾小曼立即取出那封遗书，当着许晶晶的面拆开了。抽出一看，俩人目瞪口呆，竟是一张白纸。顾小曼不相信，抖抖信封，仍空空如也。

"光一，真是太奇怪了。"

"怎么啦，小曼？"听到顾小曼疑惑的声调，闻光一在电话里着急地询问。

"里面只有一张白纸，什么也没写。"

"只有一张白纸？"闻光一的眉头聚成一结。

"是不是姨父气糊涂了，没将写好的东西装进信封？要不，我到书房再去找找？"顾小曼着急地说。

"不用了，小曼。王老写了，他是用心在写，我读懂了。"

"写了？你读懂了？这是怎么回事？"

闻光一不再言语，他心里明白，王陵子是在向他叙说"我是清白的，一定要帮我讨回公道，我在九泉之下候盼着"。

禁不住的热泪已挂满闻光一的双腮，但他明白此时不是伤悲的时刻，有许多事情等着他去处理。于是，闻光一抹去眼泪，做了几个深呼吸，使自己尽量平静下来，然后用异常镇定的口吻交代顾小曼："请你一定要保管好遗书，我有用处。此刻在外有公务，一时半刻也赶不回去，但我对王老的悲悼与追思是阻隔不了的。我吟一副对联，你记录一下，书写后张贴在王老的灵堂前。"

顾小曼应允着，随即指示着身边的许晶晶找来纸和笔，按照闻光一的口述，一字一字地记录下来：

一身正气，作文正，做人正，邪不压正撞南墙，泣留正气浩天地。
两袖清风，学术清，人品清，浊难融清逝西水，笑看清风沁人间。

四十

闻光一发火了，虎着脸，将洪亮没头没脑地一顿臭骂，并收拾行李，要买机票回去。

这天上午，洪亮兴冲冲地赶回来，带回一个他认为是天大的喜讯。省委决策层为了集中力量突破"铁路拐弯"的难题，作为拉动省内经济发展的突破口，特成立攻关小组，由常务副省长陶晋牵头，多部门负责人联合组建工作班子，昨天已到滨都。洪亮闻讯，特地赶到省驻滨办找到陶晋汇报先期开展的工作成效，得到了首肯，他们三人也可加入攻关小组。这于洪亮来说，是千载难逢的机遇，如能好好地表现一番，仕途将一片光明。

可闻光一不屑一顾，他是看在洪兵的面子过来帮个忙，报社的那堆难事还没了结，假也没请，到时崔志城又要给他扣一项目无组织纪律的帽子。

机敏的洪亮看出了闻光一的心事，便笑着说："闻首席请放心，省委宣传部的左放明副部长是攻关小组的宣传组组长，他听说你与徐清水是旧识，又与任长才老将军做了大量的工作，很是高兴，等会儿他一起来接你呢。"

洪亮的话还没说完，闻光一猛然发起飙来，话说得很难听，弄得洪氏兄弟手足无措。

尽管这些天闻光一的心情很不好，但他并没有影响工作。洪氏兄弟在滨都是两眼一抹黑，别说找本省籍的老红军与老干部，连门都摸不着北。闻光一也不熟，但他参加过几次振兴革命老区经济发展座谈会，认识了不少本省籍在部委工作的老乡，认识几位德高望重的老红军、老干部，至少能说得上话。于是，连着几天，闻光一带着洪氏兄弟走东家、串西门，联络了不少老乡。大家知晓"铁路拐弯"的重要意义后，无不慷慨激昂，热血沸腾，都表示要为家乡的发展出分力、尽些心。大家一致推荐，只有请任长才老爷子出山，才能有些效果。

而拜访任将军的重任又落在了闻光一的身上，他们一行来到任将军休养之处，却吃了个闭门羹。守卫的士兵说任老将军年事已高，闭门谢客，除非有指示，或者老将军亲口应允。任凭闻光一等人再三解释是代表家乡人来探视，还出示了记者证，可坚守职责的卫兵没半点通融的余地。正吵嚷着，院内传来一个带着浓郁家乡口音的声音："门口是谁呀？小王，去看看，老子这里又不是军事禁地，还关禁闭呀。"

"哦，是小闻记者来了，快请进，快请进！"将军的秘书小王将门打开，请闻光一等人进去。只见院内花坛的旁边，一位头发尽白、满脸红光的老人正坐在轮椅上，腿上盖着一条军绿色的毛毯，颤颤地向闻光一伸出了双手。

"小闻呀，还记得我这个没用的老头子呀，欢迎，欢迎！"

闻光一赶紧上前几步，双手紧紧地握住那双温暖的大手，眼睛一阵潮润。

任长才将军已经96岁高龄，耳聪目明，思维敏捷。这与他从小习武，有一个强壮的身体有很大关系，要不是去年冬天半夜起身时不小心摔了一跤，小腿骨折了，他何用坐在轮椅上度日？

见到家乡来的客人，老将军很兴奋，谈兴很高，带着浓厚的家乡口音询问家乡的变化。令闻光一没想到的是，任将军竟和雷家村的雷金焕是战友。于是，他将雷金焕的妻子李大莲七十年期盼守节的故事讲给老将军听，感动得身经百战的老将军老泪纵横。趁机，闻光一将此行目的及铁路转弯的意义向老将军和盘托出。

任老将军沉默良久，猛然发声道："王秘书，备车。"

"首长，您要去哪儿？"王秘书低下身子，轻声地问。

"铁道部，我要找小橙子问问理，他的良心长在何方？"

被老将军唤作"小橙子"的现任铁建集团的董事长于月明是当年老将军的警卫员。

当任老将军巍正正地坐在这位常务副部长的办公室时，整个铁道部都被惊动了。

"铁路不拐弯，天理不容，老子就坐在这里不走了。"

集团总部几乎所有的班子成员都来安慰老将军，直至答应在尽可能的情况下考虑给山阳老区人民一个交代，任老将军才坐着轮椅离开。回家后，热心的老将军还不放心，自己口述由王秘书执笔，给高层写了一封言辞恳切的信，并串联了几位老战友、老首长共同签名，引起了高层的高度重视。省里得到这一信息后，立即组成专项班子来滨都趁热打铁。

就在洪氏兄弟觍着脸给闻光一做工作、悉心解释时，左放明春风满面地跨进了房间。

"光一同志，不简单呀，你给省里解决了一个大难题哟！"说着，左放明的手已伸了过来。

闻光一的气还没消，狠狠地瞟了洪亮一眼，对左放明伸出的手视而不见，径直在床沿上坐了下来。

"功臣不敢当，我是个戴罪之人，到时只要不把我往死里逼，就算谢天谢地了。"闻光一冷冷地回答，特地将"死"字拖长了音。

碍于有人在场，左放明不好明说什么，收回手后，沉吟片刻，说道："有些人呀，就是心胸狭窄，屁大点的事情就寻死觅活。生命是什么？生命是至高无上的，对生命不负责任，就是对自己、对事业、对国家不负责任，从某种意义上说，这是一种极端自私的表现。"

"是的，生命是宝贵的，但生命的意义何在？一个人为了私利，巧取豪夺、损人利己、不择手段，他的生命是延长了，但这样的生命有意义吗？与畜生有何区别？而有的人，为了正义、信仰、真理，不惜以生命为代价，其生命旅程是短暂的，可熠熠生辉，精神长存。能说这是自私吗？"

闻光一说出这番话，觉得心里舒畅了许多。左放明的脸上是红一阵、白一阵，一双金鱼眼在黑边眼镜框里不停地转动着，透着一股令人作寒的杀气。

不明就里的洪氏兄弟看看这个，又瞧瞧那个，不明白他们怎么一见面就针锋相对地谈起生命哲学，这与今天见面的主题有何关联？

左放明毕竟老辣，他绝不会在与自己的切身利益相关的时刻去逞一时的威风。在他眼里，闻光一就是一只抓在手心的蚂蚁，他想什么时候发力，就可将其捏成碎末。但他眼前不会这样做，"铁路拐弯"是省里当前重点抓的一件大事，闻光一又是成败的关键，如成功了，这对自己的政治前程会有举足轻重的作用。就让闻光一折腾吧，总有收拾干净的一天。想到这里，左放明脸上又呈现出一种灿烂的微笑。

"光一不愧为才子，说得深刻，有道理。真是听君一席话，胜读十年书呀。"

左放明的变化，顿时让闻光一迷惑不已。他想趁此机会好好为王陵子教授出口恶气。可没想到，左放明并没接招，而是高高举起了免战牌，闻光一心里有种失落感，嘴里凌厉的话锋也刹了车。

"东西都收拾好了吗？上车吧，陶晋同志还在等候呢。"左放明见闻光一不吱声，又以居高临下的口吻对洪亮下达指示。

洪亮格外温顺地点点头。

"我哪儿也不去，就住在这里。"闻光一气又上来了，顺势躺倒在床上，掏出手机看新闻。

洪氏兄弟面面相觑，不敢吱声。

左放明眼里冒着火光，此刻还不能对闻光一行蛮，闹将起来，自己下不得台。"光一同志，我可得批评你了。不管怎样，你是党报记者，又是党员，应该有个大局观吧？'铁路拐弯'牵涉我省经济发展大计，直接关系到近千万人口脱贫致富。一个人如分不清轻重缓急，将个人意气带到工作中，可能得到一时快意，失去的却是整体利益，是一种胸无大志的具体表现。换句话说，你闻光一太让我小看了。"

闻光一仍强硬着说："难道非要搬到驻滨办去才是顾全大局？我住在这里一样工作，更加自由自在。"他只差没说出那句"我就是不愿天天见到你左放明，省得闹心"。

"你这话就不对了。过去你们是'单打独斗'，现在不同了，常务副省长陶晋同志挂帅主管此事，要将各方力量整合在一起，形成拳头优势。大家都在一处住宿，好商量工作，协调共进。"

随即，洪氏兄弟也顺着左放明的话，给闻光一做工作。闻光一终于耐不住众人的劝说，只得起身，上了在门外候了多时的轿车。

左放明总算轻松地吐了一口气。

四十一

没想到，闻光一被安排住在套间。

左放明特地强调："光一呀，这套间是陶晋同志特地叮嘱给你安排的，他说你关系广，来的人多，住套间便于工作。你要知道，这几天工作人员多，套间有限，我住的还是单间呢。"

听着左放明的话里充满妒忌，闻光一便连客套话也省了，心安理得地住了下来。

陶晋副省长在秘书及左放明的陪同下，笑容可掬地进了闻光一的房间，老远就向他伸出右手。

"光一记者，老朋友了，想不到在这里重逢。怎么样，近来还好吧？"

"谢谢陶副省长的关心，还好，还好。"闻光一礼节性地与陶晋握手，并赶紧让座。

"光一呀，你这次可是为省里办了件大好事呀。省委林书记特地要我转达对你的问候，大功告成后，省里要给你立功呢。陶晋拉着闻光一的手在沙发上坐下，低声细语地说。

"立功不指望，我是个戴罪之人，只求能将功赎罪，给我条出路，我就谢天谢地了。"

"戴罪？这是怎么回事？"陶晋的脸色变得严峻起来，用一种威严的眼光盯着左放明问。

"哦，可能有些误会，回去后我了解一下，会妥善处理的，请省长放心。"左放明一脸媚笑着说。

陶晋这才若有所思地点点头，尽管左放明没有将话说明，但他已敏锐地感觉到一定是蓝建在背后使了绊子，本来他是不会将一名小记者放在眼里的，只是目前这个颇具个性的闻光一是他仕途上一颗重要的棋子。省长已到了退休的年纪，他是几位候选者之一，在这关键时刻，出点政绩无疑会给自己加分。而闻光一与徐清水是生死之交，这就是成功的机遇啊。于是，陶晋将闻光一与蓝建在利益的天平上做了衡量。

左放明端上刚泡的茶，陶晋不动声色地将茶杯轻轻地往闻光一的面前一推。这个细微的动作，让左放明心里一惊，一种莫名的失落感袭上心头。

"光一呀，听说你与徐总工交往有 20 多年啦？"陶晋微笑着问。

"谈不上交往，只是在 20 年前认识他。"

"那也是老朋友呀。老朋友好，老朋友好，多个朋友多条路嘛。"说着，陶晋轻轻地在闻光一肩上拍拍，体现的是一种信任与亲密。闻光一没有言语，只是默默地点点头。

"光一同志，你是党员，也是我的老朋友，我就不讲大道理了，我要表明的是，省里对'铁路拐弯'是志在必得，这也是为老百姓办实事的具体举措，你所起到的作用至关重要啊。当然，省委主要领导也会在适当的时机向高层作专题汇报，我也会去拜访有关同志，以取得各方面的支持。一句话，举全省之力，把这个项目争取到手，你可得全力以赴啊。"陶晋的语气突然变得严肃起来，用中气十足的语调侃侃而谈。

"尽力吧。"

"不是尽力，而是要尽全力，有什么困难和要求只管跟组织讲，组织会全力以赴支持的。"陶晋再次拍拍闻光一的肩膀，一旁的左放明嫉妒得两眼直冒火光。

"另外，光一，还得请你替我办件事。"

"请领导明示。"闻光一抬起头回答。

陶晋没有吱声，端起茶杯吹拂着，用余光瞟了一眼左放明。左放明立即起身说："瞧我这记性，约了人。失陪，失陪！"说完，迅速地倒退两步，朝门外走去，遇着捧着一个漂亮锦盒进来的秘书小邹。

小邹将锦盒轻轻地放在茶几上，又给茶杯续上水后，静静地退出房间，并顺手带上了门。陶晋才朝闻光一这边移移，带着笑容说："光一呀，是这么回事，徐总工在我省工作过，应该说为我省的经济建设做出过贡献。我这次本想去拜访他，可在这敏感时期，怕给徐总工带来不必要的麻烦。就请你代劳一下，替我去登门拜访。这是一件省产的工艺品，给徐总工作个纪念吧。"说着，他将茶几上的锦盒打开，里面是一个洁白如玉的瓷盘。

"百鸟朝凤？这，这也太贵重了吧？"闻光一有些瞠目结舌。

"不就是一个瓷盘吗？给他作个纪念而已。"陶晋微笑着说。

闻光一知道这个珍贵的瓷盘里所蕴含的深刻意义，也不好抹陶副省长的面子。于是，他答应了。陶晋脸上露出了笑容，又聊了些家常，便告辞了。

闻光一本准备洗个热水澡后好好休息下，还没开始洗，手机便催命般响了起来。

电话是杜灵打来的，她发现儿子闻军在和网友聊天时，使用"老公、老婆"的称呼，顿时气不打一处来，并将所有的怨恨都集中在闻光一的身上，神差鬼使地拨通了闻光一的电话，用咆哮的口气将心中的恼怒发泄出来，什么"上梁不正下梁歪""风流孽债有遗传"等语言都喷发了出来。

闻光一只是静静地听着，甚至轻松地吐了一口气。他太了解杜灵了，她是心直口快之人，肚里很难藏得住东西，怨气发泄了出来，也就一了百了。

"牢骚发完了吗？"待暴风骤雨稍停息后，闻光一轻声地问。

"没有。"杜灵没好声气地回答。

"那好，请接着发。"

"闻光一，我警告你，闻军是你的儿子，别忘了做父亲的义务，儿子如走上了邪路，我就是做鬼都不会放过你。"

"事情没严重到你说的那种程度吧，杜灵，你是当母亲的人，小军正处于青春叛逆期，也没犯什么大错。"

"等等，闻光一，什么意思？这么小的年纪就知道谈情说爱，真是有其父必有其子呀，还不叫犯错？那要怎样才叫犯错？难道等他给你抱回个孙子，才叫犯错？"

"杜灵，你能否冷静些？我并没说小军这样做是对的，时代不同了，像小军这样年纪的人好奇心强，什么都想了解，都想尝试，我们要加强引导才是，如采取简单粗暴的方式，很可能将其逼到错误的死胡同里去。"

"闻光一，话得讲清楚。你当甩手掌柜，没有尽到父亲的责任，我含辛茹苦地管小军，还管出错来啦？"杜灵有些气急，斥责道。

"别误会，杜灵，我不是那意思。我是做得不对，我对不起这个家，对不起你和小军。但对孩子的教育要动之以情，晓之以理。这样吧，我会抽时间和小军好好谈谈，一定让他把心思放到学习上来，这样行了吧？"

话筒里传来杜灵轻轻的抽泣声，闻光一还想再说些什么，可她将电话给挂断了。

四十二

许木根又被抓进去了，这回抓他的是蓝建。

别看许木根平日老实巴交、不哼不哈的，动起真格来，也是条充满血性的汉子。早上八点左右，正值上班高峰，许木根赤着上身，爬上了县委大院背后那座 10 万伏高压线铁塔，挂出一幅几米长的白布，布上写着：揭安居黑幕，讨血汗工钱！

铁塔四周已被如临大敌的公安民警团团围住，他们一边用警戒绳将越涌越多的看热闹的群众挡住，一边组织几名身强力壮的警察往上爬，想将上面的人劝拉下来。

"不准上！否则我就往下跳！"许木根厉声喝阻，并做出要跳的姿态，吓得爬了几步的警察只得撤了下去。闻讯赶到现场的潘志公一边指示供电局切断这条线的电流，一边拿着电喇叭不停地朝许木根喊话，劝他不要冲动。围观的人群中有几个唯恐天下不乱的后生怪模怪样地叫喊道："跳呀，往下跳呀！我们等得不耐烦啦。"几名警察制止了看客的胡闹。

许木根也是被逼无奈，安居工程的土木建筑已基本完工了，可收到的工程款不到三分之二，100 多位工人都眼巴巴地盼着结清工钱好回家收割庄稼，成天缠着许木根。在他们的理念中，这是个政府工程，政府是不可能拖欠款项的，就是包工头心黑，把钱全揣在腰包，想趁人不备，携款开溜。于是，他们自发地排班值更，24 小时派人盯着老许，老许上个厕所，都有人跟着。许木根可是打落牙齿往肚里吞，为了这个工程，他从银行贷款了 1500 万元作为启动资金，为了付"茶水费"，他又借了320万元的高利贷。按照合同，每建好一层楼，业主就得拨付10%的资金。可贵永宏、蓝强总是想方设法克扣些，许木根每次拿到手的钱，除了支付建筑成本和日常开支，所剩无几，只得拖欠工资。他曾无数次找蓝建协商过，可蓝建说，宏强公司是承建方，县里的资金拨付给了他们，拖欠的款项只能找他们要。他又找宏强公司要，贵永宏总是不冷不热地说："你放心，钱不会少你一分。只是公司目前资金周转有些困难，待手头松些，就全打给你。"就这样，许木根就像只皮球，被踢来踢去。有时他犯横，将他们堵在家门口苦苦相求，才讨来几万元，好多次动了不想干的念头，又欲罢不得，否则，前期投下的巨额资金就有可能打了水漂。

前几天，那两个放高利贷的人找到溪水来了，恶狠狠地揪着许木根威胁道："借款早已到期了，再给你一个星期的时间，如不能付清本息，就将你抵押的那套房产变卖。"

许木根只得硬着头皮又去找贵永宏。其时，贵永宏正在搓麻将，或许是输了钱，见许木根进来，眼皮都没抬一下，又随手点了一个炮，他便将所有的火气发在许木根身上。

"你是黄世仁呀？逼，逼，逼，逼急了老子，一分钱都不给你，让你老小子上房揭瓦去。"

"贵总，请你高抬贵手，将钱给结了吧，我实在没办法，上百人等着拿工钱回家，讨债的都堵上门来了。"说着，许木根老泪纵横，"扑通"跪了下来。

"咦，老许头，什么时候将老子吃饭的本钱学去了？嘿，来横的？来，来，来，既然能跪出钱来，老子陪你玩。"贵永宏说着，将桌上的麻将牌一推，面对面地跪在许木根的面前。

坐在桌边的蓝强，满脸的横肉在急剧地颤抖着，一个箭步跨过来，一把将许木根从地上抓起，用力往门外推搡。

"活得不耐烦啦？撒野也不找准地方。要钱现在没有，要玩命，哥几个陪你玩，到时让你女儿收不到尸。"随着门"砰"地被关上，屋内传来阵阵狂笑声。

许木根全身每个细胞都要燃烧起来，他想一头撞死在门柱上了事。可一想，就这么死了太不值，太便宜这些吃肉不吐骨头的家伙了，要死也要死得悲壮，至少也得有个响动。于是，抱着鱼死网破的想法的许木根朝县委方向而去。

熊守心到达现场后，听了潘志公简略的汇报，又抬头观察了铁塔上的人影和标语，心里一惊，真是怕什么就来什么。安居工程一直是熊守心的一块心病，他只盼着能安安稳稳将这一页翻过去，可没想到闹这么一出。他叮嘱潘志公，将县消防大队所有救险用的安全气包全部调来，在铁塔周围垒成一个安全圈，并严禁干警随意登塔，怕他们的行动或语言刺激到许木根。布置完毕后，见到满头大汗赶到的蓝建，熊守心阴沉着脸，顾不得身边还有其他干部在场，厉声喝道："我说蓝副县长，你嫌不够乱还是怎的？这么大人了还得别人给擦屁股。"

"对不起，熊书记，是我失职，我检讨，我检讨。"蓝建弓着身子，不停地点着头。

"蓝建同志，这可是影响恶劣的突发事件，如处理不妥，死了人，或引发群体事件，那可不是检讨的问题，而是你那副县长的帽子是否戴得住的问题。"今天的熊守心可不是过去的熊县长，坐上了县委书记的宝座，说话和处理事情再也用不着瞻前顾后了，沉稳的语调中带着一种威严。

蓝建的身子微微一抖，浑身冒冷汗，他扒开维持秩序的警察，来到铁塔下，用一种柔和的声音喊道："我说许老板，有什么事情都好商量，先下来，先下来再说，好吗？"

"不好！今天拿不到钱，你们就拿我的命去！"

"不就是钱的问题吗？好商量，好商量。老许，你下来吧，到我办公室去谈，保证今天让你拿到钱。"

"不行，我现在就要拿到钱，否则，就准备给我收尸吧。"说着，许木根做出一个往下跳的动作。

蓝建吓得赶紧摆手喊道："别，别，老许，你不要乱来，一切好说。你说吧，宏强公司欠你多少钱？"

"760 万元。"

"这么多呀，这可不是一笔小数字啊。"

"现在知道多啦？早干什么去了？这可是 100 多个工人在这里干了一年多的工钱，要马儿跑，又要马儿不吃草。钱都到哪儿去了？都进了你们的腰包！"

蓝建怕许木根再说出难听的话，立即制止道："这样吧，我现在就把宏强公司的人叫来，让他们给你结账。"说着，他掏出手机，给贵永宏打电话，没想到，铃声就在他身后响起。

贵永宏知道此事与自己脱不了干系，悄悄地跟在蓝建身后，来到了现场。

"我说贵总，这是怎么回事？你是准备将老子放在火上烤呀？成事不足，败事有余的吃货。"蓝建竟顾不得身份吐出了粗话，他将在熊守心那儿受的气，全撒在贵永宏的身上。

"老板，不是我们不给，是公司的账上实在拿不出这么多钱来。"贵永宏上前几步，悄悄跟蓝建附耳道。

"钱呢？县里可是按合同将钱打到了你们的账上的。"

"老板，这不是一两句能说得清的，日后再慢慢跟您汇报。"

"还待日后？今天这事，怎么收场？闹大了，老子会让你不得好死。"蓝建压低着声音，恶狠狠地从牙缝里挤出来这几句话。

贵永宏连忙应允道："老板放心，我来处理。"

"许老大，这是何苦呢？都是低头不见抬头见的朋友，太不给面子了吧？来，来，快下来，不就是钱的事吗？好商量，我领你去结账，不就完了吗？"贵永宏扯着嗓子朝许木根嚷着。

"贵永宏，你将钱款打到我的账上，然后让我的财务给我来个电话，我就下来。"

贵永宏始料不及，刚想发作，对上蓝建那阴毒的眼神，顿时没了底气，只得放软了语气说："许老大，不是兄弟我吐苦水呀，公司眼前的资金周转的确有困难，你就给个面子，这样，账上还有 200 多万元，我全打给你，怎样？"

"不行，至少得 300 万，写好保证书，在 10 天内结清余下的欠款，并盖上公章。否则，你就等着给我收尸吧。"

贵永宏正要发火，蓝建接过了话头说："行，老许，你顾全大局，有理有节，就按你说的办。"

"老板，我一时半刻到哪儿去筹那么多钱呀？"

"那是你的事，就是掏家底也得给我掏出来，误了大事，我让你那吃饭的家伙当板凳坐。"蓝建压低着声调，狠狠地说。

贵永宏还想再说些什么，嘴唇颤抖着，什么也说不出，只得悻悻地小跑着筹款去了。

约莫一个小时后，许木根终于接到财务的电话，已收到 300 万元现款及欠条。他才从铁塔上退了下来，双脚刚落地，便被蓝建指使警察以涉嫌扰乱公共秩序罪拘留了。许木根显得很镇定，主动伸出双手，但两名身材粗壮的警察并没铐他，只是一左一右挽着他的胳膊，往警灯闪烁的警车走去。

蓝建这回是真的发脾气了，从现场撤出，他没有去办公室，而是直接回到家，用电话将贵永宏、黄本贵叫到家里。

"你们在玩火，知道吗？玩火者自焚。你们不要命，老子可不愿陪着。"说着，蓝建右手一扬，他平日视若珍奇的泥壶"砰"地摔得粉碎，吓得刚迈进房门的蓝强往后退了两步。

"哥，这是咋啦？一个许木根值得你动这样的肝火？"

"你们是群木脑壳，都什么时候了，还在做拖欠工资的蠢事。许木根这么一闹，如真出了人命，引起民愤不说，纪检、劳动部门派人来一查，什么都得给你抖出来。你们是嫌在家住着不舒服，想到班房里待待，是吧？"

蓝建的一番话，唬得几人不敢吱声，他们没想到此事的影响及后果。

"说说吧，是怎么回事？资金怎会出现这么一个大窟窿？"蓝建厉声问。

贵永宏与黄本贵不敢吱声，只得用眼角瞟蓝强。

"哥，这安居工程本身就没什么利润，用钱的地方多，所以，所以就有些亏空。"蓝强的眼珠子转溜了半天，搜肠刮肚才说出这几句既得体又到位的话。

"我可丑话讲在前面，工程验收后，省里、县里要进行联合审计，该摆平的摆平，该了结的了结，到时出了问题，你们谁也脱不了干系。"

蓝建的声调平静，却像一声炸雷惊得几人背脊直冒冷汗，谁也不敢吱声。

四十三

铁路还是走了直线，没有拐弯。

闻光一有些惆怅，徐清水有些内疚，陶晋有些失落，洪氏兄弟则有些沮丧。

论证会上，专家们的争议的确很大。从建设成本的角度来看，因地质结构的原因，拐个弯，造价都差不多。但山阳地区属经济欠发达地区，人口少，没什么大的矿产资源及骨干企业，铁路拐弯后要增加许多运营成本。会议最终以专家无记名投票的方式来表决，结果，铁路拐弯的方案以较大的劣势被否决了。

陶晋没来得及与徐清水见面，在得到确切消息的当天，就买了晚上的机票，与左放明等人回去了。洪氏兄弟在滨都住了一个来月，功亏一篑，心灰意冷地，也买了返程的火车票。闻光一本来是与洪兵一起走的，但徐清水不答应，一定要请他到家里吃顿饭，以尽地主之谊。闻光一拗不过，加之他也想和呼淑兰再见个面，想跟她探讨一下溪水安居工程贪腐案，征求些意见。

其实这些天，闻光一陷入了一种迷惘的思考之中。来滨都前，他将所有收集到的溪水安居工程的贪腐材料都带在身边，本想利用空余时候，好好分析整理一下，写一个详细的汇报材料，至于这个材料投到哪里，他还没想好。与呼淑兰认识后，他有想法了。呼淑兰分管地方反腐工作，递给她不是正合适吗？可一想，又有了重重顾虑，这是不是越级上告？省里知道了，又会怎样想？是否会怪罪他吃里爬外？再则，呼淑兰会受理这样的小案吗？会不会说他小题大做？

在前往徐清水家的路上，闻光一顺便去了一趟著作权益保护中心取一份重要的鉴定文件。对于王陵子的离世，闻光一感到一种深深的内疚，总觉得王老死得不明不白，该为他做点什么。能做点什么呢？前些天，闻光一无意中看见著作权益保护中心的牌子，想到如能得到著作权益保护中心的鉴定，不就是给王陵子一个清白的证明吗？于是，他给许晶晶打了个电话，请她立即用特快专递将王陵子教授的手稿及左放明的书寄来。第二天收到快递后，闻光一立即到著作权益保护中心，付了一笔数目不菲的鉴定费，但他觉得值。

再次踏进这座高大肃穆的大楼时，闻光一的心情竟显得格外紧张，能听到自己"怦怦"的心跳声。当他要敲响第二鉴定室的大门时，竟在门口站立了几秒钟，并用力咳嗽了几声，尽量使自己平静下来。工作人员接过闻光一递过的鉴定申请书副本，笑着说："你请坐，稍等。"说完，她拿着副本进了里面的房间。

闻光一抬腕看着手表，觉得秒针仿佛停滞了，时间过得特别缓慢。当工作人员拿着一个牛皮档案袋出来时，闻光一迫不及待地上前，有些颤抖地接过袋子，抽出里面的鉴定书。鉴定书有几十页，闻光一来不及细看，只是翻到最后一页，眼睛贪婪地捕捉着最后几句关键的话："根据对申请人所提供的证据及资料进行仔细的比对及分析，《略论陈氏国学精髓》一书在立意、结构、细节及语言特色上与《陈氏国学脉络考丛》书稿有着极为严重的雷同。史料尽管能够共享，但思想与立意及叙述手法是无法共享的，因而，《略论陈氏国学精髓》一书存在抄袭的痕迹。"

闻光一闭着眼睛，默默地伫立着，泪水禁不住流下来。他顾不得拭去眼泪，向工作人员深深地鞠了一躬，然后飞快地转身就要离去。

"哎，同志，你不能就这样走呀。"工作人员着急地呼叫道。

"怎么？还有事吗？"

"瞧你性急的，手续还没办呢。"

闻光一拍脑袋，抱歉地笑笑，在她递过来的文件上，签上名，然后才离去。

因是星期天，徐清水夫妻都没有上班，闻光一在进门脱鞋的时候，将手中的一个锦盒随手塞给迎上前的徐清水。

"这是什么？"

"打开瞧瞧，送你的。"

徐清水轻轻地将盒子打开，不禁眼睛一亮。"喏，黄大师的作品？不会是真迹吧？"他有些不相信。

"假不了，如假包换。"

"嘿，我说闻老师，你来就来，怎么送这么贵重的东西呢？"

"我可没这好东西，也送不起。只是受人之托，借花献佛而已。"闻光一赶紧解释道。

"哦？怎么回事？"呼淑兰认真地问。

于是，闻光一将事情的前因后果详细地叙述了一遍，并老老实实地说，本来早就该送来了，只是这两天有些急事要处理，耽搁了，只打了个"马后炮"。

"闻老师，你可真逗，怎有你这样办事的？事后拜佛，黄花菜早就凉啦。"徐清水将东西放进锦盒，故意开玩笑道。

"光一大哥，事情已有了结果，清水没帮上忙，这礼你正好有借口退回去，代我们向陶晋同志致谢了。"呼淑兰微笑着说。

"不，不，不！你们误解了，陶省长只是礼节上的拜访，没别的意思，与铁路拐弯的事没半点关系。"

"我们与陶晋同志素不相识，如不是铁路拐弯的事，他会想到来拜访清水吗？何况这不是一般的礼品，如折算成金钱，可达到严重行贿的标准啊。"呼淑兰毫不退让地回答。

"如是这样，我在陶副省长那儿太没面子了，要退，你们自己退去。"闻光一的倔强脾气又上来了。

"那行，我明天上交给督察室，让他们退给陶晋。"呼淑兰严肃地说。

顿时，屋里的空气凝固起来，谁也不再吱声，仿佛能听得见彼此的呼吸声。闻光一并没见气，而且有些许的慰藉。这些天来，他一直纠缠在一种莫名的苦恼之中，对于溪水出现的问题，他的顾虑实在太多。揭家乡的丑闻，有不讲亲情、沽名钓誉之嫌；对方手里有自己的把柄，搞不好自己会身败名裂，鱼死网破；弟弟和母亲望眼欲穿的新房子，可能会成为泡影；更糟糕的是，如举报后出现官官相护、杳无音讯的情况，瞎子点灯白费蜡不说，弄不好还得偷鸡不成反蚀把米，等待他的不只是小鞋了。但牛崽双眼蒙着纱布、束手无助的惨景，深山移民被愚弄后希望成泡影的失落眼神，一名记者当初立下敢为人民鼓与呼的壮志，这些又无时无刻不在折磨着他的心灵。他不甘心眼睁睁看着蓝建之流肆无忌惮地鱼肉百姓后，还以人民的功臣自居。

徐清水与光一打了个招呼，便到厨房里忙碌去了。呼淑兰沏了杯热茶，递在闻光一手中，并在沙发上就座。闻光一当记者多年，走南闯北，接触各色人等，但今天他觉得脑袋里像灌了米糊一般，思绪不通，不知该从何处引出话题。

"嗯，这茶真香，清沁里带着丝甜。"闻光一无话找话。

"哦，是吗？你喜欢的话，我这儿还有一包没开封，走时带上。"

"不，不。我老家也是茶乡，产的茶也不错，下次我带几斤来，让你和清水尝尝。"

"不用，真的不用。我觉得你这样与清水的交往很好，纯粹是一种感情，如掺和其他因素进去，就变味了。"呼淑兰真诚地说。

"呼，呼主任，我有件事想咨询一下。"

"等等，你叫我什么？呼主任？真有趣，你和清水是什么关系？过命的兄弟。我叫你闻记者，听着不别扭？"呼淑兰快人快语，打断了闻光一的话。

"那，那我叫你什么好呀？"闻光一有些口拙地问。其实如何称呼呼淑兰，闻光一着实动了些脑筋。第一次相识时，不知道她的身份，冒昧地称了声"弟妹"。可知道她身居要职后，闻光一真的犯难了，称职务吧，着实感到生分；唤"淑兰妹子"，又有攀亲之嫌；叫全名吧，又觉得不恭。见面时，闻光一只得点头微笑，算是打招呼。可今天有正事要谈，思忖良久，只得以职务相称。

"叫什么？只要不官气就行。老呼，淑兰妹子，弟妹，都行。"

"淑兰妹子。"闻光一怯生生地唤了一声，呼淑兰火热热地应得响亮。

"我，我是想问，你，你平时工作忙吗？"临到嘴边的话被咽了回去，出来的却是一句寻常的问候，闻光一不禁在心底骂自己无用。

呼淑兰用犀利的眼光瞟了闻光一一眼，笑着说："说不忙是假的，你是搞新闻的，应该知道我们最近对反腐工作抓得特紧，每人手中的案子都成堆呢。"

"哦，你们主要抓什么案子？"

"领导干部的贪腐案，主要是厅局级以上的。"

"那县级的，你们就不管啦？"

"不是不管，如牵涉县级的典型窝案，由我们一查到底。如仅仅是个案，我们掌握了线索，一般移交给省市纪检部门查办。"

"哦，是这么回事。"闻光一若有所思地点点头。

"光一大哥，你是不是有什么事要说？"呼淑兰见闻光一说话吞吞吐吐，将一只削好的苹果递给他，然后直截了当地问。

"没什么，没什么，我只是随便问问。"闻光一有些神情恍惚地回答，举起手中的苹果，半天都没送到嘴边。

"闻大哥，你有什么心事吗？"呼淑兰警醒地问。

"没什么大事，没什么大事，只是想问问，你们接到举报，一般会如何处理？"

呼淑兰认真地打量着闻光一，用一种沉稳的声调说："首先得核实材料的真实性。实名举报的话，一般会与举报者进行联系，当面核实真伪，然后派人暗访进行查证。如只是一般的违纪，则移送给当地纪检部门，查处结果要上报备案。如案情重大，会成立专案组或督办组，一查到底。"

闻光一点点头，对上呼淑兰的眼光时，却不自然地游离开了。

"闻大哥，我们相识时间不长，我知道，你是一位善良又充满正义感的记者，有话就请直说。"

闻光一抬头望着呼淑兰，久久没有吱声，从口袋里摸出一支烟，竟没点燃，搓碎了。呼淑兰稳重地将桌上的烟灰缸递上，闻光一咧嘴笑笑，将手中的碎烟扔进去，然后端起茶杯，猛灌了几口，像是吃了颗定心丸，又做了次深呼吸。之后，从头至尾将溪水的事情详细地叙述了一遍。说完，不禁轻轻地吐了一口气。

"你刚才所讲的，有文字材料吗？"听完叙述，呼淑兰不动声色地轻声问道。

闻光一急忙从挎包里取出一个牛皮纸袋，郑重地交在呼淑兰的手上。

呼淑兰抽出其中的举报材料，认真地浏览了一遍。

"你决定将这份材料正式递交给我吗？"

闻光一点点头。

呼淑兰从桌上拾起一支笔，庄重地递在闻光一的手中。

"来吧，签上你的名字。"

一直以笔作为生存工具的闻光一，此刻才觉得笔的分量是如此沉重，握笔的手竟有些颤抖，留在材料上的"闻光一"三个字，像小学生的书法，稚嫩而笨拙。

但他心底透亮了许多。

这天晚上，闻光一喝得很畅快，与徐清水钻了桌底，还搂肩搭背地嚷道："喝。喝。我没醉，醉了是孙子。"

四十四

回到省城，闻光一再度成了新闻人物。

他把著作权益保护中心出的鉴定文本及王陵子与左放明的书稿对照样本放在网上，一时点击率达 7 位数以上，跟帖者数以万计。"文贼""骗子"等词铺天盖地，直指左放明。闻光一没有想到，网络的威力竟如此巨大。欣喜之余，一种微微的不安同时向他袭来。权高势众的左放明不会轻易罢休的，闻光一觉得生活在暴风雨即将到来的前夜，有一种无法用语言表达的窒息感。但他不后悔，这样可以让天国的王陵子教授闭目了，至少，能让不明真相的人了解什么叫"贼喊捉贼"。

连着几天，闻光一都坐在小屋的电脑前，没出门，一边收集网友的留言，一边等候上面的责问。奇怪的是，帖子在网上闹得沸沸扬扬，上面却风平浪静，除了几位挚友来电话问原委，并没有任何人来找他的"落壳"。

闻光一忍不住给"路路通"杨子江打了个电话。

"嘿，闻老师，以为你地遁了呢，这些天躲到哪去了？"

"去了趟滨都。怎样，报社近来有什么动静？"闻光一关切地询问。

"闻老师，你真了不得，小蚂蚁敢啃大象的鼻子，大家背地里都给你伸大拇指呢。"杨子江兴奋地说。

"上面有什么反应？"

"没什么大动静。哦，各个处室都开会了，传达了社委会的精神，对于网络上负面的东西，不议论、不传播、不挂帖，采取冷处理。"

"冷处理？"闻光一陷入了沉思。正寻思着，传来轻轻的敲门声。

闻光一感到诧异，除了田赛男常常来给他送点吃喝，陪着聊聊天，这里无人到访，而田赛男前天已结束跟班学习，回溪水了，有谁会来拜访呢？闻光一只得挂了电话，狐疑地开了门。

"不知好歹的秀才，从滨都回来了也不打个招呼，让我好找。"

闻光一做梦也没想到，进来的是肖天虎。

"我说老虎，这是从哪座山头下来？"闻光一用拳头擂着肖天虎宽厚的肩膀说道。见到肖天虎，他心情好了许多。

"有人见不得老子闲淡。"说着，肖天虎拿起桌上的一根火腿肠往嘴巴里塞。

"是谁这么没眼力？这不是老虎屁股上拔毛，自找死路吗？"闻光一起身，给肖天虎倒了杯热水。

"是谁？除了你闻大记者，谁有这样的胆气？"

"肖老虎，我可没招惹你，可别乱扣屎盆子啊。"闻光一瞪着眼睛说。

"我乱扣屎盆子？来，来，看看这是谁拉的？"说着，肖天虎从口袋里掏出一份复印件，往闻光一面前一摆。

闻光一惊讶地问："这，这东西怎么在你手上？"

"怎么就不能在我手上？哦，只许你往上递材料，就不许老子往下核实真伪呀？告诉你吧，我现在是溪水安居工程贪腐案专案组副处级调查员。坐好，坐好，接受调查。"肖天虎一本正经的模样，弄得闻光一疑窦丛生。

"天虎，别逗了，到底是怎么回事？"

"怎么回事？傻了吧？我被抽调在专案组工作。"

原来，闻光一递交给呼淑兰的材料，有关负责同志签注了意见，转交给了省纪委。省里早就接到了若干有关溪水县安居工程的贪腐举报材料，正准备组织力量进行查处。省纪委立即根据上级的批示，成立专案组，并委托在党校学习的溪水县纪委书记肖天虎找举报者核实内容真伪。

这突如其来的消息，并没有给闻光一带来多少欣喜。他默默掏出一支烟，点燃后深深地吸了一口，极平静地盯着肖天虎。

"我说秀才，看不出呢，你的手眼通天，竟把材料捅到了高层，这叫真人不露相啊。"肖天虎调侃道。

"手眼通天？我可没那么大的本事，入地还嫌爪子不够硬呢。说说吧，老虎，这个案子你准备从何处入手？"闻光一追问道。

"有什么好的建议吗？"

闻光一习惯性地将双手环抱在胸前，在房间里踱了几步，猛地收住脚，深思熟虑地说："这个案子盘根错节，不找准切入点，反受其害。"

"那这个切入点是什么？"肖天虎着急地问。

"根。先断根，只有根被挖出来了，腐败之树才无立足之本。"

"嗯，有道理。说说看，这棵腐败之树的根有哪些？"

"三条根。一是贵永宏，此人是蓝建的跟班，坏事都是他在前，他最清楚内幕。二是许木根，此人既是受害者也是帮凶，是个可恨又可怜的角色，但他是工程的具体实施者，是有力的证人。"

"等等，我听说这许木根被以扰乱公共秩序罪给拘留了？"

"我的肖大书记，你多少也要懂些基本常识。我问你，行政拘留的最长时限是多少？算日子，许木根昨天就出来了。再说，你们纪检专案组办案，还在意对方拘留不拘留？大哥，你身上的那点虎气给吓丢啦？"

闻光一不留情面的揶揄，让肖天虎有些下不了台。肖天虎想发作，又忍住了，只得摆摆手，自认理亏。

"好个臭秀才，我说不过你。罢，罢，罢。说说那第三条根吧。"

"田风林。此人是财务，掌握了大量的真凭实据，而且良心未泯，是关键的突破口。"

"等等，田风林是何许人也？"肖天虎有些迷惘地问。

闻光一带着歉意地笑道："瞧我性急的，没跟你交代清楚。你还记得三页眉吗？"

"三页眉？就是那位神秘的举报者？"

闻光一点点头，将田赛男与田风林的关系及真相和盘托出。

肖天虎激动地抓着闻光一的手说："秀才，真有你的，有了这秘密武器，还怕案子没有进展，你就等着好消息吧。"说完，肖天虎夺门而去。

肖天虎走后，闻光一斜靠在沙发上，心里隐隐不安，总觉得有什么事没办妥。具体是什么呢？他一时也想不起来。他呆呆地扫视着屋里的一切，触及衣柜顶上那只锦盒时，猛然想起，这块心病还没了结。于是，他飞快地起身，拿着盒子，出门拦了一辆车，朝省政府方向驰去。

秘书小邹正埋头修改一份文件，见闻光一进来，微微抬抬头，用一种不卑不亢的语调问："请问，你是……啊，是闻首席呀，找副省长有事？"

"嗯，我找陶晋同志汇报些事，方便吗？"

"真不巧，发改委的纪主任正在做汇报，你得等等。"说完，邹秘书的眼睛又盯在文件上。

闻光一见邹秘书在埋头工作，便在沙发上坐定，拿了本杂志随意翻阅着，同时逡巡着这间 10 平方米左右的房间。靠门的墙边摆着三只沙发，显然，这是特为等候副省长的人准备的。正面的墙上挂着一幅书法："为人民服务"。落款是陶晋。书法颇有些功底，每笔都外方内圆，很有魏碑的味道。

突然，埋头改文件的邹秘书飞快地起身，满面春风地向刚跨进门的人迎了上去。

"哟，哟，丁书记，什么风将你吹来了？事先怎不来个电话？我好到大门口迎接呀。"

"客气啦，小邹，你在首长身边工作，忙的都是大事，怎敢惊扰。首长在吗？"

"在，在。只是纪主任在做汇报，应该快了。稍等，请坐，请坐。"说着，邹秘书在背后用手轻轻推推闻光一，示意他让出大沙发。闻光一见不得这种阿谀奉承，没理会，将左腿架在右腿上，仍出神地看着杂志。

"咦，这不是光一吗？巧啦，在这里遇到大记者。"

这一声热情招呼，将闻光一唤得起身来。定睛一看，是丁宁，当年的丁部长，现在的丁书记。

"啊，是丁部，不，不，丁书记呀。"

"丁宁，就喊丁宁。老朋友了，还用得着客套吗？"说着，丁宁用手轻轻地将闻光一按下，并在他身边坐了下来。

"怎么，丁书记，你们认识？"邹秘书有些惊讶地问。

"我们省里新闻界的大才子，能不认识？"

"哦，那就好，那就好。"邹秘书口是心非地应承着，连忙从消毒柜中取出茶杯，准备泡茶，发现暖瓶里没水，便带着歉意地朝丁宁笑笑，拎着暖瓶去了开水房。

"怎样，近来还好吗？"丁宁左手亲抚着闻光一的肩膀，关切地问。

"不好。"闻光一低着脑袋嘟哝着。丁宁一声轻轻的问候，将闻光一近来所有的委屈、烦恼、失落都勾活起来。

闻光一便将近期发生的一些事，简单地叙述了一遍，重点放在当前的境遇。丁宁认真地听完，沉吟了片刻，用一种严肃的语言说："光一呀，作为一名有良知的记者，惩恶扬善，扶持正义，这是没错的。但得讲究个方式方法，横冲直杀固然痛快，但很可能是两败俱伤，要学会保护自己。生活中的不拘小节，看起来无关大局，事实上是给对手预设陷阱找到了最好的切入点，这就叫自酿苦酒自己喝，怨不得别人啊。"

丁宁的话语调不高，却像声声炸雷一样在闻光一耳边响起，他陷入了沉思，一字一句地咀嚼着丁宁的话语，仍很迷惘。

丁宁抬腕看看表，脸上呈现一种焦虑，起身说道："胡省长约了我十点半见面，时间差不多了，我先去省长那里，完事了再来这。"

闻光一起身，准备送送丁宁，却被丁宁轻轻地按下。

"你就安心在这等候吧，用不着客气。对了，光一，平坛市委政研室正少个笔杆子，你可考虑一下。不行，就换个环境，只是委屈你了。"

听到丁宁最后这番话，闻光一很感动，他双手紧握着丁宁的右手，有些语不成调地说："谢谢丁书记，我会、会考虑的。"

丁宁微笑着拍拍闻光一的肩膀，叮嘱道："考虑成熟了，就给我来个电话。"

正在这时，邹秘书拎着暖瓶急匆匆地进来，见丁宁要走，忙迎了上前，讨好着说："哟，丁书记要走？这样吧，我这就进去向首长通报一下。"

"不用了，我等会儿再来。"

丁宁走后，屋里又变得寂静。邹秘书又在看那永远也看不完的文件，闻光一则捧着杂志，没头没脑地浏览着。

终于，里间的门开了，脑袋光亮的纪主任走了出来，笑得像弥勒佛一样，他伸出胖胖的手与邹秘书握手，又朝闻光一礼节性地点点头，便挺着圆滚滚的肚子，一步三摇地走了出去。闻光一盯着邹秘书，并起身，做出能否进去的试探。邹秘书只是面无表情地挥挥手，示意其坐下。

"我先汇报一下，稍等。"

邹秘书进去了约莫几分钟，才出来，朝闻光一努努嘴。

"请吧。"

闻光一赶紧拎起沙发上的锦盒，经过邹秘书的身边时，却被拦住了。

"等等，这是什么？"

"没什么，物归原主。"闻光一用揶揄的口吻回道。

邹秘书当然认识这锦盒，他只是不明白，怎么又拎回来了，还公然地拎进首长的办公室。

陶晋的办公室不大，却布置得很整洁。陶晋正背着大门，手拎着水壶，在给一盆碧绿的君子兰浇水。闻光一进来的脚步声很低，他还是感觉到了，头也不回地说："坐吧。"

闻光一便在办公桌对面的沙发上坐下。

"有事吗？"仍是背对着闻光一发声。

"我，我来送还东西。"没半点思想准备的闻光一惘然地回道。

"还东西？什么东西？"

陶晋转过头来，盯着闻光一和沙发上那个锦盒，不认识似的，眼里射出的是一种冷峻得令人发寒的冷光。闻光一有些蒙了，那位在滨都热情亲善、胸怀豁达的陶副省长去哪儿了？难道要将铁路没拐弯的账算在他头上？闻光一感到格外地委屈，觉得自己就像棋盘上的一颗棋子，命运永远掌握在别人的手上。天性清高的闻光一慢慢挺直了身子，也用一种冷冷的眼光迎了上去，没再吐一个字。

陶晋又把脸转了过去，仍专心地浇着花。

"你来就这事？"良久，陶晋突然发问。

"就这事。"

"那好，你的任务算完成了。"

对方的话音未落，闻光一已从沙发上起身，径直朝门口走去。

"等等，就这样走呀？"

闻光一立住，转过头，诧异地瞧着仍在专心浇水的陶晋。

"把沙发上的东西拿走。"陶晋仍没抬头。

"对不起，这不是我的东西。"

"我既送出了，就不再是主人。这样吧，这趟去滨都，你也跑得很辛苦，这玩意儿你就拿回去玩吧。"

闻光一气极了，冷冷地扔下了一句："我从不拾人牙慧。"说完，便拉门走了出去。

四十五

早上八点多钟，闻光一便被一阵急促的敲门声给惊醒了。

闻光一趿着鞋，睡眼蒙眬地拉开门。

是杨子江。

"闻老师，你倒会享清福，你弟弟找你来啦，要不是我今天值班，到得比较早，他上哪儿找你呀？"

"我弟弟？人呢？"闻光一诧异地问。

"咦，这就怪了，他一直跟着我的呀？"杨子江转过头，四处逡巡着，发现蜷缩在墙角里的闻光达，并将他拖了出来。

自从父亲去世后，闻光一是第一次见到光达。闻光达的脸色很不好，很憔悴，眼角瞟着闻光一，竟要流出泪来。

"光达，你这是怎么啦？"

听到这句关切的问候，闻光达失声呜咽起来。杨子江见状，立即上前安慰道："哟，别哭，有啥委屈只管跟你哥说，他会给你做主的。你瞧，我还得值班呢，否则要挨批了。"说完，他朝闻光一点点头，便离开了。

闻光一将闻光达拖进屋，让他在沙发上坐下，然后递给他一条湿毛巾，想让他擦净脸上的泪痕。谁知，闻光达将毛巾打落在地，起身咆哮道："闻光一，你就是个扫帚星，你要当有良心的记者，做正人君子，没人阻拦你，可别在溪水瞎折腾呀。这回好了，我的房子没了，工作没了，老婆也没了，你满意了吧？"

"怎么回事？光达，别急，你慢慢说。"

"还用我说，自己做的事你不明白？"闻光达仍气鼓鼓地抢白道，倔强地把头偏向一边。

闻光一看着正在气头上的弟弟，轻轻地摇摇头，点燃一支烟，默默地吸着。弟弟今天如此反常，连夜赶到省城来找自己，一定是受了天大的委屈或心里灌满了难以消化的苦水。于是，他缓缓地在弟弟的身边坐下，轻轻拍着弟弟的肩膀说："光达，爸在世时，最放不下心的便是你，我这当哥的没能照顾好你，这是哥不对。今天来找哥，肯定是有苦水要倒，可你不说出原委，叫我如何帮你呀？"

闻光达转过身子，眼睛透着泪光说："哥，是不是你往上递了揭露县里安居工程的材料？"

闻光一一惊，脱口问："你听谁说的？"

"还用听谁说？县里都传遍了。纪委领导在你递交的材料上签了意见，省里才组成专案组到县里。这不，蓝副县长、贵总、黄总都被'双规'了。他们被抓事小，可原先的分房方案全被推翻了，说是存在权钱交易，我家分的两套房子，被告之不符合首批移民对象，被取消了资格。"说到这里，闻光达的眼泪又禁不住流了出来。

"这次不符合条件，还有下次，再等个一年半载，不就能分到了吗？"闻光一只得如此安慰弟弟。

"哥，你是站着说话不腰酸，你在省城住着楼房，有体面的工作，拿令人羡慕的高工资，当然能唱高调了，可我不同，这两套房关系到我生活的立足之基和家庭的圆满呢。现在房子成了泡影不说，我在县城的工作也丢了，立春得到这消息，嚷着要离婚，一气之下回娘家去了。哥，你让我和秋梨怎么办呀？"

闻光一心里很难受，想打电话给肖天虎问清事情的缘由，可他怎么说？说什么呢？肖天虎进专案组是受省委重托，肩负着溪水几十万群众的希望，他怎好插手？

于是，闻光一只得收起手机，缓缓转过身子，遇到的是光达那双充满着渴求的眼光，又慢慢低下了头，好像做了错事的学生，不敢正视老师的眼睛。他想为弟弟做点什么，也想表达自己的歉意，于是，轻步踱到桌子旁，拉开抽屉，摸出一张银行卡，里面是他这些年所积攒的私房钱，然后用蚊子般的声音说："光达，哥对不起你，帮不上什么忙。这次不合条件，还有下次，再等等，至于工作，到哪儿都一样，回村小就回村小，压力还小点呢。回去跟立春好好谈谈，有机会我也给她打个电话聊聊，相信她能理解的。这里有 3 万块钱，你先拿去，解决眼前的困难。"

说着，闻光一将卡塞在弟弟的手中。谁知，光达猛地起身，昂着头，红着眼睛说："哥，我不是来哭穷的。自你参军离家起，我什么时候为钱向你开过口？我知道你不富裕，即使你发达了，有钱了，我也不会要。今天来找你，就是要讨个说法，我没招谁惹谁，为啥到手的房丢了？优越的工作丢了？就因为是你闻光一的弟弟吗？这世道还有没有道理可讲？卡你拿着吧，我闻光达虽没出息，但也是堂堂的七尺男儿，没沦落到被施舍的地步。"说完，闻光达将卡往沙发上一扔，扭头朝门外冲去。

闻光一愣了片刻，拾起沙发上的银行卡，往外追去。

下雨了，如雾的春雨像魔术师手中变幻无常的魔布，将街道、房屋、行人披上了神秘的外衣，待闻光一追出门时，光达的身影早已隐匿在茫茫的雨雾里。

"光达，光达，你等等我，我有话说。"

除了春雨的淅沥及车水马龙的喧嚣，没有半点回声。春雨是寒峭的，可闻光一的脸上却淌着炽热的东西，几乎要将那颗沮丧到极点的心融化，他清楚地知道，那东西叫亲情，是任何力量都无法割裂的。

突然，闻光一的手机急促地响了起来，他赶紧掏出手机喊道："喂，是光达吗？你在哪儿？快告诉哥。"

话筒里传出的却是一个沉稳而又陌生的声音，闻光一接完电话，浑身瘫软，几乎要跌倒在地上。他扶着街旁的一棵梧桐树，仰望着树梢微微摆动的树叶，只觉天旋地转。

四十六

一进家门，闻光一便感受到一种令人窒息的氛围。

家里有很多的人，面如死灰的杜灵、警察、崔志城、满脸焦急的肖天虎。大家见闻光一进来，都不知该如何开口，杜灵的眼里充满怨恨，把头偏向一边；几位警察站立起身，面面相觑；往日大嗓门、直性子的肖天虎破天荒地哑了口，只是有些内疚地朝闻光一点点头；崔志城站起来，用一种老练的声调说："光一同志，没想到会出现这样令人遗憾的事件，这是对新闻记者的打击报复，是恶性的刑事犯罪，令人发指。社委会非常重视，第一时间向省委做了汇报，还委托我与省公安厅有关部门进行协调，抽调最精干的侦缉人员，尽快救出人质，缉捕罪犯。请光一同志……"

崔志城还没说完，闻光一便转过身，径直走到警察的身边，急切地问："请如实告诉我案件的详情，我儿子目前是否安全？"

"闻记者，我们是早上 7 点 56 分接到报案的，有两个歹徒 7 点 50 分左右在二中门口将闻军绑架进了一辆白色小轿车，根据现场目击证人的口述及'天网'资料，证实犯罪车辆来自溪水的蓝强。可以初步确定，犯罪嫌疑人就是蓝强一伙。目前，警方正在全力开展追捕工作。"

"军儿有多危险？"

警察有些尴尬，与几位同行进行目光交流后，认真地回答："不容乐观。从嫌犯的作案动机及手段来看，这是报复威胁。这类罪犯往往容易走极端，不过请放心，一旦发现线索，我们会有一系列的措施保护人质安全。"

"闻光一，你害了我不算，还要害儿子，你不配当父亲，还我儿子，还我儿子！"杜灵突然咆哮起来，披头散发地挥舞着拳头冲向闻光一。

肖天虎与在场的人赶紧上前阻拦，闻光一没有后退一步，他伸着脖子，希望杜灵的巴掌能结结实实地扇在自己的脸上。或许这样他会好受些。

在场的亲友将杜灵拖进卧室进行劝导，警察将闻光一请到一边，询问几个有关案情的问题。就在此时，闻光一的手机传来了"嘀嘀"声，他赶紧掏出来一看，是一个陌生号码发来的信息，短信写着："闻光一，你儿子现在我们手里，要想保住他的小命，用田风林的账本来换。时间、地点听候通知。你是个聪明人，知道报警的后果。"

闻光一惊愕了，他们是怎么知道田风林这个秘密账本的？又如何知道在他手中？军儿被他们关押在哪里？

警察接过闻光一的手机，仔细阅读后，将短信转发到自己的手机上，并立即通知技侦部门锁定这个陌生号码，然后宽慰闻光一："至少目前闻军是安全的，你不用太担心，如再有短信和电话，你这样应对。"他附耳轻声交代了一些注意事项后，便匆匆带着人办案去了。

崔志城轻拍着闻光一的肩膀说了几句安慰话，询问是否需要报社提供帮助，得到否定后，便告辞离开。

屋里只留下肖天虎与闻光一，两人无话，闻光一抽着烟，肖天虎也抽着烟。

"发生这样的事情，是我们工作的重大失误。我们本来对蓝氏兄弟都要采取措施，可考虑到擒贼先擒王，蓝强是协从，放在后一步处理。没想到，他竟狗急跳墙，来这一手。"肖天虎猛吸一口烟，内疚地说。

"你不是在溪水吗？怎么这么快就赶到了省城？"

"我昨天就来了，到省纪委汇报工作。吃完早饭，准备回去时，突然接到县公安局的电话，便直接赶到这里了。"

闻光一深深地叹了一口气，又痛苦地摇摇头。

肖天虎轻轻地走上前，递上一支烟。

"兄弟，挺住。"

一声"兄弟"，呼得闻光一心里翻江倒海，各种甜酸苦辣交织在一起，眼泪竟喷涌而出，他禁不住发出低沉的呜咽声。这段时期，来自各方的种种压力都郁积在他的胸腔里，他却找不到一个发泄点。

"我知道你承受的压力是巨大的，但从另一个角度来看，你离成功不远了。你举报的溪水贪腐案进展顺利，有了重大突破，安居工程只是一个切入口，从目前查明的情况来看，这伙蛀虫还牵涉水利工程、农田建设等方面，触目惊心呀。蓝建已被'双开'，被正式移交给司法部门进行侦查审理，等待他的将是法律的严惩，他后面可能还有黑手。我这次着重对此做了汇报，得到上级的重视。上级表示，无论案子牵涉到谁，都追究到底，决不姑息。光一，你为溪水人民做了一件大好事呀。"

闻光一缓缓地抬起头，脱口而出："许木根呢？他涉案深不深？"

"这个许老头，可恨又可悲，他揭发了很多问题，对整个案子的侦破起了关键作用，可能会对他从轻发落。怎么，你对这个人感兴趣？"

闻光一轻轻地摇摇头说："没有，没有，我只是随便问问。"

"光一，军儿的事，你也不要太着急。我已让潘志公从刑侦队抽调了几位熟悉蓝强情况的得力干警，组成专案组，配合省厅的同志，尽快将蓝强及其团伙抓住，救出军儿。没事的，一定会没事的。"说这话时，肖天虎的眼圈有些泛红。

闻光一闭着眼睛，默默地点点头，说："老虎，用不着安慰了。天要下雨，娘要嫁人，该来的就来吧，我能挺得住。"

"那就好，那就好。"说完，肖天虎便起身告辞，走到门口，他又转过身，朝隐约传来哭泣声的里屋努努嘴。闻光一嘴角露出一丝苦笑，比哭还难看。

闻光一独自坐在沙发上沉闷了片刻，便轻步踱进了儿子的房间。这间约莫8平方米的小房间，摆着一张单人床和一张书桌，靠床的墙上贴着一张军儿的偶像画报。说实在的，在对儿子的教育与沟通上，闻光一离一位合格的父亲还有很大的差距，平时总以工作忙为借口，早出晚归，别说与儿子交流了，就连见上一面都是奢望。

闻光一慢慢地在书桌前的椅子上坐下来，他想静下心来感受儿子的气息。"军儿，你现在在哪儿？还安全吗？"闻光一觉得眼睛一阵潮润，如果可能，他真想用自己的命去换回儿子的安全。他的目光渐渐停留在桌上一个小小的相框上，照片里，年幼的军儿在一个茅草丛生的沟坎上，被一脸泥渍的闻光一托举着，杜灵则跪在坎沿，脸上透着豆大的汗珠，死死拉着军儿的衣襟。军儿6岁那年的一个周末，全家去踏春，奔跑中的军儿一脚踩空，跌进了沟坎，夫妻俩奋不顾身地救援，那一瞬间正好被一名在此采风的摄影爱好者抓拍到，还获得过摄影奖，闻光一便要了一张复洗件作为留念。他将相框拿在手中把玩着，无意中看到背后写着一行字：品味幸福，愿时光永在这一刻定格！

闻光一的双眼模糊了。

突然，客厅的电话响起了，在这宁静的深夜，电话铃声显得格外惊心。闻光一与杜灵几乎同时赶到电话机旁，但谁都没勇气去拿听筒，因为这个电话一定与军儿有关。两人对视了一下，闻光一接起电话，他的脸色就像春天里的阴阳天，晴得灿烂的瞬间突然阴云密布，越来越阴沉。

"怎么样？军儿有消息了吗？到底怎么样？"杜灵在一旁着急地问。

"快，去溪水，军儿在溪水。"

四十七

闻光一的车子开得飞快，俩人一路沉默。坐在后排的杜灵几次都想开口问问儿子的情况，但看到一脸铁青、专心致志开车的闻光一，到嘴边的话又缩了回去。

凌晨四点，溪水县人民医院的急救室门口集聚着不少的人，见闻光一到了，大家纷纷围了上来。

"军儿伤得重吗？有没有生命危险？"闻光一紧紧抓住迎上前来的常林宽的手，焦急地问。

"小军问题不大，腿上中了一刀，已进行治疗，只是受到了惊吓，现正在观察室。"

听到儿子受伤了，杜灵立即失声痛哭，嚷着要见儿子。常林宽马上安排身边的人带杜灵去观察室。

闻光一接着追问道："田赛男呢？她的情况怎样？"

"赛男为了保护小军，身中数刀，现正在抢救。"常林宽沉重地回道。

"有没有生命危险？"

"还很难说。"

闻光一往前走了几步，想通过门缝窥探急救室里的情况。这时，人群一阵骚动，熊守心、肖天虎、潘志公等人，脸色严峻地走了进来。

"熊书记来啦？"常林宽赶紧迎上前。

"田赛男同志的情况怎样？"熊守心严肃地问。

"还在抢救。"

"请转告医院的同志，要不惜一切代价，组织最强的医疗团队进行抢救，小田是英雄，是溪水的骄傲。"

常林宽连连点头。

肖天虎则上前，紧握着闻光一的手。在双手接触的瞬间，闻光一明显感觉到肖天虎的力量，在这样的场合，肖天虎不好说什么，也说不得什么。

熊守心不经意间见到一脸憔悴的闻光一，稍稍一愣，立即恢复了常态，上前几步，抓住闻光一的手，用低沉的声调说："光一老弟，没想到会发生这样的事情，好在小军没有大问题，不然溪水人民无法向你交代啊。"

闻光一面无表情地摇摇头，将手轻轻地抽回。

"如何交代那是后话，我现在最想知道的是真相。"

"是这样的，闻首席，我们抓到了凶手，进行了突击审问，案情有了个大致的眉目，能不能借一步说话？"潘志公环视了一下四周杂乱的人群，朝闻光一做了个手势，引大家到旁边的医生休息室。

待大家坐定后，潘志公便开门见山地介绍着。

蓝建不知从哪得知田风林在暗中备有一个账本，便吩咐蓝强要不惜一切代价拿到那个账本。在蓝建被双规的当天，蓝强带人找到了田风林，用尽了威逼利诱的手段，田风林都不承认。情急之下，蓝强让人将田赛男绑了，并威胁着要将她奸污后扔到山上喂野狗。田赛男是田风林的命根子，无奈之下，田风林只得说出账本的最终去向。于是，蓝强一伙便策划绑架闻军，得手后，当即就赶回了溪水，将三个人质转移到尚未完工的南溪别墅。到了晚上，机灵的田赛男嚷着要上厕所，趁人不备，用砖头将跟随的人砸晕，然后从窗口悄悄潜回，给田风林和闻军解开绳索，准备从窗口逃走。没想到，天黑地疏，腿脚不便的田风林爬过窗台时碰掉了一块砖，被门口看守的人发现了。田风林又被抓住，田赛男带着闻军拼命往河滩上跑。闻讯赶来的蓝强气急败坏，命令决不能让人质逃脱。在奔跑的过程中，闻军被一块石头绊倒，蓝强等人追上来举刀便砍。为了保护闻军，田赛男用自己的身子紧紧护住小军。其实，在田赛男莫名地失踪后，潘志公等人就组织人员进行追查，蓝强用手机给闻光一发短信后，侦缉人员根据电话号码锁定了犯罪嫌疑人躲藏的地点。

闻光一在沉思，屋里的人也没话说，空气凝固得令人窒息。常林宽起身找了个纸杯，倒了一杯水，轻轻地放在闻光一的面前，潘志公还想说，被熊守心一个手势制止了。

"这样吧，我和光一说说话，你们先出去。"

几人出去后，熊守心朝闻光一靠近着坐，从口袋里摸出一包香烟，递给闻光一一支，自己点燃一支。

"光一呀，事情闹到这个地步，是我万万没有想到的，也是我不愿看到的。都是我的错，都是我的错呀。"

"哦，你的错？"闻光一抬起头，打量着眼前这位在溪水说一不二的人物。

"没想到蓝建这么坏，给溪水带来不可弥补的损失。我用人失察，走了眼呀。"说着，熊守心的眼圈还泛了红。他清楚地感觉到，蓝建出事，迟早会牵扯到自己头上，决不能坐以待毙，得提前找好退路。

"他再坏，也得有机会才能发挥呀。"闻光一冷冷地回道。

"说得对，说得对，光一兄弟，你这是一针见血呀。我就是心慈手软，太相信人了，才造成今天这样的后果。但你也不能眼睁睁地看着城门失火，殃及池鱼吧？且不提我们那段师生关系，再怎么说咱也是老乡，是几十年的兄弟呀。"

想不到熊守心今天如此低调，闻光一都有些不忍心，不管怎么说，他是自己的老师，何况还在最关键的时刻帮过自己，也算得上是恩人。于是，闻光一放软了口气，说："我就是一名普通的记者，能帮你什么忙呀？"

"能帮得上。光一，你是知道的，我能有今天，来之不易啊，我是一步一个脚印走过来的。在蓝建的问题上，我是负有一定的责任，但我与他有本质区别，我没贪一分钱，没谋半分私，至于挪用了一些工程款建宾馆，我默认了，但也是为了溪水的发展啊。"

"熊书记，这事与我说有何用？"

"有用，有用。我知道你现在是手眼通天呢，你不是与上面领导很熟吗？能否帮着说句公道话？"熊守心的眼里流露出一种期盼。

"误会了，只是一面之交。"闻光一忙着申辩。

熊守心则用一种异样的眼神，盯着闻光一，好一会儿，才用近乎请求的声调说："好兄弟，我知道你有你的难处，有些话不好开口。这样吧，我让人订机票，你陪我去趟滨都，引见一下，我亲自给领导做个汇报，行吗？"

闻光一实在为难，他不可能带熊守心去，即使去了，呼淑兰也不会见，可该如何向熊守心解释呢？

熊守心见闻光一沉吟不语，以为闻光一还在为家里房子的事及弟弟的工作闹心，便轻轻地拍拍闻光一的肩膀，说："光一，眼前在风头上，有些表面文章是必须要做的。放心，我已交代县委办，你家的那两套房子已留好，过了这阵子，再把钥匙交给你。至于光达嘛，我也有考虑，让他回去过渡下，顶多一年半载，我就调他回省城，干脆一步到位，就到县教育局去。"

熊守心的话刚一说完，闻光一便昂着头，像一只铁公鸡，对着熊守心侧目而视，嘴角露出一丝蔑笑。闻光一想说些什么，但嘴唇颤抖着，话到嘴边就是说不出，只吐出几个字："好自为之吧。"说完，便夺门而出。

田赛男已做完手术，仍处在昏迷之中，留在特护室观察。闻光一只得站在玻璃墙外静静地注视着她。田赛男脸色苍白，双目紧闭，脸上戴着氧气面罩，只有微弱起伏的呼吸才显露些许生气。闻光一的眼睛有些潮润，弯腰深深鞠躬，以示对她舍身救军儿的敬意。然后，快速走向儿子的病房。

闻军的伤情不重，左腿被刺了一刀，尚不能下床行走。杜灵坐在床头，正一口口地给儿子喂水，见闻光一进来，面无表情地起身，拿起一个暖瓶，到开水房打水去了。

闻光一在儿子的床前坐下，用手轻轻将儿子额前的几丝乱发抚平，显现出父亲的慈爱。

"伤口还疼吗？"

"不疼。"

"对不起，儿子，是我连累了你。"

"没事，老爸，既然要铁肩担道义，就得有代价。我闻军伤好后，站起来仍是条汉子。"

蓦然间，闻光一发现儿子长大了，成熟了，不再是那个成天举着木头枪、到处打坏蛋的毛头小子，刚上高中，已长得高出自己半个脑袋。

闻光一愉快地与儿子闲聊着，聊过去，聊现在，聊将来。在闻光一的记忆里，他从来没有和儿子谈过这么多的话。突然，手机传来"嘀嘀"声。

闻光一飞快地打开手机，脸上呈现出一丝隐隐的不安。

"老爸，有事就先走吧，我挺好的，再说，还有妈妈在这呢。"

闻光一转过身子，替儿子掖掖被角，用一种带着内疚的声调说："军儿，爸的工作性质就是这样，身不由己，我得走了。办完事，我来接你回家。"

闻军懂事地点点头。

闻光一轻轻地带上门，然后急匆匆地离去。在过道的楼梯口，被杜灵拦住了。显然，她一直在这里等着闻光一。

"请在这上面签个字吧。"杜灵冷淡地说，随手递过一张早已准备好的文件。闻光一接过一看，是离婚协议书，她签好了字。

"杜灵，你这是……能不能再仔细考虑考虑？"

闻光一抬头，对上的是杜灵那双无神的眼睛。他知道，没有任何可挽回的余地了。尽管早有思想准备，但真正到了这一刻，他还是很心痛。闭目沉思了片刻，闻光一用微微颤抖的手握住笔，在纸上签上自己的名字。然后，头也不回地离去。

四十八

闻光一来到溪水老县城一条偏僻的小街上，找到短信里说的小旅馆。

几个月来，闻光一和许晶晶没联系过，更别说见面了，许晶晶约闻光一在溪水见面，这是他没想到的。

闻光一找到许晶晶的房间。几个月没见，许晶晶显得消瘦了许多，眼睛里流淌着一种淡淡的忧郁。

"来啦？"

"嗯，来了。"

"请进。"

从许晶晶的客气里，闻光一感到一种莫名的陌生感。

许晶晶倒了杯茶，默默地递在闻光一的手中。见到闻光一疲惫又消瘦的脸孔，她的心在隐隐作痛。

"小军的情况怎样？好些了吗？"许晶晶轻声地问。

"谢谢，好多了。医生说，再躺几天，就可下地了，年轻人恢复得快。"闻光一喝了一口水，认真地回答。

"蓝强这帮恶棍，连孩子都不放过，心真狠啊，他会得报应的。"

"是的，正义从来不会缺席，善有善果，恶有恶报。晶晶，你怎么在溪水？怎么知道军儿的事？"闻光一好奇地问道。

许晶晶一时语塞，她抬头望着闻光一，尽量用平缓的语言说："溪水就这么大，蓝强闹出这么大的动静，谁不知道？"

闻光一喝着茶，眼角不停地瞟着许晶晶。他有许多话要对许晶晶讲，一时又不知该从何讲起。这些天发生的事情太多太多，有惊涛骇浪，有曲径通幽，有委屈误解，也有思念渴求，但从嘴里蹦出的却是这句："晶晶，我离婚了。"

许晶晶惊得半天合不拢嘴，这是她万万没有想到的。一个月前，杜灵约许晶晶见了个面。接到电话时，许晶晶很惊讶，杜灵是怎么知道她电话的？要找她谈什么？会发飙吗？当许晶晶忧心忡忡地与杜灵在约定的咖啡馆见面后，她一切都释然了。杜灵不仅没有发飙，而且笑容可掬，像老朋友一样拉家常，只是有意无意地会聊到与闻光一在一起时的趣事，然后自己笑成了一团。许晶晶知道杜灵对闻光一还没到情断义绝的地步。

"办了手续？"许晶晶注视闻光一良久，轻声地问道。

"那倒没有，在离婚协议上签了字，就在刚刚。"

闻光一离婚的原因，许晶晶多少能猜到。从内心说，许晶晶真的不想闻光一离婚，杜灵是无辜的。一种女人天生的恻隐之心搅得许晶晶有些坐立不安，向来做事果断的她立即决定，不能把留学的事情告诉闻光一，否则，会更坚定他离婚的决心。

"哎，急着找我来，是有要事吗？"闻光一见许晶晶不言语，急切地问道。

许晶晶一愣，瞬间又恢复了常态，有些迟疑地说："也没什么大事，王陵子教授给你的遗书还在我这儿，该交给你了。"她从挎包里找出那封无字遗书，递给闻光一。

闻光一脸色凝重地接过，眼里透着晶莹。这段时期真是太忙了，王陵子先生的案子已水落石出，他也该去告慰王老了。正感叹着，闻光一的手机响了，是潘志公打来的，说是要通报下蓝强案件的情况。闻光一只得抱歉地朝许晶晶笑笑，起身告辞。

突然，许晶晶快步上前，拦住了闻光一的去路，眼睛好似掠过一丝愁云，紧盯着闻光一，几秒钟后，她的嘴唇急剧地颤抖着，许久，才吐露出一句话："光一，能抱抱我吗？"

许晶晶的反常让闻光一愣了片刻，但他还是缓缓地伸手抱着许晶晶，越抱越紧。

四十九

左放明被停职了，闻光一是从袁信昌那得知这消息的。

那天，袁信昌在办公室阅读当天的报纸时，传来轻轻的敲门声。

"请进！"袁信昌以为是来送审稿件的记者，头也没抬。

"哟，袁主任在用功呢。"崔志城脸上堆着笑说。

"啊，是志城啊。什么风把你给吹来了。"袁信昌尽管不喜欢这个人，但他生性儒雅，起身招呼着。

"好风呀，好风送我上青天。"

袁信昌忍不住想笑，"青云"咋变成"青天"了？没文化可怕，没文化偏要卖弄文化就更可怕了。为了不失态，他赶紧倒了一杯茶，递到崔志城的手中。

崔志城接过茶杯，喝了几口，便拉了一把椅子，坐在袁信昌办公桌对面，口若悬河地聊起了人际关系及社会关系学。袁信昌听得云里雾里，但他心里明白，醉翁之意不在酒，崔志城后面肯定有话要说。他便不言语，笑着点点头，表示在听。

"信昌，我今天来是想与你通个气。对闻光一之事的调查结果出来了。"

"啊，结论怎样？"

袁信昌来精神了，毕竟闻光一是自己的得意弟子，又是自己力荐进入报社工作的。

崔志城从口袋里摸出几张材料，递给袁信昌，不屑地说道："你自己看吧。"

"真下流，这不是把人往火坑里推吗？"袁信昌看完后，气得血往上涌，愤愤不平地说道。

自从闻光一受到处分以来，袁信昌的内心一直不舒服，若不是他安排闻光一去溪水采访，闻光一就不会陷入这种旋涡之中。在家里，他与妻子大吵一顿，并撂下狠话，不准妻子再插手溪水的事情，不准蓝家兄弟上门，否则就离婚。而后，蓝建几次都找到袁夫人，想请袁信昌做做闻光一的工作，都被袁夫人骂走了。

"这么说，闻光一清白了？"

"清白？只能说他去了不该去的地方。作为一名党报记者，要有自持力，要守政纪、法纪呀。"说着，崔志城瞟瞟袁信昌，停顿后，继续说，"老袁呀，这闻光一是你的得意门生，能力是强，但就是太傲烈，全报社除了你，谁人治得了他？今天来呢，是想通知你，社委会研究了闻光一的问题，既然没那档子事，同意恢复他的采访资格，就安排在你们部门，咋样？"

"老崔，闻光一是首席记者，既然恢复他的采访资格，他就应该在总编办呀。"袁信昌急切地说。

"嘿嘿，首席就暂且搁搁吧。他给省里捅的娄子还少呀？知道不？左放明被停职反省了。"最后一句话是崔志城贴着袁信昌耳根，悄悄地说的。

"有这事？"袁信昌很吃惊。

"这还有假？昨天下午就接到省里通报了，听说主要是论文造假的问题，除了抄袭王陵子教授的成果，他的其他几本著作也有问题。"

"不可思议，不可思议。"袁信昌摇摇头说道。

"不过，老袁，有个细节你得注意。"

"什么细节？"

崔志城故作姿态，端起茶杯喝了一口，才缓缓地说："通报中左放明只是停职反省，而不是'双规'。"

"这有区别吗？"袁信昌不解地问。

"大哥，要懂政治啊。'双规'是强制性的，停职反省则不同了，只是暂停工作。处理结果也大相径庭，'双规'能翻身的微乎其微，而根据认错态度，反省可大可小。知道吗？省委王副书记，是左放明的正经学生呢。"

最后那句话，崔志城特地加重了语气，也是他来找袁信昌的目的。他好不容易攀上左放明这棵大树，怎能轻易放弃？

袁信昌没有言语，若有所思地盯着崔志城，想探究葫芦里到底藏着什么药。

"冤家宜解不宜结。左部长此次在小港里翻船，与闻光一掀的浪可有直接关系呢。人家已落水，咱可不要做落井下石之事啊。"崔志城阴沉地说道。

袁信昌有些担心了。崔志城的分析不无道理，左放明的能耐众所周知，如停职真的只是缓兵之计，那闻光一将来可就得吃亏。

"要我做些什么？"

崔志城卖弄地端起茶杯，喝了一口，眼神一刻都没离开袁信昌那张略显忧郁的脸，仿佛吃透了这位老夫子的心。

"让你的得意门生得饶人处且饶人呀。"

"怎么个得饶人处且饶人？"袁信昌不解地问。

崔志城来了兴致，将椅子往前拖拖，低声道出了自己的想法："一是可将挂在网上的帖子撤回，这叫'且饶人'。二是不去过问左部长的其他论文是否存在抄袭，这是'得饶人'。"

袁信昌抬头，仔细打量了崔志城一眼。

"我试试吧。"

见袁信昌动心了，崔志城便心满意足地告辞了。

闻光一闲得无聊，躲在社史办的资料室里看书，门轻轻地被推开了，他见是袁老师，便立即起身招呼。

袁信昌轻轻地挥挥手，示意闻光一坐下，自己拉开一把椅子，在闻光一对面坐了下来。

"怎么，在这里还习惯吗？"

"习惯。正好闲下来读些书呢。"说着，闻光一扬扬手中书。

袁信昌笑笑，他从内心是很欣赏这位弟子的。

"光一，你的外调结论出来了。"

"哦，出来就好。"闻光一的兴致并不是很高，只是淡淡地应了一句。当他接过袁信昌递过的结论，草草地浏览了一遍，从牙缝里钻出两个字："流氓。"

"怎么会这样？既然证明我是被陷害的，就应该堂堂正正恢复我的职务，还留下个尾巴？其实当不当首席无所谓，但这样不公平呀。"

闻光一是第一次大声地红着脸与袁老师说话。袁信昌也感到很突兀，他从心里暗暗骂崔志城："狡猾的家伙，让我当了回屠头。"

"也不能这样说，光一，毕竟你还是有不检点的地方，那种场所压根就不能去呀。"袁信昌只得硬着头皮说。

闻光一抬头，埋怨地盯了袁信昌一眼，他心里明白，肯定又是崔志城在后面搞的名堂。此刻，他真正下了要离开省报，去平坛市工作的决心。

袁信昌见闻光一不言语了，知道他的倔脾气又上来了，多谈也无趣，便无奈地摇摇头，起身朝门口走去。猛然回过头，丢下一句话："左放明已被停职反省了。"

这突如其来的消息让闻光一愣住了，就像久旱盼雨的庄稼汉，猛然听到雷声，他禁不住潜然泪下。

五十

闻光一接到牛崽的电话时，心绪像过山车，来了个跌宕起伏，喜悲交加。

闻光一为牛崽的事找过熊守心，熊守心也颇为不安。李大莲是红军遗属，相依为命的孙子又被蓝强一伙害瞎了一只眼，今后可如何生活？思来想去，熊守心总觉得心里不踏实。他给县机关事务管理局打了个招呼，待牛崽伤愈后，将牛崽安排在县委机关大楼当保安。

电话中，牛崽抑制不住心中的兴奋，高兴地说："闻叔，谢谢你，帮我找了份好工作。穿衣服不用花钱，每月还有3000多元的工资，真是旱涝保收，活轻收入高的好活计。另外，还有件事不知当说不当说。"

平日说话从不拖泥带水的牛崽有些支吾，闻光一急了，大声喊："说。"

听完电话，闻光一浑身乏力，用手扶着路边的树干才站稳。牛崽在电话中告之，闻光一的朋友，雷家村教学点的李远华老师因肝癌前天逝世了。

"李远华，李老师怎么说走就走了？他一走，雷家村的12个孩子咋办啊？"闻光一不停地唠叨着。

"他患了这么重的病，怎不言语一声呢？李老师走了，谁来接他的班？如没人愿上山，那12个孩子将会面临着辍学的危险，该咋办呢？"闻光一的心情显得格外沉重，此时，他很想找人倾诉，很想。他最想倾诉的对象是许晶晶。

近些天，闻光一格外想念许晶晶，给她打了无数个电话，都打不通。电话打不通，他就到许晶晶上班的地方去等。守了几天，也不见许晶晶的身影。他忍不住了，直接闯进了许晶晶的公司，前台将他拦住，他才知道，许晶晶已辞职留学去了。那一刻，闻光一感觉仿佛整个世界失去了光明。

五十一

严格地说，王陵子教授没有坟茔。家人遵其遗嘱，将他的骨灰撒在"月润松林"旁的悬崖下。

从滨都回来后，闻光一想去但又没去凭吊王陵子先生，一则是他忙，抽不出时间；二则他没脸面对王老，不敢去。王陵子含冤去世，将昭雪的希望都寄托在闻光一身上，没有一个水落石出的结果，闻光一怎有脸面去见王老呢？目前，王老亲属没有收到法院的改判结果，上级部门也没有给王老恢复名誉，但左放明被停职反省是真实的。如得知这个结果，王老一定会欣慰的。

闻光一该去看看王老了，他找了洪兵做伴，一起前往系马山庄。王陵子去世后，系马山庄便荒落了，院子里长满了蒿草，木亭地上到处是飘零的秋叶。闻光一的心头涌起一种难以言及的感觉，不禁鼻子一酸，赶紧扭头，向山上走，洪兵则拎着包，在他后面追。

来到"月润松林"的巨石旁，闻光一从包里掏出一瓶白酒，用牙齿将瓶盖咬开，先是围着最东头那棵老松树浇了一圈，然后将瓶中的酒全洒于悬崖下。接着，他虔诚地拿出著作权益保护中心出示的鉴定书复印件，点燃，快要燃尽时，他将灰烬抛向悬崖，跪在那里，热泪潸然。

"安息吧，王陵子先生！"闻光一在心底默默地呼唤道，"人间正道是沧桑，您是清白的，是正义的。剽窃者已原形毕露，等待他的将是法律的严惩。"

"洪兵，摆棋！"猛然，闻光一起身吼道，头也不回。

洪兵立即从包里掏出棋盘与棋子，在巨石上铺好，然后抬头望着闻光一的背影，仿佛在问："这棋怎么下？"

"黑棋 3.4。"

"白棋 15.15。"

"人生犹如行棋，不在乎一时一步的得失。棋子是死的，人心是活的，只要有定力，有大局观，怎么行棋都行。如前瞻后顾多了，束缚也就多了，也就丧失了下围棋的真谛。"

王陵子先生的这番话，一字不漏地刻在闻光一的心里，但当时闻光一没有悟出其中的内涵，至少没有全明白。现在再温故，有茅塞顿开之感。闻光一心想：自己的人生之棋不正行至三岔路口吗？留下来当记者，可莫名被免除了首席的头衔，他不服气；去平坛市委政研室，不是自己喜欢的工作，他不痛快；辞职去外面闯，除了会耍耍笔杆子，他还能干啥？

闻光一的心绪有点乱了，连报了两手乱谱，使得洪兵在棋盘上寻找半天也落不下棋子。

"难道就没有另外的道路可选吗？"

蓦地，雷家村那 12 个即将失学的孩子的形象在闻光一的脑海里浮现。"去支教一年，当一回孩子王，咋样？"这念头一闪现，他自己都吃了一惊。

仔细思忖之后，闻光一认为甚有道理。一可避开失去首席记者头衔的闲言，二可给丁宁一个合理的推辞，三可避免雷家村的孩子面临失学。更重要的是，他可利用这清静的一年时间，好好思考一些事情，反思自我，拯救迷惘的自我。

想到这里，闻光一有些激动了，仿佛在浓雾中见到了太阳的光芒，他忍不住呼喊道："呜呼！去当孩子王！"

洪兵愣住了，棋谱中何来如此术语？

闻光一是个行事爽快之人。从系马山回来后，他第一时间就联系了省青少年基金会的秘书长，咨询有关支教的问题。

接着，闻光一向报社提出了去雷家村支教一年的申请报告，得到社委会的支持，封建国希望他在支教期间得到更多的历练，也好好整理前段时间发生的所有事情，支教结束后再回来，定会好好安排工作。

然后，闻光一在办理去支教手续的同时，给丁宁写了一封言辞诚恳的电子邮件，希望得到丁宁的谅解和支持。

最后，闻光一请洪兵帮忙查一查许晶晶的下落。他凭直觉，相信许晶晶没有出国。洪兵果然神通广大，第二天便回了话，许晶晶没有办理任何签证，也就是说，她没有出国，只是把原电话号码报停了。对闻光一来说，这是个好消息吧。

闻光一终于要出发了，报社特地给他派了一辆车，袁信昌、杨子江、樊大明及共过事的编辑记者都来给他送行。行李被大家搬上了车，闻光一在出门的最后一刻，用流连的目光环视着这间记录了他许多故事的小房间。

突然，他看见书桌上有一件没拆封的快递，那是昨天快递员送来的，当时他正在收拾行李，没在意，便随意丢在书桌上，现在突然发现快递单上那清秀的字迹是那么熟悉，莫非是……

闻光一用微微颤抖的手拆开快递，里面是一幅精美的剪贴画：两个小人相依在一起，眺望着天上的星星。一首小诗附在剪贴画的右边：

凤鸣溪水月隐云，
泉流南山濯冰心。
不恋世间梧桐木，
独倚茅花听清音。

小人是用茅叶剪贴的，星星是用茅秆剪贴的，茅花上还残留着几点猩红。

"晶晶，许晶晶！"闻光一记得，许晶晶当时采摘这枝茅花时，手被锋利的茅叶割破了。原来，她把这些都留作纪念。

闻光一被感动得热泪盈眶，忍不住狂奔出门，手扬着剪贴画，呼喊道："找到了，我终于找到你了！师傅，快，快开车，去溪水！"

送别的人被闻光一的举止迷惑了。怎么？去山里支教也来了灵感？

车一溜就跑了，人也拍拍手散了，小院又恢复了往日的宁静。

2019 年 8 月 21 日完稿于观澜居

2019 年 10 月 7 日定稿于望江斋